아리고 아픈 사랑

김재철 장편소설
아리고 아픈 사랑

초판 1쇄 인쇄	2024년 08월 02일
초판 1쇄 발행	2024년 08월 16일
신고번호	제313-2010-376호
등록번호	105-91-58839
지은이	김재철
발행처	보민출판사
발행인	김국환
기획	김선희
편집	조예슬
디자인	다인디자인
ISBN	979-11-6957-197-5 03810
주소	경기도 파주시 해올로 11, 우미린더퍼스트@ 상가 2동 109호
전화	070-8615-7449
사이트	www.bominbook.com

• 가격은 뒤표지에 있으며, 파본은 구입하신 서점에서 교환해드립니다.
• 이 책은 저작권법에 의하여 보호를 받는 저작물이므로 무단 전재와 복사를 금합니다.

김재철 장편소설

아리고
아픈 사랑

기억상실증으로 사랑했던 여자를 잊어버린 남자가
20년이 지나 기억을 되찾아 오열하는
아픈 사랑 이야기

보민출판사

작가의 말

　우리가 살다 보면 잊어버리고 지나치는 일이 헤아릴 수 없이 많다. 그러다 익숙한 말과 장소에서 문뜩 잠자고 있던 기억이 떠오른다. 마치 먼지 쌓인 노트에 색바랜 글씨처럼 잊혀진 기억들이 생생하게 떠올라 설레게 하는 순간들을 경험한 적이 있다. 필자도 결코 잊지 말아야 할 것을 잊고 살다가 어느 날 사라졌던 기억이 떠올라 소중한 추억 문을 열고 들어가 꿈속을 헤맨 적이 있다.
　이 글은 어린 시절 시골을 배경으로 펼쳐지는 사랑 이야기다. 주인공 진성은 가난한 가정에서 태어나 꿈같이 다가온 아이, 경주를 만나 시골을 배경으로 그려지는 고향 이야기다. 용기 없던 청소년 시절은 누구나 겪어온 시절이다. 철없이 순수한 마음으로 자연 속에서 숨바꼭질하듯 사랑을 나누며 꿈같은 세월을 보낸다. 그러다 생명처럼 아끼고 사랑하던 경주가 처음 들어간 회사에서 큰 사고를 당하자, 진성은 사랑과 안타까운 마음을 곱해 더 아끼고 사랑했다.

진성은 사랑을 지키고 채우려면, 가난을 벗어나야 한다는 생각으로 절치부심 노력한다. 영혼마저 찌들은 가난을 벗어나려고 모래바람 부는 사막의 나라까지 가서 악착같이 노력해 마침내 돈을 벌어 돌아왔다. 그러나 세상은 다부진 노력을 질투하듯 이들의 사랑을 그냥 두지 않았다. 들뜬 마음으로 미래를 준비할 때 생각지도 못한 사람들에게 가지고 있던 돈을 다 날려버리고 인고의 고통을 버티다 기억을 잃어버리는 사고를 당한다.

그렇게 애틋한 사랑을 하면서도, 자기 없이는 세상을 이겨내기 어려운 사람이라는 걸 알면서도 어느 날 거짓말처럼 기억을 잃어버리고 또 다른 삶으로 살아간다. 사랑하는 아이 경주는 뒤늦게 기억을 잃어버린 걸 알게 된다. 분신 같은 사람의 기억을 되찾아 주려고 노력하지만, 진성은 다른 사람으로 변했다. 끝내 기억을 찾지 못하고 바람처럼 떠난 자리에서 슬픔을 머금고 굳건히 살아간다.

분신 같던 사람, 진성은 떠났지만, 홀로 남겨진 후유증은 컸다. 사랑하면서 만들어 놓은 애틋한 추억 못지않게 이들을 시기하며 미워하던 무리들도 있었다. 그때는 두 사람이 사랑으로 모든 걸 덮어주고 이겨내며 살았지만, 이제는 경주 혼자서 온전히 그 몫을 감당해야 했다. 진성이 기억을 잊어버렸다는 것은 그때처럼 사랑이 온전하지 않다는 것이다. 조여 오는 사탄의 핍박과 고통을 이겨내려고 노력하였지만, 혼자서 감당하기에는 너무 나약한 아이였다.

아무런 이해도 변명의 말도 없이 바람처럼 떠난 진성을 그리 위하며 살지만, 복수를 준비한 사탄의 공격으로 힘들어한다. 손에 큰 장애를 가지고 있는 경주는 사랑하는 사람이 다른 사람과 결혼하여 이별이라는 아픔을 이겨내기에는 연약한 아이였다. 다시는 돌아오지 않을 사람이라며, 추억을 먹으며 살던 그 아이에게 사탄이 나타나서 뜻하지 않은 사고로 꽃무덤이 된다.

오롯이 경주 혼자 그 고통을 당하지만, 기억을 잃어버린 진성은 방관자가 되어 새로운 삶을 살아간다. 마치 물고랑 앙금에 쓴 글이 흐르는 물에 씻겨 지워진 것처럼 기억에서 사라져 버리고 또 다른 삶을 살았다. 아픈 새끼손가락 같던 사람을 잊어버리고 치열한 세상 속에서 나름대로 성공하지만, 진성은 늘 쓸쓸한 모습으로 세상을 살았다. 그것은 가슴속에 웅크려 숨어 있는 그 아이 경주가 있고, 망상을 헤매는 건 떠나지 못한 그 아이의 한이 잠재되어 있기 때문이었다.

그러다 진성도 견디기 어려운 사건이 일어나면서 사업이 망하고 충격을 받아 기억이 돌아온다. 다시 찾은 기억은 며칠 전 일처럼 생생하게 그리움으로 가슴을 흔들어 놓는다. 기억이 다시 돌아왔지만, 세월은 이미 20년이나 흐르고 장애로 고통받던 경주가 걱정되어 고향으로 온다. 미안하고 죄스러운 마음으로 와보지만, 경주는 마을을 떠났고 죽었다는 소식을 듣는다. 진성은 추억 속에 서려 있던 장소를 다니며 미안하고 안타까운 마음으로 무아지경에 빠져 그 아이와 함께한 동산에 올라간다. 떠나간 사랑을 애타게 그리워하다 마지막으로 고향 저수지에서 재회한다.

사람은 강하다고 하지만, 또 다른 문제에 직면하면, 무너지고 나약하다. 간절히 바라던 일이 허망하게 사라졌을 때, 인고의 고통을 견디다 못해 도피하려고 한다. 주인공 진성도 생명처럼 생각하던 일이 허망하게 사라지자, 그는 그걸 다 잊어버리고 도피한 것이다. 바보처럼…

우리는 나약한 인생이지만, 이 글을 통하여 좀 더 바르고 강한 마음으로, 할 수 있다는 자신감으로 살았으면 좋겠다. 누구나 가슴속에 하나씩 고이 간직하고 있는 사랑이나 우정이 있다. 지우지 못하고 가슴속 깊은 곳에 간직하고 있는 아름다운 추억을 생각하며, 이 글처럼 기억상실증에 걸렸던, 아니면 또 다른 행복으로 그 추억을 잃었던, 이해하고 위로하며 행복을 빌어주는 계기가 되었으면 좋겠다.

치열한 세상에서 앞만 보고 달려왔다. 숨 가쁘게 왔던 길을 돌아보는 계기가 되었으면 좋겠다. 누구나 성공의 희열과 패배의 아픔을 느끼며 살아왔다. 멀리 온 것 같지만, 그 길이 그렇게 똑바르고 곧은 길만은 아니었어도 따뜻한 미소와 마음을 갖는 우리가 되었으면 좋겠다.

굴곡진 아픈 삶이나, 성공했던 영광의 삶이나 다 소중한 우리의 역사고 추억이다. 한 번쯤 고향을 생각하고, 친구를 생각하고, 전우와 동료를 생각하는 독자가 되고, 내가 되었으면 하는 마음으로 쓴 글이다.

2024년 7월

소설가 **김재철**

목차

작가의 말 … 5

고향 가는 길 … 15
아픔이 희망으로 … 34
결투 … 48
꽃피는 동막골 … 64
불타는 야망 … 81
꿈같은 사랑 … 94
사탄의 조롱 … 121
꿈을 향하여 … 127
모래사막 … 145
시작된 시련 … 161
절망의 나락 속으로 … 178
사라진 기억 … 194
검은 그림자 … 206
잃어버린 사랑 … 216
움트는 두려움 … 219
또 다른 삶 … 235
간절한 기다림 … 247

또 다른 사랑이 꽃피고 … 253

감격적인 만남 … 268

슬픈 갈림길 … 293

두려운 발걸음 … 299

아리고 아픈 사랑 … 306

돌아오지 않는 기억 … 311

고통스러운 결단 … 319

사탄의 장난 … 330

아리고 아픈 손가락 … 342

안개 속에 숨은 진실 … 346

슬픈 결정 … 350

악몽이 현실로 … 357

행복을 빌며 … 368

악마의 검은 그림자 … 374

악마는 지옥으로 … 386

마지막 가는 길 … 389

행복한 삶 … 395

돌아온 기억 … 402

영혼의 환생 … 408

김재철 장편소설

아리고 아픈 사랑

기억상실증으로 사랑했던 여자를 잊어버린 남자가
20년이 지나 기억을 되찾아 오열하는 아픈 사랑 이야기

고향 가는 길

뜨겁게 타오르는 태양은 농촌 들판을 태울 기세다.

작은 야산과 어우러진 논밭에는 초록 물이 물결치듯 출렁이고 농부들 모습은 보이지 않았다. 이따금 보이는 마을은 한낮의 찌는 듯한 더위 때문인지 고요한 적막감이 흘렀다.

경기도 광주, 그 넓던 광주군이 쪼개져 강남구, 강동구, 송파구로 일부 편입되고 성남시와 하남시로 나눠지다 보니 이제는 작은 군이 되었다.

바라산과 광교산에서 발원한 동막천이 흘러 탄천과 마주치는 아름다운 성남시 분당구(광주군 낙생면) 내 고향이다. 우리 집은 동막천을 경계로 성남과 용인을 행정구역으로 나누어지는 고즈넉한 마을이다.

성남시는 가난한 사람들이 사는 곳이라고 인식되었다. 그러다 보니 사회에서 고향을 물어보면 광주나 용인이라 하였지 굳이 성남이라고 하지 않았다. 그만큼 성남은 못사는 동네라 생각했는데, 지금의 성남은 분당, 판교를 품고 수지와 더불어 상전벽해로 탈바꿈해 있었다. 자칫 오랫동안 제사상을 받아보지 못한 영혼도 자손들 집을 찾기 어려울 정도로 천지개벽이 이루어진 곳이다.

성남시는 서울 판자촌과 빈민들의 이전 문제로 밀려난 힘없는 시민들이 이곳에 터를 잡아 자립하기까지 눈물 젖은 곳이다. 고대에는 마한의 중심 세력인 백제국이 통치하면서 신라, 고구려 삼국의 치열한 전투가 일어났으며, 중세 시대에 고려 태조가 광주로 개칭한 곳이다.

안타깝게도 청나라의 침략으로 조선 인조 대왕이 마지막까지 항전하다가 끝내 항복하는 참담한 슬픈 역사가 숨 쉬는 남한산성을 품은 곳이다.

내가 태어나고 자란 고향은 더 깊은 촌으로 들어가야 한다. 기껏 하루 3번 정도 버스가 다니는 고향이지만, 내 어린 시절 꿈과 희망 그리고 용기를 키워주던 곳이다. 광교산과 바라산 능선 줄기가 시원하게 뻗어있고, 그 사이로 동막천이 힘차게 흐르는 작은 마을이다.

산과 들이 아름답게 조화를 이루고 냇가에는 작은 물고기와 다슬기가 많은 곳이다. 여름이면, 유난히도 반딧불이 많아, 들에는 온통 형광으로 빛나고 끝없이 펼쳐진 거대한 하늘에는 푸른 별, 노란 별, 하얀 별이 무리 지어 보이는 곳이다.

나는 지금 꿈에 그리던 고향으로 가는 길이다. 내가 탄 버스는 세곡동을 지나 2차선 국도를 따라 수원 방향으로 가고 있다. 길 옆 좌측에는 넓은 활주로가 보이고 서울공항이라는 팻말이 보인다. 이 비행장은 군사 목적과 대통령이나 국빈 방한 시 사용되다 보니 일반인들이 사용할 수 없는 공항이다.

　잠시 후 시끄러운 굉음소리가 들리더니 이내 군용기가 큰 몸집을 자랑하듯 작은 산 옆을 스치고 지나 활주로에 안착하는 모습이 늠름해 보인다. 마치 태평양 깊은 바닷속에서 상어가 푸른 바다를 멋지게 유영하는 모습이다.

　내가 입영하던 시기에 공사가 시작되었는데, 이제는 다 완공되어 비행기가 뜨고 내린다. 3년이라는 세월 동안 국가를 위하여 임무를 마치고 집으로 가는 느낌은 시원하기보다는 어딘지 섭섭했다. 입영할 당시 집을 떠날 때나 지금이나 세월만 흘렀지 변한 게 없다.

　버스에 탄 승객들 누구도 전역을 자랑스럽게 여기며 우쭐해하는 나에게 눈길을 주거나, 알아주지 않았다. 고등동을 지나다 보니 포장도로는 끝나고 이내 비포장도로에 이르자 희뿌연 흙먼지를 일으키며 버스는 시골길을 덜컹거리며 달렸다.

　고향 집으로 올라가는 길목, 버스정류장에 도착하려면 아직도 30분은 더 가야 한다. 고향은 생각만 해도 설레고 늘 가슴이 벅차오른다. 내가 태어나 자란 고향은 언제나 나를 품어주고 반겨주는 사람들이 있는 곳이다. 무더위가 한창인 8월 오후의 시골길은 매우 더웠다. 불가마 속에 있는 것처럼 무덥고 습도마저도 높아 숨쉬기도 어려운 오후지만, 정겨움이 넘치는 길이다.

　뜨거운 태양 빛을 잘 쬐어야 곡식이 익는다고 하지만, 찌는 듯한 더위로 길가에 늘어선 가로수들도 더위에 지친 듯 축 늘어진 모습이다. 넓은 들판에는 바람이 잔잔히 불자 이삭을 잔뜩 품은 푸른 벼들이 마치 잔잔한 호수가 물결치듯 아름다운 모습이다.

그런 더위 속에서도 한 쌍의 황새가 굽이진 논두렁에서 다정하게 털을 고르고 키 큰 수수는 작은 바람에도 흐느적거리는 더운 오후다. 달리는 버스가 오르막길을 오르자, 엔진소리는 귀청을 찢듯이 요란하고, 힘차게 돌아가는 에어컨은 소리만 소란스럽지, 시원한 바람보다는 미지근한 바람이 나오고 있었다.

버스도 더위에 지친 듯 힘겹게 덜컹대었다.

"안내양, 에어컨 좀 더 크게 켜봐요."

어떻게 좀 해보라고 노인이 연신 부채질하면서 안내양에게 소리쳤다.

"죄송합니다. 더 크게는 안 됩니다."

무더위에 지쳤는지 안내양도 지친 말투가 퉁명스럽게 들렸다.

파란 제복을 입은 안내양은 이제 갓 18세 정도 되는 어린 소녀였다. 모자를 쓰고 열심히 승객들 요구에 응대해주는 모습이 제법 숙달되어 보였다.

남녀 누구나 때가 되면 무슨 일이라도 해 밥벌이를 해야 하는 실정이었다. 내 여동생도 저 나이 정도라고 생각하니 대견하고 안타까운 마음이 들었다.

이 버스는 성남에서 동수원까지 가는 버스다. 이용하는 승객들은 모란시장과 시내를 오가는 손님들과 서울 동마장 버스터미널에서 출발하여 천호동을 거쳐 성남 버스정류장에 내려 성남 근교와 광주, 용인, 수원 주변으로 가는 승객들이 이용하는 버스다. 그러다 보니 짐들이 많을 수밖에 없었다. 이렇게 무더워도 자리마다 빈자리가 없고, 서 있는 통로에도 형형색색 크고 작은 짐이 쌓여있어 발 디딜 틈이 없는 상황이다.

땀 냄새와 보따리에서 나는 비릿한 냄새가 어울려 격한 냄새가 나지만, 싫지 않았다. 이 버스도 자주 다니는 게 아니라 시간마다 배차되다 보니 더운 날씨에도 아랑곳하지 않고 사람들은 이 차를 이용한다. 그나마 교통이 발달해서 그렇지 몇 년 전만 해도 걸어서 오가던 길이다. 잠시 후 조그만 비탈진 언덕을 오를 때는 엔진이 깨질 듯한 소리가 들린다. 어쩌면, 운행 도중 엔진이 터져 차가 곧 멈출 것 같다는 생각이 들었다.

운전기사가 가속 페달을 힘차게 밟아도 힘에 부친 듯 속도는 오르지 않고 심한 굉음만 나고 있다. 이곳 사람들이 그래도 이것이 유일한 교통수단이라 민감하게 반응하지 않는다.

창문을 열고 달릴 때는 그나마 뜨거운 바람이라도 들어와 견딜 만하지만, 잠시라도 정거장에 멈추면 땀이 비 오듯이 쏟아진다. 올해는 유난히 여름이 덥다고 한다. 창문을 열고 바깥 공기를 크게 들이켜 보니 후끈한 바람이 얼굴에 훅 달라붙는다.

부대에서는 이 정도는 무더위라고 생각하지 않고 지낸 일들이 생각난다. 그 더운 곳에서도 군인은 어차피 해야 한다는 사명감으로 근무해서 그런지, 지금 더위쯤이야, 완전군장으로 특전 훈련받을 때와 비교하면, 신선놀음이라는 생각이 들었다.

이미 온몸에는 땀에 젖어 찝찝했다. 살끼리 달라붙는 겨드랑에서 땀방울이 주르르 흐르고, 신축성 없는 예비군복이라 그런지 한층 더 뜨거운 열기가 나는 것 같았다.

나는 버스에 탄 승객 중에 아는 사람이 있나 둘러보아도 알만한 사람이 보이지 않았다. 고향마을 정류장을 지나가는 버스라 알만한 사람들이 있을 거 같아 늠름한 자세를 취하고 다시 둘러보아도 보이지 않았다. 생각해보니 얼마 안 된 거 같지만, 벌써 36개월이나 지난 것을 보면 많이 달라졌을 것이다. 무더위로 지치고 땀내 나는 버스지만, 한껏 들뜨고 설레는 마음으로 가고 있었다.

아는 사람이 없는 걸 확인한 나는 들판 건너 높은 산을 보고 있지만, 마음은 벌써 고향 집에 도착해 있었다. 보고 싶은 사람을 만난다는 설렘과 다르게 가슴에 맺힌 일을 어떻게 풀어야 할지 걱정이 앞서 있었다.

지금 버스에 아는 사람들이 있나 살핀 것은 정경주, 그 가족들이 타고 있는지 확인해본 것이다. 정경주, 그 아이는 내가 사랑하는 사람이다. 경주가 사고를 당해 병원에 입원했다는 걸 알면서도 문병 한 번 하지 못한 게 미안하고 안타까워 힘든 군 생활을 했다. 무엇보다도 견디기 힘들었던 건 그 아이가 얼마나 다쳤는지 모르는 상황이고, 나로 인해 당한 사고라는 걸 알고 위로해주지 못한 것이 마음에 걸렸다.

그 아이의 이름은 정경주, 세실리아라는 세례명을 가진 아이다. 청소년 시절부터 좋아하면서도 바보처럼 좋아한다는 말도 꺼내지 못하다가, 마지막 휴가 때 경주를 만났다.

당시 3년이라는 군 복무 중 1년여 정도를 남겨놓고 마지막 정기 휴가를 받아 들뜬 마음으로 고향에 가게 되었다. 설레는 마음으로 갔지만, 보고 싶은 그 아이가 없었다. 수소문해보니 경주가 서울에서 직장생활을 한다는 걸 알게 되었다. 나는 어떻게라도 만나고 싶어 혼자 가기는 쑥스러워서 마을 형과 경주를 만나러 갔다.

"충성! 정경주 씨 면회하러 왔습니다."

그렇게 설레는 마음으로 찾아갔지만, 경주는 전날 야간근무를 해 만날 수 없다고 한다. 얼마나 기다린 일인데, 얼굴도 못 보고 돌아설 수는 없었다. 군인은 안 되면 되게 하라는 사명감에 무리수를 쓰게 되었다. 사실 고향에서는 보는 눈이 많아서 우리 둘이 만나는 게 자유스럽지 않았다. 모처럼 만든 이런 기회를 놓치기 싫었다.

"군대 간 오빠입니다. 오늘 꼭 만나보고 가려는데, 잠시만, 면회 부탁드립니다."

면회가 안 된다는 걸 반강제적으로 억지 부려 결국 직원의 배려로 만나게 되었다. 경주가 숙소에서 나오기까지 회사 앞 제과점에서 기다리는 순간은 꿈같이 설레고 흥분되는 시간이었다. 그 아이를 그렇게 좋아하면서도 고백하지 못하고, 언제나 혼자 하는 짝사랑이었다. 그런 아이를 휴가 나와 만날 수 있다는 건 큰 기쁨이었다.

제과점 창문 밖에서 걸어오는 경주를 보았다. 하얀 블라우스에 청색 주름치마를 입고 나온 그 아이는 많이 성숙해진 모습이었다. 전에 보았던, 아름다운 그 모습에 청순함을 더하여 마치 천사가 내려온 것 같았다.

"오빠! 어떻게 알고 여기까지 왔어요."

수줍게 말하는 경주가 너무 아름다웠다.

"잘 있었니. 고향에 가보니 네가 없어서 너 보려고 왔지."

떨리는 목소리로 반가워하면서 경주 손을 잡았다. 좋아하면서도 지금껏 좋아하는 내색도 하지 못한 나는, 군인이라는 신분을 내세워 그 아이 손을 잡았다. 그때는 세상을 다 얻은 거 같은 황홀한 순간이었다.

　내가 17살 되는 어느 날 우리 마을로 이사 온 정경주, 그 아이를 처음 보고 가슴이 뛰었다. 단발머리에 아직 초등학생 티를 벗어나지 않아 보이는 그 아이는 13살 소녀였다. 마치 물가에서 피어나는 붓꽃같이 청순한 모습이었다. 붓꽃은 파란 줄기에 짙은 보라색 꽃이다.

　아침 일찍 나와 보면, 간밤에 내린 이슬이 꽃잎에서 반짝이는 모습은 그 아이의 눈동자 같았다. 얼굴은 갸름하고 깨끗한 모습이라 그렇게 생각한 것이다.

　조그만 마을에서 태어나 아직 바깥세상을 잘 모르는 나에게 다가온 경주를 보자마자 나는 단번에 마음이 흔들리고 단 한 번의 만남으로 그 아이를 좋아하게 되었다. 처음 만난 그날 장난기 있는 여동생들과 어울려 놀다가 집으로 가려고 하자, 좀 더 같이 놀자며, 칭얼대던 마을 동생들이 있었다. 더 있다가 가라며, 어느새 방 문고리를 잡고 나를 바라보던 그 아이 경주는 사람이 아니고 천사라는 생각이 들었다.

　시간이 지날수록 그 아이를 좋아하게 되었다. 오랜 세월 내 마음을 표현하지 못하고 혼자 하는 사랑이었다. 어쩌다 우연히 마주치면 말 한마디 못하고 가슴만 심하게 콩닥거리고, 그냥 웃어주는 그 모습만으로 나는 신나고 행복했다.

　군대 가기 전까지 가슴속에 깊이 간직하며 사랑한다는 말 한마디 못하고 입대를 한 것이다. 첫 휴가 나왔을 때도 마음속에 있는 말을 남자답게 하겠다고 다짐했지만, 그 아이 집 문밖을 수없이 헤매다가 돌아서길 반복하였다. 다행히 마지막 휴가 중에 그를 만날 수 있다는 사실이 벅차고 설레었다.

그날 우리는 대공원 길을 걸으며 추억을 만들고 왕십리 극장에서 영화도 보고 분식집에서 맛있는 라면과 떡볶이도 먹을 수 있었다. 그날 하루 시간이 그렇게 빠른 줄 몰랐다. 헤어지는 시간이 가까워지자, 마음이 급해져 나는 그 아이의 옆에서 한 발짝도 떨어지지 않고 가까이 서 있었다.

"경주야! 오늘 만날 수 있어서 즐거웠어. 제대해서 만나자."

"오빠! 와줘서 고마워요. 너무 즐거웠어요. 군 복무 잘하고 오세요."

"오늘 만나서 반가웠고 즐거웠어."

경주가 회사 숙소로 들어가는 모습을 아쉬운 마음으로 바라보며 오랫동안 그 자리에 서 있었다. 설레고 행복했던 마음은 오래가지 못했다. 만났던 순간들을 가슴에 담고 부대로 복귀하는 날, 청천벽력 같은 소식을 들었다.

그 아이가 나하고 만난 그날 근무 중 사고가 났다는 소식을 듣고 고통스러웠다. 병원이 어딘지도 모르고 부대 복귀시간하고 맞물려 아픈 마음으로 복귀했다.

부대 복귀 후에도 마음을 진정시킬 수 없어 눈물이 났다. 면회가 될 수 없다는 것을 알고도, 무리하게 만나게 해달라고 한 것이 미안하고 죄스러웠다. 내 욕심으로 시작된 일이지만, 군 복무 중인 내가 할 수 있는 게 없어 아프고 괴로운 시간이었다.

얼마나 다쳤는지 알 수 없었다. 그저 마음으로만, 슬퍼하고 안타까워하였지, 병문안 한 번 못 가보고 걱정하다가 이제야 고향으로 돌아가는 길이다. 힘겹게 달리는 버스에서 창밖을 바라보니, 이글거리는 태양은 서쪽 광교산 능선으로 다가서고 멀리 동쪽 하늘에는 짙은 비구름이 일어나고 있지만, 너무 멀리 있는 구름은 뜨거운 햇빛을 가려줄 수 없었다.

들판 끝에 보이는 높은 산에는 뜨거운 태양 빛 연무현상으로 희뿌연 잿빛 산이 되어 흐리게 보여 더 덥게 보였다. 판교를 지나 차창 밖으로 보이는 금곡동 들판에는 더위에 지쳤는지 사람들 모습은 보이지 않고 앙증맞게 서 있는 허수아비가 작은 바람에 허우적거리며 자기 할 일을 하고 있었다. 노랗게 익어가는 황금빛 참외가 수두룩하게 달려있고, 아이들이 원두막에서 떠들며 노는 모습이 평화로워 보였다.

멀찍이 고향 입구 정류장이 보이고 언제 보아도 정겨운 마을 상점이라는 간판이 가슴이 저리도록 포근하게 다가왔다.

"이번 정거장은 머내입니다. 내리실 분은 미리 준비하세요."

안내양이 외치는 소리에 내 마음은 설레었다. 나는 바닥에 있던 배낭을 둘러메고 내릴 준비를 하며 안내양과 눈인사하였다. 버스 문이 열리자, 그동안 군 복무 중에 쌓였던 일들이 다 날아가고 굳게 닫혔던 문이 열리는 것같이 후련했다.

고통과 슬픔 그리고 아쉬움과 안타까움으로 얼룩졌던 일들이 일순간 머리를 스치고 지나간다. 버스 문이 열리고 내딛는 대지가 나를 반겨준다. 가슴속에 짜릿한 전율이 흘렀다. 안내양이 "출발!" 하며 문을 두드리자, 버스는 흙먼지를 일으키며 떠났다.

나는 고향 냄새를 맡으며 긴 호흡을 해본다. 날씨는 무덥지만, 언제나 이곳에 오면 마음이 편하고 설레었다. 문밖에 서 있던 상점 아주머니가 나를 보고 반갑게 맞이한다. 이 집 아들도 나하고 초, 중, 고를 같이 다녀 잘 아는 분이다.

"아니 누구야, 김진성 아니냐?"

"네. 안녕하셨어요. 군 복무 마치고 오는 길입니다."

반갑게 인사하고 아버지에게 드릴 소주를 사기 위하여 상점으로 들어가 보니, 안쪽에 앉아있던 세 사람이 나를 뚫어지게 바라보는 것이다. 스치듯 보는 게 아니라 잔뜩 인상을 쓰며 일거수일투족을 주시하듯 보는 것이 기분이 나빴지만, 개의치 않고 계산하려는데, 나를 부르는 소리가 들렸다.

"어이, 예비군, 이리 와봐."

한 사람이 손가락을 휘저으며 오라고 한다. 민소매 차림에 징그러울 정도로 문신을 하고 잔뜩 허세를 부리는 모습은 마치 구렁이 앞에서 공기를 잔뜩 품은 개구리 같았다. 자세히 보니 이들은 떼로 몰려다니며 협박과 폭력을 일삼던 읍내 양아치들이다. 이들 무리 중에 장도식, 강지웅 두 선배가 있어서 학창 시절에는 그들이 무서워 피해 다녔다. 두 사람은 체격도 좋지만, 싸움도 잘하고 폭력적이라 학교 안팎에서 늘 중심에 있었다. 다행히 나하고 견원지간인 강지웅은 보이지 않았지만, 도식 선배가 인상을 쓰며 나를 훑어보는 것이다.

철모르던 시절에 폭력과 협박으로 남을 괴롭히던 사람들도 어느 시기가 지나면 변하지만, 천성이 사나운 기질을 갖고 태어나서 그런지, 이들은 변하지 않았다. 나름 오랜만에 보는 선배라 반가웠지만, 내 맘과 다르게 조금도 달라진 게 없이 엄포로 일관하며 기죽이려 한다.

"제대했으면, 신고하고 가야지, 그냥 가면 되냐?"

계산대 입구까지 다가와 강제로 허리춤을 잡아당겨 가보니 보이지 않던 그곳에 일병을 단 군인 두 명이 앉아있었다. 모처럼 휴가 나왔다가 도식 선배 앞에 붙잡힌 고등학교 후배들이다.

도식 선배는 대낮인데도 술기운이 오른 모습으로 대놓고 무시하며 갑질을 하는 것이다. 세월이 지났음에도 선배는 학창 시절 때처럼 나를 만만히 보고 엄포를 놓는 것이다. 더 이상 상대하기 싫어 일어나려고 하자, 개폼을 잡으며 먹지도 않은 술값을 미리 내라며 협박하는 것이다. 그것도 앞으로 몇 번 와서 먹을 것을 달라는 것이다. 나에게 이럴 정도면, 앞에 있는 후배들을 얼마나 괴롭혔을까, 생각하니 안타깝고 화가 치밀었다.

"너희들 휴가 나왔구나, 그런데 여기서 뭐하니?"

나는 선배가 하는 말을 무시하고 후배들을 다독이듯 말했다.

"선배님, 안녕하셨어요. 오랜만에 뵙습니다."

난감한 모습으로 나를 바라보는 후배들은, 선배와 양아치들에게 협박받고 있다는 걸 호소하는 표정이었다.

"무슨 소리하는 거야? 김진성, 너나 잘하고 가라. 후배들이 휴가 나와 인사하고 가겠다는데, 참견하지 말고 술값이나 주고 가라."

오랜만에 만난 선배는 학창 시절보다 더 과격하고 폭력적이었다. 묘한 일이다. 선배는 어디에서 만나도 선배고, 한 번 정해진 서열은 쉽게 바뀌지 않았다. 학창 시절, 놀림과 폭력을 당하고 기죽어 살던 습관이 내 뼛속까지 배어 있는지, 그들만 보면 늘 오금이 저리고 아팠다.

착한 기질로 태어난 나는 체격에 비해 배짱이 없었다. 거기다가 가난한 가정이다 보니 잘 사는 그들 앞에서 늘 고개 숙이고 몸을 낮추며 살았다. 시간이 지나면서 그들의 비열함을 알고 대립하다 보니 청소년기에 힘든 세월을 보냈다.

절대로 이들에게 지지 않고 읍소하지 않겠다며 몸을 키웠다. 모두가 싫어하는 특수부대를 자청한 것도 사실은 나약한 나를 더 키우기 위해 한 것이다.

"지금까지 순순히 맞고 지냈다고 해서 바보로 보입니까? 이제부터 함부로 하지 말아요. 선배라 예의를 지키려 했는데, 이게 무슨 짓입니까? 그리고 휴가 나온 후배들에게 뭐하는 거요?"

"아쭈, 이 자식이 많이 컸네, 군대 갔다 오더니 뭘 잘못 먹었나. 이 마을에 사는 강지웅은 뭐하느라, 이런 놈 기를 살려놓은 거야."

말이 끝나기 전에 선배 옆에 있던 불량배가 나서며 주먹을 휘둘렀다. 그 주먹을 피하지 않고 맞았다. 그것은 상점주인 앞에서 최대한 자제하는 모습을 보여야 뒤탈이 없을 거라는 생각이 들어 한 행동이지만, 눈에 별이 반짝이며 머리가 깨질 정도로 아팠다.

살짝 피했지만, 매서운 주먹으로 맞은 코에서 피가 흘렀다. 흐르는 피를 닦으려 주변을 살펴보니 휴지는 보이지 않고 벽에 1977년, 8월 5일이라고 적힌 일일 습자지 달력이 보였다. 얼른 두 장을 떼어 피를 닦았다.

"착하고 순한 사람에게 함부로 해도 된다는 버릇은 아직도 변하지 않았네. 잘 모르는 거 같은데, 착한 사람이 화나면, 진짜 무섭다는 거 모르지? 내가 보여줄게. 밖으로 나와라. 여기서 싸우면, 상점이 망가지잖아."

그러나 그들은 내 말이 끝나기도 전에 상점 안에서 주먹과 발길질로 나를 가격해 싸움이 일어났다. 제대 인사치고는 사납다는 생각이 들었지만, 나를 보여줘야 한다. 지금까지 선배에게 읍소하다 보니 나를 영원한 하수로 보는 것이다. 팔짱 끼고 보스처럼 바라보는 선배를 놔두고 나머지 두 사람을 눈 깜짝할 사이에 제압하자, 그들은 더 맞지 않아야겠다는 생각이 들어서인지 일어나지 않았다.

"또다시 이런 짓을 하면 걸어 다니지 못하게 할 것이니 착하게 살아라."

"너희들도 이제는 가라. 군 생활 잘 마치고 전역해서 만나자."

"선배님, 전역 축하드립니다. 감사합니다. 다음에 찾아뵙겠습니다."

"휴가 잘 보내고 다음에 보자."

잠깐 일어난 싸움이지만, 많은 사람이 보고 있었다. 그분들은 한결같은 생각을 하는 거 같았다. 하는 일 없이 맨날 술이나 얻어먹고 착하고 순한 사람들을 괴롭히고 개떼처럼 몰려 다니는 걸 보고 있었다. 아주머니는 내 입가에 흐르는 피를 닦아주며 한마디 하셨다.

"잘했다. 진성아! 내 속이 시원하다."

설레고 두려운 마음으로 가는 고향길에, 예상치 못한 싸움으로 마음이 편하지 않았다. 쓰러진 일행들을 이끌고 사라진 강도식이 그렇게 물러갈 사람은 아니다. 필시 강지웅과 다른 음모를 만들 거라는 생각이 들었지만, 이제는 순순히 그들에게 당하지 않을 것이다.

　저수지에서 내려오는 농수로 길을 따라 걷다 보니 수년간 다니던 길이 정겹게 다가왔다. 무더위로 한껏 자란 그때 그 풀들이 아직도 나를 보며 반가워하는 거 같았다.
　이 길을 걸어가며 장난치던 일들이 생각난다. 풀과 풀을 매듭지어 묶어놓으면 영락없이 발에 걸려 넘어지는 사람들을 보면서 즐거워하던 길이다. 단순한 올무이지만, 사람들은 발밑을 보기보다는 멀리 앞만 보고 걷다 보니 묶인 풀에 걸려서 쉽게 넘어진다. 그러다가 정작 어린 동생들이 걸려 넘어져 혼난 적도 있었다.
　개울가에는 돌로 만든 징검다리가 아직도 그 자리에 있었다. 매년 장마로 휩쓸려 사라지면 마을 사람들은 또다시 돌을 이용해 징검다리를 놓아 오가는 길손들이 건널 수 있게 만드는 것이다. 징검다리에 앉아서 찢어져 부풀어 오른 입가를 씻다 보니 오래전 일이 떠올랐다.
　어느 여름날 오후, 나는 학교에서 오다가 경주를 만났다. 늦은 시간 콧등에 땀 흘리면서 혼자 걸어오는 모습이 귀엽고 예뻤다.
　"경주야! 학교 갔다 오는구나. 그런데 왜, 늦게 혼자 오니?"
　"청소하다 보니 늦었어요. 오빠는 왜 이제 가요?"
　"너, 기다렸지. 그런데 화난 얼굴 같은데, 혹시 나머지 공부하다 온 거니?"
　"그런 거 아니야. 약 올리지 마세요."
　우리는 징검다리에 앉았다. 아직도 기분이 풀리지 않은 경주에게 작은 돌멩이 하나를 던지자, 물이 경주 얼굴에 튀었다. 차갑다며 찡그리던 경주는 나에게 더 큰 물세례를 퍼부었다. 개울가에 앉아 장난치며 놀다 보니 옷이 흠뻑 젖은 줄도 모르고 즐겁게 놀던 때가 생각났다.

개울 옆 언덕에 매년 수수를 심던 그 밭에는 여전히 붉은 수수가 큰 키를 자랑하며 바람에 살랑거리고 있었다. 수수 열매는 아직 푸른색이지만, 씨알이 굵고 탐스러워 보였다. 논에는 벼들이 뜨거운 햇빛에 알곡으로 익어가고 바람에 흔들리는 모습이 풍성해 보였다.

멀리 고향 집이 보인다. 언제나 이곳을 지날 때는 마음이 들떠 있었다. 아마 경주가 이 마을에 이사 온 후부터 나는 우리 마을을 더 좋아했다. 어디에 갔다 오던 이 길을 걸으면 즐거웠고, 마을 입구만 들어서도 그 아이의 얼굴이 떠오르고, 그 아이의 향기가 나를 들뜨게 했다. 이 길은 눈을 감고 걸어도 어디쯤이라고 알 수 있는 길이다. 집으로 가는 길은 동막천을 중심으로 광주와 용인 땅 경계선이다. 마을 좌측은 광교산과 바라산 줄기 능선이 힘차게 뻗쳐 내려오고, 우측은 바라산과 청계산 능선이 이어져 내려오다 마주쳐 끝나는 곳이 내 고향이다. 마을은 광주 쪽에 70가구와 용인 쪽에 100가구가 옹기종기 모여 평화로운 마을을 이루며 사는 곳이다.

우리 집은 동막천이 흐르는 중간 마을에 있다. 상류로 올라가면 윗마을이 있고, 그 위에 저수지가 있다.

어느새 해는 서산에 걸쳐있고 붉은 노을이 아름답다. 설레는 마음으로 마을 앞 개울가에 이르자, 우리 집 사립문이 정겹게 보이고, 개울 건너편에 경주 그 아이 집이 보였다.

우리 집은 가난하다. 가뜩이나 어려운 살림에 불이 두 번이나 났다. 집이라야 흙집으로 지은 초가집은 노후되어 아궁이에 불을 때면 사방 천지 깨진 틈새로 연기가 나오는 집이다. 궁색한 집은 식구 4명이 겨우 사용할 정도이며, 살림살이는 늘지 않고 오래된 것들이 아무렇게나 뒹구는 쓸쓸한 집이다. 불이 나 두 번이나 집을 용인과 광주를 오가면서도 우리 집은 왜, 이런 곳으로 이사 가야 하느냐며, 불평한 적이 있었다. 기와집에 대문이 크고 넓은 집으로 가고 싶었지만, 우리가 가는 곳마다, 사립문으로 된 작은 집이다. 철부지 아들이 하는 소리를 들으며 부모님은 얼마나 힘들어하셨을까, 하는 생각에 문뜩 마음이 아팠다.

집 앞에 있는 느티나무는 몰라보게 커서 앞마당까지 그늘을 덮고 있었다. 반쯤 열려있는 사립문을 열고 들어서자, 마침 저녁을 준비하던 여동생 진희가 부엌에 있다가 나를 보고 깜짝 놀라 다가온다.

"오빠! 제대했어?"

"그래, 잘 지냈니?"

반가운 마음에 동생 손을 잡아본다.

"아버지는 어디 가셨어? 진욱이도 안 보이네."

"응, 윗마을에 일 가셔서 저녁 드시고 늦게 오실 거야."

여동생 진희는 나보다 6살이 적다. 일찍 어머니가 돌아가시고 고생을 많이 한 동생이다. 엄마 사랑을 흠뻑 받아야 할 초등학교 1학년 때 엄마가 돌아가시면서 안타까운 어린 시절을 보냈다. 그 나이에 부엌살림을 한다는 게 말이 될 수 없는데도 동생은 그렇게 힘든 생활을 시작하였다. 가정이라는 울타리 속 구심점인 엄마가 없으니 우리 집은 온전히 돌아가지 않았다. 늘 어둡고 생기가 없는 외로운 가정이었다. 그런 동생에게 오빠인 나도 아직 철들지 않아 집 밖으로만 맴돌다 보니 우리 집은 온기가 없는 쓸쓸한 집이었다.

다행히 바로 아래 동생 진욱이가 진희와 사이가 좋고 나이 차이가 크게 나지 않다 보니 둘이 어린 시절 의지하며 생활한 것이 그나마 다행이었다.

아버지는 젊은 시절 만주에서 항일운동을 하시다 큰 어려움을 겪으셨다. 일제 점령기 시절 독립을 위하여 국경을 넘나들다 붙잡혀 오랫동안 고생하셨다. 그때 당한 트라우마로 제대로 된 삶을 영위할 수 없었다. 설상가상 해방된 조국이 남북으로 갈라지자, 그것을 막으려다 심한 홍역을 치르고 끝내 한을 품고 사셨다. 젊은 시절에 노력한 일들이 헛된 일이 아닌데도 그 후유증은 오래도록 남았다.

우리 집은 어둡고 쓸쓸한 집이다. 조그만 집에는 안방과 건넌방 그리고 작은 마루가 있다. 안방은 아버지와 여동생 진희가 사용하고, 건넌방은 나하고 남동생이 사용했다. 그런 상황이다 보니 나는 밖으로 나다니기만 하였다. 쓸쓸하고 초라한 집보다는 반겨주며 살갑게 대해주는 친구 집을 더 좋아하니 동생들이 많이 속상해한 것이다.

마치 바람난 똥개처럼 쏘다니며 방황하였다. 그런 내가 입대하여 3년이라는 군 생활을 하다가 이제 제대해 돌아온 것이다. 어린 동생이 정성껏 준비한 저녁을 먹고 잠시 생각에 잠겨본다.

해는 완전히 광교산을 넘어가고 어둠을 뚫고 불어오는 바람이 뜨거웠다. 한참을 기다려도 아버지와 동생 진욱이 들어오지 않아 마음이 급해졌다. 이러고 있을 때가 아니라는 생각이 들어 마루에서 일어섰다.

"잠시 나갔다 올게."

아직 어린 동생은 내가 경주를 좋아하는 걸 모르고 있다. 경주는 진욱이보다도 어리고, 동생 진희보다는 언니이기 때문에 굳이 그런 말을 할 필요가 없기 때문이기도 하지만, 마을에 소문 나는 것이 아직은 아니라는 생각에 말하지 않은 것이다.

밖에 나와 보니 어두웠다. 크고 작은 수많은 은하수가 별밭을 이루고 있었다. 어제까지는 병영에서 느끼는 하늘과 고향에서 보는 하늘은 사뭇 달라 보였다. 더운 바람이 불어오지만, 가슴에 와 닿는 느낌은 기대감 속에서도 두려움과 설렘으로 다가왔다.

개울가 둑을 따라 뽕나무, 미루나무, 아카시아 잎이 바람에 흔들리며 반갑다는 듯 인사하고, 무성한 풀숲에서 산비둘기가 구구대며 날아올랐다. 깊어가는 여름을 아쉬워하는 듯 해 떨어진 밤에도 매미는 구슬프게 울어대고 알 수 없는 곤충 울음소리가 발걸음을 재촉했다.

아픔이 희망으로

1년 전 사고를 당한 경주가 걱정되었다. 얼마나 다쳤는지, 그 동안 얼마나 힘들었는지조차 사실 모르는 상황이다. 마음을 추스르며 경주네 집으로 갔다. 우리 집에서 경주네 집 거리는 15분을 걸어가야 한다. 성큼성큼 큰 걸음으로 뛰면서 경주네 집 앞에 다다르자, 올 때와는 다르게 선뜻 들어가지 못하고 문 앞을 서성이고 있었다.

빨리 만나야 한다는 생각으로 왔지만, 막상 집 앞에 이르자, 어떻게 하는 것이 좋을지 망설이는 것이다. 문밖에서 기다리다 경주가 나오면 좋겠지만, 언제 나올지도 모르고, 지금 집에 있는지도 모르는 상황이다. 할 일 없이 경주네 대문 앞을 여러 번 지나치며, 들어가지 못하는 것은 아마 무거운 책임감이 나를 멈추게 한 것 같았다. 한참을 집 앞에서 머뭇거리다가 보니 시간이 많이 지났다. 남자답게 들어가 부모님에게 전역 인사도 드리고, 당당히 하는 게 좋겠다는 생각이 들었다. 경주네 집 형편도 썩 좋지는 않은 집이다. 대문도 우리 집처럼 사립문으로 되어있는 집이다. 대문을 열고 들어가면 전면에 안방과 건넌방이 있고 좌측에 경주가 사용하는 작은 방이 있는 외채 집이다. 우측에는 예쁘게 가꾼 정원과 우물이 있다.

귀를 세워 들어보니 경주 방에서 도란도란 이야기 소리가 들렸다. 너무나 반가운 정경주, 그 아이 목소리가 들리는 것이다. 아무리 경주와 좋아하는 사이라고 하지만, 그래도 집에 부모님이 있는데, 무턱대고 들어가는 건 예의가 아니라는 생각이 들어 이름을 불렀다.

"어머니! 계세요. 경주야!"

잠시 후 방문이 열리며 경주 어머니와 아버지가 나오셨다. 아버지는 몸은 야위셨지만, 건강해 보이시고 어머니는 옛날과 다름없이 인자한 모습으로 나를 대해주셨다. 언제 만나도 어머니는 내 손을 반갑게 잡으며 위로해주시는 분이다. 경주 엄마는 우리 엄마 같았다. 우리 엄마가 일찍 돌아가시고 없다 보니 참 안타까운 가정이라며 나를 만나면 힘을 주시던 분이셨다.

어느새 작은방에 있었던 경주와 동생까지 나와서 반갑게 맞이했다.

"안녕하세요. 진성입니다. 충성!"

"진성이라고."

따뜻하게 반겨주는 경주 부모님에게 전역 인사를 드리고 나는 경주 방으로 들어갔다. 방에 들어가자, 정겨운 내음이 감미롭게 다가왔다. 그건 오래전 우리 엄마가 돌아가신 후 잊어버린 꿈같은 내음이었다. 경주 방에는 오래된 반쪽짜리 옷장이 보이고 좌측에는 반닫이와 색바랜 문갑이 있고, 그 위에 하얀 원단에 예쁘게 수놓은 천이 덮여있었다. 문갑 위에는 성모 마리아상이 숙연한 모습으로 나를 반겨주었다. 오랫동안 느끼지 못한 행복한 방을 보았다.

"오늘 제대하신 거예요?"

"네, 오늘 전역하였습니다."

경주 동생이 반가워하며 말을 걸었다. 이 집은 딸이 다섯이고 아들이 하나 있다. 큰 언니부터 둘째까지는 결혼하였고, 셋째 언니는 결혼할 사람이 있다고 한다. 아무 말이 없던 경주도 반갑게 웃고 있지만, 그 얼굴에는 수심이 가득해 보였다.

얼마나 다쳤는지 알 수 없지만, 그 상처를 이겨내기에는 너무 어리고 나약한 아이다. 언제 보아도 밝고 청순한 얼굴이었는데, 나이에 걸맞지 않게 쓸쓸한 그늘이 얼굴에 보였다.

피식 웃으며 어느새 다친 손을 몸 뒤로 감추는 걸 보고 내 가슴은 갈기갈기 찢어지듯 아팠다. 사람들을 만나면 무의식적으로 다친 손을 감추는 것이 습관이 된 것이다. 그 웃음에는 만났다는 기쁨보다는 애처롭고 처연한 모습이 가슴을 뭉클하게 하였다.

"경주야! 잘 있었니?"

"군 생활하느라 고생하셨습니다. 전역을 축하합니다."

1년여 만에 본 경주 얼굴에는 가련함이 묻어있었다. 언제나 밝게 웃으며 청순해 보이던 모습이었지만, 오늘 처음으로 무겁고 측은한 얼굴을 볼 수 있었다.

잠시 침묵이 흘렀다. 다친 손을 자꾸만 등 뒤로 감추는 모습에 나는 가슴이 아파 견디기 어려운 감정이 북받쳐서 앉아있을 수 없었다. 벌떡 일어나 밖으로 나왔다.

아직 구름 속에 묻힌 달은 그 모습을 보여주지 않는 어두운 밤이었다. 뒤따라 나온 경주에게 오라는 손짓을 하고 문밖으로 나왔다. 사고를 당하고 그 고통을 견뎌낸 것이 대견하기도 하지만, 나로 인하여 일어난 사고인데도 아무런 도움을 주지 못한 시간이 죄스럽고 미안했다. 오늘은 무슨 말이라도 해서 경주의 아픔을 위로하고 용기를 주고 싶었다.

내 마음과 다르게 행여나 오늘은 시간이 늦었으니, 내일 만나자고 할 것 같아 마음이 불안했다. 다행히 아무 말 없이 경주는 개울가 둑길을 걸어가고 있었다. 나는 그 아이를 만난 것에 대한 설렘과 기쁨, 그리고 두려운 마음으로 따라가고 있었다.

까만 들판에서 반딧불이 반짝이고 하늘에는 은하수가 아름답게 무리 지어 빛나고 있었다. 마치 흐드러지게 피어있는 개망초꽃을 우주 공간으로 옮겨놓은 것처럼 정겹고 아름다웠다. 두려운 마음을 품고 있다가 만나서 그런지 아픈 경주를 만났다는 사실 자체만으로 너무 긴장되어 가슴이 떨렸다.

"잘 있었어? 보고 싶었어. 다쳤다는 소식을 듣고 문병 한 번 못 가서 미안해."

경주의 상태가 걱정되다 보니 미안함과 죄책감으로 내 목소리는 감상적 우수에 젖어있었다. 군대생활을 하면서 내 맘대로 하지 못했다며, 변명하였지만, 경주는 말없이 흐르는 개울물만 바라보고 있었다. 구름에 가렸던 달빛이 경주의 얼굴을 비추자, 눈가에 이슬이 맺혀있는 것이 보였다. 소리 없이 흘리는 눈물을 보자 나도 눈물을 흘리며 오랫동안 우리는 말없이 앉아있었다.

"그때 서울에서 내 욕심만 부린 것 같아서 미안해. 얼마나 다친 거야?"

"..."

경주는 아무 말도 하지 않고 달빛에 젖어 흘러가는 물만 바라보고 있었다.

"전날 밤새워 근무했다는 걸 알고도 내 욕심만 채우려고 무리하게 요구한 거야. 다 내 책임이야. 내가 책임질게. 미안해."

"..."

1년 만에 보는 경주를 위로할 방법이 없었다. 가까이서 보는 그 아이의 모습은 너무 말라 있었고, 그 더위에도 장갑을 끼고 자꾸만 뒤쪽으로 숨기려 하는 모습을 보면서 안타깝고 숙연한 마음에 눈물이 나왔다. 그 순간 눈물을 강제로 참았다. 가슴속에서는 숨 막히는 고통이 왔지만, 대수롭지 않은 것처럼 태연한 모습을 보이며 용기를 주고 싶었다.

그 모습이 가여워 얼굴을 들어 그 아이를 똑바로 보지 못하고 머리를 돌렸다. 견딜 수 없는 미안함에 가슴에 심한 통증이 왔다. 칼로 내 가슴을 난도질하는 것이다. 담담하게 말하는 내 목소리는 이미 눈물에 젖어있다는 것을 경주는 알고 있었다. 안타깝고 애처로운 모습이다. 그 아이의 슬픔이 어느 정도인지를 가늠할 수 없지만, 내 가슴은 걷잡을 수 없이 흐르는 눈물에 한동안 아무런 말도 하지 못하고 그 아이만 바라보고 있었다. 가엾게도 양쪽 손을 다 다친 것이다.

어린 나이에 얼마나 놀라고 힘들었을까? 이렇게 견디고 있다는 것이 대단한 정신력이라는 생각이 들었다. 그나마 덜 다친 왼

손을 잡으려고 하자 그 손도 내어주지 않았다. 아마 내가 더 부담 가질 것 같다는 생각에 손을 빼는 것 같았다.

슬퍼하는 내 마음같이 달빛도 구름에 가렸다가 가냘픈 경주 얼굴에 살며시 비쳤다. 눈가에는 아직도 촉촉한 눈물이 맺힌 것을 보고 나는 견딜 수 없었다. 나로 인하여 사고를 당하고, 그 후 유증을 평생을 가지고 간다는 게 마음 아팠다. 내가 살아있는 한 경주가 당한 상처를 내가 함께 지고 가야 한다. 경주와 한평생을 함께할 것이라 마음을 굳게 먹었다.

경주가 다친 걸 알고 복귀한 나도 고민을 많이 하였다. 당장이라도 달려가고 싶지만, 그러지 못한 것을 어떤 말로 변명할 말이 없었다. 그 후 나도 손을 다치고 그 사고로 인하여 지금도 손가락에 장애가 있다는 것을 경주에게 말하게 되었다. 어쩌면 이것은 경주의 고통을 서로 나누고 이해하며 살아가라는 운명이라 생각하였다.

"미안해. 내가 잘할게. 영원히 너를 사랑하고 행복만 있게 해줄게. 네 눈에서 눈물 흘리는 일은 절대로 없을 거야. 내 생명이 끝날 때까지 너하고 함께할게. 이제 나만 믿고 울지 마! 이제 군 복무도 마쳤으니, 직장도 잡고 노력할게. 그리고 우리 결혼하자."

"… 오빠 마음을 알아요. 그러나 나는 회복하기 어려운 장애가 있어요. 그냥 사랑한다고 해서 해결될 간단한 문제가 아니에요."

"그렇지 않아. 나는 너를 사랑하고 나로 인하여 생긴 일이잖아. 내가 다 이겨낼 수 있으니 너는 나를 믿고 따라오기만 해."

"오빠 때문에 사고 난 거 아니니, 그렇게 생각하지 말아요."

나는 내어주지 않는 아픈 손을 강제로 잡았다. 잡는 순간 가슴이 철렁하며 내려앉았다. 상처 난 부위가 장갑 위로 손가락이 하나가 없다는 걸 확연하게 느끼면서 내 손은 떨리고 너무 아프게 다가왔다. 가슴이 아프다 못해 송곳으로 찌르는 고통이 다가와 참지 못하고 한동안 흐느끼며 울었다. 상처가 심해서 아예 보여주지 않는 오른손은 얼마나 다친 걸까? 가엽고 안타까웠다. 꿈 많은 소녀가 이렇게 험한 일을 당한 게 슬펐다. 잘 움직이지 못하는 손, 절대로 이 손을 놓지 않으리라 마음먹었다.

"경주야! 이 시간 너에게 약속할게. 저 하늘에 있는 달과 별들과 산천초목 그리고 지금 살아서 숨 쉬는 만물 앞에서 맹세할게. 나는 너를 영원히 사랑하며 책임질 것을 약속할게. 너도 변하지 말고 우리 결혼해서 한평생 사랑하며 살자."

그러나 경주는 대답하지 않았다. 흐르는 동막천 물소리가 아프게 들리고 풀벌레 우는 소리도 경주의 아픔을 위로하는 소리 같았다. 멀리서 구구대는 비둘기 울음소리와 이따금 들려오는 소쩍새 울음소리가 마음을 더욱 아프게 하였다.

내가 살아있는 동안 절대로 이 아이의 눈에서 눈물을 흘리지 않게 하겠다며 다짐하는 밤이었다. 우리는 참 오랜 시간 밤이 깊어가는 줄도 모르고 새벽까지 이야기를 나누었다.

경주를 응원하듯 수많은 반딧불이 밤새도록 우리 주위를 맴돌며 만남을 축복해주고, 드넓은 우주 공간에는 별들이 아름다운 자태를 뽐내고 있었다. 그러다 어느 별에서 떨어지는 것인지 별똥별이 서쪽 하늘에서 동쪽 산으로 긴 꼬리를 달고 떨어지고 있었다.

새벽 시간에 들어가 잠을 청하려 해도 잠을 이룰 수가 없었다.

어제저녁 경주와 나누던 말을 생각해보았다. 사실 그렇게까지 심하게 다쳤을 거라 예상하지 못했다. 그 아이가 처한 상황이 너무 애처롭고 아팠다. 그 아이를 행복하게 해주려면 내가 변해야 한다. 무엇보다도 지금 우리 집 형편으로는 마음뿐이지 어떻게 할 수 있는 게 없었다. 가난을 벗어나려면 피나는 노력을 해야겠지만, 중요한 것은 무엇을 어떻게 해야 가난이라는 굴레를 벗을 수 있을까 고민하게 되었다. 걱정하다 보니 머리가 어지럽다.

잠결에 들으니, 아버지는 일찍 일어나 밭에 가려고 지게에 퇴비를 싣고 계셨다. 이제 제대하여 곤히 잠자는 아들을 깨우지 않으려고 조용히 일어나신 것이다. 그러나 나는 무거운 짐을 지고 가시는 아버지가 안쓰러워서 벌떡 일어났다.

"아버지! 밭에 가시려고요? 저도 같이 가겠습니다."

"오늘은 그냥 쉬거라."

일어나 보니 마당 한쪽에 있는 퇴비를 지게에 한 짐 가득 실어놓으셨다. 나는 얼른 헛간에서 다른 지게를 가지고 와서 한가득 퇴비를 실었다. 안골 밭에까지 가는 시간은 20분이나 걸리는 곳이다. 힘들게 일하시는 아버지를 보니 너무 안타까웠다. 일하시는 것도 재미로 하는 것은 아니지만, 그래도 무슨 희망과 즐거움이 있어야 하는 게 아닌가?

나는 지금껏 아버지를 봐서 알고 있다. 농사일을 그렇게 부지런히 해도 봄이 되면 먹을 것이 부족해 힘들어하는 걸 보면서 살아왔다. 내 농지도 아니고 남의 농지다. 아버지는 소작료를 내고 남은 식량으로 보리 수확시기까지 견뎌야 했다. 식량이 부족한 우리 집도 죽을 쑤어 먹거나 밀가루 수제비로 견뎌야 했다. 그러다 보니 어린 시절 산과 들에서 풀뿌리, 소나무껍질, 찔레나무 새순, 잔대 뿌리를 찾아 먹으며 자란 것이다.

우리 집터도 우리 토지가 아니고 남에 토지다. 무엇 하나 내 것이라는 게 없다 보니 나 또한 자라면서 위축되는 삶을 산 것이다. 이렇게 궁핍하고 어려운 집안이라는 게 싫었다. 이미 경주 부모님은 우리 집이 가난하다는 것은 알고 있지만, 그래도 사랑하는 경주에게는 이런 모습을 감추고 싶었다.

마을 사람들이 똑같이 어려운 건 아니다. 어느 집은 기와집에 고래등같이 크고 땅도 많다 보니 그 집 아이들과 똑같을 수 없었다. 시작은 누구나 평등하다고 생각하지만, 태어나면서 이미 정해진 길이다. 다만 어려서 모르고 지날 뿐이지, 동등 속에서 차별을 느끼게 되고, 변하려 애를 써도 또 다른 편견과 잣대에 나는 성장하면서 서러움을 느끼며 살았다.

읍내에 본가가 있었다. 할아버지가 생존해 계실 때 큰아들은 본가에서 살고, 아버지는 동생이다 보니 결혼하면서 분가해서 생활하셨다. 그때는 큰아들이 우선이고, 재산도 장남에게 쏠리다 보니 작은 집은 재산 상속도 제대로 받지 못해 아버지는 속상한 마음이 많으셨다. 더구나 엄마가 일찍 돌아가신 이유도 가진 것이 없다 보니 그 여파로 힘들게 고생하다가 병원 치료도 받지 못하고 일찍 돌아가신 것이 가슴에 맺히신 것이다.

젊은 시절 국경을 오가며 항일운동을 하다 보니 미래를 준비하지 못했다. 그 후유증이 현실로 나타났다. 자식들에게 빈곤한 생활을 벗어나게 해줄 수 있는 최소한의 기반을 만들지 못한 자괴감에 사셨다.

그날 오후 경주와 나는 저수지 건너편 물가를 따라서 수백 그루의 아카시아 숲 군락지로 갔다. 봄이면 버드나무와 개복숭아꽃이 만발하고, 아카시아꽃 향기에 벌과 새들이 춤추는 곳이다. 어린 시절 친구들과 어울려서 나뭇가지로 작은 집을 만들어 놀던 추억이 서려 있는 공간이기도 하다. 아무도 찾지 않는 이 장소는 우리만의 공간이라 즐거운 곳이다. 숲이 우거진 저수지 물가 주변이지만, 이곳은 모래사막 같은 하얀 들판이다.

좌우로 움푹 깎인 모래 절벽은 저수지 공사를 하면서 필요한 모래와 흙을 공급해주던 곳이다. 그곳에 물총새가 집을 지었고, 작은 웅덩이가 자리 잡은 곳이다. 곡식을 심는 푸른 들판과 대조되는 특이한 사막은 우리들의 놀이터였다. 봄, 여름, 가을, 겨울 그곳은 어느 계절이라도 멋과 낭만이 있는 곳이라 우리는 자주 갔다. 지금은 사랑이라는 힘으로 이곳에 와서 놀지만, 어렸을 때는 해 떨어지면 무서워서 오지 못하는 곳이다.

나는 경주를 만나면 내 속에 있는 것을 다 말하겠다며 밤새도록 생각했다. 제대 후 처음 만난 자리에서 심하게 다친 그 아이에게 내가 책임지겠으니 걱정하지 말라고 하였다. 내가 사랑하고 좋아한다는 것은 알고 있지만, 제대로 고백한 적이 없었다. 입대 전에는 용기가 없어서 할 수 없었고, 휴가 때는 마음만 급했지, 얼렁뚱땅 넘기며 제대로 고백하지 못했다.

"경주야! 사랑해! 내가 살아있는 동안 변치 않고 너만, 사랑할게."

나는 몸을 낮춰 허리를 굽히며 그 아이에게 손을 내밀었다. 다쳐서 성치 않은 손을 어디서도 내밀지 않던 경주가 내 손을 잡는 것이다. 고맙고 숙연한 마음에 눈물이 났다. 얼마나 기다리고 바라던 일인가. 사춘기 시절 내가 힘들고 어려울 때, 나에게 희망으로 다가온 경주를 영원히 사랑해줄 것이다.

"산천초목은 들으라. 너희들은 이제 우리가 맹세한 약속의 증인이다. 나는 경주를 영원히 사랑할 것을 맹세한다."

어느새 상현달은 부끄러운 듯 서쪽 산 위에서 우리를 비추고, 일렁이는 저수지 물에는 잔잔하게 달빛 품은 윤슬이 출렁이고 있었다. 나는 큰 소리로 외쳤다. 산이 울리도록 또박또박 그리고 온 힘을 다하여 경주에게 내 마음을 전하며 약속하였다.

"나는 경주를 사랑합니다. 세상이 무너진다 해도 경주를 보호하고 끝까지 함께하겠습니다."

"나도 오빠를 영원히 사랑할 것을 약속합니다."

그 순간이 너무 기쁘고 즐거웠다. 설레고 기쁘다 보니 어느새 나는 저수지 물로 뛰어들었다. 그동안 가슴에 뭉쳐 응집되었던 응어리가 풀리고, 날아갈 것 같은 마음에 저수지 깊은 곳으로 헤엄쳐 들어갔다. 잠시 후 화답하듯이 경주도 물속으로 나를 따라 헤엄치며 들어오는 것이다. 손이 자유스럽지 못해 어려울 것 같지만, 그 아이는 용감했다.

그 어두운 밤에 저수지에 들어가는 것이 쉽지 않은 일이지만, 우리는 깊은 곳까지 헤엄쳐 들어갔다. 낮에도 저수지 물속이 깊어 무서워하는 곳인데, 우리는 사랑의 힘으로 함께하고 있었다. 이날의 아름다운 추억을 영원히 기억하며 지키고 싶었다.

잠시 후 우리는 저수지 물가로 나와서 검푸른 저수지 물을 바라보니 조금 전에 깊은 곳까지 헤엄쳐 들어간 것에 대한 두려움이 들었다. 대낮에도 하기 어려운데, 우리가 들어간 것은 아마 사랑의 힘이 아니면 할 수 없었을 것이다.

　이곳 저수지는 아무런 이유 없이 잘 놀다가도 어느 순간 물에 빠져 죽은 사람이 많은 곳이다. 그래서 귀신이 끌고 들어간다고 생각하여 혼자서 오는 것이 무서워 조용한 밤에는 사람들이 오지 않는 곳이다.

　"경주야, 물 가까이 가지 마. 이 저수지 물 가까이 가면 귀신이 나와서 끌고 들어간다."

　경주가 깜짝 놀라며, 나에게 가까이 다가서는 것이다. 나는 그 아이를 꼭 끌어안아 주었다. 정말 너무 예쁜 아이다. 이런 아이를 만나고 사랑할 수 있다는 것이 꿈만 같았다. 나로 인하여 큰 고통을 겪는 경주를 더 사랑해주고 힘들지 않게 해주겠다며, 나는 다짐을 하고 있었다.

　저수지 건너편 산은 짙고 푸른 어둠에 묻혀 웅장하고 장엄해 보였다. 산 능선을 따라 북쪽 바라산 쪽으로 벋친 능선은 마치 몸부림치던 용이 어느 순간 멈춘 모습같이 신비해 보였다. 이따금 알 수 없는 산 울림소리는 계곡과 계곡 사이에서 깊게 울리고, 더 깊고 깊은 산을 만들며 밤은 익어가고 있었다. 밤이 더 깊어질수록 산짐승들의 울음소리와 부엉이 울음소리가 나를 더욱 각인시켜 주고 있었다.

　윤슬로 출렁이는 물속에서 첨벙대는 소리가 유난히 크게 들렸다. 물속에서 유영하던 고기들이 밤의 바깥세상을 보기 위하여 물 밖으로 튀어 오르는 소리가 별빛의 보호를 받으며 몰래 천사들이 수영하는 소리 같았다.

나는 강해져야 한다. 더욱 인내하고 참으며 이기는 법을 배워야 한다. 나는 누구를 바라보며 기댈 곳이 없는 사람이다. 내가 만들고 이루어야 한다. 이제는 어린 철부지 소년도 아니고 부모님만 바라보는 나이도 아니다.

'소도 언덕이 있어야 비빈다'라고 말하지만, 나는 정말 기댈 곳이 하나 없어도 할 수 있다는 희망을 안고 갈 것이다. 측은한 모습으로 나를 응원하며 바라보는 사랑스러운 그 아이 눈을 보면서 입술을 깨물었다. 내가 이 가난을 이겨내리라 다짐했다.

'개천에서 용 났다'라는 말은 나에게 하는 말이었다는 걸 보여주고 싶었다. 이렇게 더운 날에도 경주는 긴팔 블라우스를 입고 있다. 상처 난 손을 보이기 싫어서 아무리 더워도 반팔 옷을 입지 않는다고 한다. 나도 경주와 같은 생각을 하며 반팔을 입지 않을 것이다. 작은 일이라도 경주가 힘들지 않게 해주고 싶었다.

그 아이는 참 착하다. 어린 시절부터 지금까지 찡그리고 화내는 걸 본 적이 없다. 천사가 있다면 저런 아이가 천사일 거라는 생각이 들었다. 지금까지 아무런 불평도 하지 않았으며, 언제나 나를 보고 미소 짓는 아이다.

우리 집이 가난하다는 것을 경주는 알고 있다. 나는 그것이 항상 마음에 걸리고 어떻게 하면 벗어날 수 있을까, 고민을 많이 했다. 우리는 장마로 떠밀려온 고목나무에 걸터앉아 앞으로의 계획을 이야기하며 시간을 보내고 있었다.

"경주야, 우리 집이 너무 가난해서 어떡하지?"

"아직 젊은데 무슨 걱정을 해요."

"내가 열심히 노력해서 돈 많이 벌어서 힘들지 않게 해줄게."

"나는 오빠를 믿어요. 걱정하지 말아요. 오빠가 있다는 그 사실만으로 난 기쁘고 행복해요."

"경주야! 우리 가족들은 너를 좋아한다. 특히 아버지는 너를 좋아하신다. 네가 우리 아버지에게 잘하다 보니 너를 제일로 생각하시고 며느리로 삼고 싶어 하신다."

내가 없을 때 경주는 우리 아버지를 만나면 더 관심 주고 챙겨준다는 것을 아버지에게 들었다. 아버지는 경주를 예뻐하고 좋아하신다. 내가 이 말을 경주에게 해주니 그 또한 뛸 듯이 기뻐하며 좋아한다.

우리는 저수지 물가를 걸었다. 저수지 주변은 깊은 산이다. 얼마 전에도 산짐승이 나타나 사람들을 놀라게 하고 가축을 물고 가는 무서운 곳이다. 그러나 아무리 무서운 곳이라도 우리는 둘이 있으면 신이 났다.

결투

무더위로 뜨겁게 달아오른 대지를 식혀주듯이 새벽부터 비가 내렸다. 마루에 앉아서 비 그치기를 기다렸지만 금방 그칠 것 같지 않았다. 세차게 내리는 비가 처마를 타고 내리는 빗소리가 마치 클래식 음악소리 같았다.

"형! 오늘은 비가 와서 일하기 어려우니 윗마을이나 갑시다. 사람들이 보고 싶다고 하는데."

제대 후 처음으로 마을 친구와 형, 그리고 동생들을 만나 즐거운 시간을 갖게 되었다. 친구 집에서 한참 놀다 보니 비가 그쳐 죽마고우들과 개울 언덕길을 걷고 있었다. 이 마을도 이제는 본토 원주민들만 있는 것이 아니라 외지에서 들어와 사는 분들도 많았다.

어느 마을이나 마찬가지로 이곳도 보이지 않는 텃세도 있고, 그것을 이겨내 군림하려는 사람들이 있다. 마을 이야기를 하던 중 얼마 전에 새로 이사 온 홍성구 이야기가 나왔다. 이 친구는 키도 크고 당당한 체구에 나보다 나이가 두 살 많으며, 서울에서 살다가 왔다고 한다. 비교적 경제적인 능력이 괜찮은 집이다 보니 이사 오면서 자기를 과시하려는 사람이다. 이곳에 와서 농지도 많이 매입하고, 내가 부러워하던 갑수 형님 집을 매수한 사람이다. 죽마고우들이 모처럼 같이 모여 돌아다니다 보니 그 홍성구 집 앞까지 오게 되었다.

"야! 고광섭, 이리 와봐라."

광섭이는 착한 친구다. 나보다 한 살 적지만, 시골에서는 앞뒤 한 살 차이는 친구로 통했다. 광섭이하고는 지금 사는 것은 덤이라고 할 정도로 죽음의 고비를 함께 넘어온 친구였다. 저수지에서 물이 넘어와서 큰 물웅덩이가 자연적으로 생긴 곳이 있다. 이곳이 위험해 콘크리트 벽으로 물막이 공사를 한 곳이라 깊은 곳은 2미터가 넘는 곳이다. 우리는 이곳에서 수영하다가 물에 빠져 죽을 뻔한 일이 있었다.

그날 나는 물에 들어가 수영하고 있는데, 밖에 있는 친구들이 착하고 얌전한 광섭을 수영하라며 물속으로 떠밀어 넣은 것이다. 친구들의 장난으로 떠밀려 물속에 빠진 광섭이가 나를 꼭 안고는 손을 풀지 않았다. 물 밖에 있던 친구들은 장난이라고 생각하고 쳐다만 보고 있었다. 나도 몰랐는데, 광섭이는 시골에 살면서도 수영할 줄 모르는 친구였다. 나는 물속에서 몇 분 동안 빠져나오려고 하였지만, 내 몸을 껴안고 있는 광섭이가 잡은 손을 놓지 않아 얼마나 물을 많이 먹었는지 모른다.

시간이 지나도 물속에서 나오지 않자 그제야 문제가 생긴 것을 알고 친구들 도움으로 나올 수 있었다. 그날 우리는 인공호흡

끝에 겨우 살아난 친구였다. 그런 죽마고우 친구를 홍성구가 마치 부하 대하듯 부르는 것이 아닌가. 중요한 것은 이 친구가 이 마을 젊은 사람들을 자기 휘하에 두려는 듯 물질 등 다양한 방법과 거친 행동으로 기를 죽이며 자기 말에 따르게 한다는 것이다.

밖으로 나온 홍성구가 나를 보며 누구냐고 물어보는 것이다. 군대 갔다 제대한 김진성이라는 말을 듣자, 예의를 갖추며 인사를 하는 것이다.

"반갑습니다. 동생 진욱을 통해 말씀은 많이 들었습니다. 나이도 같은 연배인 것 같으니 잘 지내시지요."

홍성구는 자기 집으로 우리를 안내하였다. 고향 후배들과 대화하는 분위기를 보니 이미 홍성구에게 한풀 꺾여 그 말에 복종하는 모습이었다. 그 친구가 말하는 대로 따라가고, 그 친구의 말에 어떠한 반론을 달지 못하는 것을 보고 나는 그 친구를 다시 한번 쳐다보니 다부진 체격이었다. 떡 벌어진 가슴에 굵은 목 그리고 큰 키에 강해 보이는 다리를 보니 레슬링 선수처럼 보였다. 시골 친구들은 홍성구의 체격과 강한 말투에 이미 눌린 모습이다. 집에 들어가 보니 혼자 쓰는 방에는 원목으로 된 장롱과 흔히 보지 못한 흰색 서랍장이 있고, 액자에는 레슬링 경기를 하는 사진이 여러 장 있어 그 사진을 보고 기가 꺾인 것 같았다.

"커피 한 잔 하시지요. 야! 너희들 뭐하냐? 커피 좀 타라."

홍성구의 말 한마디에 동생들이 우르르 달려들어 커피를 타서 한 사람씩 돌려주는 것이다. 시골 어느 집에 가도 커피와 커피포드가 준비된 집이 흔하지 않았다. 이런 것을 갖춘 집은 승용차를 가지고 있는 집처럼 부의 상징으로 보였다.

내가 보니 이 친구는 내 앞에서 자기 힘과 능력을 보여주며 자랑하는 것이다. 고향 후배들에게 명령하면 따른다는 것을 나에게 보여주며 내 기를 꺾으려는 것이었다.

"정식으로 인사하시지요. 저는 홍성구라고 합니다. 나이는 26살입니다."

이 정도면 나도 이제 바짝 신경을 써서 우리 마을이 그렇게 쉬운 것이 아니라는 것을 보여주어야 한다.

"김진성입니다. 나이는 24살입니다."

"잘 지내봅시다. 그리고 보니 내가 형이네요."

"형 동생은 아무나 보고 하는 것이 아닙니다."

그 말에 성구는 짐짓 당황하는 표정을 지으며 잘 지내보자고 분위기를 바꾸는 것이다. 그리고 자기 위상을 높이려고 하는지 지금까지 겪은 일들을 침 튀기며 자랑하였다. 서울에서 살다가 이곳으로 온 내용을 말하다가 느닷없이 정경주, 그 아이 이야기를 하는 것이다. 경주 부모님과 친하다고 하면서 그 애를 점찍었으니 많이 돌봐주라는 것이다. 순간 머리로 피가 솟는 것 같은 언짢은 기분이 들었다. 내가 사랑하는 사람이고, 미래를 약속한 사람을 지칭해 말하는 것이다. 참고 인내할 수가 없었다. 이 상황에서 아무런 말도 하지 못하는 건 내가 사랑하는 경주를 홍성구에게 넘기는 꼴이 되는 것이다.

"무슨 헛소리를 하는 거요?"

내가 무슨 헛소리냐고 말하자 당황한 모습으로 엉거주춤하는 것이다. 이놈이 어디서 들었는지 몰라도 내가 경주를 좋아한다는 걸 미리 듣고 나를 떠보려는 것 같았다. 처음 만나자마자 생각지도 못한 도발을 하는 얼굴은 덩치에 걸맞지 않게 음흉해 보였다. 그것도 내가 사랑하는 여자를 입에 담는 건 내 자존심을 건드는 것이다. 그렇다면 더욱 가만 놔둘 수가 없다.
"지금 무슨 소리를 하는 겁니까?"
"왜, 그러십니까?"
"점을 찍었다고 함부로 말하는 것을 어디서 배웠는지 몰라도 우리 마을에서 이런 식으로 함부로 입을 놀리면 이 마을에서 같이 어울리기 어렵습니다."
경주 이름이 홍성구 입에 오르내리는 게 싫었고, 내가 사랑하는 사람을 모욕하는 것 같은 그 말에 참을 수 없는 불쾌함과 모욕감을 느꼈다. 예상하지 못한 말이라고 생각하였는지, 순간 홍성구는 당황하는 모습을 보이며 말꼬리를 내리는 것이었다.
"강적이 나타났네. 내가 말실수했으니, 그만합시다."
그 얼굴에는 심한 경련을 일으키며 입술이 떨리고 있었다. 그 모습은 두고 보자, 기회가 오면 그때는 어떤 일을 만들겠다는 각오로 보였다.
"두 번 다시 그런 말은 하지 마시오."
홍성구는 그런 상황에서 침착하다는 것을 느꼈다. 이 정도면 당연히 일어날 싸움이라고 생각했는데, 몸을 떨면서도 참아내는 그 모습에 섬뜩함을 느꼈다. 마침 마을 형이 우리 두 사람 손을 잡으며 오해하지 말고 잘 지내라는 화해로 인사하며 헤어졌다.

본격적인 가을이 오기 전 어느 날, 우리는 마을 앞 개울가에서 또래들이 모여 천렵을 열기로 하였다. 저수지에서 넘어오는 물로 동막천 개울물은 힘차게 흐르고 있었다. 모래보다는 자갈과 크지 않은 돌멩이가 엄청 많은 개울이다. 개울가 농수로 둑에는 단풍나무와 미루나무가 작은 바람에도 흔들리며 노래 부르는 곳이다. 건너편 논과 밭에는 벼와 수수가 익어가며 가을 정취에 어울리는 평화로운 모습이다.

가까운 집에서 솥단지를 가져오고 일부는 양념을 준비하여 모처럼 즐거운 시간을 갖는 시간이었다. 친구들은 물속에 들어가 맨손으로 물고기와 다슬기를 잡고, 한쪽에서는 어항을 놓아 고기를 잡아 개천가에 돌을 쌓아 솥을 걸고 나무를 가져와 매운탕을 끓이고 있었다. 오랜만에 이런 시간을 가질 수 있어 나는 동심의 세계로 간 것 같아 마음이 설레고 흥분되었다.

나는 경주 그 아이도 오면 좋겠다는 생각에 물고기를 많이 잡고 음식 준비도 더 많이 하자고 친구들과 준비하였다. 양념을 넣어 매운탕을 끓이자 구수한 냄새가 코끝을 자극하니 너무 좋았다. 왁자지껄 젊은 사람들 목소리에 금방 마을 분들이 모이다 보니 예상하지 못한 큰 마을 잔치가 벌어진 것이다.

밀가루를 반죽하여 손으로 잘라 펄펄 끓는 가마솥에 넣다 보니 뜨거운 열기와 연기로 얼굴은 땀으로 범벅이 되었다. 모두가 떠들며 즐거워하다 보니 맛있는 요리가 완성되었다.

많이 끓였다고 생각했지만, 마을 분들이 많이 모이다 보니 순식간에 동이 났다. 그래도 즐거웠다. 또다시 어항으로 고기를 잡고 일부는 쫄대와 맨손으로 물고기를 잡아 다시 매운탕을 끓이고 라면까지 넣으니 그 맛은 가히 천하일미였다. 참 오랜만에 즐거운 시간을 즐기다 보니 마침 경주가 친구들과 길 건너에 보였다.

나는 손을 흔들며 빨리 오라고 손짓하자 친구들과 함께 다가온 것이다.

"경주야! 이리 와 이것 좀 먹어봐."

나는 얼른 매운탕에 라면을 넣어 끓인 것을 한 그릇 담아서 경주에게 주었다. 우리는 모처럼 또래들이 개울가에 모여서 재잘거리며 시간을 보내고 있었다.

늦은 여름의 태양은 뜨거웠다. 개울 건너편 논에는 벼가 익어가고 큰 미루나무 잎이 햇빛에 반짝이며 작은 바람에도 살랑거리는 풍경이 아름다웠다. 곡식을 잘 익히려면 뜨거운 태양이 있어야 하지만 개울가 자갈밭은 햇빛에 익어 너무 뜨거웠다.

느티나무 밑으로 자리를 옮겨 즐거운 시간을 즐기고 있을 때 홍성구가 왔다. 어디서 술을 마셨는지 술 냄새를 풍기며 나하고 경주가 앉아있는 중간을 비집고 들어오는 것이다.

"같이 좀 앉읍시다. 이렇게 놀 때, 나만 쏙 빼다니, 섭섭합니다. 외지에서 왔다고 따돌리는 게 여기 법입니까?"

틈 사이에 앉으며 비꼬듯이 말하는 게 무슨 시비를 걸려고 하는 거 같았다. 경주는 멀찍이 떨어져서 내 얼굴을 바라보며 조금만 더 참으라는 표정을 짓는 것이다. 얼마 전에 나하고 싸움이 일어날 뻔한 내용을 알고 있기에 무척이나 불안한 모습을 보이는 것이다.

"야! 형님이 왔으면 먹을 거라도 가지고 와봐라."

멀찍이 떨어져 있는 동생들에게 벼락같이 소리치자, 그 말이 떨어지기 무섭게 동생 하나가 얼른 일어나서 먹을 것과 술을 가지고 와서 따라주는 것이다.

"경주야! 그렇게 편파적으로 놀지 마라. 네 집에서는 잘 대해주고 밖에서는 원수 보듯이 왜 그렇게 하는 거냐? 그렇게 서 있지 말고 이리 와서 술 한 잔 따라봐라."

그 기세에 눌린 경주가 어쩔 줄 몰라 불안해하는 모습이다. 나는 얼른 경주가 서 있는 곳으로 가 걱정하지 말고 안심하라는 눈짓을 주었다.

"이러지 마시오. 아무리 취해도 입을 함부로 놀리는 게 아닙니다. 조용히 집으로 가시지요."

그 말이 떨어지기 무섭게 홍성구는 큰 목소리로 고함을 치는 것이다.

"시끄러워! 건방지게 끼어들지 말고 꺼져, 이 자식아! 경주야, 이리 와서 앉아봐라."

성구는 술에 취한 게 아니었다. 얼마 전에 일어난 일도 있지만, 이 기회에 이 마을에서 자기가 최고로 강하다는 걸 보여주고 싶어 하는 것이다. 진정 경주를 좋아한다면 더 살갑게 대하고 경주 부모님을 설득할 수도 있는데, 오늘은 자기가 누구라는 걸 모두가 보는 앞에서 확인시켜 주려고 하는 것이다.

"경주 이름을 함부로 내뱉지 마라. 이 마을에 정착해서 살기로 했으면, 기본적인 예의는 지켜야 하는 게 맞지, 지금 여기서 무슨 개 같은 소리를 하는 거냐? 이 사람 좋게 말해서 될 사람이 아니네."

아무리 참으려고 해도 이런 상황에서 모른 척 침묵하는 건 비겁한 짓이라는 생각이 들었다.

"뭐야! 이 자식이 네가 경주 애인이라도 되냐? 내가 경주에게 하는 말인데, 네 놈이 왜 지랄이냐. 저번에도 경주 이야기에 발끈하더니 네놈에게 무슨 이유가 있는가 본데, 너 오늘 맞아볼래?"

내 말이 끝나자마자 성구는 큰 소리로 욕을 하며 벌떡 일어나는 것이다. 나는 이 친구를 이렇게 놔두면 두고두고 마을에서 시비를 걸고 여자애들, 특히 경주에게 좋지 않은 짓을 할 거 같아 참을 수 없었다. 홍성구는 한동안 레슬링 운동을 하며 도 대표도 하였다는 걸 보면, 힘으로는 절대 누구에게도 질 것 같지 않은 사람이다. 그렇다고 지금 이런 상황에서 아무 소리 하지 못하고 꽁무니를 뺀다면 그거야말로 비겁한 짓이다. 경주 역시도 내가 무조건 참는 것을 좋아하지 않을 것이다.

싸움이 일어나면 내가 이긴다는 보장은 없다. 어쩌면 웃음거리가 될 수도 있지만, 나는 경주에게 나를 보여야 한다. 그 아이에게 가난한 우리 모습을 보여주는 것도 싫은데, 나약한 모습까지 보여줄 수는 없었다. 나도 그렇게 쉽게 당할 생각은 없었다. 무엇보다도 지금 이곳에는 내가 사랑하고 지켜야 할 사람이 있다. 얼마 전에도 경주를 자기가 찜해놓았으니 까불지 말라고 하던 놈이다. 그렇게 경고하였는데도 또 이곳에서 하는 짓을 보면, 언제라도 내가 없을 때 괴롭힐 놈이라고 생각하니 오늘 어떤 수를 써서라도 버릇을 고쳐야 한다.

세상 살면서 자기가 사랑하는 사람 하나 지키지 못하는 사람이 무슨 사랑을 이루겠다고 하겠는가. 누구보다도 경주에게는 인정받는 멋진 사람이 되고 싶었다. 자기를 위하여 생명이라도 내놓을 사람으로 보이는 것이 중요하다.

여기 있는 사람들의 생활 여건이 나보다 낫다. 그리고 지금 이곳에서 마을 젊은 또래 사람들을 자기 손아귀에 넣으려는 홍성구도 잘 사는 사람이다. 내 형편은 그와 비교도 되지 않는다. 그런데 용기와 기백마저도 없다면 내가 하나라도 나은 것이 없지 않은가.

"욕하지 말고 힘으로 할까? 아니면 좋게 말할 때 그냥 물러서던지?"

조용히 집으로 가라며 충고하자 약이 오르는지 펄쩍 뛰며 소리치는 것이다.

"뭐라고? 힘으로 하자고? 이 자식이, 허. 허."

성구는 내가 사과하던지, 아니면 힘으로 하자는 말에 아연 실소하며 순간적으로 몸을 돌려 내 머리를 휘어잡으려고 손을 뻗는 것이다. 살짝 얼굴을 피했지만, 그 손가락 끝이 내 왼쪽 얼굴을 스치고 지나가자 뜨끈한 기분이 들었다. 왼손으로 그의 소매를 잡으며 그를 노려보았다. 이미 내 얼굴은 상처로 붉게 부풀어 오르는 것이다.

"홍성구, 진짜 한 번 붙어볼래? 그냥 내려가라고 충고하였는데도 계속 이러면, 너는 혼날 수밖에 없고, 이 마을에서 같이 살 수 없다."

"좋다! 한 판 붙어보자."

성구가 대답하면서 싸움 자세를 취하는 것이다. 아무리 그래도 어른들과 여자애들도 있고, 꼬마들이 보고 있는데 싸우는 모습을 보여주는 것이 싫었다.

"좋다! 한 번 붙어보자. 네가 지면 마을 사람들과 경주에게 깍듯이 사과해라."

"맞아서 울거나 쓰러져 못 일어나면 진 것으로 하자. 자칫하면 네가 죽을 수도 있어서 하는 말이야. 그리고 피 흘려 더 이상 싸우기 어려워 손들면 싸움은 끝난 것으로 하자. 여기는 돌밭이라 다칠 우려가 있으니 저 개울 건너 유휴지 공터로 가자."

내가 공터로 자리를 옮기고 있을 때 친구들과 동생들이 나를 만류하는 것이다.

"싸우지 마! 절대로 이길 수 없어. 홍성구가 얼마나 힘이 센데."

동생들은 홍성구의 힘이 대단하다며 이구동성으로 만류한다.

"오빠! 싸우지 마! 다친다니까?"

경주는 내 손을 잡아 흔들며 매달리고 있었다. 나를 바라보며 애원하듯이 한사코 가는 길을 막아서면서 손을 부들부들 떨고 있었다.

"나 때문에 싸우는 거 알아. 그러니 여기서 멈춰! 제발 부탁이야."

"경주야! 지금 이놈을 혼내지 않으면 언제라도 너를 괴롭힐 놈이야."

그러나 마을 사람들은 짐작하고 있는 것 같았다. 이 싸움은 내가 질 것이고, 저 홍성구라는 놈의 행패를 앞으로 눈꼴사나워 어찌 보아야 하나 하는 생각들을 하고 있었다.

경주는 공포에 질린 표정으로 두려움에 떨고 있었다. 그 모습을 보니 가슴 아팠다. 그러나 나도 내 자존심이 있지 않은가. 나라를 지키는 군에서 전역한 지도 얼마 되지 않았으며, 험하고 억센 특수교육을 이겨낸 사람이다.

두려운 생각과 걱정으로 그 아이의 눈에는 벌써 눈물이 고여 있었다. 사람들은 나를 너무 과소평가하는 거 같았다. 키 180에 체중 60 호리호리하고 가냘픈 몸이지만, 군 생활 동안 어떻게 훈련받고 어떤 특수교육을 받았는지 사람들은 모른다. 일당백이라는 사명으로 혹독한 훈련을 받으며 최고라는 자부심으로 살았다. 비록 홍성구가 싸움을 잘한다고 하지만, 나 또한 그렇게 쉽게 넘어가지 않을 것이다.

잡풀이 무성하게 자란 들판 유휴지에 둘이 마주 서 있었다. 눈이 마주치자, 홍성구 손이 내 목을 잡으려고 세차게 뻗었다. 생각한 거처럼 그는 레슬링 운동을 해서 그런지, 주먹 나오는 순간 속도도 빠르고 주먹 힘도 강하다는 것을 느꼈다. 그 손에 잡히면 심하게 조르는 그 팔에 손을 들 수밖에 없다.

그 손을 피하다가 작은 돌부리에 걸려서 넘어지고 말았다. 그 순간 홍성구 발이 내 얼굴을 걷어찼다. 그 충격에 정신이 몽롱했다. 이제 내 위에 올라타 꺾고 조이면 싸움은 싱겁게 끝날 수밖에 없다. 달려드는 그 모습이 보였다. 무방비 상태인 거처럼 허점을 보이다가 순간 발로 그 가슴을 걷어차자 욱하는 소리를 내며 뒷걸음질하는 것이다. 그때를 놓치지 않고 벌떡 일어나 몸을 가다듬었지만, 내 얼굴에는 피가 흐르고 움직일 때마다 옆구리 통증으로 숨을 쉴 수가 없었다.

잠시 회복할 시간을 벌어야 한다. 다시 들어오는 공격을 피하기 어렵다는 생각이 들었다. 공격이 최선의 방어다. 나는 한발 물러서며 앞차기로 성구의 안면을 걷어찼다. 돌려차기와 주먹을 휘둘렀다. 회복하기 위해 위장 공격을 연속적으로 하다 보니 성구가 눈치를 챘는지 웃고 있다. 내가 내상을 입었다고 확신한 그는 마치 매의 날카로운 발톱에 일격을 당한 장기가 정신을 못 차리고 허둥거리는 먹잇감이라고 생각한 것이다.

홍성구는 내가 치명타를 맞았다며 사자가 고라니 새끼에게 장난치듯이 방심하고 있었다. 더 즐기려는 것 같았다. 마을 사람들과 경주 앞에서 자신의 존재를 더 높이려고 여유를 부리는 것이다. 주먹이 느슨하지만, 정확히 내 얼굴을 향하고 한 손은 내 손을 잡으려고 달려들었다.

그 기회를 놓치지 않고 앞차기를 하는 척하다가 돌려차기로 머리를 때렸다. 그 찰나의 순간에 내 발이 성구 뒷머리를 때렸다. 그렇게 맞았는데도 성구는 끄떡없었다. 나도 그 순간에 성구의 주먹이 내 얼굴을 스치다 보니 입 쪽이 찢어진 것이다. 잠시 옆을 본 사이에 성구 주먹이 또 내 옆구리를 주먹으로 찍는 것이다. 숨이 막히고 쓰러질 것 같아 뒤로 몇 발 물러섰다. 경주가 소리 지르며 우는 소리가 들렸다. 마을 사람들과 후배들이 싸움을 말리려고 나섰다. 나는 손을 뿌리치고 그들을 안심시키며 걱정하지 말라고 하였다.

"너, 오늘 나에게 죽었어. 지금까지 싸움에서 내가 진 적이 없다는 것을 모르지. 이놈!"

성구가 씩씩거리며 나를 놀리고 있다. 이것 또한 당황하게 만들어 나를 제압하기 위한 심리적인 전술이다. 성급하게 달려들면 성구의 기세에 눌려서 이 싸움은 끝난다. 순간적으로 들어오는 저 손을 피하며 급소를 가격하지 못하면 내가 쓰러질 것이다.

조금 전에 쓰러지면서 맞은 옆구리가 아프다. 주먹의 강도가 얼마나 센지 다시 맞으면 쓰러질 것 같다는 생각이 들었다. 옆구리 통증으로 허리를 곧게 펴지 못하고 고통스러워하는 것을 알고 성구는 거만한 웃음을 보이며 또다시 오른손이 내 얼굴을 향하여 오고 왼손이 옆구리 쪽으로 오는 것이다.

피하면서 또 얼굴을 맞았다. 눈에 별이 반짝인다. 이대로 가면 나는 쓰러진다. 하얀 이빨을 보이며 히죽거리는 성구 모습이 보인다.

"별것도 아닌 놈이, 깝죽거리고 있잖아."

성구의 비웃음 소리가 들려왔다. 역시 힘과 실력은 선수가 맞았다. 그 비웃음 소리가 나를 깨우는 것이다. 이겨야만 한다는 독한 마음에 순간적인 힘이 솟아났다. 성구 얼굴이 하마 얼굴처럼 커 보였다. 주먹과 발만 대면 다 맞힐 수 있는 사정거리가 되었다. 다시 들어오는 주먹을 피하며 명치를 걸어차자, 홍성구는 몸에 중심을 잃고 뒤로 물러서는 것이다. 고개를 숙이며 방어 자세를 취하는 것이다. 그 순간 한발 물러서며 뒤돌려치기로 성구의 귀밑을 때리자 억하며 비틀거렸다. 이어서 앞발 차기로 재차 턱을 때리니 몇 걸음 뒤로 물러서는 것이다.

오래 가면 안 된다. 옆구리 맞은 것이 아직도 숨이 막히고 입에서 뜨거운 피맛이 나는 것을 보니 상처가 심하게 난 것이다. 기선을 제압했을 때 한방이 중요하다. 자칫해서 그 손에 잡히면 싸움은 끝난다. 성구가 뒤로 물러서며 휘청거리는 모습이 보였다. 돌려차기에 내상을 입은 것이다.

홍성구는 처음부터 나를 붙잡아 쓰러트리면 싸움을 끝낼 수 있다고 생각하고 있었다. 그것을 이용해야 한다. 생각한 거처럼 나를 잡으려고 달려오는 것이다. 그 힘을 이용해 순간 전광석화 같이 뛰어오르면서 홍성구의 뒤 목덜미를 손으로 잡고 무릎으로 성구의 턱을 가격하자, 욱하는 비명을 지르며 그 자리에 쓰러지는 것이었다. 내 무릎에도 심한 통증을 느꼈다.

싸움이 끝난 후 돌아보니 처음보다 더 많은 사람들이 보고 있었다. 친구들이 나를 감싸고 일부는 쓰러진 성구를 업고 가는 것이다. 개울 건너편에는 강지웅 승용차가 언제부터 와 있었는지, 장도식 일행과 싸움 구경을 하고 있었다. 싸움은 끝났지만, 옆구리 통증으로 숨을 제대로 쉴 수가 없었다. 싸웠던 자리에는 잡초들이 소싸움을 한 흔적같이 어지럽게 쓰러져 있었다.

조심스럽게 몸을 움직여 개울가로 내려가 손을 씻고 입에서 흐르는 피를 닦자, 경주가 손수건을 꺼내서 입을 닦아주었다. 얼굴에 맞은 상처가 더욱 부풀어 오르고 멍이 들었다. 마을 사람들이 잘 싸웠다고 칭찬하지만, 이 싸움은 칭찬받을 일이 아니었다. 내가 본 성구는 강했다. 그리고 성격도 쉽게 포기할 놈이 아니라고 생각했다. 분명히 언젠가 다시 이런 일이 생길 수 있고, 무엇보다도 경주에게 악한 감정을 가질 것만 같다는 불안감이 들었다.

어둠을 맞이하는 개울가 언덕에는 애기똥풀이 하늘거리며 큼직한 개망초 몇 그루가 싸움질한 나를 향해 환하게 웃고 있었다. 코스모스가 상큼하게 피어있는 길을 따라 오곡이 익어가는 풍성한 들녘에는 바람이 불어와 잔잔하게 흔들리고 있었다.

하늘에는 하얀 새털구름이 하늘 높이 떠 있고, 솜털 같은 뭉게구름은 넘어가는 태양 빛을 받아 유난히 환하게 비치고 있었다.

어느새 구름에는 태양이 남긴 여운이 붉은색 물감을 칠한 듯 짙은 노을이라는 흔적을 남기고 또 다른 세상으로 가고 있었다. 경주는 아직도 두려움에 떨며 눈물 자국이 촉촉하게 남아있었다.

"오빠! 읍내 약국에 가보자. 옆구리가 아프다며?"

"괜찮아! 좀 나아지는 것 같다."

"그럼, 우리 집에 가서 상처 소독하고 연고 바르자. 얼굴도 찢어지어 피도 나오고 옆구리 통증이 있어서 그런지 오빠는 지금 허리를 펴지 못하고 있잖아."

경주는 내 손을 잡고 빨리 가자며 채근하고, 동생들도 나를 유심히 살피며, 상처 부위를 확인하고 있었다.

꽃피는 동막골

　주룩주룩 비 내리는 소리에 벌떡 일어나 뒷문을 열어보니, 제법 굵직한 가을비가 내리고 있었다. 순간 나는 텃밭으로 뛰어갔다. 며칠 전에 아버지와 참깨를 베어 말린 것이 걱정되어 나가 보니 벌써 비닐로 덮어놓은 것이다. 새벽녘 잠결에 들으니, 아버지가 일어나 밖으로 나가시는 소리가 들렸지만, 화장실에 가시나 하고 이내 잠이 들었다. 그때 아버지가 밖에 나가서 참깨를 덮어놓으신 것이다.

　아버지는 새벽잠이 없으신지 일찍 일어나시고 라디오에서 나오는 일기예보와 뉴스를 늘 듣고 계신다. 일기예보로는 비가 오지 않는다고 하였지만, 혹시 하는 염려에 비 내리기 전에 덮어놓은 것이다. 참깨를 털어 서울 갈 때 누님 집에 보낸다고 며칠 전부터 말씀하시며 준비하신 것이다. 아버지는 비가 많이 오는데도 밭에 나가시고, 동생들은 아직도 잠들어 있었다. 일어난 김에 오늘 아침밥을 내가 하겠다는 생각으로 부엌으로 들어갔다.

엄마가 돌아가신 후 지금까지 내가 밥을 한 적이 없었다. 부엌 살림은 어린 동생 진희가 도맡아 하고 진욱이가 도와주었다. 그런 동생들에게 오늘 아침은 내가 해주기로 마음먹었다. 우리 집은 가난하다. 사립문을 열고 들어가면 우측에 창고와 헛간 그리고 화장실이 있다. 전면 마루를 중심으로 좌측에는 쇠죽을 끓이는 가마솥과 오래된 소쿠리가 걸려있다. 작은방에는 어디서 가지고 온 것인지 누렇게 변한 뒤주와 작은 항아리가 전부다. 우측 부엌에는 부뚜막에 크고 작은 솥이 3개가 있고, 색바랜 찬장이 자리를 차지한다. 큰방에는 안방답지 않게 변변한 장롱 하나 없다. 전에 살던 집은 그나마 뒤주와 반닫이, 서랍장과 작은 장롱이라도 있었지만, 지금 안방에는 어디서 가지고 온 오래된 반닫이와 잡소리 나는 라디오와 뒤주가 있다. 뒤주 위에는 이불 몇 채가 자리를 차지하고 벽면에 돌아가면서 못이 박혀있고, 그곳에 걸어놓은 옷이 우리 집 형편을 말해주는 것이다.

　작은 앞마당부터 뒤꼍 마당까지 나뭇가지로 만든 담장 울타리가 있다. 뒤꼍에는 옹기종기 항아리 여러 개가 있는 장독대가 있고 돌나물이 돌 틈 사이로 예쁘게 담장을 따라 즐비하게 자라고 있었다. 탐스러운 앵두나무와 보리수, 라일락 나무와 여러 종류의 다년생 꽃이 있어 작지만 따뜻한 집이다. 오래된 집이라 불을 때면 방 주변 깨진 틈 사이로 연기가 올라와 잠을 깨운다.

　엄마가 돌아가신 후 무엇 하나 제대로 손대고 보수한 곳이 없다 보니 온전한 게 없는 우리 집이다. 이제 내가 신경 써서 따뜻하고 온기가 넘치는 집으로 만들 것이다. 내게는 사랑하는 경주가 있지 않은가. 빈곤한 가정이고 풍족하지는 않아도 따뜻한 가정이라는 걸 그 아이에게 보여줘야 한다. 부엌에 들어가 땔나무 속에 숨겨진 쌀독 항아리를 열어보니 쌀이 안 보였다. 곤히 잠들은 동생을 깨우는 것이 미안해 이곳저곳을 찾다가 건넌방에 또 다른 항아리를 본 것 같아 그리로 가보게 되었다.

항아리 뚜껑에는 어린 동생 진희의 손때가 반들반들 묻어 있어 가슴이 찡했다. 조용히 쌀을 바가지에 담아가지고 나와 우물가에서 씻어 가마솥에 넣어 불을 붙였다. 굴뚝이 막혔는지, 굴뚝으로 나오는 연기 못지않게 아궁이와 깨진 틈 사이로 연기가 스멀거리며 올라왔다. 부엌은 온통 연기로 그을려 색바랜 찬장에는 끄름이 주렁주렁 매달려 있다.

벽에는 본래 색은 찾아볼 수 없을 정도로 마치 타마구 기름을 덕지덕지 칠한 모습이다. 부엌 천장에도 동굴 속 고드름이 세월에 찌들어 검게 탈색된 거처럼 사나워 보였다. 동생이 초등학교 1학년 때 엄마가 돌아가시고 혼자서 지금까지 이 부엌살림을 한 것을 생각하니 미안하고 가여운 생각이 들었다. 그런데도 따뜻한 말 한마디는 고사하고 집에 잘 들어오지 않았다. 내가 어디를 갔는지, 언제 왔는지를 다른 사람들을 통하여 듣게 되니 동생은 슬프다고 한다.

가마솥에서 김이 나고 뜸을 들이니 밥 냄새가 연기와 함께 코를 자극한다. 반찬을 만들려고 찬장을 열어보니 어제 먹던 반찬들이 보였다. 그래도 아침 국이라도 끓이려 하다 보니 진희가 어느새 나와 서 있다.

"오빠가 밥을 했어? 어떻게 밥을 다 할 줄 알아?"

"그럼 할 줄 알지."

아버지가 밭에 갔다가 들어오시고 우리는 즐거운 마음으로 아침밥을 먹었다. 밖에는 아직도 이슬비가 내리고, 뒷산에는 비안개가 뿌옇게 내려오는 것을 보니 비가 멈출 것 같았다. 비가 그친 후 태양이 찬란하게 비치자, 들판에는 풀과 꽃들이 아우성치고 있었다.

주변 유휴지와 들판에는 가꾸지 않은 코스모스와 개망초가 엄청난 군락을 이루고 있었다. 개망초라는 이름이 슬프게 들린다. 얼마나 잘못하고 미웠으면 망초 앞에 개 자를 넣을 정도로 질타를 받는 나쁜 꽃인지 안타까웠다. 나라가 망할 당시 들어온 풀이라, 붙여진 이름이라고 한다. 나라를 패망으로 이끈 것은 국가를 다스리는 사람들의 책임인데, 그것을 말 못하는 미물에게 덤터기를 씌어 원망하는 것이다. 그래도 철 지난 개망초는 나를 보고 방긋 웃는 모습이다.

조선이 망하고 일본 식민지 시절에 철도 침목을 미국에서 들여 오면서 함께 따라온 풀이라고 한다. 국가나, 사회나, 개인이나 능력 없고 나태해지면 결국은 무너지고 비참해지는 역사를 보았다. 그런 전철을 밟지 않겠다며 각오하였지만, 마음만 급했지, 의욕만큼 잘하는 게 없다.

매사에 근심 걱정뿐이었다. 밤이 지나면 새벽이 오듯이 밑바닥 굴레도 세월이 지나면 벗어날 수 있다는 막연한 믿음이 있다. 우리 집은 가난이라는 질곡에서 벗어나려고 온갖 노력을 다했지만, 가난을 벗어나지 못하고 여기까지 왔다. 과연 내 미래는 어떻게 될 것인가. 이 가난을 정말 벗어날 수 있을까. 지금 나 자신을 돌아보면 이건 '아니다'라는 두려움이 몰려왔다.

세상이 다 잘나고 멋진 사람만 있는 건 아니다. 잘난 사람이 있으면 반대로 못난 사람이 있는 게 이치다. 세상 이치가 그런 거라며 그 말을 위안 삼아 따라가면, 이 가난을 이겨내기 어렵다.

개망초가 나를 보고 웃으며 말하는 거 같았다.

'아니야, 너는 잘할 거야.'

개망초는 놀이 용품이다. 작은 꽃송이를 따서 가느다란 나무줄기에 꽂아 흔들면 순진한 잠자리는 날아다니는 곤충으로 착각해 덥석 입으로 물고, 놓지 않는다. 어린 시절 나는 이런 방법으로 개망초와 어울려 재미있게 논 적이 있었다.

읍내 친구가 결혼식하는 날이다. 나와 동갑이지만, 외동아들이고, 집안 어른들 독촉에 결정한 결혼이라, 나하고 비교할 수 없었다. 나는 예식장에 다녀온 후 답답한 마음을 풀어보려고 뒷동산에 올라갔다. 여름에는 시원한 바람이 불어오고, 겨울에는 훈풍을 불어주는 뒷동산은 작은 야산이다. 마음이 힘들고 어려울 때 기분을 다독여주는 곳이다.

집 앞을 지나 저수지로 올라가는 비탈길을 지나면 우측은 작은 동산이고, 좌측은 저수지 둑을 지탱해주는 험준한 산이다. 광교산과 바라산 능선으로 이어진 높지 않은 산이지만, 옛날에는 호랑이가 사는 곳이라 지금도 그곳에는 호랑이가 앉아서 포효하던 바위가 위용도 당당하게 버티고 있는 곳이다.

저수지 물은 큰 가뭄이 아니면 사시사철 물이 넘쳐흐르는 곳이다. 저수지 둑에서 건너편을 바라보면 아름다운 산세가 동양화같이 멋지게 펼쳐진 곳이다. 저수지 둘레는 험하고 위험하지만,

우리에게는 놀이터며 꿈꾸는 장소다.

동산에는 고만고만한 작은 참나무가 군락을 이루고, 소나무와 싸리나무, 산벚꽃나무가 옹기종기 모여 있다. 나무가 자라지 못하는 게 아니라 땔감으로 나무를 사용하다 보니 어느 정도 자라면 화목으로 가차 없이 자르니 성장할 틈을 주지 않는 것이다. 저수지 길을 오르는 우측 산 언덕에는 산소가 자리를 차지하고 갈대숲은 우리를 숨겨주는 추억의 장소였다.

"오빠! 여기 구절초가 있어."

줄기가 곧게 서 있고, 잎 둘레가 깊게 갈라진 구절초가 우리를 반겨주고 있었다. 연한 핑크빛과 흰색 꽃이 무리 지어 피어있다.

"너처럼 예쁘다."

우리는 저녁이면, 이곳에 올라와 작은 바위에 앉아 이야기꽃을 피우다 사람들이 오면 억새풀과 작은 싸리나무 속으로 피하는 장소다. 초저녁 하늘에는 억만 개의 별들이 촘촘히 자리 잡아 우리를 응원하는 밤이다.

우리는 동산에서 좀 더 높은 곳으로 올라가 보니 귀뚜라미 우는 소리와 이름 모를 풀벌레 울음소리는 깊어가는 가을밤, 연주회 같았다. 조심스럽게 움직이는 발걸음에 놀란 꿩 한 마리가 날아가며 앙칼진 울음소리에 깜짝 놀라 보니 어느새 서로를 보호해 주듯 손잡고 있었다.

고향으로 돌아온 지도 벌써 두 달이 지나간다. 고향에서 경주와 함께 있는 것이 즐겁지만, 잠시 있는 시간에도 마음은 직장 문제로 조바심이 났다. 세상 모든 게 돈으로 해결되는 건 아니지만, 자본주의 사회에서는 돈이 절대적이다.

시골만 하더라도 내 친구들이 여럿이 있다. 어린 시절에는 몰랐지만, 이제 성인이 되다 보니 차이가 완연히 난다. 어떤 친구는 대학을 나와 공무원이 되었고, 대기업에 취업도 하였다. 집도 고래 등같이 크고 땅이 많아 소작농을 주는 집이다. 철모르던 시절에는 경쟁상대라 생각하지 않았는데, 성장해서 보니 어느새 삶의 질 차이가 나고 있었다.

아마 마을 또래 아이들과 비교하면은 어떤 잣대로 보느냐에 따라서 달라지겠지만, 사는 형편으로 따진다면 나는 최하위 등급일 것이다. 그러다 보니 옛날같이 신나게 놀기보다는 자라면서 위축되고 사람들을 피하는 것이다. 이러한 나를 경주네 집에서 좋아할 리 없다고 생각하니 가슴이 답답했다.

오늘 결혼한 친구 생각이 하루 종일 떠나지 않았다. 친구 집은 갑부라 할 정도로 재산이 많은 집이다. 결혼식에 다녀온 후 위축된 내 기분을 풀어주며 용기를 심어주는 경주가 고마웠다.

해 질 무렵 아버지와 밭에서 일하다가 나는 높은 산으로 무작정 올라갔다. 산 중턱에 올라 밑을 바라보니 마을에는 마음처럼 뿌연 연무가 피어있다.

이력서를 제출한 곳은 소식 없고, 친구들에게 부탁한 취업 자리도 감감무소식이다. 어쩌면 당연한 일인데도 요행을 바라며 기다리는 것이다. 이제는 어디서라도 불러만 준다면 최선을 다하겠다는 마음을 먹으며 기다리고 있다. 아버지 농사일을 도와주고 있지만, 매일 불안해하며 소식을 기다린다는 걸 가족들은 알고 있다. 집에 들어오면, 의례 편지 왔느냐고 물어보는 게 일상인 나를 보고 동생도 걱정한다.

다음날 오후 나는 경주와 논둑 수로 길을 걸었다. 경주도 내가 취업 문제로 고민한다는 걸 알고 있다. 불안해하는 나에게 용기를 주고 위로해주며 힘을 주는 경주였다.

"오빠, 오늘은 뭐했어? 오늘도 소식 기다리고 있었지? 시간이 지나면 편지 올 거야. 너무 걱정하지 말아요."

"전역한 지 얼마 되지 않았지만, 마음이 급해지네."

나를 위로하는 그 말에 언제나 힘이 났다. 나를 사랑하고 위로해주는 그 아이가 옆에만 있으면 근심이 사라지는 신비한 아이였다.

코스모스가 예쁘게 핀 가을 들녘을 걷다 보니 행복한 마음에 이대로 이곳에서 살 수 있다면 얼마나 좋을까, 하는 생각이 들었다. 그러나 이대로 안주하면, 희망은 없다.

높고 깊은 가을하늘은 너무 선명하고 깨끗했다. 구름이 갖가지 모양을 만들었다가 지우는 게 신께서 우리에게 꿈을 심어주는 것 같았다. 아름다운 세상 만물을 지었다가 부수고, 또 다른 것을 만들고 지우는 것이 흡사 요술을 부리는 거 같았다. 우리가 미래를 약속하며 손잡고 걷는 순간은 행복했다.

텃밭에서 아버지와 깨를 털고 있을 때 연한 분홍색 블라우스에 쥐색 주름치마를 입은 경주가 왔다. 내가 군 복무 시절에도 경주는 가끔 우리 집에 와서 동생과 같이 놀아주던 아이였다.

"그래, 경주 왔구나. 어서 오너라."

아버지는 경주를 좋아하신다. 어쩌면 아버지는 내심 저런 아이가 며느리가 되었으면 하고 바라신다. 그러다 보니 경주 부모님을 보면 더 친절하고 깍듯하게 대하시며 경주네 일이라면 적극적으로 하셨다. 동생 진욱이와 진희도 경주네 일이라면 우선적으로 신경 쓰고 있었다. 그런 경주를 내가 사랑하고, 미래를 약속한 사이라고 하니 무척 좋아하신다.

설레는 마음으로 경주를 데리고 집으로 들어왔다. 예쁜 아이가 우리 집에 온다는 게 기쁘고 고마웠다. 경주가 집에 들어오자 어둡고 쓸쓸했던 집이 밝아지며 생기가 도는 것이다.

"이렇게 누추한 곳에 오셔서 감사해요. 공주님! 차 한 잔 드릴까요?"

"그래요, 시원한 물 한 잔 주세요."

"여기 대령하였습니다."

나는 마루에 앉아있는 경주를 바라보니 너무 좋았다. 어쩌면, 저렇듯 깨끗하고 청순한 아이가 있을까. 다시 한번 생각이 들었다. 누추한 우리 집하고는 전혀 어울리지 않는 아이 같았다. 사람이 욕심을 부릴 게 따로 있지 않은가. 지나친 욕심이 아닐까 생각하니 불현듯 걱정이 앞섰다. 그럴 때마다 경주는 오빠만 있으면 된다고 하는 그 말이 너무나 고맙고 사랑스러웠다.

"내일 서울에 갔다 올 거야. 이력서 한 군데 더 내고 확인해볼 게 있어서."

"갔다가 며칠 있다가 올 거야."

"네가 보고 싶어서 늦게라도 올게."

"경주야! 이따 저녁에 개울가 단풍나무 아래로 와. 오늘 가볼 데가 있어."

"어디 가려고?"

"안골에 가려고. 그곳에 가면 넓은 공터도 있고, 수수밭과 조밭 사이로 농로 길이 멋있다."

우리는 만나면 많은 말을 안 하지만, 같이 있는 것만으로도 행복했다. 지금 만났어도 저녁에 못 만나면 무엇인가 잃어버린 것 같아서 꼭 만나보고 헤어져야 잠을 잘 수 있었다. 정말 꿈같은 순간이었다.

그날 저녁 우리는 중간 마을 어귀에서 북동쪽으로 쭉 펼쳐진 안골 들판으로 갔다. 언덕에 오르면, 쭉 뻗은 농로 길이 하늘과 맞닿은 거같이 신비하고, 어둠에 묻힌 산비탈이 마치 병풍처럼 펼쳐있는 곳이다. 우측 산에는 바라산 능선을 따라 이어온 산이 떡하니 동쪽을 가로막고, 큰 나무는 별로 없지만 산림공사로 작은 나무들이 빽빽이 자라는 산이다.

좌측 자그마한 동산은 또래들과 어울려서 나무하러 다니던 곳이다. 나지막한 산 양지 쪽이라 하루 종일 햇빛이 비쳐 계절마다 다양한 야생화가 아름답게 피는 곳이다.

불그스름하게 익어가는 수수가 큰 키를 자랑하며 바람에 흔들렸다. 저렇게 큰 키에도 홍수와 태풍을 잘 이기고 굳건하게 자란 게 대견스러웠다. 수수밭을 지나다 보니 여름밤 멍석에 누워 엄마가 이야기해주던 수수밭 유래 속에 나오는 호랑이와 오누이 전설이 생각났다. 이곳은 마을하고 멀리 떨어진 곳이라 해가 지면 사람의 왕래가 없어 마음껏 뛰놀며 이야기할 수 있는 도원 같은 곳이다.

드높은 하늘에는 못 보던 신비한 별이 손에 잡힐 듯 가까이 떠 있고, 우리가 서 있는 주변 풍경은 마치 난세의 영웅이 훗날을 준비하며 때를 기다리던 미지의 장소 같았다. 하늘에는 무수한 별들이 무리 지어 아름답게 빛나고, 우리를 축복하듯 유성우가 별똥이 되어 떨어졌다. 주변 낮은 산과 들에서 이름 모를 새들이 지저귀는 소리는 마치 연주회 소리같이 들렸다.

"경주야! 너와 나는 전생에서 큰 인연이 있었던 것 같아."

"왜 그런 생각을 해요?"

"전생에 내가 너를 사랑했지만, 결실을 이루지 못한 안타까운 사랑이었어."

"오빠! 무슨 말인지 모르겠어. 장난으로 하는 말이지?"

"우리의 영혼은 전생에 있던 일은 기억하지 못한다고 하잖아. 어젯밤에 내가 꿈을 꿨는데, 너는 지체 높은 사람이고, 나는 너를 지키는 호위무사 같았어. 그런데 내가 너를 지키는 임무를 완수하지 못하고 내가 어느 꼬임에 속아 억울하게 죽어서 우리가 이곳으로 온 거야."

"오빠! 정말 그런 꿈을 꾸었다고요?"

"맞아, 내가 비몽사몽 중에 그런 꿈을 꾸게 되었어."

"전생에서는 내가 책임을 다하지 못했어. 이제 다시 기회를 주면, 이 한 몸 다 바쳐서 끝까지 책임을 다할게."

"나 놀리려고 그냥 하는 말이지?"

"정말 꿈인지 생시인지 모르지만, 아름다운 도원이었어. 넓고 화려한 집에서 마지막으로 내가 칼에 맞아 죽으면서 너도 죽는 것을 보았어."

이 말을 하면서 경주를 바라보자, 달빛에 비친 그 눈이 빛나고 있었다.

"…"

아무 말 없이 서 있던 경주가 활짝 웃으면서 굵고 엄중한 목소리로 명령하는 것이다.

"그럼 그대에게 다시 임무를 주노라. 내 안위를 그대에게 맡길 터이니 실수 없이 임무를 완수하도록 하라."

"네, 죽음을 두려워하지 않고 충성스럽고 용감하게 책임을 다하겠습니다."

수수밭에 세찬 바람이 불자 수수 잎끼리 부딪치는 소리는 우리를 축복하는 함성 같았다. 작은 키에도 당당하게 서서 불어오는 바람을 이겨내는 건너편 조밭은 마치 전쟁터에 나가려고 사열 중인 군사들 모습 같았다. 아직 추수가 덜 끝난 밭을 지키는 허수아비의 흐느적거리는 팔놀림은 새들과 곤충들의 울음소리와 어울려 가을밤 오케스트라를 지휘하는 것 같았다.

달은 지고 별들이 축복해주는 꿈의 정원에서 우리는 밤이 새도록 이야기를 나누며 행복한 시간을 보냈다.

이른 아침 집을 떠나 서울 동마장터미널에 도착했다. 서울은 언제 보아도 대단했다. 끝없이 펼쳐진 길이 아득하게 보이고, 크고 작은 건물을 보면서 발전하는 서울을 느낄 수 있었다. 사람들이 이리도 바쁘게 움직이는데, 나는 아직도 저 사람들 틈에 끼지 못하고 있다는 생각에 답답했다. 아침 일찍 서둘렀지만, 아현동에 도착하니 벌써 1시가 넘었다.

"누나! 별일 없으셨어요?"

"어서 와라. 아버지는 안녕하시지? 집에 별일 없는 거지?"

직장을 잡지 못하고 근심하는 내 모습을 보며 걱정하는 누님이다. 아버지가 준비한 깨와 호박, 고추를 누님에게 전해주고 이력서 접수 문제로 집을 나오려 하자 누나가 손을 잡는 것이다.

"늦더라도 오늘 들어왔다가 내일 내려가라. 매형도 만나 직장 문제도 의논하고."

친구들을 만나고 빨리 오겠다며 집을 나섰다. 사람들 틈에 휩쓸리어 함께 움직이다 보니 어느새 이들과 함께 움직이는 거 같아 내 발걸음도 빨라지고 바빠지는 것을 느꼈다. 서울에 온 것도 취업을 부탁한 친구를 만나보고, 며칠 동안 정성껏 쓴 이력서와 소개서를 제출하려고 걸음을 재촉하였다.

이력서를 제출할 회사는 퇴계로 6가에 있다. 엘리베이터를 타고 사무실에 올라가 보니 여러 사람이 있지만, 모두 다 바쁜지 눈길 하나 주는 사람들 없이 분주해 보였다. 담당자에게 이력서를 제출하고 나오다 보니 어디서 본 듯한 분이 걸어오는 것이다. 복도에서 스쳐 지나치다 궁금해 다시 돌아보니 그분도 나를 돌아보는 것이다.

"저… 박… 병장님!"

"아니, 이게 누구야? 김진성, 여기서 보다니!"

귀신도 두려워하는 특수부대에서 생활을 함께한 선배를 만난 것이다. 당시 같은 중대에서 근무한 선임이라 그때는 어려워서 말도 붙이지 못했던 분을 이곳에서 만나게 되었다.

이력서를 제출하면서 서먹서먹했던 이곳에서 군 선배를 만나니 너무 기뻤다. 선배님도 나를 반갑게 맞이해주며 늦게 제대한 나에게 남아있는 전우들과 여러 가지를 물어보며 회사에 대한 말씀도 해주셨다. 이 회사는 생산과 유통을 겸하는 문구 회사였다. 선배가 근무하는 회사고, 직급이 있어서 힘이 될 것 같다는 희망을 품고 종로에 있는 친구 사무실로 갔다. 고향 친구는 일찍이 산업전선으로 뛰어들어 자리를 이미 잡은 상태이다. 학교를 졸업한 후 어린 나이에 기술을 배우다 보니 상당한 위치까지 오게 된 것이다.

오랜만에 고향 친구들을 만나보니 모두 나름대로 자리를 잡고 있었다. 그날 친구들과 늦도록 취업 이야기하다 누님 집으로 갔다. 누님 집은 고갯마루 골목 중간에 5명이나 되는 대가족이 산다. 조그만 방에 온 식구가 같이 생활하는 것은 힘들지만, 모두 익숙해서인지 잘들 지내고 있었다.

달동네에 사는 서민들은 어느 곳을 막론하고 이렇게 사는 것도 다행으로 생각하며 감사한 마음으로 살아간다. 얼마나 방이 협소한지 밤에 일어나 화장실에 갔다가 들어가니 누울 공간이 없었다. 할 수 없이 밖에 나와 산 아래를 내려다 보니 아직도 아현 고가도로에는 끝없이 이어 달리는 차량 행렬이 보였다. 늦은 시간에도 바쁘게 돌아가는 서울이라는 생각하니 가슴이 설레었다.

골목을 바라보니 고만고만한 주택들이 골목마다 빽빽이 들어서 있고, 차량도 다닐 수 없는 좁은 골목은 끝없이 보였다. 자칫 집을 벗어나면 다시 찾기 어려울 정도로 미로처럼 복잡하게 이어져 있었다.

골목마다 전선은 마치 거미줄을 친 것같이 엉켜있고, 집집마다 사람으로 가득 차고 넘쳤다. 서울 주택가 냄새는 특이했다. 연탄 냄새와 차량 매연 냄새가 혼합되다 보니 묘한 냄새가 났다. 이것이 서울 냄새라는 생각이 들었다. 시간이 지나면 이것도 받아들이고 좋아해야 할 향기로운 서울 냄새다.

서울 하늘에서 작은 별들은 보이지 않는다. 찬란한 불빛이 시야를 가리다 보니 큰 별만 간혹 보이는 것이다. 그나마 나를 위로해주는 달은 이곳에서도 나를 비추고 있었다. 아마 지금 경주도 저 달을 보고 나를 생각하고 있을 것이다. 매일 보던 경주를 볼 수 없다는 것이 허전하고, 오늘따라 유난히도 그 아이가 보고 싶었다.

서울 사람들도 무척 부지런하다. 매형도 직장을 다니다 보니 아침 식사는 6시에 한다.

"오늘 내려가나?"

"네, 오늘 내려갈 거예요."

매형은 부지런하시고 열심히 사시는 분이시다. 아버지는 우리 사위 하면서 매형을 좋아하신다. 매형도 호탕하신 아버지를 잘 따르고 마을 사람들에게 아버지 체면을 살리시는 데 일가견이 있는 분이시다. 가끔 고향에서 서울에 취업하려는 사람들 일자리도 찾아주고, 그 좁은 집에서 자리 잡을 때까지 재워주시는 분이다. 그러다 보니 마을에서도 매형을 좋아하신다.

"처남도 제대하고 좀 쉬었으니 이제 취직해야지."

"네, 자리가 나면 일해야지요."

용돈을 주시며 집에 들어갈 때 잊지 말고 술 한 병 사가라며 당부하신다. 매형도 출근하고 아이들도 등교 후 누님과 둘이 고향 이야기를 하였다.

엄마가 돌아가신 후 우리 집은 아버지와 어린 동생들만 있다는 안타까움에 미안해하신다. 누나도 풍족하지 않은 가정형편에 시골 친정까지 도와줄 상황이 아니다 보니 마음만 아파하신다. 이제는 내가 제대해서 그나마 안심이 된다고 하시면서도 진로에 대하여 걱정하신다.

나이가 25살이면 이제는 뭔가를 보여야 한다. 자칫하면 부모 세대와 다를 바 없는 가난이라는 굴레를 벗어나기 어렵다. 자라면서 가난이 원망스럽고 한이 되어서 부모님을 탓한 적도 많았다. 그럴 때마다 가난을 이겨내 부자가 되겠다고 그렇게 다짐하고 살아왔다. 가난은 나라님도 해결해주지 못한다고 하지만, 나는 이 가난을 벗어날 것이다. 정말 개천에서 용이 났다는 소리를 듣겠다고 다짐하고 다짐하면서 살았다. 내 꿈은 어려운 가정을 잘 사는 우리 가정으로 만들겠다는 것이 희망이고 포부였다.

아버지의 설움과 어머니의 안타까움을 보면서 나는 자랐다. 엄마가 쓰러지셨는데도 치료다운 치료 한 번 받지 못하고 허망하게 생을 마감하신 것이 우리 가족들에게는 큰 아픔이고 한이 되었다. 나는 아버지의 눈물과 엄마의 고통을 뼈에 사무치도록 느끼면서 어린 시절을 보냈다. 그 순간을 잊지 않고 내가 풀어드리겠다는 굳은 신념으로 살아왔다.

나는 자라면서 우리 집 어려운 모습을 남들에게 보여주는 것이 싫었다. 특히 경주 부모님과 경주에게 빈곤한 가정이라는 걸 숨기고 싶었다. 그러나 숨긴다고 숨겨지는 게 아니고, 감춘다고 감추어지지 않는 게 가난이다. 물어보지 않아도 말과 행색을 보면 알 수 있다. 영혼까지 찌들은 가난이라는 인고의 고통을 이겨내 가가대소하며 웃을 수 있는 미래를 만들 것이다. 이제는 내게는 사랑하는 사람도 있지 않은가. 그 아이 부모님에게도 나를 보여주고 비전을 보여야 인정받을 수 있다.

아무것도 없고 희망마저도 보이지 않는다면, 내가 아무리 그 아이를 좋아해도 축복으로 이루어질 수 없는 사랑이다. 누나의 조언과 걱정을 마음에 담고 나는 시골 고향으로 내려갔다.

불타는 야망

　고향마을 버스정류장에 내리자, 해는 서쪽 산으로 넘어가고 아름다운 노을이 나를 반겨주었다. 개천을 건너 마을 입구에 들어서면 시골 냄새가 정겹고 가슴이 두근거렸다. 이곳은 꿈꾸듯 설레는 길이라 걸음이 빨라지고, 그 아이의 내음이 나를 불렀다.
　내가 자라고 꿈을 키운 이 길을 걸어 집으로 가는 길은 동화 속에 나오는 한 폭의 그림 같았다. 고구마밭에는 두 사람이 행복한 모습으로 수확의 기쁨을 웃음으로 대신하고, 건들바람에 옥수수대는 흔들리며 노래하는 길을 뛰어 올라갔다.
　어느새 집 앞 개울가에 도착하니 어둠이 살짝 밀려오고 멀리 경주네 집이 정겹게 보인다. 우리 집 앞 느티나무도 가을을 타는지, 누런색으로 갈아입고 바람에 흔들린다. 개울가 돌다리에 앉아서 손을 물에 담가본다. 건넛마을 경주네 집 방향에서 불어오는 가을바람이 시원하면서도 해결되지 않은 직장 문제가 답답하게 와닿는다.

서울에서 오는 동안 내내 직장 문제와 우리 집 상황을 걱정하며 오다 보니 과부하가 생겼는지 머리가 아프다. 가방을 옆에 놓고 흐르는 개울가 돌다리에 앉아서 어두워지는 먼 하늘을 바라본다. 서쪽 하늘에는 태양이 지나간 흔적이 고스란히 남아있다. 높은 하늘에는 아직 태양 빛의 여파로 붉은 석양이 구름에다 연분홍 색칠을 하였고, 한 무리의 기러기 떼가 창공을 가르며 힘차게 날아간다. 나에게도 날개가 있다면 좋겠다는 생각이 문뜩 든다. 지금 내 미래가 답답하고 고민이 되다 보니 새처럼 저 넓은 창공을 훨훨 날아가고 싶었다.

가슴속에는 야망이 불타오르고 있다. 어떤 일이라도 기회가 만들어지면 놓치지 않고 최선을 다하여 마을에서 인정받는 사람이 되고 싶다. 나를 무시하고 빈정거리던 사람들에게 성공했다는 걸 보여주고 싶었다. 특히 우리 부모님을 무시하고 괄시하던 사람들에게 '개천에서 나도 제날 탓이라'라는 말이 여기에 있다는 증거를 보여주고 싶다.

사립문이 굳게 닫혀 있는 우리 집에는 오늘도 아무도 없는지 조용하다. 나는 툭하면 집에 들어가기가 싫어서 다른 곳을 돌아다니다 늦은 시간에 들어가곤 했다. 불 꺼진 집, 온기가 없고 늘 쓸쓸하고 찬 바람이 부는 집이다.

따뜻한 가정은 가족 구성원이 서로 의지하며 행복과 사랑으로 이루어져야 한다. 안식과 애정, 그리고 보살핌과 희생이 있어야 한다. 그렇게 되려면 무엇보다도 사랑과 희생으로 안아주는 어머니라는 분이 없으면 따뜻한 보금자리가 되기 어렵다. 우리 집은 가족의 중심이며, 구심점이 되는 엄마가 돌아가신 후 따뜻한 온

기와 웃음소리가 사라진 집이다. 엄마가 떠난 자리는 그 무엇으로 채울 수 없었다.

사립문을 열고 들어서니 가을인데도 차디찬 냉기가 흐르고, 손보지 않은 집은 너무 허술해 보인다. 서울에서 가지고 온 보따리를 내려놓고 마루에 앉아 물을 벌컥 마시다 보니 화장실과 창고 지붕이 한쪽으로 쓰러져 있는 것이 눈에 보였다. 유심히 관찰하고 있을 때 동생들이 들어왔다.

"오빠! 언제 왔어?"

"지금 막 왔어."

"헛간이 무너질 것 같다. 안 보였는데."

"얼마 전 바람 많이 불던 날 그런 거야."

기둥으로 사용할 나무도 준비해야 하고, 우리 형제가 하기에는 힘들겠지만, 수리하지 않으면 금방 쓰러질 것 같았다.

저녁 후 나는 경주네 집으로 가다가 개울가 둑 작은 돌 위에 앉았다. 그곳에는 단풍나무가 유난히 붉은색으로 치장하고 나에게 보라는 듯 살랑거린다. 가을이 깊어가는 만큼 마음은 낭만 속에 묻혀 깊은 사색에 잠겨 흘러가는 물에 동요되어 있었다.

개울은 아이들이 고기를 잡고 아낙들이 빨래하는 평화로운 곳이다. 앞쪽으로는 마을 주택이 20여 가구가 있고, 위쪽에는 10여 가구가 있는데, 그곳에 경주 집이 있다. 건너편에 있던 마을 동생이 나를 보고 소리치며 부른다.

"형! 엄마가 우리 집에 왔다 가래요."

어린 시절부터 나를 아껴주던 엄마 같은 분이시다. 요즘 고민을 이유로 찾아뵙지 못하다 보니 많이 섭섭해하는 것이다.

"그래, 죄송하다고 말씀드려. 다음 주에 갈게."

그때 마침 친구들과 함께 지나가던 경주가 나를 보았다. 잠시 후 경주와 친구들이 우르르 나에게 달려와, 나를 가운데 두고 풀밭에 앉았다.

"오빠! 여기서 혼자 뭐해?"

동생들이 수다스럽게 물어보면서 다그친다. 무엇을 알고 하는 말은 아니지만, 어린 시절부터 같이 자란 아이들이라 나에게 어려움 없이 말한다. 그래도 이제는 좀 성숙해서 그런지 나도 말 한마디라도 조심하였지만, 말하던 습관이 몸에 배어서 그런지 우리는 농담하며 떠들다가 모두 돌아갔다.

모두가 떠난 후 개울가는 조용했다. 찬란한 태양은 이미 광교산을 넘어갔고, 나지막한 능선들도 어둠에 묻히자, 잠재되어 있던 근심이 더 고통스럽게 내 마음을 흔들며 다가왔다. 땅거미가 지는 이 시간이 되면 나를 다시 돌아보고 변화를 갈망한다. 가슴에 맺힌 빈곤에서 벗어나겠다는 욕망으로 불타오르지만, 현실은 답답하기만 했다.

검푸른 어둠이 밀려오자, 소쩍새가 애처롭게 울었다. 그 울음은 가을이 깊어질수록 따뜻한 남쪽 나라로 떠나야 하는 이별을 암시하며 우는 소리지만, 나에게는 더 큰 괴로움으로 들렸다. 짝을 찾는 땅강아지 울음소리가 가을 곤충들의 울음소리와 어우러져서 들리는 소리는 마음을 쓸쓸하고 애달프게 들렸다.

탄천을 향하여 흐르는 동막천을 바라보며 새로운 각오를 다짐하지만, 휑하니 불어오는 바람소리에 마음은 쓸쓸히 더 깊고 깊은 사색에 젖게 한다.

무엇이 그렇게 신이 났는지 물속에서 유영하던 피라미들이 내 기라도 하는 듯이 물 밖으로 연신 높이 튀어 오른다. 개울가 비탈에는 가을 국화꽃이 예쁘게 피어 향기를 내고 있으며, 가꾸지 않은 쓰러진 풀밭에서 막 피어난 코스모스가 애처롭게 눈에 들어왔다. 빨간색, 흰색, 노란색, 저것들은 어쩌면 이렇게도 조화롭게 같이 어울릴 수 있는지 모르겠다는 생각이 들었다.

모래 자갈밭에서 누구의 도움도 없이 씩씩하게 자라는 조그만 야생화의 애절한 모습이 보였다. 그 모진 풍파 속에서도 아름답게 꽃을 피우고 열매라는 씨앗을 맺는 것을 보면서 그 강인함을 느낄 수 있었다. 말 못하는 미물도 저렇게 기세가 등등한데, 세상을 얼마나 살았다고 벌써 세상을 두려워하고 고민하는 게 가당치도 않다는 생각이 들어 당차게 나가리라 다짐하였다.

깊은 생각에 잠겨 있는 내 어깨를 다정하게 잡아주는 따뜻한 손이 어느새 옆에 와 있었다. 그 손은 사랑의 손이며, 희망의 손이었다. 하루 못 본 얼굴이지만, 경주 얼굴은 눈부시도록 환한 모습이었다.

깊은 상처로 차가울 거 같은 그 손에서 따뜻한 사랑의 온기가 가슴에 와닿는다. 달빛에 비친 그 모습은 천사의 얼굴이며, 나에게 편안과 행복을 주는 사람이었다. 경주를 만나자, 걱정하던 일들이 눈 녹듯이 사라지고 희망이 설레는 시간이었다. 경주 손을 잡아본다. 따뜻하게 가슴을 편하게 하는 손이다.

"오늘 온 거야?"

"응, 어제 오려고 하였는데, 시간을 못 맞춰서 오늘 왔어."

서울에서 일어난 일들을 하나씩 말해주고, 군 선배를 만났던 일까지 말하면서 그 아이의 눈을 보았다. 달빛에 반짝이는 눈빛은 더 청순하고 눈부시게 아름다웠다.

"서울 간 일은 계획대로 잘 되었다. 어쩌면, 다음 달에 서울로 갈 것 같아."

"오빠가 서울 가면 보고 싶어서 어쩌지?"

그 아이가 얼굴을 찡그리며 어리광을 부렸다. 그 모습이 너무 귀엽고 사랑스러워 내 마음은 설레었다. 내가 열심히 노력해서 안정된 직장도 잡고, 우리의 미래를 위하여 열심히 할 테니 너는 다른 생각하지 말고 나만 믿고 따라오라고 하자, 고개를 끄덕이는 그 아이가 고마웠다. 나는 마음에 걸리는 것이 있어 다시 한번 물어본다.

"엄마는 나를 어떻게 생각하실까? 우리 집이 너무 가난해서 안 좋아하시지?"

그 말을 하고 한숨을 쉬자,

"아니야, 엄마와 동생도 오빠를 좋아하셔."

아무리 힘들고 어려운 일이 닥치더라도 경주가 바라는 사람이 되겠다며 힘주어 말했다.

"나는 오빠 마음을 알아요. 그러니 지금 부족하다고 자신을 자책하며 힘들어하지 마세요."

깊어가는 가을밤 돌 틈 사이에서 귀뚜라미 울음소리와 곤충들 울음소리가 우리를 응원하듯이 울어대었다. 하늘에는 새털구름이 높이 떠 있고, 달도 기울다 보니 따뜻하던 은하수도 밤서리를 맞은 듯 영롱하게 빛나는 밤이다.

바람이 불 적마다 나무들이 잔잔하게 흔들리고, 떨어지는 낙엽소리가 낭만의 계절다웠다. 저수지 뒤 높은 산이 웅장해 보이고, 이따금 들려오는 이름 모를 산짐승의 울음소리와 올빼미 울음소리가 가을이 익어가며 더 깊게 끌어들이는 시간이었다.

처음 만났을 때 경주 모습은 잊을 수 없다. 검은 교복에 하얀 블라우스에 검정 치마를 입은 소녀였다. 그 이후에 그 아이는 내 가슴에서 떠나지 않았다. 좋아한다는 말도 하지 못하고 경주네 집 앞을 할 일 없이 오가며 설레는 마음으로 지나쳤다.

경주가 보고 싶어도 용기가 부족한 나는 혼자 가지 못했다. 우연인 척 마을 아이들과 함께 어울리다 만나기만 해도 뛸 듯이 기뻤다. 또래들과 어울려 저수지 물가에서부터 중간 마을 들판 어귀에서 놀 때면 나는 그 아이 옆에서 조금도 떨어지지 않았다. 처음으로 그 아이와 둘이 만났을 때 나는 한마디 말도 못하고 얼굴만 붉히는 바보가 되었다.

영원히 함께할 것이다. 내가 지켜줘야 할 생명처럼 소중한 아이다. 나는 경주를 집까지 데려주고 돌아오면서 그 아이의 엄마에게 조금은 인정받고 있다는 것에 기분이 좋았다. 어떻게든 더 노력해서 그 아이에게 실망 주지 않는 사람이 될 것이다.

며칠 후 우리 형제는 경석, 명수와 같이 모여 우리 집 공사에 필요한 나무를 준비하기 위하여 의논하였다. 태풍으로 헛간 지붕이 날아가 무너진 곳을 고치기 위하여 기둥으로 사용할 나무가 필요했다. 기둥 4개 그리고 서까래와 모서까래를 준비하려면 보통 어려운 일이 아니었다.

우선 제일 중요한 기둥과 서까래로 쓸 나무가 필요했다. 이런 나무는 낮은 산에는 없고, 그래도 좀 더 깊고 높은 산으로 가야 하는데, 가지고 오는 게 문제였다. 우리 산에서 베어오는 거라면 문제없지만, 눈을 피해 남에 산에서 베어와야 한다.

기둥 하나만 해도 혼자서 메고 오기 힘든 무게이지만, 장정 4명이 오늘은 기둥 하나씩만 잘라오기로 하고 미리 확인한 현장에 도착했다.

숨죽이는 시간이다. 깊은 산속이라 톱질하는 소리가 마을까지 들릴 리 없었다. 우리는 조용히 자른다고 하면서도 크게 들리는 거처럼 느끼게 되니 시간이 오래 걸렸다. 우리 생각이지, 사실 밖에서는 아무 소리도 안 들리는 조용한 소리였을 것이다.

바람이 불어오자 떨어지는 낙엽소리가 비 쏟아지는 소리 같았다. 산속에서 곤히 잠자던 동물들이 인기척에 놀라서 뛰어 도망가고 새들도 날아갔다. 그 무거운 나무를 하나씩 둘러메고 오다 보니 저녁인데도 땀이 비 오듯이 쏟아지는 것이다.

"야, 좀 쉬었다 가자."

"형님, 괜찮으세요?"

경석이가 나직하게 나에게 물어본다.

"너희들에게 미안하다."

동생들에게 이 고생을 시키는 게 미안했다. 달빛은 고요히 비쳤지만, 비탈진 산은 내려오다 보니 힘들었다. 무거운 나무를 메고 조심스럽게 지나갔지만, 발소리에 놀라 곤히 쉬던 사슴이 소리치며 튀어나와 놀란 가슴을 쓸어 담으며 힘겹게 내려왔다.

멀리 저수지에는 달빛 먹은 윤슬이 반짝이고, 풀벌레 울음소리를 들으며 조심스럽게 움직였다. 마치 군 침투 작전하듯이 조용히 집으로 가지고 올 수 있었다.

　온몸이 땀으로 뒤범벅이 되었다. 도착해서 마시는 물 한 잔이 그렇게 시원할 수가 없었다. 우리는 땀에 젖은 얼굴을 바라보고 작전 성공을 축하하며 안도하는 시간이었다.

　동생 진희가 준비해준 김치찌개와 막걸리 한 잔씩 하면서 내일 한 번 더 시간을 갖자고 약속하는 시원한 밤이었다.

　며칠 후 동생과 무너질 것 같은 창고를 일으켜 세우고 얼마 전에 준비한 기둥으로 창고를 수리하였다. 말이 쉽지 기둥과 서까래를 세우고 모서까래를 올리는 일이 생각보다 큰 공사라 시간이 오래 걸렸다. 동생들이 와서 도와주었지만, 빨리 끝낼 수 있는 일이 아니라 오전부터 땀 흘리며 한 공사가 오후 해 질 무렵에 겨우 완공되었다.

　사립문을 열고 들어오면서 흉측하게 보이던 것들을 새로 세우니 한결 집이 달라져 보였다.

　"형님! 집이 새집 같아요."

　공사 후 뿌듯함에 동생들과 웃고 있을 때 마을 사람들이 하나둘 모이고 경주도 왔다. 사람들이 많이 모여 즐겁게 놀고 떠들어도 그 아이가 없으면 허전하였다.

　여럿이 모여 하는 말도 경주가 하면 그 말에 집중되어 좋았다. 마을에 그 아이 또래 소녀들이 있지만, 내 눈에는 다른 사람은 들어오지 않았다. 그 아이를 사랑하는 것도 있지만, 그 아이가 손을 다친 이유가 나에게 있다는 미안함과 죄스러움에 그 아이를 평생 보호해야 한다는 책임감이 있었다.

그 아이가 하는 말 한마디 한마디에 나는 설레고 즐거웠다. 마치 해바라기가 태양을 쫓아서 돌듯이 나는 그 아이 마법에 걸려 있었다.

그 아이를 좋아하는 사람들이 여러 명이 있다. 혼기가 찬 것도 아닌데, 경주 부모님에게 사돈을 맺자는 사람들이 있다. 외지에서 이사 온 아랫동네 사는 홍성구와 강지웅 그리고 이 마을에서 태어나 나하고 같이 자란 두 살 어린 후배 고준기도 경주를 좋아한다. 오가는 소문에 나는 신경이 쓰였다. 3명 다 집안 형편이 나하고 비교되지 않는다. 세 집 다 농지도 많고 가진 걸 기준으로 한다면, 그들과 비교할 수 없다.

얼마 전 저수지 물막이 앞에서 나는 강지웅과 크게 싸운 적이 있다. 강지웅은 나보다 두 살이나 더 많고 재산이 많다 보니 매사에 잘난 척하고 마을에서도 안하무인으로 거칠게 행동하는 선배다. 그때도 힘이 세고 몸이 날렵해서 깡다구라는 별명이 붙은 형이었다. 한 번은 개울 건너편 마을 청년과 싸움이 붙었는데 강지웅 형제들이 떼로 몰려가 큰 싸움이 일어나 문제가 생긴 적이 있었다. 그 집은 형제들도 여러 명이다 보니 마을 사람 누구도 그 형제들에게 시비를 걸거나 어떤 일로 부딪치는 것을 싫어한다. 문제가 생기면 형제들이 떼로 달려들어 곤욕을 치를 수밖에 없다 보니 아예 상대를 안 하는 것이다.

'똥이 더러워서 피하지 무서워서 피하지 않는다'라는 말로 평계 삼으며 상대하지 않으려는 집이다. 그날도 경주는 또래 친구들과 개울가 공터에서 놀고 있었다. 그런데 강지웅이 경주 옆으로 가더니 경주에게 무슨 말을 하며 귀찮게 하는 것이다. 친구들과 물가에서 놀던 나는 그곳으로 뛰어가자, 내 주변에 있던 아이들도 나를 따라오는 것이다. 알고 보니 강지웅이 경주에게 치근대는 것이다.

"다들 저리 꺼져, 이 새끼들아! 경주하고 할 말이 있어서 그러는데, 왜 오는 거냐?"

강지웅이 소리치며 우리에게 가라고 하는 것이다. 그러나 나는 그 말대로 갈 수 없었다. 악착같이 추근대는 이유가 무엇인지 경주에게 들어 이미 알고 있었다. 가란다고 간다는 건 경주를 괴롭히는 걸 묵인하고 포기하는 것이나 다를 바가 없는 일이다.

상대하기 불편한 사람은 사실이다. 강한 체력에 폭력적이고 난폭한 성격을 가진 사람이다. 어린 시절부터 지금까지 수없이 강지웅에게 맞고 괴롭힘을 당했다. 폭력을 행사하고도 잘못을 반성하기는커녕 그 집 가족들은 떼로 몰려와 더 큰 문제를 일으킨다. 걱정은 있지만, 그게 무섭다며 피할 수는 없다.

"경주가 싫다는데, 괴롭히지 마세요. 이게 무슨 짓입니까?"

"뭐야! 이 자식이, 네가 뭔데 끼어들고 있어? 김진성, 그리고 보니 전에도 홍성구하고 싸울 때 보니 너희 둘이 가깝다고 생각했는데, 네놈이 경주 애인이나 되냐?"

말이 떨어지기 무섭게 내 멱살을 틀어쥐고 심하게 흔드는 것이다.

"이 손 놔요, 싸우기 싫으니까. 싸움이 일어나면 필시 형제들이 다 쫓아올 거잖아요?"

그렇게 말하는 사이에 주먹이 어느새 내 얼굴을 때리는 것이다. 순간 눈에는 수백 개의 별이 반짝이고 또다시 주먹으로 머리를 때리는 것이다. 나는 풀숲으로 넘어졌다. 강지웅은 쓰러진 내 옆구리를 발로 다시 걷어차자, 경주가 앞을 가로막으며 울고 있었다.

이 집안 형제들이 그렇다는 것은 알고 있었지만, 더 이상 피하는 건 비겁하다는 생각이 들었다. 지금까지 마을 사람들이 이 집 사람들과 엉키는 게 싫어서 참고 있다는 것을 안다. 나 또한 그런 상황을 알기에 가능한 피하고 있었다. 그러나 이제는 피하기 싫었다.

강지웅 가족들에게 괴롭힘을 당할지라도 더 이상 참는 것은 비겁한 짓이다. 그것도 내가 사랑하는 사람을 괴롭히는 이 사람은 내가 응징하지 않으면 경주는 나를 어떻게 볼 것인가. 이것은 정당방위고 책임을 묻는 주먹이라고 생각했다. 벌떡 일어나 경주를 안심시키고 강지웅 앞으로 다가섰다.

"이러지 말아요, 여기까지는 동네 형이라 참을 테니, 그만하고 내려가요. 그리고 더는 경주 괴롭히지 마세요."

"뭐야! 이 새끼가 미쳤나? 꼴에 군대 갔다 오더니 보이는 게 없냐?"

맞았는데도 일어나 다시 말하는 내 목을 더 세차게 움켜잡고 흔드는 것이다.

"이거 놔! 지금까지는 참았지만, 더는 참지 않을 거다."

"어린놈이 힘으로 나에게 된다고 생각하니? 어디 오늘 너 죽었어."

먹살 잡은 손을 강하게 흔들며 내 배를 발로 걷어차고 주먹으로 얼굴을 때리는 것이다. 얼굴이 후끈거리고 피가 났다. 이대로 계속 맞다가는 죽을 것 같았다. 이 상황을 처음부터 보는 눈들이 많이 있다. 참을 만큼 참았으니, 누가 봐도 이건 정당방위라 생각했다.

멱살 잡은 손을 한 손으로 비틀면서 무릎으로 아랫배를 걷어차니 강지웅이 거친 숨소리를 내면서 두 걸음 물러서는 것이다. 이어서 주먹을 휘두르며 달려오는 것을 피하며 다리를 걸자 저만큼 나가 자빠졌다. 다시 일어나 옆에 있는 돌을 집어 들고 내 머리를 향하여 내리치는 것이다. 피한다고 하였지만, 옆으로 스치면서 머리에 상처가 난 것이다. 뜨거운 것이 흐르는 느낌을 보니 머리에서 피가 나는 것이다. 싸움을 그만하라는 소리가 들리고 경주가 우는 소리도 들렸다. 주먹보다 큰 돌을 들고 죽이겠다며 달려드는 손을 발로 걷어차니 돌이 떨어지자 다시 주우려는 강지웅 가슴을 걷어차자 그 자리에 주저앉았다.

그래도 포기하지 않고 다시 일어나 휘두르는 주먹을 피하며 배를 걷어차자 그대로 쓰러졌다. 경주가 그렇게 싫다고 하는데도 의견을 무시하고 마을 사람들에게 못된 짓을 일삼는 강지웅 그 형제들에게 경고하는 주먹이었다.

꿈같은 사랑

　초록 물결이 싱그럽게 넘실대던 봄, 그리고 여름이라는 녹음방초 푸르름에 머물다 이제는 단절의 계절이 눈앞에 왔다. 가을은 너무 빨리 익고 급히 지나간다.

　고운 단풍이 예쁘다, 라고 말하지만, 그러기까지 나무들의 사연은 아프다. 하나로 맺은 가지와 잎의 인연이 세월이라는 자연의 순리에 따라 속절없이 떨어지는 건 그들만의 또 다른 아픔일 것이다. 체념하지 못한 마지막 잎이 극한의 겨울바람을 고통스럽게 이겨내며 새로운 봄을 기대하지만, 그 희망도 새싹이 돋아나면, 마지막 잎새가 되어 쓸쓸히 떨어진다.

　역사가 반복되듯이 자연도 반복된다. 생명력을 잃어 죽었던 마른 가지에도 파란 새싹이 돋아나고, 무더운 여름 모진 태풍과 무더위에도 굳세게 붙었다가, 가을이라는 결실의 계절을 만나면, 행복했던 시절 인연이 이제는 떨어지는 낙엽이라는 이름으로 쓸쓸한 이별을 맞이한다.

바람이 매몰차게 불자 나뭇잎들이 비처럼 쏟아진다. 바위에 앉아 떨어지는 낙엽을 보면서 오지 않는 경주 생각에 잠겨본다.
'무슨 일이 있나? 올 시간이 되었는데.'
보는 사람 눈이 있어 밝은 대낮에 우리가 만나는 게 자유스럽지 못하다 보니 만나는 시간은 밤이 될 수밖에 없었다. 그러나 오늘은 이른 시간 해가 중천에 떠 있는 3시에 이곳에서 만나기로 하였다.
나는 어린 시절부터 알고 있던 곳이지만, 경주는 이곳에 처음 오는 곳이다. 이곳은 광교산과 바라산 능선이 연결된 곳으로 높지 않은 산이다. 산세는 험준하지는 않지만, 그에 비해 계곡에는 바위가 많고, 평지에는 이상하리만큼 깨끗한 물이 솟아오르는 늪지대가 있는 곳이다. 산 아래는 저수지를 끼고 이어지는 숲길로 고기리와 대장리 가는 길이다.
이곳은 사람 왕래가 드물고, 오래전부터 불러오기를 해크니라고 불러왔다. 민가라고는 언제부터인지 모르지만, 시골에서 보기 드문 벽돌로 지은 집 한 채가 외롭게 있다. 한동안 수녀들이 은퇴하여 마지막까지 생활하던 이곳에 지금은 의료인으로 근무하다 퇴직한 부부가 생활한다. 그러다 보니 마을 사람들은 멀리 떨어진 병원보다는 급한 환자가 생기면 먼저 달려오는 곳이다. 산으로 들어가는 입구는 좁지만, 입구에 들어서면 넓은 바위가 있고, 평지에는 보기 드문 늪지대가 있어서 다양한 야생화가 피는 곳이다.
능선 위로 올라가면 기암괴석과 큰 나무들이 즐비하고 더 높은 곳에는 호랑이가 살던 굴이 있다. 그러다 보니 옛날 어른들은 이곳에서 지금은 볼 수 없는 범과 호랑이도 만나고, 여우와 삵 등 다양한 짐승들을 마주치던 곳이다.

　이곳은 역사적으로 유명하지는 않지만, 옛날 군사들의 격전지라는 소문도 있고, 6.25 전쟁 때는 이곳에서 전투가 있었다고 하는 곳이다. 1919년 3월 고기리에서 시작된 만세운동 행렬이 이곳을 지나 동천리, 풍덕천, 언남리까지 이어지는 머내 만세운동 길이기도 하다.

　평지를 지나 산속으로 깊이 들어가면 크고 작은 바위 밑에 동굴도 있지만, 평지는 늪지대가 형성되어 멋진 풀들과 다양한 생물들이 살고 있다. 나는 어린 시절 이곳을 가끔 왔었으며, 주변 계곡에는 머루와 다래나무가 즐비한 곳이다.

　천고마비 계절답게 하늘은 높고, 양떼구름이 멋지게 뜬 가을이다. 산에는 저마다 아름다운 단풍이 색을 자랑하며 나를 반겨준다. 어제 경주와 헤어지면서 오늘 이곳에 만나기로 사전에 약속하였다.

　산 입구에서 경주를 기다리고 있었다. 들어가는 길옆 계곡에는 넝쿨이 터널처럼 덮여 흐르는 계곡물은 보이지 않고 쫄쫄거리는 물소리만 들렸다. 빽빽한 갈대와 싸리나무로 둘러싸인 입구는 마치 성을 보호해주는 성곽 같았다. 한참을 기다려도 경주가 오지 않아 길가에 나와 올라오는 길을 확인하다 보니 마침 밭에 가시던 동네 어른과 마주쳤다.

　얼른 몸을 숨기려고 하였지만, 몸을 숨길 수 없었다. 어르신은 여기 웬일이냐고 물으시며 의아해하신다. 대충 얼버무리고 그 자리를 떠나는 척하고 다시 돌아와 그 아이를 기다리고 있었다. 이곳은 사람의 왕래가 거의 없는 곳이다.

 그 어른은 산 밑에 심은 곡식을 가을걷이하시러 가시는 것 같았다. 멀리 보이는 저수지 물에는 물새가 행복한 모습으로 헤엄치고, 바람에 출렁거리는 물결이 빛을 받아 반짝이고 있다.

 산에는 푸른 소나무들 사이로 오색 단풍이 멋지게 물들어 있고, 어느 곳은 붉은 단풍으로 불이 난 것 같은 착각을 일으키게 한다. 나는 오늘 경주에게 이곳을 보여주고 싶었던 것은 아름다운 자연도 있지만, 정말 그 아이에게 내 마음을 확실하게 더 보여주며 추억을 쌓고 싶었다.

 한참을 기다려도 그 아이가 오지 않아 불안했다. 입구에서 먼 곳을 바라보아도 경주 모습은 보이지 않았다. 초조한 마음을 달래보려고 손을 높이 들고 크게 호흡하며 하늘을 바라보니 구름 한 점 없는 파란 하늘이다. 좀 더 지대가 높은 곳으로 올라가 보아도 그 아이 오는 모습은 보이지 않았다. 썩은 나무 그루터기에 주저앉아서 오지 않는 이유를 생각해보았다. 기다리는 시간이 길어질수록 더 큰 불안감이 밀려왔다.

 발밑을 할 일 없이 바라보니 그곳에는 또 다른 치열한 곤충들의 세상이 펼쳐지고 있었다. 수백 마리 개미들이 한 줄로 일사불란하게 움직였다. 장애물이 있어도 개의치 않고 부지런하게 움직인다. 무슨 일이 생긴 것인가 보다. 한 발짝 옆에 또 다른 개미들도 움직인다. 개미들이 움직이며 발과 더듬이를 움직이는 것이 그들만의 신호며 대화일 것이다. 마침 그곳을 지나가던 곤충이 날지도 못하고 일격을 당해 그들의 희생양이 된다.

 개미가 달라붙기 전에 그곳을 벗어나 날아가면 되는데, 위험을 알아채지 못하고 개미 밥이 된다. 이 조그만 생물들도 우주의 이치를 알까? 개미들이 나를 볼 때는 무엇으로 생각할까?

　신이라고… 아니면 거인으로… 이곳에 있는 개미들 생명을 내가 어떻게라도 할 수 있다. 다만 하지 않을 뿐이다. 우리 인간도 그렇지 않을까? 우리가 하는 일들을 신은 알고 계시고 앞길을 알고 있을 것이다. 넋 놓고 개미들 행동을 보다 보니 아까 지나갔던 어르신이 일을 마치고 돌아오고 계시는 것이었다.

　아직도 여기 있느냐고 걱정하신다. 누가 보아도 이상하게 보이는 것이 사실이지만, 나는 순간적으로 곤충 생태를 확인하는 중이라고 말씀드렸다. 어르신은 그래도 궁금증이 풀리지 않았는지, 이제는 내려가라고 하신다. 이곳도 밤이면 산짐승이 나타난다고 하시는 것이다.

　어느새 해는 넘어갔다. 태양의 영향으로 저녁노을은 오렌지색으로 물들고, 오늘 가보려고 하던 산은 유난히 짙푸른 어둠으로 변해 있었다. 그렇게 아름답던 가을 산도 밤이 되니 깊고 검푸른 색으로 변하고, 인간이 알 수 없는 거대한 역사를 도모하는 것 같은 엄중함이 엄습했다.

　사방이 고요하고, 이따금 불어오는 바람소리가 마음을 심란하게 하고, 떨어지는 나뭇잎들이 나를 때리고, 더욱 복잡한 생각이 머리를 스치고 지나갔다. 언제 왔는지 하늘에는 별들이 반짝이고, 멀리서 보이는 불빛이 따뜻하게 보이는 밤이었다.

　집으로 오는 길은 소로 길도 아니고 간신히 지게를 지고 다닐 정도의 저수지를 끼고 도는 돌길이다. 둑방 아래로 내려오니 저수지 농수로에 물 흐르는 소리가 평화롭게 들린다. 우마차가 다니기도 어렵고 간신히 지게를 지고 다니는 좁은 길이다. 벼를 벤 곳도 있고, 아직 수확하지 않은 곳을 지나 굽이진 논두렁길을 걸어오면서 생각해보았다. 오지 않은 것이 문제가 아니라 무슨 일이 있는 게 아닌가 하는 불안함에 마음이 편치 않았다.

혼자 가는 길이 그렇게 멀고 험난한지 이제야 알았다. 함께 있으면 편하고 즐거운 길이 혼자 걸으니 외롭고 슬픈 길이었다. 수로 길을 따라 내려가다 보니 저만치 산밑에 경주네 집이 보였다.

수없이 지나치던 길이 오늘따라 쓸쓸하고 생소한 길 같았다. 동산 밑에 보이는 그 집 방마다 불이 환하게 켜 있다. 저기가 내가 사랑하는 그 아이가 있는 곳이라 생각하니 설렘과 불안감이 교차되었다. 불빛이 환하게 보이는 산밑에서 한참을 바라보았지만 그 아이는 보이지 않았다. 무슨 일인지 확인해보려고 가던 발걸음을 멈추고 무거운 발걸음으로 내려왔다.

오지 못한 이유를 확인하는 것이 두려웠다. 피치 못할 사정이 생긴 것이라 믿는 것이 좋겠다는 생각이 들었다. 혹여 아무 일도 없는데, 일부러 오지 않은 것을 확인하게 되면, 그 섭섭함을 이겨내지 못할 거 같다는 생각이 들어 머리를 흔들었다.

'아니야, 오지 못할 사정이 생긴 거야.'

나는 혼자 읊조리며 집으로 돌아왔다. 집에는 동생이 나를 기다리고 있었다.

"오빠, 어디 갔다 와?"

늦은 시간까지 집에 들어오지 않아 걱정했다며, 재차 물어보는 것이다.

"혼자 생각할 일이 있어서 안골 밭에 있었어."

건넌방에 들어가 벌렁 누워서 오지 않은 그 아이를 생각했다. 오지 못한 이유가 궁금하고 걱정되어 가만히 앉아서 기다리기 어려웠다. 더 늦기 전에 경주네 집에 가야겠다는 마음을 먹고 몸을 일으키려다 보니 반갑게 반겨주는 목소리가 들렸다.

"언니가 웬일이야?"

"지나가다 놀러 왔지."

그 목소리는 경주 목소리였다. 나는 순간 너무 반가워 벌떡 일어나 문을 박차고 나갔다.

"어… 어… 어떻게 왔어?"

나는 떨리고 기쁜 마음으로 당황하며 얼버무리는 인사를 하였다. 가슴이 설레고 두근거렸다. 지금까지 걱정하고 고민하던 일들이 순식간에 사라지고 뛸 듯이 반가웠다.

"추운데 방으로 들어와."

나는 경주를 내 방으로 안내하였다. 우리 집에 몇 번 왔어도 내 방은 처음이다. 방이라야 조그만 방에는 옷장 하나 없이 잡다한 물건들이 대부분이고, 입던 옷들도 아무렇게나 널브러져 있었다. 그리고 남자들 냄새가 나는 볼품없는 방이었다. 안방은 그나마 나은데, 그 방을 놔두고 작은방으로 데리고 들어온 것을 후회하였지만, 이미 들어와 앉아있는 것이다.

안방은 언제라도 아버지가 들어오시면 불편해할 것 같아 이 방으로 들어오라고 한 것이다. 진희도 내가 건넌방으로 들어가자고 하는 말에 순간 당황하는 모습이었다.

"방이 누추해서 미안해."

"여기가 오빠 방이야?"

나는 누추한 내 방을 보면서 감추고 싶은 것이 너무 많았다. 그러나 경주는 아주 편안한 모습으로 방을 둘러보며, 웃었다. 진희는 무슨 생각인지 방문을 열고 나갔다. 나는 순간 우리 집에 온 그 아이가 고마워서 와락 끌어안았다. 눈물이 날 정도로 고마워 아무 말 없이 오랫동안 안고 있었다.

오지 않는 그 아이를 생각하며 얼마나 많이 걱정하였는데, 내 앞에 이렇게 와 있는 것이 꿈결 같았다. 알고 보니 언니 식구들이 갑자기 와서 어쩔 수 없었다는 것이다. 잠시 나오려고 하였지만, 거리도 멀고 어떻게 할 방법이 없어 경주도 힘들었다고 한다.

"걱정했는데, 와줘서 고마워."

"많이 기다리는 줄 알면서도 어떻게 할 수 없었어요."

고개를 끄덕이는 그 모습에 내 가슴이 요동치고 있었다.

그때 마침 진희가 마루에서, 아버지 이제 오시냐는 소리가 들렸다. 우리는 순간적으로 방문을 열면서 아버지에게 인사드렸다.

"안녕하세요?"

"오, 너 왔구나."

아버지는 경주를 좋아하신다. 가난한 우리 집이 예쁘고 착한 그 아이를 욕심부리는 것이 좋을지, 아버지는 걱정하시는 것 같았다. 그런데 그 아이가 우리 집에 와서 그것도 지금 건넌방에서 큰아들과 함께 나오는 것을 보시고 흡족해하시는 모습이다. 아버지인들 지금까지 살아오시면서 얼마나 힘든 삶이셨는지, 나는 안다. 그래서 술에 취하시면 그렇게 자식 자랑을 하신다. 본인이 가지고 있는 것이 없다 보니 팔불출처럼 아들 자랑만 하시는 것이다. 그렇다고 아들이라도 잘 나가야 하는데, 나 또한 아버지에게 보여드릴 것이 없었다. 나를 돌아보면서 내가 과연 아버지에게 멋진 아들이 될 수 있을까. 이제는 아버지에게 나를 보여드릴 것이다. 내가 좋아하는 사람을 책임지는 것은 당연하고 멋있게 살아갈 것이라고 수만 번 다짐하였다.

진희가 저녁상을 준비해서 들고 오는 것이다.

"밥 먹고 가라."

아버지가 말씀하시자, 경주가 멈칫거리며 당황하는 것 같았다.

"아닙니다. 집에 가서 먹겠습니다."

그 아이는 내 눈을 바라본다. 어떻게 하는 것이 좋은지, 의견을 구할 때는 눈으로 의사를 물어보는 착한 아이다.

"경주야! 밥 먹고 가."

내가 재차 머리를 끄덕이고, 저녁을 준비한 동생도 밥 먹고 가라고 하자, 경주는 더 사양하지 않고 다 같이 저녁을 먹었다. 밥을 먹으면서 나는 너무 기뻤다. 미래의 청사진을 보는 것 같았다. 우리 집은 엄마가 돌아가신 후 집에 온기가 사라지고 웃음소리가 사라진 쓸쓸한 가정이었다. 그런데 경주와 함께한 자리는 행복한 자리가 되었다. 최선을 다하고 노력해서 이렇듯 행복한 가정을 만들겠다는 생각에 마음이 들떠있었다. 우리는 오랫동안 이야기하면서 행복한 시간을 보냈다.

밤늦은 시간 집에 데려다주려고 문밖에 나와 보니 시원한 바람이 저수지에서 불어왔다. 하늘에는 우리를 기다린 것처럼 달빛이 강렬하게 우리를 비추고, 달빛 먹은 개울물은 황금빛으로 반짝거리며 유유히 흐르고 있었다. 손잡고 걷는 밤길이 행복했다. 불어오는 바람결에 출렁이는 머리카락 사이로 빛나는 눈동자가 천사처럼 눈부시도록 아름다웠다. 개울가 둔덕에는 떠나는 가을을 아쉬워하듯 곤충들의 울음소리가 감미롭게 들렸다.

오늘 약속 장소에 못 나와서 걱정하는 나를 위하여 우리 집으로 온 그 아이가 너무나 고맙고 사랑스러웠다. 이것이 사랑인가? 가까이서 보고 있어도 또 보고 싶어 자꾸만 바라본다.

누군가 말하기를 사랑은 서로 마주 보는 것이 아니라, 함께 같은 방향을 바라보는 것이라고 한다. 그러나 나는 보고 있어도 계속 보고 싶어 바라본다. 그 아이 눈 속에 내가 있고, 내 눈 속에 그 아이가 있는 게 꿈만 같아 좋았다. 될 수만 있다면 세상이 끝날 때까지 한시도 떨어지지 않는 우리가 되었으면 좋겠다.

나는 그 아이를 집으로 데려다주고 오늘 가보지 못한 곳을 다음에 가기로 약속하고 헤어졌다. 집으로 내려오는 길이 행복에 젖어서 그런지 대낮처럼 밝은 달빛을 받으며 집으로 내려왔다.

가슴에 가지고 있던 일들이 어느 순간 현실로 다가왔다. 며칠 전에 들은 이야기가 나를 움츠리게 한다. 개울가에서 내 어머니 같은 분들이 빨래하고 계셨다. 그분들은 누구나 할 것 없이 나를 좋아하는 분들이다. 대부분 이곳으로 시집온 분들이고, 나를 무척 아껴주는 아주머니들이다. 늘 하던 대로 반가운 마음에 물가로 가려는데, 내 말을 하고 있어 선뜻 다가서지 못하고 그 자리에 멈춰서 그 말을 들었다.

"진성이는 적극적이고 착해서 괜찮은데, 집안이 어려워서 추천해주기 어려워."

"돈보다는 마음이 중요하지. 돈은 언제라도 벌면 되는 거 아닌가?"
"그래도 진성이보다는, 성격이 비록 개망나니라 그렇지, 홍성구나 강지웅이 훨씬 났지. 마음만 올바르게 먹으면 그 많은 재산이 얼만데. 진성이네처럼 어려운 집에 누가 딸을 주겠어?"
나는 그 말을 듣고 조용히 발걸음을 돌렸다. 아닐 것 같지만, 이게 모두가 생각하는 세상이고, 내가 처한 현실이었다. 빨래터에서 들은 그 말이 나를 더 강하게 키우고 있었다. 자라면서 느낀 것들이 사실이다 보니 현실을 탓하고 비관하기보다는 성공한 사람이 되겠다는 야망이 타오르고 있었다.
밤은 깊어가는데 잠이 오지 않았다. 진욱이는 벌써 잠이 들었다. 동생은 요즘 계속 일을 나가다 보니 얼굴 보는 것이 싫지 않았다. 마당에 나와 보니 서쪽 산으로 달은 넘어가고 주변은 컴컴하지만, 하늘에는 셀 수 없는 별들이 반짝거린다. 마치 검푸른 천에 금색, 은색 물감을 뿌려놓은 것 같다.
합격통지서는 오지 않고 시간만 흘러갔다. 가족들과 사랑하는 경주는 나를 걱정하며 바라보는데, 시간만 속절없이 지나가니 걱정이 이만저만 한 것이 아니었다. 무엇을 한다는 것을 보여야 하는데 마음만 앞서간다. 변명 같지만, 시골에서는 답을 찾을 수 없었다. 내 소유 농지라도 있고 근본이라도 있다면, 농사를 짓는다던가, 다른 방법을 찾아서 의논하고 시도할 수 있지만, 아무리 둘러보아도 비빌 곳이 없는 게 현실이었다.
직장을 어떻게든 잡아야 하는데, 기다려도 연락이 없어 초조하고 힘들다. 동생들은 내가 경주를 좋아한다는 것을 이제는 알고 있다. 얼마 전에 우리 집에 온 것이 진희를 보려고 온 게 아니라는 것을 진희도 눈치챈 것이다. 특히 아버지가 경주를 매우 좋아하는 것을 확인하게 된 것이다. 이 어려운 상황을 벗어나겠다고 다짐하는 일이 하루를 마감하고 바라는 간절한 기도였다.

변하리라, 아무리 힘든 난관이 앞을 가로막고 고통이 있더라도 가난을 물리쳐 나도 보란 듯이 살아보겠다는 굳은 각오를 매일 다졌다.

조금 일찍 서둘러 약속 장소에 도착해 경주를 기다렸다.

며칠 전보다 단풍이 더 아름답게 수놓았고, 몸치장을 예쁘게 한 단풍잎이 바람에 흔들리며 빨리 오라 손짓하는 것 같았다. 그 많던 개미들은 어디로 갔는지 보이지 않고 날개만 덩그러니 남아 있다.

따뜻한 태양 빛을 받으며 손을 높이 쳐들고 하늘을 바라본다. 어디서나 시간만 있으면 나는 이 자세를 자주 취한다. 어쩌면 이것은 나만을 위한 강한 체면 의식이다. 내가 이곳에 왔다는 영역 표시며, 여기에 있다는 강한 자신감과 용기를 표하는 무의식적 행동이다.

잠시 후 환한 미소를 지으며 그 아이가 왔다. 연한 베이지색 체육복을 입고 얼굴에는 땀이 촉촉하게 젖어있는 모습이 나를 설레게 한다. 사람들의 눈을 피해 먼 길을 온 것이 고마웠다. 나는 경주 손을 잡고 환하게 웃었다. 그 아이와 만났다는 안도감에 우리는 손잡고 숲속으로 들어갔다.

경주는 저수지를 끼고 도는 이곳을 수없이 다니던 길이지만, 이곳까지 깊숙이 들어온 건 처음이다. 나는 친구들과 가끔 이곳에 올 때마다 느끼는 감정은 날씨에 따라 달라 보이는 신비한 모습에 쉽게 오는 곳이 아니었다.

 사람들이 크게 소리치면, 똑같은 소리로 메아리가 돌아오는 게 아니라, 다른 소리로 들려와 괴기스러운 곳이다.

 숲속으로 들어서자, 성문을 지키는 문지기처럼 큰 바위가 양쪽에 우뚝 서 있고, 오래된 소나무와 참나무들이 우리를 반겨주었다. 바람이 불자 참나무 잎들이 우수수 떨어지는 소리가 계절이 깊어가는 엄숙한 소리로 들렸다. 들어가는 앞쪽에는 갈대숲이 우거져 있고, 좌측에는 작은 잡목나무들이 군락을 이루고, 길에 떨어진 단풍잎은 붉은 양탄자를 깔아놓은 듯 우리를 반기고 있었다. 조그만 웅덩이 주변에는 작고 예쁜 야생화가 피어있다.

 구절초가 한 무리를 이루어 청순한 모습으로 우리를 반겨주고, 들국화가 노랗게 핀 옆에는 늦은 개망초 몇 송이가 방긋 웃어주는 것이다. 한쪽에는 무릇꽃이 군락을 이루고, 질퍽한 물가에서 자라는 핫도그같이 생긴 황금 부들이 즐비했다. 물에서 자라는 이름 모를 풀들이 아무렇게나 자라고 있는 듯하지만, 누가 가꾼 듯 간격별 절도가 있어 보이고, 바닥을 밟아보니 쑥 들어가며 황토물을 토해낸다.

 작은 웅덩이에서는 샘이 솟아오르고, 붉은색 모래가 회오리치며 야생 식물들이 자리를 잡고 있었다. 높은 산 쪽에는 크고 작은 바위들이 즐비하고, 계곡에는 다래 넝쿨이 군락을 이루고 있었다. 나무와 나무를 타고 올라간 머루 넝쿨에는 머루가 까맣게 익어있었다.

 늪지대를 거닐 수 있도록 누가 만들어 놓은 듯 자연적인 길이 생겼다. 신들이 밤에 살짝 내려와서 걷는 길 같았다. 위쪽에는 깊고 큰 웅덩이가 있는데 겨울에도 얼지 않는 웅덩이다. 밑바닥에는 반짝이는 금모래가 쉴 새 없이 춤을 추고, 샘물이 생명수처럼 솟아오른다. 겨울에도 이곳은 얼지 않는 곳이라 천사들이 내려와 놀다 가는 곳이라 전해오는 곳이다.

"이런 곳이 있다는 걸 몰랐네. 꽃들도 예쁘게 피었고, 처음 왔지만 처음인 거 같지 않아."

주변 산을 들러보니 계곡은 웅장하고 우리만이 즐기는 공원이었다. 풀숲 곤충들은 가는 가을이 안타까운 듯 합창하고, 겨울 준비를 하는 산새들도 물가에서 재잘거리며 털 단장을 하고 있었다. 우리만을 위한 정원에서 춤을 추듯 가벼운 발걸음으로 걷고 있었다.

걸어가는 곳곳마다 새로워 보였다. 한 번 돌고, 두 번 돌고, 세 번 돌고, 늪지대 정원을 계속 거닐다가 다시 돌아와도, 보이는 것은 다 새로워 보였다. 마치 마법에 걸려 움직이는 것처럼 신비한 세상이었다.

"보이는 게 다 새로워 보여. 아까 본 것은 어디로 갔는지, 보이지 않고 지금 보이는 것은 다 새롭게 보여."

"그러게, 이게 무슨 일이지? 너를 위하여 새로운 모습으로 반겨주는 것 같아."

20분이면 한 번 걸을 수 있는 길을 몇 시간 동안 시간 가는 줄 모르고 즐겁게 걸었다. 잘 익어 보이는 머루가 눈에 들어왔다. 나는 얼른 타잔처럼 나무에 올라가 탐스럽게 익은 머루 한 송이를 가지고 내려왔다.

"타잔처럼 나무도 잘 타네."

"아직 젊고 너를 지키려면 이 정도는 해야지."

군 복무를 마친 지도 얼마 안 되다 보니 몸이 빠르고, 아직은 강한 체력과 정신력을 가지고 있다. 키 180에 체중 60킬로가 넘지 않는 마른 체격이지만, 체력적으로 딸리거나 힘들어하는 것은 없었다.

우리는 그루터기에 앉아 머루 파티를 열었다. 달콤한 신맛이 입에 달라붙어 더 먹고 싶다는 소리에, 타잔처럼 넝쿨을 타고 올라가 한 송이 가지고 내려왔다.

주변 풍경에 매료되어 시간 가는 줄 모르고 있을 때, 입구에서 사람 목소리가 들려왔다. 순간 우리는 말을 멈추고 입구를 쳐다보니 마을 사람 두 명이 올라오는 것이다. 두 남자는 개울 건너 아랫마을로 몇 년 전에 이사 온 사람이다. 그들은 형제이고, 어디서 살다가 왔는지 몰라도 좋은 평을 듣지 못하는 사람들이었다.

"경주야! 내 손잡아. 사람들이 오니 잠시 숨어 있다가 오자."

나는 경주 손을 잡고 바위와 나무들이 많은 산으로 들어갔다. 그들과 마주치면 소문도 나겠지만, 그보다 그들을 잘 모르기에 어떤 상황이 벌어질지 몰라 피하는 게 좋다고 생각한 것이다. 우리가 깊은 산 속으로 들어가 보니 큰 바위 밑에 작은 동굴이 보였다. 설레는 마음으로 동굴 편편한 바위에 앉았다.

"그 사람들은 왜, 주민들과 교류가 없는지 모르겠어."

"신경 쓰지 마! 성격 때문인지, 마을 분들과 사이가 좋지 않아."

우리 둘이 있는 것이 너무 좋았다. 가을바람이 잔잔하게 부는 오후 시간이라 추울 것 같아 잠바를 벗어 경주에게 입혀주자, 활짝 웃는 그 모습이 사랑스러웠다. 지금까지 나는 경주가 화내며 불평하는 모습을 본 적이 없었다. 생각이 다르고 의견이 다르면, 따질 수도 있고, 불편한 모습을 보일 수 있는데, 한 번도 나에게 그런 내색을 보이지 않았다. 경주는 늘 내 편이고, 내가 고통스러운 처지를 고민할 때는 마음을 다독여주는 천사 같은 사람이다.

이 아이는 누구일까? 경주 가족들은 천주교인이며, 세실리아라는 세례명을 받은 아이다. 나는 성녀 세실리아라는 책을 보았다. 서기 177년경 순교한 성인이다.

'고귀하고 부유한 가정인데도 불구하고 성녀 세실리아는 기도와 고행의 삶을 살았다. 지위에 어울리는 옷차림보다는 어려운 사람과 고통받는 사람을 먼저 생각하고, 그들과 같이 거친 천의 의복을 입었다. 단식과 기도를 하며 하나님의 사랑에 동정이 될 결심을 한 사람이다. 부모님의 독촉으로 어쩔 수 없이 결혼하였지만, 세실리아는 하나님과 한 약속을 지키려고 하나님의 천사들이 자신을 보호하고 있다며 남편 발레리안을 설득했지만, 결국 네로황제의 모진 박해로 참수형을 당하신 분이 성녀 세실리아다.'

내가 만나서 사랑을 나누는 이 아이가 그 옛날 성녀 세실리아와 같다는 생각이 감히 들었다. 언제나 잔잔한 미소로 나를 편안하게 해주고 용기를 주는 아이다. 내가 힘들어할 때나 내 의견을 말하면 그 아이는 조용히 들어주고 내게 할 수 있다는 자신감을 심어주는 것이다.

"세실리아, 당신은 누구입니까?"

"…"

경주는 부드러운 눈빛으로 말없이 내 얼굴을 바라보고 있는 것이다. 나이는 어리지만, 의연한 모습과 찰나에 반짝이는 눈동자에서 세실리아의 강인함을 느낄 수 있었다. 손을 다쳐 장애가 있는데도 불구하고 당당하게 이겨내는 그 모습에 나는 놀랄 수밖에 없었다.

내가 사랑하는 사람이지만, 어떨 때는 감히 범접하기 어려운 순간들이 있었다. 경주는 언제나 내 위에 있는 것 같으며, 조용하지만 그 아이의 아름다운 눈빛이 나를 꼼짝 못하게 한다고 말하자, 경주는 나를 보며 웃음을 준다.

"나는 오빠를 믿어요. 지금은 비록 부족하지만, 더 좋은 날을 오빠는 이룰 수 있어요."

경주가 하는 그 말에 나는 하늘을 나는 우쭐한 기분이 들었다. 세상이 아름답게 보이고, 남들이 부러워하는 멋진 삶을 이 아이와 만들겠다며 깊이 각오하였다.

"오늘 이 시간부터 우리 둘이 있을 때는 세실리아라고 부를게. 너는 믿음이 충만하고 주님과 함께하는 사람이잖아."

"성당과 집에서는 세례명으로 부르고 있어요."

"맞아. 진작부터 '세실리아'라고 불러야 했는데, 조금 늦었다. 세상 모든 걸 주관하는 분은 하나님이고, 그 아들 예수님은 우리를 구원하려고 십자가 보혈로 우리를 구원하셨는데, 귀하게 받은 세례를 함부로 다루지 말고 실천해 나가자."

나를 믿어주는 것이 고마웠다. 우리는 손을 꼭 잡고 영원히 우리의 사랑은 변치 말자고 약속하였다. 그 느낌, 그 행복감, 내 사랑이라는 확신을 가슴 깊이 새기는 순간이었다. 우리는 오랫동안 동굴 속 바위에 앉아서 많은 이야기를 나누었다.

떠들던 사람들도 언제 갔는지 조용하고, 어느덧 해는 넘어가 어둠이 서서히 내리고 있었다. 산에는 어둠이 빨리 다가온다. 혼자라면 감히 이곳에 올 생각을 못하는 곳이지만, 지금은 이곳에는 혼자 있는 것이 아니라, 세실리아와 함께 있는 것이다.

시간이 지나자, 산에는 음산한 기운이 감돌고 금방이라도 산짐승이 나타날 것 같았지만, 우리는 같이 의지하고 함께 있어 두려움이 없었다.

세실리아는 하나님을 믿는 사람이다. 나 또한 믿음은 강하지는 않지만, 그 고통스러운 일이 있을 때 의지하고 믿었던 분이 예수 그리스도이다. 군 복무 시절 반복되는 특수훈련을 받으며 내가 힘들고 몸이 아플 때 나를 지키시는 이는 그분이라는 믿음으로 살았다.

어느새 어둠이 우리 주위를 감싸고 하늘에는 검은 먹구름이 끼어있었다. 낮에는 그렇게 아름답고 멋지던 이곳이 금방 어둠에 묻혀 보이지 않고, 나무와 가시덤불들은 마치 험악한 거인들과 괴물들이 서 있는 모습 같았다.

그 밝던 달빛도 구름에 가리고 이따금 보이던 작은 별들마저도 구름에 묻히자, 앞은 보이지 않고 칠흑 같은 어둠 속에서 헤매는 것이다. 한참을 더듬거리며 오다 보니 세실리아가 힘들어한다. 마음이 아프다. 내 욕심으로 이 늦은 시간까지 연약한 아이를 고생시키는 것이 미안하고 안타까웠다.

이곳은 산속이고, 계곡을 따라 물이 흐르다 보니 독사, 도마

뱀, 구렁이 같은 파충류가 사는 곳이다. 대낮에도 목격하는 곳인데 지금은 으슥한 밤이다. 가슴이 떨리고 두려움이 밀려왔다. 온전한 생각을 하는 사람이라면, 세실리아를 데리고 애초부터 이 험한 곳을 오면 안 되는 곳이었다.

가까운 곳에서 부엉이 울음소리가 무섭게 들리고, 꾹꾹 하는 괴상한 소리는 야생동물 울음소리 같았다. 금방 어두워진 산속에서는 한 발씩 옮기기에도 힘겹고 두려웠다. 내 몸이 경직되고 두려워하는 것을 느꼈는지 세실리아는 아픈 손으로 내 손을 더 꽉 잡는 것이다.

"힘들지? 내가 업고 갈까?"

"아니, 갈 수 있어요."

우리는 오던 길을 생각하며 천천히 조심스럽게 내려오다 보니 너무 더디고 힘들었다. 돌부리와 나무에 걸려서 넘어지길 수없이 하다 보니 몸이 만신창이가 되었다. 칠흑 같은 밤이라는 게 이런 것이었다. 한 치 앞도 보이지 않는 산속에서 사투를 벌이며 내려오다 그만 나무 그루터기에 걸려 또다시 넘어지고 말았다. 공포감과 두려움에 떨고 있었다.

나도 모르게 주님을 불렀다. 일어날 힘도 없었다. 얼굴에서는 땀이 흐르고 있었다. 입속으로 흘러 들어온 그건 땀이 아니라 상처 난 피였다. 얼마나 어두우면 마주 서 있는 세실리아 얼굴도 보이지 않고, 칠흑 같은 어둠에 한 발짝도 움직일 수 없었다. 그렇게 어두운 밤은 처음이었다. 두려움과 공포가 내 마음을 짓눌렀다. 나는 넘어진 세실리아를 일으키며 주님을 불렀다.

"주님, 제가 부족했습니다. 저를 용서해주시고 우리가 이곳에서 안전하게 나갈 수 있게 해주세요."

나는 경주 손을 꼭 잡고 내려오면서 주님을 불렀다. 내가 하는 소리를 들은 경주도 주님 하고 부르는 것이다. 그 순간 구름에 가렸던 월광이 환하게 비춰주는 것이다. 하늘에는 구름이 잔뜩 끼어 달을 볼 수 없을 것 같았던 그 어두웠던 길이 마치 대낮처럼 환해지고 있었다.

잔뜩 끼었던 먹구름이 달이 가는 길을 비켜주고 숲속을 다 나올 때까지 환하게 비춰주었다. 처음부터 달빛을 받아 걸었다면, 어둠으로 익숙하지 않은 산길에서 잘 보이지 않아 힘들었을 것이다. 그러나 달빛 없는 어둠에서 헤매다가 달빛이 비춰주자, 가는 길을 대낮처럼 환하게 빛으로 인도하여 내려올 수 있게 만들어준 기적에 두려움을 느꼈다. 이것은 하나님이 세실리아의 앞길을 환하게 비추는 것이라, 생각하니 떨리고 감사하였다.

다 내려와서 세실리아 상태를 확인해보았다. 바윗길을 내려오고 풀밭을 지나면서 몸에 여러 군데 상처가 났다. 나는 그 상처를 손수건으로 닦아주면서 오늘처럼 크고 작은 위기가 닥쳐와도 우리는 변치 않는 사람이 되라는 산교육이라고 말하자, 세실리아가 웃었다.

정말 고생은 많았지만, 훗날 좋은 추억거리가 될 거라 믿으며 우리는 집으로 가고 있었다.

"너무 힘들었지? 경주야, 우리 집에 가서 밥 먹고 갈까?"

며칠 전에도 갔었는데, 오늘 이런 모습으로 가는 건 예의가 아니라고 하여 경주를 집으로 데려다주기로 하였다. 저수지 물이 잔잔하게 출렁인다. 원혼들이 있다고 생각해서 무서워 감히 오지 못하던 곳을 이 시간에 이곳을 지난다는 것이 두려웠다. 한참을 오다 보니 세실리아 발걸음이 느려지고 힘들어한다.
"힘들지? 이제 얼마 남지 않았으니 잠시 쉬어가자."
 잠시 바위에 앉아있는 세실리아 얼굴을 보니 얼굴이 창백해 보인다. 나는 그 아이 머리를 만져보았다. 이 밤중에 험난한 경험을 하게 된 그 아이는 강했다. 정작 나는 두려워하였지만, 그 아이는 마음가짐도, 어려운 역경을 이겨내려는 의지도 강인하였다. 세상을 살다 보면 이 정도는 누구나 겪을 수 있는 일이다. 지금 나를 위로하고 격려해주는 그 아이는 정말 대단하다는 생각이 들었다. 다친 손 때문에 자유롭지 않은데도 현실을 직시하고 긍정적인 생각으로 이겨내려는 것은 누구와 비교되지 않는다는 것을 느꼈다.
 나는 경주 손을 꼭 잡고 우거진 풀과 나뭇가지를 한 손으로 헤치면서 작은 갈대숲 길을 지나 저수지 둑에 이르렀다. 그제야 우리는 안도하면서 얼굴을 서로 바라보았다. 머리카락은 헝클어지고 우리들의 옷 추임새가 말이 아니었다. 달빛 받은 경주의 모습은 고생한 만큼 성숙해 보이고, 웃음 짓는 모습에서 나는 긴장과 두려움이 사라지고 마음이 진정되었다.
 저수지 둑 아래로 보이는 마을은 평화로웠다. 구불거리는 논두렁 길을 지나서 사람들의 왕래가 없는 저수지 수로가 보인다. 작은 농로 길에는 국화꽃이 달빛에 비쳐서 애처로워 보이고, 잔잔한 바람에 흔들리는 수수밭 길을 따라 경주네 집 앞까지 왔다. 하늘에는 분명 짙은 먹구름이 끼어 달빛이 보일 수 없는데도, 우리가 내려오는 길은 바다가 갈라지듯 구름이 길을 터준 것이다.

"경주야! 집에 같이 들어가자. 나하고 같이 있었다고 말씀드리자. 내가 야단맞을게."

"괜찮아, 내가 알아서 할게. 오빠도 지금 힘든데."

오늘 3시에 나와서 밤 9시가 되도록 밖에 있었기 때문에 경주는 야단맞을 것이다. 내가 가서 대신 야단을 맞겠다고 하였지만, 그 아이는 자기가 말씀드리겠다며 극구 말려 할 수 없이 경주 혼자 들어가게 하였다. 그 아이가 대문을 열고 들어가는 걸 확인하고 돌아서며 들어보니 동생 목소리가 들렸다.

"언니! 어디 갔다가 이제 오는 거야? 식구들 걱정하는데, 엄마 화났어."

그러나 정작 엄마는 아무런 말도 하지 말고 동생에게 말하지 말라고 하는 소리가 들린다. 엄마는 어디를 갔으며, 누구를 만난 것 정도는 이미 알고 계신 것 같았다.

성큼성큼 큰 걸음으로 집으로 내려오다가 조금 전에 내려왔던 산을 바라보니 짙은 구름으로 대지는 어둠에 묻혀 아무것도 보이지 않았다.

"오빠, 어디 갔다 와?"

"혹시 경주 언니하고 같이 있었어?"

"아니, 왜?"

"경석이가 왔다 갔어. 자기 누나가 여기 안 왔었느냐고 물어보고 갔어."

경주가 보이지 않으면 찾는 게 당연하다는 걸 생각하지 못했다. 부족한 생각으로 추억을 만들려고 준비한 일이지만, 이 일로 인하여 마음이 편하지 않았다. 가뜩이나 나에게는 가난이라는 약

아리고 아픈 사랑　115

점이 있는데, 이 일로 인하여 더 큰 미움을 살 수 있다는 생각에 마음이 무거워진다. 사실 이렇게 늦을 거라는 예상을 하지 못했다. 나는 경주와 멋진 추억을 만들려고 한 일인데 도리어 새로운 걱정거리가 생겼다.

"형! 내일 바쁘지 않으면 일 도와줄 수 있어?"

"무슨 일인데?"

"일꾼들을 다 맞추었는데, 고준기가 못 올 것 같아서."

내일 이장님 집에 벼 베는 날인데 약속한 준기가 급한 일이 생겨 못 온다는 것이다. 나도 이제 서울로 가면 이런 일을 더 할 수 없다는 것을 생각하고, 모처럼 동생과 함께 벼 베는 일에 참석하기로 하였다.

다음날 아침 일찍부터 일을 시작하였다. 낫질하는 것을 보고 이장님이 한마디 말씀하신다.

"아니, 진성이는 낫질 못할 줄 알았는데 잘하네."

어떤 일을 하던 최선을 다해야 한다. 낫질도 몇 년 동안 하지 않은 일이지만, 나에게 주어진 이상 비록 힘들고 어려워도 최선을 다해야 한다는 생각이 들었다. 이제는 어린아이도 아니고 어디서 일을 하던 능력을 인정받는 사람이 되어야 한다. 언제라도 내 이름을 대면, 만나고 싶은 사람으로 인정받아야 한다.

변명과 핑계로 일관하고 말만 앞세우면, 사람들이 보기에, 저렇게 일하니 저 집이 저렇듯 가난하게 사는 것이 당연하다는 놀림감이 될 수 있다. 최선을 다하여 벼를 베었다. 대여섯 명이 벼를 베는데 동생들과 형들이 깜짝 놀란 정도로 능력을 자연스럽게 보여주었다.

"형, 쉬면서 해. 그렇게 빨리 하면 힘들어서 내일 못 일어나."

정말 열심히 하다 보니 남들보다 한발 앞서 나가게 되었다. 그렇다고 내가 죽을힘을 다해서 하는 것이 아니라 내 능력만큼 최선을 다하는 시간이었다. 새참이 나오고 이후 점심시간이 다가왔다. 열심히 벼 베는 일에 신경을 쓰다 보니 누군가 옆에 와서 "오빠!" 하고 부르는 소리가 들렸다. 언제 들어도 반갑고 나에게 희망과 설렘을 주는 다정한 목소리가 들렸다.

경주가 이곳에 온 것이다. 일터에서 그 아이를 보니 너무 반가웠다. 일부러 나를 찾아온 것인가? 알고 보니 오늘 이장님 댁 일꾼들 음식을 준비하다가 일손이 부족하여 경주를 부른 것이다. 너무 반갑고 즐거웠지만, 순간 안타까운 마음에 화가 났다.

다친 손을 남들에게 보여주기 싫어하는 아이다. 그런데 생각지도 않은 이곳에서 아무 일이나 하는 것이 무척 속상해 마음이 아팠다. 그렇다고 사람들 보는 앞에서 내색하며 불편한 표정을 보이는 건 도리어 경주를 불편하게 하는 것이다. 마음이 아팠다. 그때 내 눈치를 살피던 동생이 분위기를 바꿔보려고 이해시키는 말을 했다.

벼 베는 일에 능력이 오르려면 무엇보다 먹는 음식이 중요하다고 이장님에게 말씀드렸지, 그리고 경주가 해준 음식이 제일 맛있다며 분위기를 바꾸려고 하는 것이다.

준비해온 음식을 아주머니가 빠르게 배식하고 간단한 것은 부자연스러운 손으로 준비하는 그 모습을 보고 목이 메었다. 이런 장소에서 만나보는 것도 좋지만, 장갑 끼고 일하는 안타까운 모습에 눈물이 났다. 가엾고 애처로워 그 자리에 있을 수 없어 논두렁으로 내려갔다. 참으려고 해도 자꾸만 눈물이 앞을 가려 밥 먹는 장소로 가지 못하고 한참을 그곳에 있었다.

저 착한 손에 장갑을 끼우게 한 게 누구인가? 나로 인하여 일어난 그 모습을 보고 가만히 앉아있을 수 없었다. 그 아이는 장갑 낀 손을 무의식적으로 자꾸만 뒤쪽으로 감췄다. 내가 책임지고 보살펴줘야 한다고 하지만, 지금은 마음뿐이지 내가 어떻게 해볼 방법이 없는 것이다. 그 청순한 모습으로 웃음을 머금고 내색하지 않지만, 경주에게는 늘 아픈 그늘이 보였다. 그런데도 한 번도 나에게 불평하거나 치근대며 아픈 말을 하지 않는 것이 나를 더 아프게 했다. 좀처럼 마음을 진정하지 못하고 있을 때 그 아이가 왔다.

"오빠! 여기서 뭐해요? 빨리 가서 밥 먹어요. 여기서 이렇게 있으면 이상하게 생각해요."

내 눈에 눈물이 맺힌 것을 본 경주도 어느새 눈가가 촉촉하게 젖어있었다.

"오빠! 울지 말아요. 나도 울면 어떻게 하려고요."

잠시 후 이장님 부인이 오셨다. 우리 집 옆에 사시는 분이시고, 어린 시절 나를 키우다시피 한 엄마 같은 분이다. 얼른 이 분위기를 바꿔야 한다. 자칫하면 나로 인하여 경주가 불편할 수 있다. 몸을 추스르며 점심 먹으러 가보니 일꾼들이 한참 점심을 먹고 있었다.

나에게 아주머니가 숟가락을 주셨다. 내 눈에는 아직도 눈물이 고여있고, 가슴에는 아픔이 남아있어 조금만 건드려도 터질 것 같은 상태였다. 참으려고 입술을 깨물어도 그 아픈 감정의 여운이 사라지지 않는 것이다.

"에구, 진성이 엄마가 일찍 돌아가셔서 아이들이 고생 많았지."

그 순간 나는 목이 메어 밥을 먹을 수 없었다. 가뜩이나 경주의 안타까운 모습으로 눈물을 참고 있었는데, 마치 장마철 봇물 터지듯이 나오는 눈물을 자제할 수 없었다. 흐느끼며 먹다 보니 눈물과 밥을 같이 먹는 눈물밥이 되었다. 아이도 아니고 나오는 눈물을 걷잡을 수 없었다. 그걸 본 아주머니도 울고, 경주와 진욱이도 울었다.

그곳에는 어른들도 계시고 동생들과 형들도 있었다. 마침 경주를 좋아하는 형도 있었다. 입장이 곤란하다. 나는 얼른 물을 마시고 죄송하다고 사과하며, 변명하였다. 아주머니를 보니 순간 엄마 생각이 나서 참지 못하고 눈물이 났다고 변명하자 그 형이 경주에게 우는 이유를 물어본다.

"그런데, 경주는 왜 우냐?"

경주가 눈물을 흘리는 걸 궁금해하면서 물어보는 것이다. 순간 잠시 침묵이 흐르고 난감한 분위기가 돌았다.

"남들이 우는 걸 보면 나도 울어요."

따뜻한 그 말 한마디에 분위가 진정되었다.

"진성이가 군대를 다녀온 후 효자가 되었네. 하긴 아래윗집에 살면서 저 사람에게는 자식이나 다를 바 없이 지냈지."

이장님이 한마디 하시며 분위기를 진정시키려고 하신다.

저만큼 멀찍이서 나를 바라보는 경주가 보였다. 아직도 눈에는 눈물이 고여있고, 바라보는 눈에는 애절함이 묻어있었다. 어떤 어려움이 있더라도 나는 이 아이를 책임지고 함께 갈 것이라고 다짐하였다. 그 청순하고 깨끗한 얼굴에 더는 슬픔을 주지 않고 웃음만 주어야 한다며…

사탄의 조롱

　오늘은 마을 회의가 열리는 날이다. 임원선출, 예산보고, 규칙 제정, 수리시설과 농로관리, 공유재산관리 등 마을 살림 전반에 대한 회의가 있는 날이다. 이날은 마을에 큰 행사라 평상시에 먹지 못하던 음식이 나와 어린아이들이 더 좋아하는 날이다. 또한 소작료에 대한 향배가 결정되는 날이라 토지를 빌려서 농사짓는 사람들에게 걱정과 기대가 교차되는 날이라 마을 사람 모두 참석하는 날이다.
　행사가 무사히 끝난 후 친구들과 개울가 언덕에 있을 때 아랫 동네에 사는 강지웅이 흰색 스웨터에 검은 코트를 입고 장도식 일행들을 이끌고 올라왔다. 잘 나가는 집이라 그런지 고급스러운 옷을 입고 가끔 마주칠 때면 무척이나 으스대며 잘난 척하는 사람이다.
　강지웅 아버지와 우리 아버지하고 일제 강점기 때부터 오랜 감정도 있지만, 나하고 얽힌 감정이 더 문제가 있어 강지웅은 늘 부딪쳤다.

어렸을 때는 그 집 기세에 꺾여 복종하며 살았지만, 청소년기에 들어서면서 강지웅의 포악하며 이기적인 생각을 따를 수 없었다. 마치 부하를 대하듯 무조건 복종을 요구하는 강지웅을 피하게 되었는데, 이제는 그 중심에 정경주가 있었다.

처음 경주네가 이곳으로 이사 올 때만 해도 강지웅 부모님과 친하게 지냈다. 그러나 무소불위로 휘두르던 이기적인 습성은 쉽게 변하지 않자 차츰 경주네하고도 멀어졌다.

"지웅이 형! 오랜만입니다. 잘 지내셨어요?"

오랜만에 만난 선배라 최소한 인사치레를 하였지만, 강지웅은 내 인사는 거들떠보지도 않고 회관 쪽으로 가는 것이다. '개뿔도 없는 놈이 기만 살았다'라며 나를 놀리는 걸 알면서도 그 말이 사실이라 참고 견디고 있었다.

강지웅은 마을에 잘 사는 분들에게는 그렇게 예의가 바르지만, 가난한 사람들을 보면 무시하고 건방지게 구는 것이다.

"장모님, 안녕하세요?"

대뜸 경주 엄마를 보고 건들거리며 가식적인 인사를 하는 것이다. 그것은 존경심으로 하는 인사가 아니라 얼마 전에 당한 일에 대한 반발과 빈정거림이었다.

경주가 중학교 시절까지는 경주네와 강지웅 집은 친하게 지낸 집이었다. 그런 경주를 지웅이가 좋아한 게 사실이다. 그러나 지웅이 부모는 몸에 밴 버릇을 고칠 수 없었다. 교만이 넘치고 이기적인 성격으로 시간이 갈수록 서먹해졌다. 그러다가 경주가 직장에서 사고를 당하고 장애가 있자, 다친 그 아이를 위로한다고 하지만, 그 말속에는 조롱이 묻어 있는 것이다. 경주 부모나 경주가 자기에게 설설 기어야 할 그런 아이가 지금은 나하고 친하게 지내는 게 못마땅해서 오기를 부리는 것이다.

"누구보고 장모라고 하나? 농담하지 말게."

주변이 시끄러운 중에 분위기가 이상하게 돌아갔다. 그러나 누구 하나 강지웅을 말리거나 견제하는 사람이 없다. 강지웅 혼자 온 것도 아니고, 그 옆에 장도식과 같이 온 일행이 잔뜩 허세 부리는 모습에 사람들이 피하는 것이다. 자칫 싸움에 휘말려 문제가 되면, 떼로 덤비는 그 가족들과 상대하기 싫은 것이다. 엄마 옆에 서 있던 경주가 벌떡 일어나 말하는 것이다.

"어디다 대고 함부로 말하는 거예요? 그렇게 무시당할 우리 집이 아니에요."

"까불지 마라, 경주야! 예뻐하니까, 버릇이 너무 없다. 오래전에 나하고 약속 안 했니? 그때 분명히 나한테 잘하겠다고 했잖아?"

"잘 산다고 그러지 말아요. 세상에는 돈이 전부가 아닙니다."

나는 그 이야기를 계속 듣고 있을 수 없었다. 회의가 다 끝나고 어른들은 흩어졌지만, 마을 사람들을 무시하는 게 싫었다. 그것도 경주 엄마에게 저런 식으로 하는 말을 두고 볼 수 없었다.

"이렇게 좋은 날 여기서 뭐하는 겁니까? 그만 하세요. 듣기 거북하고 기분이 나쁩니다. 마을 분들이 그렇게 우습게 보입니까?"

"어쭈, 그래, 네가 우습게 보인가? 난 네가 있으면 더 기분 나쁘고 더러워 보인다. 개뿔도 없는 놈이 그렇게 나서길 좋아하니, 이 자리에서 네가 왜, 건방지게 나서는 거냐?"

"형, 대우해줄 때 잘하세요. 계속 이러면 절대로 그냥 두지 않을 겁니다."

"이놈 봐라? 그래, 좋다 김진성! 우리 쌓인 게 많잖아? 한 해가 가기 전에 한 번 풀어보자."

큰소리치던 강지웅이 목소리를 차분히 가라앉히며 내가 변명하고 도망치지 못하도록 마을 분들이 보는 앞에서 싸움을 거는 것이다. 얼마 전 저수지에서 큰 싸움이 일어나 경주 앞에서 망신당한 것을 두고 복수의 기회를 엿보다가 오늘이 그날이라 생각하는 것이다. 강지웅은 소문난 주먹쟁이지만, 나는 지웅에게 절대 지고 싶지 않았다.

그동안 경주네는 그 집으로부터 업신여김을 받아왔다. 우리 아버지도 그 집에 늘 무시당하며 살았다. 내가 알고 있는 강지웅 부모는 그렇게 우리 집을 철저히 무시하는 것을 보았다.

이 싸움은 체육관에서 공인된 시합같이 모두가 보는 앞에서 싸우게 되었다. 싸움하다 보면 질 수 있다. 그러나 정말 강지웅에게는 지기 싫었다. 강지웅 아버지와 할아버지는 일제 강점기에 부를 쌓은 집안이다. 그때부터 우리 집과 악연을 가지고 있는 사악한 사람이다.

과거에 지은 죄를 부끄러워하지 않고 돈과 권력의 맛을 아는 사람이다. 그것도 모자라 이제는 약한 사람을 괴롭히고 돈으로 매수하는 사탄처럼 행동하는 것이다. 다시는 사람을 깔보고 폭력을 하지 못하게 해야 한다. 지금 정경주 엄마와 경주에게 하는 말과 행동을 고쳐주고 싶었다. 나를 응원하는 분들도 있지만, 능력 있는 강지웅을 응원하는 사람도 있다.

싸움이란, 기본적인 힘과 기술이 있어야 이긴다. 싸움의 기술을 아는 사람에게 이기기는 어렵다. 하지만, 그거에 하나 더 악착같이 이겨내겠다는 정신력도 분명 한몫할 것이다.

없는 사람들을 우습게 보는 강지웅에게 싸움까지 질 수는 없다. 그들은 부와 명예를 가지고 있는데, 싸움까지 지면, 그는 변하지 않고 더 우습게 볼 것이다. 청소년 시절, 강지웅 패거리들에게 당한 괴로움이 너무 슬펐다. 친한 내 친구 기홍이도 그들의 괴롭힘을 못 이겨 다른 곳으로 이사 갔다. 나는 그 친구와 많이 울며 복수하자며 다짐하고 살았다. 특수부대에 입대하는 걸 바라던 나였다. 좀 더 강한 사람으로 변해 다시는 나약하고 비굴한 모습을 보이지 않겠다며 이를 악물고 살았다. 이제 절대로 지지 않겠다는 생각으로 절치부심 노력하며 살았다.

그렇다! 지금 이곳에 다수 사람은 내가 이기기를 바라는 것이다. 그동안 서러움을 당했던 그들이 잠시나마 대리만족하여 웃을 수 있게 하고 싶었다.

순간 눈이 번쩍이는 걸 느꼈다. 생각에 잠겨 있는 사이 강지웅 주먹이 내 얼굴을 때린 것이다. 정신을 가다듬고 보니 오른손 주먹이 내게 뻗는 것이 보였다. 어릴 적부터 같이 자라서 그 힘을 알고 있다. 읍내 합기도장도 다니고, 서울에서 체육관을 다니며 기본적인 싸움 실력이 있다는 걸 알고 있었다.

강지웅이 처음부터 이런 사람은 아니었다. 시간이 지나면서 안하무인이 되고, 이기적인 사람으로 변하였다. 그 성격은 잔인했다. 분명히 큰 사고를 칠 사람이라고 생각하였다. 여기서 어설프게 대하면 지금까지 억눌리며 살았는데, 자칫 평생 괴롭힘을 당할 것이다. 강지웅이 휘두른 주먹에 맞아 나가떨어진 내 모습이 처참해 보였다. 일어서려는 내 가슴을 발로 걸어차는 것이다. 재빠르게 몸을 회전하며 발로 걸어차자, 강지웅이 중심을 못 잡고 저만큼 나가떨어지는 것이다.

"강지웅! 오늘 이후 우리 다시는 이런 싸움하지 말자. 내가 지면, 네 말에 따르겠지만, 네가 지면은 다시는 마을 사람들 괴롭히지 말고 내 앞에서 얼쩡거리지 마라."

"그렇게 하자. 네가 나를 이길 거처럼 생각하니, 개뿔도 없는 놈이 놀고 있다."

우리는 오랫동안 그렇게 피 터지는 싸움을 하였다. 어른들은 그만 싸우라고 말만 하였지 제지하지 않았다. 어쩌면 그것은 그분들 마음속에 응어리진 감정을 보여주는 거라는 생각이 들었다. 그 힘이 나에게는 큰 용기가 되었다. 강지웅은 나를 약하게 보고 있었다. 내가 이 악물며 체력을 연마하고 훈련받은 지난 일을 알지 못했다. 달려드는 그 턱을 주먹으로 가격하고 돌려차기로 머리를 때리자, 그가 비틀거리고 있었다. 마지막으로 그 목을 붙잡고 강력한 무릎으로 턱을 올려 치자 그대로 쓰러져 일어나지 못했다.

주변을 둘러보니 웃음 짓는 얼굴들을 보았다. 말은 안 하지만, 시원하게 생각하는 거 같았다. 장도식과 일행들이 나를 에워싸자, 마을 사람들이 일어서서 앞을 가로막았다. 도식은 강지웅을 태우고 떠났다. 그 후 오랫동안 마을에서 강지웅을 볼 수 없었다.

꿈을 향하여

아버지가 술에 잔뜩 취해서 들어오셨다. 색바랜 와이셔츠에 검은 줄이 간 회색 잠바는 오랜 세월의 증표이듯이 조금만 잡아 당겨도 찢어질 거 같았다. 밤색 바지도 엉덩이와 무릎 쪽이 다 달아 해어져 찢어질 것 같다. 호탕하게 너털웃음을 짓지만, 그 웃음소리는 한스러운 탄식소리로 들렸다.

삭막한 집을 따뜻하게 만들라는 건 며느리 될 사람을 데리고 오라는 것이다. 어쩌면 아버지는 이 어려운 집에 누가 오겠느냐, 그러니, 아들이 어떻게 해보라는 푸념소리로 들렸다. 아버지가 말씀을 안 해도 정말 큰 문제인 것은 사실이었다.

아버지에게 힘을 드리고 희망을 주는 것이 자식의 도리라 생각하고 걱정하지 마시라고 하였지만, 생각과 다르게 걱정이 너무 많았다. 형편에 따라 결혼한다는 게 말하고 현실하고는 다를 수밖에 없었다. 아버지는 친구분들을 보고 많이 부러워하신다. 우리 집 형편이 따라가지 못한다는 걸 알고 계시면서도 다른 집은 며느리도 보고 손자가 있는 것을 무척 부러워하신다.

아버지에게 자존심도 없고 체면도 없으셨을까? 서러움을 당해도 자식을 위해서 견뎌온 것이다. 아버지 체면을 살려주는 게 무엇인지 나는 알 것 같다. 아버지의 저 말씀에는 한이 서려 있다. 그 한스러움을 행복한 웃음으로 바꿔드리고 싶었다.

지성이면 감천이라는 말처럼 이력서를 제출한 회사에서 연락이 왔다. 다음 달부터 출근하라는 통지서다. 원하던 직장이 된 것이 너무 기쁘고 신이 났다. 오랫동안 조바심 내며 기다리던 일이 해결된 것이다. 서울로 떠난다고 생각하니 한편으로 마음이 편치 않고 걱정이 앞섰다.

사랑하는 사람, 나에게 힘과 용기를 주던 사람, 그런 아픈 새끼손가락 같은 경주를 두고 가야 한다는 게 마음 아팠다. 그 아이는 날지 못하는 새와 같았다. 상처 난 날개를 치유하지 못하고 가쁜 숨만 헐떡이는 가엾은 그 아이를 이곳에 두고 가야 한다. 우리의 미래를 위하여 당연히 이겨내야 할 일이라고 하면서도 걱정이 앞섰다. 빛나던 태양도 서쪽 광교산을 넘어가고, 지는 노을을 보면서 그 아이를 기다렸다.

어쩌면 나는 11월 같은 사람인지 모르겠다는 생각이 들었다. 가을인 듯싶은데, 겨울이고, 겨울인 듯싶은데, 가을 같은 어정쩡한 계절처럼, 나를 정확하게 인식시키지 못하고 그저 그런 사람으로 내 정체성을 잊어버리고 살았다.

낭만이 가득한 가을 향연을 뒤로하고 나무의 생명이 숙고하는 겨울의 길목에 들어섰다. 내 정체성이 무엇인지 생각해본다. 아무리 나를 보아도 자신 있게 내세울 게 없다. 무엇 하나 특출나게 잘해 인정받는 게 없다. 그렇다고 숨겨진 능력이 있어 자신 있게 내놓을 것도 없는 사람이다. 돌이켜 보니 애 늙으니같이 고민 속에서 번민하다가 나를 보여주지 못한 참 어중간한 삶을 살았다. 그런 빈곤 속에 살다 보니 어느새 나를 잊어버리고 이쪽저쪽도 아니고 순간 실익에 따라 결정할 수밖에 없는 비겁한 행동을 하고 있었다.

그렇다! 나는 나라고 단호하게 말할 수 없던 것은 내가 처한 사정이 빈곤하다 보니 더 비겁해지고 작은 이익에 따라 기울어진 깍두기 같은 삶을 산 것이다. 깊숙하게 자리 잡은 내 정체성을 지켜야 하는데, 나를 숨기고 또 다른 나로 살았다.

중요한 일을 결정할 때는 어김없이 근본이 있는지, 없는지를 따진다. 사람 사는 세상에서 중요한 건 근본이 중요하다. 신뢰와 믿음도 근본이 깊어야 꽃을 피우고 열매를 맺을 수 있다. 뿌리 깊은 나무는 모진 비바람을 더 오래 견딜 수 있다.

투자냐? 투기냐? 그것도 배팅할 수 있는 기본도 근본이 있어야 흔들림이 없다. 근본이 없는 사람에게는 여간해서는 물질이 따르지도 않고 요행이 없이는 큰돈을 벌 수 없다.

노름판에서도 기본이 충만한 사람의 패는 읽을 수 없다. 기본이 꽉 찬 사람은 여유가 있어, 조급하지 않고 행동이 냉정하다. 그러나 기본이 없는 빈약한 사람의 패는 너무 쉽게 노출된다. 이미 그 손놀림과 표정에서 자기가 큰 패를 잡았다는 걸 보여주다 보니 아무리 큰, 삼팔광땡을 잡거나, 올 스트레이트 포커를 잡았어도 큰 금액을 따는 것이 아니라 적은 금액에 만족할 수밖에 없다. 이제 나를 찾아야 한다. 영혼마저 피폐할 정도로 지친 가난이라는 인생의 굴레에서 창공을 나는 독수리같이 세상을 크게 보아야 한다.

해는 지고 어둠이 깊어지자, 소쩍새 울음소리는 애절하게 들리고 아픈 손가락 같은 경주는 오지 않았다. 공기는 차갑지만, 잠시 후에 만날 경주를 생각하면 마음이 따뜻해지고 설렌다. 될 수만 있다면 모든 걸 감수하고 경주를 데리고 서울로 가고 싶었다.

저수지를 넘어와 한강으로 흐르는 동막천 개울 물이 쉬지 않고 흐른다. 더 크고 넓은 바다를 향하여 긴 여정을 떠나는 물을 바라본다. 작지만 조용하게 시작되는 동막천 개울물이, 오늘따라 힘차게 흐른다. 물이 흐르듯 세월도 흘러 우리의 사랑도 꽃이 피고 열매를 맺어 멋진 삶이 되었으면 좋겠다.

오늘도 변함없는 미소로 나를 반겨주는 천사가 왔다. 언제 보아도 청순하고 깨끗한 아이, 그는 천사다. 날개가 꺾여 애처로워 보이지만, 고귀하고 청아한 모습은 함부로 대하기 어려운 내 사랑이다.

늦가을 국화꽃이 우리를 보고 수줍은 인사를 하고, 잎이 떨어져 앙상한 단풍나무에 마지막 잎새가 바람에 팔랑거리며 안간힘을 쓰고 있는 모습은 끝이 아니라 새로운 시작을 위한 인내였다.

"나 서울 갈 거야. 합격했다고 출근하래."
"언제 가요?"
"다음 달부터 출근해서 내일 가려고."
"오빠, 가면 보고 싶어 어쩌지?"

회사에 들어가면 열심히 노력해서 우리가 살아갈 목표를 이룰 것이니 나를 믿고 잘 있으라는 말을 하자, 걱정하지 말라며 나에게 용기를 심어주는 것이다. 우리에게 더는 걱정할 필요가 없다. 잠시 헤어지는 것이 아쉽지만, 새로운 삶을 위하여 더 노력하자는 큰 포부를 가지고 늦은 시간까지 함께 있었다.

"오빠! 어렵더라도 잘 견디세요. 몸조심하고 쉬는 날에는 꼭 오세요."

"그래, 주일날에는 꼭 올게."

"서울에 몇 시에 가요?"

"가서 준비할 일이 있어서 아침 먹고 바로 갈 거야. 경주야! 내가 너를 얼마나 사랑하는지 알지? 보고 싶어도 우리 조금만 참자. 우리가 약속한 거 잊지 말고, 더 좋은 날을 위하여 내가 기필코 성공해서 너 행복하게 해줄게. 나 믿고 잘 있어."

"나는 알아요. 오빠를 믿고 있어요. 내 걱정하지 말고 오빠 힘내요."

나는 경주를 힘껏 안았다. 약하고 가냘픈 가슴이 심하게 뛰고 있었다. 슬픈 내색은 하지 않고 있지만, 잠시 이별이라는 무게가 우리 가슴을 짓누르고 있었다.

아직도 달님은 넘어가지 않고 기다리고 있었다. 우리의 짧은 작별의 시간을 아쉬워하며 무수한 별들도 석별의 순간을 위로해 주듯이 반짝거리는 눈물 같았다.

다음날 아침 일찍 일어나 떠날 준비를 하였다. 준비라고 해야 멜빵가방에 입던 옷과 바지와 잠바 정도였다. 여동생 진희의 배웅을 받으며 개울 돌다리를 건너 뒤를 돌아보니 동생이 손을 흔들며 잘 가라고 한다.

나도 아쉬운 마음에 손을 흔들며 개울가를 거슬러 경주네 집 방향을 바라보았다. 개울가 모서리 끝부분 언덕에서 손 흔드는 모습이 보였다. 그 아이였다. 내가 오늘 간다는 것을 알고 그 아이가 나를 배웅하기 위하여 개울가 언덕, 지대가 높은 곳에서 떠나는 나를 기다리고 있었다. 사람들 앞에서 배웅하는 게 어렵다 보니 저곳에서 내가 가는 걸 보려고 기다리는 그 모습이 너무 고마웠다.

간절히 바라던 출근날이 밝아왔다. 새벽에 일어나 1시간 전에 사무실 입구에 도착해 문 열리기를 기다렸다. 두려움과 설렘으로 사무실에 들어서니 선배가 일찍 나와서 나를 기다리고 있었다. 회사 사장님을 비롯하여 전 직원들이 축하해주는 자리였다.
　첫인상이 중요하다는 것을 알기에 신입 사원답게 아침부터 저녁까지 발랄하고 성실한 모습으로 부지런히 움직였다. 첫 직장이고 새내기라 더 적극적으로 근무하다 보니, 상사분들에게 인정받으며 빠르게 회사생활에 적응하였다. 간절히 기다리던 직장이라 그런지 직장생활이 즐거웠다. 힘든 줄 모르고 능동적으로 솔선수범하며 최선을 다하며 웃음을 잊지 않았다.
　시간은 참 빠르게 갔다. 첫 달 급여 받는 날인데 봉급 나오는 날짜가 미루어진다. 선배가 말하기를 금년 들어 회사 자금 사정이 어려워졌다고 한다. 신입 사원으로 처음 입사한 직장이고, 아직까지 업무 내용도 정확히 파악하지 못한 나는 불안한 마음이 들었다.
　보름이 지난 후에 첫 봉급을 받다 보니 회사 자금 사정이 어렵다는 걸 알게 되었다. 힘들게 들어온 회사라 열심히 근무하면 달라지겠지, 하며 동요하지 않고 내 일에만 충실하였지만, 직원들이 하는 말에 걱정되었다.

　토요일 업무가 끝나고 오후에 경주를 만나러 고향으로 가는 일이 그렇게 쉽지만은 않았다. 이제 갓 들어온 신입이 눈치 없이 칼퇴근하는 게 어려웠다. 업무도 익히고 무엇보다 직원들과 유대관계가 중요했다. 아무리 빨리 움직여도 회사를 떠나 집으로 가는 시간은 족히 4시간은 걸렸다. 자칫 버스 시간을 놓치면, 그야말로 몇 시간을 걸어야 가는 길이다.

　익숙하지 않은 서울생활이라 퇴근해서 집에 오면 라디오를 자주 듣는다. 나는 습관처럼 집에 오면 웅장한 클래식 음악을 들으며 위로받았다.

　모처럼 토요일 오전 근무를 마치고 고향으로 가는 날이다. 사랑하는 정경주, 그 아이 생일을 축하해주려고 오래전부터 준비한 날이다.

　회사 문을 나서자 벌써 가슴이 두근거리고 잠시 후에 마주칠 그 아이 생각에 구름 위를 걷는 황홀한 기분이었다. 고향 가는 길은 일찍 서둘러도 빠르게 갈 수 있는 길이 아니라, 도착하면 해질 무렵이다. 그래도 그 길은 행복하고 즐거운 길이다.

　을지로5가 시외버스 종점에서 성남 가는 버스를 탔다. 버스에 탄 사람들이 어디로 가는지 저마다 행복한 모습이다. 성남에 도착해서 잠시 기다리다 보니 마침 수원 가는 버스가 도착했다. 버스에 오르자, 정겨운 시골 사람들의 따뜻한 말과 냄새가 나를 편안하게 하였다. 경주와 이 버스를 타고 오가면서 말없이 눈만 바라보며 무언의 대화를 하던 순간을 생각하니 가슴이 심하게 뛰

있었다. 그런 향수에 젖어 가다 보니 어느새 정류장이 보였다. 이미 해는 저물어 서쪽 산 위에 걸터앉아서 나를 기다리고 있다. 아무리 시간이 걸리고 바람이 세차게 불어도 그 아이를 만날 수 있다는 생각에 나는 즐거운 마음으로 길을 걸어간다.

고향 산들은 흙이 보일 정도로 황폐해 큰 나무가 없다. 시골 대다수 가구가 화목을 사용하다 보니 나무가 자라기도 전에 잘라 태운다. 나무가 베어져 헐벗은 산들이 무척이나 추워 보였다. 산사태의 위험을 방지하기 위하여 작은 나무들을 심었지만, 언제 자라서 제 역할을 할지 너무 가냘프고 쓸쓸해 보였다. 그렇게 황폐한 산이 주변에 있어도 나는 고향 땅에 들어서면 신이 났다. 마을 입구만 들어서도 마음이 들뜨고 설레는 건, 사랑하는 경주가 기다리고 있다는 생각에 내 발걸음은 아늘거리며 달려간다.

오늘도 아버지와 동생들이 있는 집을 그냥 지나쳐 곧장 경주 집으로 달려갔다. 나는 그 아이의 집에 도착하여 대문 앞을 지나면서 들릴 만한 소리로 노래를 불렀다. 부모님이나 주변 사람들 모르게 내가 왔다는 신호를 보내는 것이다.

조용한 마을이다 보니 해 진 겨울에는 조그만 소리를 내며 지나가도 금방 알아듣는다. 토요일 오후에 내가 오는 것을 이 아이는 알고 있어 사전에 약속한 방법대로 휘파람을 불며 지나갔다. 자연스럽게 저수지에서 기다리자, 잠시 후 그 아이가 천사처럼 다가왔다.

어느 날은 시간이 지나도 오지 않아 다시 그 아이의 집으로 가서 똑같은 방법을 하다가 엄마에게 들킨 적도 있었다. 부끄러운 마음에 멋쩍은 인사를 드리고 줄행랑을 친 적도 있었다.

해 진 겨울 저수지는 인적이 드물고 추웠다. 어둠이 밀려온 저수지는 조용하고 얼음이 꽁꽁 얼어있었다. 바람이 사정없이 불어도 경주를 만난다는 생각에 추위는 나에게는 큰 문제가 되지 않았다. 가까이 다가온 경주를 나는 잠바 속으로 끌어들였다.

"잘 있었어? 네가 보고 싶어서 오전 근무 마치고 빨리 온다고 한 것이 이제 도착한 거야."

"나도 보고 싶었어요. 들어간 회사는 어때요?"

매년 겨울이면 저수지가 꽁꽁 얼어붙는다. 우리는 얼어붙은 저수지에서 미끄럼을 타며 동심의 세계로 들어가고 있었다. 아무리 추워도 사랑하는 사람과 함께하면 춥지 않았으며, 그 시간이 즐겁고 가슴 벅찬 순간이었다. 바람 불어 추워도 우리는 시간 가는 줄 모르고 함께 있었다.

"내일이 네 생일이지? 우리 생일 파티하자."

"어디서?"

"여기 저수지에서. 내일 눈이 내린다고 하니 11시쯤에 만나자."

늦은 시간까지 못다 한 이야기를 나누다 새벽녘에 집으로 내려왔다.

아침에 눈을 떠보니 밤새껏 눈이 내렸다. 경주와 헤어질 때도 눈이 오지 않았는데 잠든 사이에 눈이 많이 내렸다. 나는 저수지에 올라가 내리는 눈을 맞으며 생각에 잠기다 보니 어느새 저수지 건너편 숲속까지 걸어갔다. 얼마나 눈이 많이 내리는지 조금 떨어진 곳도 안 보이고 천지가 뿌연 세상으로 변해 있었다. 그 넓은 저수지가 눈이 덮여있어 하얀 설국으로 변해 있고, 경주가 둑방에서 나를 찾고 있었다.
"경주야!"
나는 큰 소리로 그 아이를 불렀다. 내 목소리는 내리는 함박눈에 달라붙어 멀리 가지 못하고 소리쳐 부른 나에게 작은 메아리가 되어 다시 돌아왔다. 눈 내리는 하늘은 회색 하늘이고, 바닥은 하얀 세상으로 변한 설원이다. 온통 백색의 나라에서 보이는 건 하얀 세상이다. 그러다 보니 경주는 멀리 있는 내가 보이지 않는지 나를 부르는 소리가 작게 들려왔다.
내가 부르는 소리에 귀를 기울이다, 저수지 한가운데서 내가 서 있는 것을 확인하고 이곳으로 걸어오고 있었다. 나는 그 아이가 걸어오는 거리만큼 뒤쪽으로 물러서고 있었다. 장난치고 싶었다. 처음 보였을 때 거리와 좁혀지지 않고, 그만큼 계속 유지되는 거리를 보고 소리쳤다.
"오빠! 뭐하는 거야?"
"경주야! 내가 있는 곳으로 빨리 와."
저수지 중간에 서서 나는 경주를 향하여 소리쳤다.
"경주야! 너는 바보지? 바보인 것 같아."
"나는 바보가 아닌데요. 오빠가 바보예요. 그래서 나도 바보가 되려고요."
"그래 맞아, 너도 바보야. 어쩌자고 좋은 사람 다 제쳐두고 나를 좋아하니?"
"진성 오빠도 나 없으면 안 된다고 하는 바보예요."
가까이 다가온 경주 머리에는 함박눈이 소복하게 쌓여있었다.

쏟아지는 눈을 다 맞으며 우리는 저수지 한가운데서 하늘을 향하여 손을 들어 가슴을 펴보았다. 마치 영화의 한 장면처럼 눈을 맞으며 손을 잡고 돌다가 눈 위에 나란히 누워서 오는 눈을 맞았다. 소복소복 내리는 함박눈이 우리 얼굴에 내리고 눈에 들어가 눈을 똑바로 뜰 수가 없었다.

"경주야! 사랑해! 너만을 위해서 살게. 생일 축하해."

나는 주머니 속에서 초콜릿을 꺼내 경주, 그 아이 입에 넣어주었다. 세차게 내리는 눈은 우리를 축복해주는 눈이라고 생각하며 그날 평생 못 잊을 아름다운 추억을 쌓았다.

다니는 회사가 불안하고 미래가 불투명하다는 생각이 들자, 마음이 급해졌다. 다른 방법을 찾아야 한다. 언제 회사가 문을 닫을지 모르는 어려운 상황에 마음이 불안했다. 이렇게 가다가는 내 계획이 순탄하지 않을 거 같다는 생각이 들어 조바심이 났다.

내가 처한 현실을 생각해보니 불안하고 걱정과 근심에 쌓여 있었다. 고민하고 있을 그때 마침 중동 건설 현장에서 근로자를 많이 뽑고 있었다. 이란혁명과 소련의 아프가니스탄 침공으로 불안전한 국제 정세로 인한 원유 폭등이 일어났다. 오일쇼크가 일어나 중동 국가들이 원유 수출로 막대한 이익이 생기자, 그곳 중동에서는 경제개발에 박차를 가하다 보니 엄청난 건설 붐이 일어나고 있었다. 현재 다니는 직장도 불안하지만, 부족한 내가 더 좋은 직장을 찾는다고 빨리 찾을 수 있는 게 아니었다. 중동지역에 불어닥친 이 기회를 잡아 내가 처한 궁핍한 가난을 변화시키고 싶었다. 고생스러워도 몇 년 동안 고생하면 가난을 벗어나는 것은 문제가 없을 것 같았다. 나는 급히 그쪽으로 방향을 바꾸기로 하였다.

마침 아는 분이 건설회사에 다니고 있어 적극적으로 실무와 스펙을 쌓았다. 어떻게라도 하겠다는 간절한 의지가 통했는지, 다행히 국내 건설회사가 건축공사를 하는 사우디에서 근무하기로 계약을 맺었다. 지성이면 감천이라는 말이 현실이 되었다. 간절히 원하다 보니 짧은 시간에 기본적인 준비를 하고 사우디로 나가는 날짜가 정해졌다.

떠나기 전에 고향엘 다녀와야 한다. 가족들도 만나야 하고, 누구보다도 경주를 만나 과정을 설명해야 한다. 내가 가는 이유와 상황을 그 아이에게 알려야 했다. 내 생명과 같은 사람이고, 평생 함께 가야 할 사람이다. 내가 사는 목적도 이제는 그 아이가 목적이고 희망이지 않은가. 생각보다 가기 전에 준비해야 할 일이 많았다.

정부에서 하는 반공교육부터 우리가 행동하고 지켜야 할 일까지 준비하다 보니 고향에 다녀오는 시간이 촉박했다. 그래도 나는 시골에 내려갔다. 서울에서 회사 다니는 것으로 알고 있었는데, 별안간 외국으로 간다는 사실을 아무도 모르는 상황이었다.

나는 경주와 저수지 둑 억새밭으로 갔다. 엄동설한이 지나가고 봄이 문 앞에 다가왔지만, 저수지에는 아직도 차가운 바람이 불어오고, 우리가 오르던 동산에는 나무를 스치고 지나가는 낙목한풍이 더욱 몸을 움츠리게 한다.

봄을 시기하듯 어젯밤에 도둑눈이 내렸다. 하늘에는 구름 하나 없이 찌들어 들은 손톱달이 외롭게 떠 있고, 무수한 별들이 추운 듯 반짝이고 있었다. 생수 같았던 저수지 푸른 물은 바람에 출렁이고, 애처롭게 떠 있는 달빛과 은하수가 저수지 물과 조화를 이루니 더 춥고 쓸쓸한 밤이었다. 출국하면 오랫동안 볼 수 없다. 차가운 겨울바람 소리가 매섭게 들리는 이곳으로 올라온 이유는 나를 다시 돌아보고 경주와의 약속을 이곳에서 다시 상기시키고 싶었다.

"춥지? 이리 들어와."

따뜻한 누비 코트 속으로 경주를 끌어들였다. 코트 속에 있는 그 아이는 너무 가냘프고 작았다. 꼭 집어넣으면 주머니 속에 넣고 다닐 정도로 너무 말랐다. 왜, 이렇게 야위었었는지 마음이 아프다. 밖에는 매서운 바람이 불어오지만, 코트 속에 있는 그 아이는 정말 어린아이처럼 잠들어 있는 것 같았다.

그 아이가 당한 사고를 생각하면 너무나 아프고 눈물이 난다. 꿈 많던 시절 아직 세상 물정을 알지도 못하는 초년의 어린 소녀 시절이다. 살림이 넉넉한 집이라면 학교 다녀야 할 그 아이가 산업전선에 뛰어들었다. 그리고 어린 여자의 몸으로 견디기 어려운 큰 사고를 당했다. 그리고 그것이 평생을 짊어지고 갈 장애가 된 것이다. 얼마나 힘들었을까? 처음에는 엄청난 충격을 이기지 못하고 실의에 빠져 번민하였을 것이다.

용케도 견뎌낸 것을 보면 대견한 아이가 아닌가. 그 아이는 사고 후 대인기피증이 생겨 사람 앞에 나서지 못하고 자신을 보이지 못하는 아이였다. 그런 아이가 당당해질 수 있었던 것은 하나님을 믿는 사람이라 가능하였다. 그의 괴로움과 슬픔은 나의 괴로움이고 슬픔이고 아픔이다.

그 아이의 아픔의 시작은 나로 인하여 시작된 것이기에 살아 숨 쉬는 그날까지 그 아이의 행복은 내가 만들어줄 것이라며, 오늘 이곳에서 우리는 한 몸이라는 걸 보여주고 싶었다. 비록 코트 속에서 아직 둘이지만, 밖에서 볼 때는 하나라는 것을 달님과 별님들, 산천초목이 보는 곳에서 다시 약속하고 맹세하는 자리가 되고 싶었다.

"경주야! 걱정하지 마. 나는 너를 사랑하고 있어. 이 어려움을 해결하고 행복한 미래를 위하여 가는 것이니 나를 믿고 잘 있어. 지금 우리가 코트 속에서 하나인 것처럼 영원히 함께하는 우리가 되자."

머리를 끄덕이며, 꼭 달라붙는 경주의 눈가에는 눈물이 촉촉하게 젖어있었다. 나는 그 아이의 아픈 마음을 알고 있다. 사고 후 자신을 무척 비관하며 생활하고 있었다. 어쩌면 그 아이는 이제 나를 떼어내고는 다른 사랑을 하지 못할 것이다. 사고로 인한 후유증은 상상 이상이었다. 주위 이목도 문제지만, 무엇 하나 손 안 되고 해결할 일이 없다 보니 다른 사람 앞에서 밥을 먹거나 대화하며, 흔히 펜으로 기록하는 자리마저도 피하는 것이다.

일상생활 모든 일이 손하고 연결 안 되는 일이 없었다. 한참 꿈꾸며 예민한 소녀가 그런 상처를 당하고 과연 견딜 수 있는 사람이 얼마나 있겠는가. 실의에 빠졌던 그 아이도 극단적인 선택을 두 번이나 하였다. 아마 자기 인생은 여기까지라고 생각하며 끈을 놓으려고 한 것이다. 사고 후 경주는 자신을 내려놓는 쓸쓸하고 가엾은 삶이었다.

다행히 힘들어하던 그때 내가 제대하여 사랑을 꽃피우게 되었다. 사고 후에 더 적극적인 우리 사랑으로 그 아이의 삶의 목표가 생긴 것이다. 처음 사랑을 심어주고 알려준 사람이고, 사고가 난 것이 자기 책임이라고 안타까워하며 슬퍼하는 사람인 나로 인하여 웃음을 되찾았다.

우리를 떼어내려고 칼바람은 더욱 차갑게 불고 있지만, 우리는 망부석처럼 오래도록 그렇게 서 있었다. 추운 겨울이라 올라오는 사람은 없는 곳이다. 혹시 누군가 우리를 알아봐도 그들도 우리가 하나라고 약속한 사랑의 증인이라 생각하고 전혀 두렵지 않은 밤이었다.

유난히도 어두운 달빛 아래서, 우리의 사랑을 다시 확인하고 경주를 집에 데려다주었다. 그러나 경주는 차마 집으로 들어가기 힘들었는지 개울 언덕까지 따라오면서 손 흔드는 모습에 발걸음이 떨어지지 않았다.

"아프지 말고 잘 있어. 도착해서 편지 보낼게."

"오빠, 잘 가세요. 그리고 몸조심하세요."

돌아보니 경주는 개울가 돌다리를 건너 내가 보이지 않을 때까지 손을 흔들었다.

아버지와 동생들하고 이른 아침을 먹었다. 어제는 경주를 만나느라 일찍 들어가지 못했고, 아버지도 늦게 들어오셔서 상세한 이야기를 나누지 못했다. 아침에 가족들이 다 모이는 시간이다. 여러 가지 이유가 있지만, 어쩔 수 없이 중동으로 가는 이유를 설명하고 작별 인사를 하고 길을 나섰다.

아무래도 여동생 진희가 제일 섭섭해하는 것이다. 정말 저 어린 철부지가 엄마 없이 여기까지 온 게 대단하고 안타까웠다. 동생들의 배웅을 받으며 집을 나섰다. 아쉬움에 경주네 집을 보았지만, 경주는 보이지 않았다.

　버스정류장까지 가려면 30분 가까이 가야 한다. 지름길로 가면 20분이면 갈 수 있다. 이 지름길은 동막천 개울물이 유유히 흐르다가 작은 산이 물길을 막아 잠시 머물다 가는 곳이다. 이 길은 좌우로 숲이 우거진 곳이며, 학교를 오가던 추억이 묻은 곳이다. 잠시 떠난다는 게 아쉽다 보니 자주 오고 가던 지름길로 걸어갔다.

　새로운 희망과 꿈을 이루기 위하여 떠나는 길이다. 못내 아쉬운 마음에 개울가 둔덕을 지나 징검다리를 건너려고 할 때 경주가 돌다리 건너편에서 나를 기다리고 있었다. 나는 깜짝 놀랐다. 얼마나 반가웠는지 나도 모르게 단숨에 돌다리를 뛰어 건너가 그 아이를 꼭 안았다.

　"어떻게 여기까지 왔어?"

　나는 그 아이를 안고 속삭이듯 말했다.

　"오랫동안 못 만난다고 생각하니, 밤새 힘들었어요."

　"나도 잠을 제대로 잘 수 없었어."

　우리는 버스정류장까지 손잡고 걸어가며 아쉬움을 달랬다. 걸어가다가 아는 사람들이 오면 손을 놓을까 생각하였지만, 이제는 절대로 손을 놓지 않고 남을 의식하지 않겠다고 말하자, 그 아이도 머리를 끄떡이며 내 손을 더 힘차게 잡는 것이다.

　손잡고 가는 길이 참 행복했다. 추운 겨울이 지나고 봄이 다가와 앙상한 나무에도 푸르스름하니 물이 올라 보였다. 수로 길을 그렇게 걷다 보니 어느새 버스정류장에 다다랐다. 꼭 잡은 손을 놓지 않고 버스를 기다리다 보니 차가운 봄바람이 불어온다. 나는 도착하는 버스를 타고 가면 되지만 경주가 추울 거 같아 목도리를 꺼내 감싸주었다. 마침 상점 아주머니가 나오시다가 우리를 보며 반가워하신다.

"진성이 어디 가니? 아니 얘는 경주잖아?"

"네, 안녕하세요."

"경주도 언제 저렇게 예쁘게 자랐니? 너희들 연애하는구나?"

"네."

"야! 자세히 보니 너희 둘, 잘 어울리는 한 쌍이다."

"감사합니다. 저 외국으로 돈 벌러 가요. 혹시 경주가 이곳을 지날 때 아주머니가 신경 좀 써주세요."

"그래, 걱정하지 말고 돈 많이 벌어 건강하게 있다가 와라."

버스 도착 시간이 다가오고 있었다. 버스가 천천히 왔으면 좋겠다는 생각이 들었다. 봄바람이 차갑게 불어오는데 경주 혼자 집에 갈 생각을 하니 마음이 아팠다. 다음번에 오는 버스를 타야겠다는 생각에 경주 손을 잡고 오던 길 쪽으로 끌고 갔다.

"오빠! 어디 가려고?"

"추운데 너 혼자 집으로 가게 할 수 없어. 너, 집에 데려다주고 갈게."

"그게 무슨 말이에요? 오빠 떠나는 모습을 보려고 온 건데, 그러지 마세요."

"그래, 그렇게 하자. 사우디에서 돌아오면, 우리 결혼하자. 행복하게 해줄게."

나는 경주를 힘껏 안았다. 잠시도 떨어지기 싫지만, 이제 가야 한다. 그리고 언제나 함께할 수 있는 길을 만들어야 한다. 우리는 짧은 순간이지만, 사랑한다는 말을 주고받고 있을 때 멀리서 버스 클랙슨 소리가 울리는 것이다. 버스가 도착하니 준비하라는 신호였다.

어느새 사람들이 버스를 타려고 많이 모여 기다리고 있었다. 나는 경주 손을 잡고 정류장으로 갔다. 버스가 가까이 다가올수록 나는 경주 손을 꽉 잡으며 그 눈을 바라보았다.

"잘 있어. 도착하면 편지 보낼게."

"오빠! 잘 가세요. 그리고 몸조심해요. 안녕!"

이윽고 도착한 버스에 오르고 그 아이를 바라보았다. 눈이 충혈된 듯 눈시울이 촉촉한 모습이 보였다. 손을 흔들며 머리를 조아리는 안타까운 모습에는 작별을 아쉬워하는 애절함이 묻어있었다. 나는 오랫동안 그 아이가 보이지 않을 때까지 바라보았다.

모래사막

　사우디아라비아로 출국하는 아침이 밝아왔다. 밤새 잠을 이루지 못하고 뒤척이다 새벽 일찍 일어나 골목 계단에 앉아서 담배를 꺼내 입에 물었다. 마음을 진정하려 해도 오늘 떠난다는 설렘보다는 새로운 세상이 두렵고 긴장되었다. 여행도 아니고 내 목표를 이루기 위하여 모래바람이 부는 사막으로 일하러 간다.
　한 번도 대한민국을 벗어난 적이 없다. 고향 하늘을 지나가는 비행기를 부러운 마음으로 본 적은 있지만, 막상 사우디라는 더운 나라로 떠난다는 생각에 설렘과 두려움이 공존했다.
　열사의 나라로 떠나는 날짜가 잡힌 후부터 그곳에서 생활하는데 필요한 것들을 진작부터 준비해 놓았다. 자취방을 정리하면서 주변 친구들과 아쉬운 작별 인사도 하고, 다니던 회사에도 사직서를 내고 동료들과 새로운 내일을 기약하였다. 다행히 친구가 승용차로 공항까지 배웅하겠다고 한다. 친구는 개인 사업가로서 어느 정도 성공한 친구다.

공항으로 가는 길에서 창밖을 보니 우물 안 개구리처럼 살아온 것을 느꼈다. 숨 가쁘게 달리는 차들이 끝없이 이어지고 있다. 분주하게 움직이는 모습에서 나를 돌아보니 나는 참 안일하고 부족했다는 것을 느꼈다. 여건이 받쳐주지 않는 게 대부분 누구나 다 비슷한 처지인데도, 나만 그렇다고 변명하며 어쩔 수 없다는 핑계로 살아온 것 같았다.

이제는 달라져야 한다. 어차피 해외로 가는 것은 돈 벌러 가는 길이니 잘 견디어 이것을 계기로 세상 살아가는 기초를 만들 것이다. 이곳 김포공항도 난생처음 와보는 곳이고, 비행기도 태어나 처음 타보는 것이다. 공항에는 사람들이 수없이 오가고, 비행기들이 수시로 뜨고 내리고 있었다. 공항에 도착하자 친구와 뜨거운 악수로 작별 인사를 나누었다.

여기까지는 친구와 함께하였지만, 지금부터는 온전히 나 혼자 해야 한다. 친구는 사회에서 만난 친구지만, 나의 어려움을 아는 친구다. 어느 날인가 술자리에서 가난을 핑계로 나 자신을 비관하는 말을 한 적이 있었다. 기본이 없다는 핑계로 시작이 늦을 수밖에 없다고 변명했지만, 그것은 핑계라는 걸 알았다. 친구는 나보다 더 부유하고 가진 게 많아도 다급한 나보다 악착같은 근성과 적극성이 나와 비교할 수 없었다. 모든 사람이 다 있는 집 아이로 태어난 것이 아닌데, 그동안 열등감과 자격지심을 느끼며 살아왔다.

이제 다시는 그런 생각은 하지 않을 것이다. 어느 곳에 가서 일하던 그곳도 사람 사는 세상이지 않은가. 악착같이 노력해서 이루겠다는 의지가 있다면 무엇을 못하겠는가.

요즘 세상에는 개천에 용 났다는 말을 듣는 사람들이 수두룩하고 자수성가한 사람들도 많다. 자신의 처지를 비관하며 어쩔 수 없다는 핑계로 일관하면, 기적이 생기지 않는 한 결국은 그 상황에서 벗어날 수가 없다. 지금 나에게는 가족이 있고, 나를 사랑하고 나를 응원하며 기다리는 사람이 있다. 그에게 나를 보여야 한다. 그의 부모님에게도 나를 선택한 것이 맞았다는 것을 보이기 위하여 이제부터 시작이다.

사람 사는 세상은 비슷하다. 자본주의 사회에서는 보는 잣대도 얼마나 배우고, 얼마나 갖고 있느냐가 평가의 기준이 된다. 없는 사람은 그 상황을 벗어나기가 매우 어렵다. 세월은 쏜살같이 간다. 대충하면 그대로 살아갈 수밖에 없다. 2년만 있다가 오면 고향에 가서 집도 사고, 땅도 어느 정도 살 수 있다는 희망이 나를 설레게 한다.

지금껏 내가 고향에서 당당하게 나서지 못하는 건 그 못난 자존심 때문이다. 농촌은 도시와 달리 농사를 짓는 사람들이 대부분이다. 농사를 짓는 우리 집이 얼마나 부족했기에 농사지을 땅한 평 없이 땅을 빌려 농사짓는 일그러진 주름이 아팠다. 심지어다 쓰러져 가는 내 집도 내 집터가 아니라는 자괴감에 자라면서 마음이 쓰리고 아팠다. 비록 그것이 비단 아버지의 안일함에서 생긴 일이 아니라는 걸 알면서도 공평하지 않은 세상을 보았다.

강점기 시절 무슨 일을 했는지가 광복 후에는 중요하지 않았다. 애국자와 부역자가 살아온 길은 분명 다르다는 걸 모르지는 않았을 것이다. 답은 하나였지만, 결과는 그렇게 되지 않은 슬픈 세월이 되었다. 목표가 대한독립이라며 죽음을 두려워하지 않던 그들은 쫓기는 세상을 살다 보니 숨겨놓은 재산도 없고, 백년대계를 내다보는 자식 교육도 생각뿐이지 요원할 수밖에 없었다. 반면 반민족행위자들이 일본의 보호 속에 살았다는 건 다 아는 이야기가 아닌가. 있는 거와 없는 게 중요하지 않다고 할지 모르지만, 가난으로 인하여 부수적으로 발생하는 삶의 결과는 세월이 흐를수록 자식들에게 엄청난 격차가 생긴다.

어릴 때 내가 태어난 집에 불이 났다. 당연히 그곳에 집을 신축할 줄 알고 있었는데 그것도 우리 토지가 아니다 보니 땅주인이 집을 짓지 말라고 한다. 나는 그 내용을 알고 부모님의 나약한 모습을 보고 속상해서 운 적이 있었다.

친구들의 집과 우리 집의 큰 격차를 느끼며 나는 박탈감과 열등감을 느끼게 되었고, 그때부터 질투와 오기가 생긴 것 같았다. 그런 내 마음을 알고 있는 아버지는 어떤 심정이었을까. 술에 취하면, 허공을 보며 주름진 얼굴로 허허실실하던 아버지를 이해할 수 있었다.

이제는 내 사랑하는 가족이 살아갈 집은 내가 기필코 만들어서 사랑하는 경주에게는 절대로 그런 안타까운 모습을 보이지 않겠다는 독한 마음을 먹었다. 세상에 태어날 우리 아이들에게는 내가 느꼈던 열등감의 아픈 서러움을 주지 말아야 한다.

공항에 도착해보니 다른 세상이다. 이렇게 사람들이 분주하게 외국으로 오간다는 것은 글로벌 시대를 실감케 하는 단면이다. 그런데 나는 간절함만 있었지, 배우고 실천하겠다는 진정한 몸부림이 없는 우물 안 개구리였다. 바쁘게 사람들이 공항에서 오가는 모습과 비행기들이 쉴 사이 없이 오르내리는 것을 보면서, 해

외로 나가는 것이 실감나고 그 일원이라고 생각하니 설레었다.

몇 시간을 대기하다 출국 수속을 끝내고 항공기에 오르자 또 다른 설렘이 다가왔다. 마침내 비행기가 서서히 활주로에서 굉음을 내며 움직였다. 처음 타보는 비행기에 흥분되고 설레었다. 아래로 내다보는 서울은 대단했다. 그 넓고 멋진 대한민국을 보면서 나는 순간 애국자가 된 것처럼 뿌듯한 감사함을 느꼈다.

고국을 떠나서 사우디로 가는 길이 논스톱으로 한 번에 가는 길이 아니었다. 여러 나라 공항을 경유하고, 정비 후 가는 것이었다. 오랜 시간 날아가다 보니 하늘을 나는 비행기라고 그렇게 편한 게 아니고 버스가 비포장도로를 지나듯이 비행기도 공기 저항으로 심하게 떨리는 걸 느끼며, 마침내 사우디 공항에 도착했다.

예상한 대로 공항에 내리자 뜨거운 열기가 얼굴에 확 달라붙는 것을 느꼈다. 여기는 사우디 시내인데도 이렇게 더운데, 우리가 일하는 현장은 사막 가운데에 있었다. 모래사막 속에서 느끼는 더위는 내가 느낀 그런 더위가 아니었다. 마음을 굳게 먹고 잘 이겨낼 것이라는 각오를 하며 현장에 도착하였다.

어느 날 몹시 아팠다. 열도 심하게 나고, 아직 이곳 기후에 몸이 적응하지 못해서 그런지 어지러움과 두통 그리고 기관지 통증으로 밤새 심하게 앓았다. 가족 같은 동료들이 도와준다. 군대에서 전우애가 있듯이 이곳에서도 함께하는 정성 어린 동료애는 사나운 모래바람도 이겨낼 수 있었다. 그날은 너무 힘들었다. 동료들이 가지고 온 아침도 먹을 수 없었다.

열이 심하게 나고 나 혼자 숙소에서 힘들어하고 있을 때 비몽

아리고 아픈 사랑   149

사몽 환상 속에서 경주가 그곳에 온 것이다. 나는 그 아이를 간절하게 부르고 있지만, 그 아이는 대답 없이 숙소 문에서 나를 바라만 보고 있었다. 애타게 불러도 경주는 가까이 다가오지 않고 말없이 쳐다만 보는 것이었다. 고통스러워하는 나를 누군가 부축하며 흔드는 것이다. 마침 동료 직원이 지나다가 신음하는 소리에 놀라서 나를 깨우는 것이었다. 급히 의무실에 가서 치료받았다. 열도 많이 나고 고통이 심하다 보니 헛소리를 한 것이라고 말들 하지만, 나는 그때 경주를 만나서 고통을 이겨낼 수 있었다.

어느 날은 하루 일을 끝내고 동료와 같이 끝없이 펼쳐진 사막을 걸었다. 그 동료는 아픈 사연이 있는 친구였다. 서로 어려운 처지이다 보니 많이 의지하는 친구가 되었다. 우리는 사막을 걸으며 이야기를 나누다 보니 너무 멀리 온 것이다. 사방을 둘러보아도 불빛이 보이질 않았다. 보이는 거라고는 하늘에 있는 달과 수많은 별만 보였다.

모래사막에 누워서 친구와 나는 살아온 인생 이야기와 앞으로 살아갈 별 같은 이야기를 하면서 더 큰 꿈을 키우고 있었다.

그곳에서 나는 경주를 보았다. 살포시 웃으며 모래사막에 누워있는 내 옆에 다가와 내 손을 잡으며 일어나라고 하는 것이다. 눈을 떠보니 사막 한가운데서 친구와 이야기하다가 잠이 들었다가 깬 것이다.

낮과 다르게 모래사막의 밤은 춥다. 우리는 넓은 사막에서 밤새도록 현장을 찾아다녔다. 숙소를 벗어나서 걸은 시간은 2시간 정도였지만, 다시 숙소를 찾기까지는 5시간이 걸렸다. 아무것도 보이지 않는 사막을 헤매다가 가까스로 현장 불빛이 보여서 가보면 그곳은 다른 회사 현장이었다. 그렇게 새벽이 가까이 다가올 때까지 걸어 다니다 겨우 현장에 도착하였다.

우리는 힘들었지만, 잊지 못할 사막의 밤을 경험하였다. 사막에서 잠이 들어 어려움을 당할 뻔한 나를 경주가 깨워준 것이다. 마치 그 아이는 나를 지키는 수호신 같았다.

여기 달빛도 고국 고향에서 보던 그 달이다. 시간만 다를 뿐이지, 달님에게 임의 소식을 물어보며 웃음 지어본다. 고향 달빛 아래서 사랑을 쌓으며 즐기던 순간들을 생각하면 피로는 사라지고 새로운 힘을 받는 시간이다.

매달 근무하면서 고국으로 송금되는 월급이 늘어가는 것에 위안 삼아 매일매일 행복한 꿈을 꾸게 된다. 여기는 그야말로 다른 것은 할 것이 없다. 서구적인 문화의 영향을 받았음에도 사우디아라비아 국가 문화는 이슬람 율법의 지배를 받고 있다.

회교국이다 보니 알라신을 믿고 엄격한 코란 법전으로 몸에 밴 생활을 하다 보니 대중 앞에서 공연은 금지되어 있다. 그러다 보니 어느 곳에 가도 이슬람 율법의 영향으로 근신할 수밖에 없었다.

급격하게 기관지가 안 좋아졌다. 이곳 모래바람 영향도 있겠지만, 기관지 문제로 서울에서도 치료받은 적이 있었다. 계속 안 좋으면 도중에 귀국해서 치료받으라고 의무실에서 종용한다. 목에 문제가 생기자 힘든 일이 너무 많았다. 기침을 많이 하고 침을 삼키기도 불편해졌다. 고열도 자주 나게 되자 의무실에서 귀국하라고 한다. 결국 귀국을 결정하였다. 함께 근무한 동료들과 아쉬운 작별을 고하고 부득이 1년 6개월 만에 들어오게 되었다.

모래바람이 부는 열사의 나라를 뒤로하고 고국으로 돌아오는 비행기 속에서 나는 하나님께 감사드렸다. 이곳에서 소기의 목적을 이루고 사랑하는 가족들에게 돌아갈 수 있게 해주셔서 너무 행복한 순간이었다.

지금까지 사우디에서 번 돈이면 부족하지만, 내가 살아가는 데 필요한 기본적인 것은 해결이 된다. 첫째는 치료를 잘하는 것이 제일 우선이지만, 집을 마련하고 경주와 행복한 삶을 준비한다는 생각에 가슴이 벅차올랐다. 어린 시절부터 지금에 이르기까지 살아오는 동안 나는 가난하다, 가진 것이 없다는 열등감에 살아왔다. 나를 사랑하고 나를 이해하여 준다고 하지만, 나는 그 아이에게도 언제나 감추고 싶었던 것이 가난이었다. 아무리 좋은 말을 해도 그것은 입으로만 하는 말이고, 정작 어떻게 그 아이를 책임질 것이냐는 생각에 이르면, 나는 작아지고 한없이 나약한 존재였다.

무엇 하나 내세울 것 없고, 아무것도 준비가 안 된 나에게 꿈같은 일들이 다가온 것이 행복했다. 외국에 다녀오면 애국자가 되는 것 같았다.

비행기를 타고 높은 하늘에서 바라보는 대한민국은 아름다웠다. 그곳에 있을 때도 고국의 소식을 듣다 보면 뿌듯하고 행복하다가 막상 대한민국이 가까워지자, 어깨에 힘이 들어가고 만나야 할 사람들을 생각하니 가슴이 설레었다.

하늘에서 내려다 보니 아름다운 대한민국 영토가 눈에 보인다. 내 고향에서 하늘을 보면 저수지 너머 바라산 쪽으로 매일같이 수십 번 비행기가 지나간다. 비행기를 타고 가는 사람들이 우리를 보는지, 안 보는지 모르고 손을 흔들었다. 내가 타고 가는 이 비행기를 보고 경주도 고향 마을에서 손 흔들지 않을까. 위치가 어딘 줄도 모르고 고국 땅을 바라보며 손을 흔들어본다.

'경주, 잘 있었니?'

계약 기간을 다 채우지 못하고 귀국하다 보니 회사와 정리할 일들이 있었다. 우선 치료에 전념하면서 먼저 다니던 회사 선배를 만났다. 그사이 부장님으로 승진하셨다.

"오랜만에 뵙습니다. 도와주시고 염려해주셔서 잘 다녀왔습니다."

"잘 돌아왔네. 몸은 좀 어떤가? 잘 치료해야지. 한참 젊은 사람이 아프면 안 되지."

부장님과 나는 근 2년 만에 다시 만났다. 너무 반갑고 고마운 부장님은 나를 배려하며 걱정하신다. 다니던 회사도 그사이 적극적인 투자로 회사가 옛날보다는 상황이 많이 좋아지고 사업 품목도 늘었다고 하신다. 그때 나를 기억하던 중역진들이 나에 대한 이미지가 좋았다고 하면서 다시 근무하기를 바라는 것이었다.

더욱 해외에서 현장 관리를 담당하던 업무가 회사에 좀 보탬이 되었으면 좋겠다며 적극적으로 복직을 권하여 다시 들어가기로 하였다. 조기 귀국으로 급하게 들어오다 보니 많이 걱정할 것 같아서 집에도 소식을 전하지 못하고 경주에게도 연락 없이 귀국한 것이다.

계약이 끝나기 전에 들어왔다는 것은 몸 상태가 안 좋다는 것을 의미하는 것이다. 치료를 마치고 고향에 가려다 보니 마음이 편하지 않았다. 다만 귀국한 것을 아는 사람은 누님과 서울에 있는 몇 명의 친구들뿐이었다.

병원으로 어느 날 친구 이종규가 병문안을 왔다. 진심으로 위로하고 나를 걱정해주며 신경 써주는 것이 고마웠다. 우리는 공원에 나와서 내가 외국에서의 생활하던 일을 이야기하다 사업적인 이야기를 하기 시작하였다.

그때 친구가 솔깃한 제안을 하는 것이다. 외국 가서 일하느라고 고생했다면서, 그 돈을 언제 어디에 쓸 돈인지는 모르지만, 몇 달 동안이라도 높은 이자 받고 믿을 수 있는 곳에 빌려주면 얼마나 득이 되겠냐고 하는 것이다.

지금 병원비도 얼마 동안이나 있을지 모르지만, 치료비를 내려면 그 돈에서 내야 하는데, 가능하면 잠시 빌려주고 이자를 받으라고 한다. 1년 안에 사용할 돈이기에 그렇게 할 수 없다며 거절하였다.

며칠 후 누나를 만났다. 늘 걱정해주는 누님이 고마웠다. 진로 문제를 의논하던 중에 누나 친구 이야기를 하는 것이다. 남대문시장에서 의류 도매업을 하는 대단한 집이라고 한다. 누나하고는 여러 가지를 의논하는 상황이라 자세히 듣다 보니 그 말을 깊이 생각하게 되었다. 사업이 잘 되는 집이고, 능력 있는 사람이니 6개월만 빌려주고 이자를 받으라는 것이다. 누나가 아는 사람이고, 큰 사업을 하는 분이라 믿음이 갔다. 어차피 1년 정도 있다가 주택을 사려고 준비하려던 것이라 시간적인 여유가 있었다.

지금까지 살아오면서 사람들이 나에게 돈을 빌려달라며 적극적으로 자기를 알리고 설명하는 것을 보지 못했다. 역시 사람은 능력이 있어야 대우를 받는다는 것을 느끼게 되었다.

당시 직장인 월급이 20만 원 수준인데 내 통장에 800만 원 정도가 있으니 가히 대단한 금액이었다. 그리고 이자를 준다고 하는 금액이 한 달 봉급이 넘다 보니 나는 망설이게 되었다. 거기다가 누나도 걱정 안 해도 된다고 해서 차용증을 받고 400만 원을 빌려주었다.

마음은 떨렸지만, 누나가 추천해주는 사람이라 믿음이 갔다. 그 차용증이 뭐 큰 서류나 되는 것같이 애지중지 보관하며 이자를 받는다는 부푼 기대와 앞으로의 희망에 한껏 부풀어 있었다.

퇴원하고 며칠 후 친구 종규가 만나자고 한다. 그것도 외부에서 만나는 게 아니고 현석이 엄마 집으로 나를 초대를 한다. 종규와 현석은 둘이 친한 친구다. 이 친구들은 고향 친구 임문식 소개로 알게 되었다. 그래도 친한 친구이고, 성의를 베푸는데 안 가는 것도 예의가 아니라는 생각에 현석이 엄마 집에 가게 되었다.

얼마 전에 빌려달라는 것을 못 빌려줘 미안하지만, 돈이라는 건 잘 관리하고 조심하지 않으면 큰일이 생길 수 있다는 것을 알고 있었다.

그 집에 가보니 집이 크고 멋진 집이다. 고급 승용차도 차고에 있고, 마당에는 큰 정원이 있으며, 지금까지 보지 못한 집으로 나를 초대한 것이다. 아직 세상 물정을 모르고 독한 맛을 보지 못한 나나 친구 종규도 그 깊숙한 내면을 볼 줄 알아야 하는데 우리는 그런 부분을 몰랐다.

현석 엄마는 좋은 음식을 준비하고 나에게 무척 신경 써주시는 것이다. 내년에는 사업을 확장할 것이라며, 나 같은 사람과 같이 일을 하면 든든할 것 같다고 하신다. 친구 엄마가 하는 말을 들어보니 대단한 여걸이었다. 사업적인 용어로 말하다 보니 나는 그를 이길 수 없었다. 시골 촌놈이 기껏해야 외국에 가서 잠시 일하다 온 내가 그분과 말을 섞으면 나는 상대가 될 수 없었다.

그렇게 고생해서 벌어온 돈을 왜 그렇게 놔두냐는 것이다. 800만 원 있다는 것을 안 친구 엄마는 1년 안에 1,500만 원을 만들 수 있다고 하면서 빌려달라고 한다. 빌려주면 높은 이자를 쳐서 줄 것이며, 또한 사업 확장 계획을 하고 있으니 같이 하자고 제안하는 것이다. 그분이 얻고자 하는 것은 내가 가지고 있는 돈을 빌리는 게 목적이다 보니 능수능란한 말에 결국 나는 친구 엄마에게 300만 원을 빌려드리겠다고 약속하였다.

두 분이 나에게 주는 이자를 생각하니 일반 봉급쟁이 2개월 치가 들어오는 것이다. 이런 금액이라면 내가 일어서는 것은 그리 어렵지 않을 것 같았다.

다음날 고향 친구 임문식을 만났다. 오랜만에 만난 친구가 너무 반가웠다. 서울에 와서 힘들 때 도와주던 죽마고우다. 그 친구는 극구 현석 엄마와 돈거래를 하지 않는 것이 좋다며 말리는 것이다. 이자 받는 것도 좋지만, 그렇게 힘들게 벌어온 돈을 잘못되면 어쩌려고 하냐며 하지 말라고 한다. 그 말을 듣고 보니 나도 여러 가지 이상한 것이 보여 친구에게 적당한 이유를 대며 안 된다고 말하자, 이제는 현석 엄마가 또다시 나를 다시 찾아왔다. 집 등기권리증과 다른 지역 토지등기부를 보여주는 것이었다. 걱정하는 나에게 자기에 대한 것을 다시 설명하고 적극적으로 다가오니 결국 그 돈을 빌려주었다. 이제는 어쩔 수 없이 나간 돈이다.

미심쩍은 부분은 있지만, 종규라는 친구를 믿고 있었다.
 얼마 전에 종규 아버지가 운영하는 청주 농장을 가게 되었다. 자기 아버지가 운영하는 농장도 방문하여 경제적인 능력을 확인한 후 그 친구를 믿게 되었다.
 현석이 엄마를 믿기에는 아직 우려하는 부분은 있지만, 나는 친구 종규를 믿게 되었다. 참 딱한 노릇이었다. 빌려가는 사람이 종규가 아니지 않은가. 바보 같은 착각 속에 그렇게 되지 않을 것이라는 막연한 믿음으로 현석 엄마에 대한 불안감을 구렁이 담 넘어가듯이 슬그머니 넘기고 있었다.

 나는 기쁘고 설레는 마음으로 고향에 내려갔다.
 외국에 가서 돈 벌었다는 소문이 온 마을에 파다하게 퍼지고, 내 이야기가 끊임없이 돌아 그 말이 싫지 않았다. 그동안 가난의 질곡을 벗어나기 위하여 노력하였지만, 내가 할 수 있는 게 없었다. 자격지심으로 지금까지 열등감과 서러움에 사로잡혀 살았다. 그러다 보니 순수함은 사라지고 질투와 분노 속에서 만신창이가 되어 살았다.
 그런데 이제는 달리 보는 우리 집이 되었다. 돈 많이 벌어왔다는 소문에 나는 금방 성공한 사람으로 탈바꿈되고, 너덜거리던 내 모습이 멋지게 포장되어 있는 것이다. 찢어지고 상처받았던 내 마음이 그것으로부터 위로받고 나를 보여주었다는 승리감에 도취되어 있었다. 그것으로 인하여 아버지도 마을 사람들에게 자식 잘 키웠다는 소리에 좋아하시는 것이다.
 경주 집을 찾아갔다. 어른들에게 일찍 귀국한 내용을 설명하고 치료도 잘 받아서 완쾌되었다는 인사를 드렸다. 경주네 집에서도 반가워하며 수고했다는 칭찬과 떠도는 나에 대한 소문을 나쁘지 않게 생각하시는 거 같았다.

우리는 오랫동안 가보지 못한 저수지에 올라갔다. 더운 여름 한낮 이글거리는 태양에 달아오른 대지는 밤이 되어도 식지 않고 후끈거리며 뜨거운 바람이 불어왔다. 내 고향 산천 보이는 것 어느 것 하나 예나 지금이나 다를 바 없이 모두가 우리를 반겨주는 것이다.

만수 위로 가득 찬 저수지에는 물오리들이 평화롭게 떠 있고, 바라산에서 불어오는 뜨거운 바람에 출렁이는 물에는 달빛 먹은 윤슬이 아름답게 빛나고 있었다. 언제 보아도 아름답게 빛나는 별들이 오늘은 더 반짝이며 우리의 만남을 축복해주는 것이다. 달아오른 여름, 무성하게 자라는 풀과 썩은 퇴비 냄새, 비릿한 물 내음이 뒤섞인 고향 냄새가 정겹다.

이글거리는 뜨거운 햇빛에 익어가는 나무 냄새와 곡식과 산 열매들이 성장하면서 뿜어내는 자연 향기가 코끝에 와 붙는다.

나는 경주 손을 꼭 잡았다. 2년 만에 만나는 경주는 언제나 이 듯이 변함없이 밝고 깨끗한 모습이다. 흰색 블라우스에 자두색 치마를 입고 많이 성숙한 여인이 되었다.

얼마나 그리워하던 사람인가. 오랜만에 만난 그 아이는 수줍어하는 얼굴이지만, 더 담대하고 씩씩한 모습이다. 경주와 떨어져 있는 시간에 참 많은 생각을 하였다. 아무리 내가 그 아이를 사랑으로 위로한다고 하지만, 그는 자기가 처한 상황 때문에 순간 낙담하고 좌절하는 모습을 보며 마음이 아팠다. 혼자 있으면 그 아이는 자신이 처한 시련을 이기지 못하고 많이 힘들어하는 것이다.

마음이 불안하다. 이제는 함께해야 한다. 나는 그 아이와 함께 있으면, 기쁘고 힘이 난다. 모래바람이 부는 그곳에서도 어떤 날은 종일 그 아이 생각이 내 마음에서 떠나지 않아 끝도 없는 환상 속에서 대화하는 날도 있었다. 더운 훈풍이 불어오는 고운 달빛 아래서 풀벌레의 아름다운 울음소리가 들린다.

"경주야! 보고 싶었어. 더운 나라 그곳에서 있으면서도 견딘 것은 너 때문이야."

"오빠! 건강한 모습으로 돌아와서 좋아요."

"이제 우리 떨어지지 말고 살자. 우리가 살아가는 데 필요한 돈을 어느 정도 벌었어. 내가 간절히 바라고 원한 것은 너와 함께 하는 것이다. 올해 준비해서 내년에는 우리 결혼하자."

모기가 심하게 달려 붙어도 오랜만에 만나 바라볼 수 있어서 너무 좋았다. 우리는 저수지 물가에 앉아서 앞으로의 계획을 그 아이에게 설명하면서 꿈에 부풀어 있었다.

이곳에 집을 사는 것보다는 서울에 거주할 집을 준비하는 것이 좋겠다는 계획을 설명하자, 조용히 듣고 있던 그 아이의 얼굴은 상기되어 있었다. 내가 결정하는 대로 따르겠다는 그 말에 나는 행복을 느끼고 있었다. 마침 시골 윗동네 좋은 위치에 있는 땅을 사라는 형의 제안도 있는 상황이다 보니 내 마음은 설레고 행복한 꿈에 젖어있었다.

매일 밤 그리워하며 잠 못 이루게 한 사람이 내 앞에 있다. 그리고 어려움을 벗어날 수 있는 기본적인 자금을 만들 수 있게 된 것은 이 아이의 간절한 기도로 이루어진 것이다.

오랜만에 보는 경주는 소녀 티를 벗어나서 더 어른스러웠다. 새벽이슬 맞은 붓꽃 같은 청순한 눈동자는 더 아름다웠다. 이 아이를 만난 세월도 10년이 지났다. 처음 만날 때는 어린 학생이던 아이가 지금은 완연한 숙녀가 된 것이다.

안타깝게도 처음 잡은 직장에서 꽃도 피우지 못하고 사고를 당한 것이다. 나는 사고를 당한 이유가 내가 원인 제공을 하여 생긴 것을 알고 있다. 사고 후 나는 그 아이에게 사랑을 고백하고 지금까지 온 것이다. 돌이켜 생각해도 이 아이를 만나고 사랑할 수 있었던 건 나에게 큰 행운이었다. 사랑을 하게 되면 눈에 콩깍지가 낀다고 하는데 그런가 보다. 내 눈에는 오로지 경주, 그 아이뿐이었다.

경주와 함께 있으면 행복했다. 그런데 너무 행복해서일까? 어딘지 모르게 마음이 불안했다. 내 손을 떠난 돈이 불현듯이 걱정되었다. 이자가 들어오는 게 더없이 좋지만, 잘못되면 큰 낭패라는 불안한 생각이 들자 그럴 리가 없다며 부정하듯이 머리를 좌우로 흔들며 강한 부정을 표하고 있었다.

시작된 시련

누님 집에서 회사 다니기는 어려웠다. 출근 시간이야 일찍 일어나면 해결될 일이지만 누님 가족들도 많은데 방 2칸에서 같이 생활하기에는 서로에게 힘든 일이다. 그렇다고 시골에서 다니기에는 시간이 너무 오래 걸린다. 전처럼 회사에서 가까운 신당동에 자취방을 얻었다. 기본적으로 생활에 필요한 최소한의 살림 도구를 준비하였다.

걱정하던 이자가 약속한 날에 들어왔지만, 그래도 불안해 빠른 회수를 요구했다. 그러나 내 손에서 나간 돈은 내가 빨리 받고 싶다고 받을 수 있는 게 아니라는 걸 알았다. 조금만 기다려 달라는 말이 몇 번 반복되었다. 문제없을 거라는 믿음이 서서히 걱정과 두려움으로 변하고 있었다. 좋은 생각보다는 우려했던 나쁜 생각은 빨리 다가왔다.

나는 시간이 나면 남대문 시장에 들락거렸다. 빌려준 돈이 걱정되는 것도 있지만, 그곳에 가면 사람 사는 냄새가 나고, 활발하게 오가는 사람들을 보면서 나 또한 세상을 배우는 시간이 되었다. 그날도 점심 무렵 상품 마케팅 조사차 남대문시장 도매 점포를 가게 되었다.

바쁘게 움직이는 시장인데, 어찌 된 일인지, 그날따라 그 집 점포가 닫혀 있는 것이다. 도매시장이다 보니 밤새도록 영업하고 새벽에 문을 닫는다. 아침에 문을 여는 점포는 일반 소매 손님을 맞이하기 위해서다. 불안한 마음에 점포가 왜 닫혔는지 옆집에 물어보니 말을 안 해주며 왜 그러냐고 재차 묻는 것이다. 알고 보니 며칠 전에 부도가 났다는 것이다. 나는 순간 숨이 멈추는 것 같아 몸을 가눌 수 없었다.

그렇게 탄탄하던 회사가 이렇게 된 것은 이미 나에게 돈을 빌려갈 때부터 어려운 상황인 것 같았다. 큰 문제가 발생했다. 이것이 문제가 되면 내가 어떻게 될지 나도 모른다는 생각에 급히 누나에게 상황을 전하자, 생각지도 못한 일이라며 깜짝 놀라는 것이다.

누나와 급히 그 집을 찾아가 보니 그 집은 문이 잠겨 있고 병원에 입원했다는 소식을 들었다. 부도 충격으로 남자 사장님이 뇌출혈이 발생해 응급 수술을 받았다며 지금도 사람을 못 알아보고 몸을 제대로 가누지 못한다는 것이다. 나는 그 충격으로 몸이 따끔거리고 어지러워 쓰러질 것 같았다. 처음 느껴보는 최악의 사건이 닥치자, 도저히 마음을 진정할 수 없었다.

누나도 당황하는 것이다. 전혀 그런 상황이 오리라고는 생각지도 못하였는데, 갑작스러운 문제가 발생한 것이다. 병원에서 누나 친구를 만나보니 눈물만 흘리신다.

사업이 그렇게 어렵지는 않았는데 보증 관계로 갑자기 어려움이 닥치고, 상품 대금으로 받은 어음이 부도나 급기야 남자 사장님은 뇌출혈로 쓰러지며, 사업이 망했다고 하는 것이다. 그래도 집이라도 있으면 해결할 수 있지 않나 생각하였지만, 이미 집도 채권단이 다 접수하고 압류된 상태라 우리에게 어떻게 해줄 게 없다면서 눈물을 흘리시는 것이다.

남편이 회복되어 일어나면 그때 가서 얼마라도 갚겠다며 화내지 말고 기다리라는 것이다. 그 말은 나에게 참고 기다리라는 것이다. 어떻게 벌어온 돈이며, 그것이 내게는 어떤 돈인데, 그 말을 듣다 보니 미칠 것 같았다. 이렇게 되면 나는 죽는다는 생각에, 머리가 아프고 정신을 차릴 수 없었다.

고통스러워하는 내 모습에 위축되었는지 의류 도매상 아주머니가 조금만 기다려 달라고 사정하며 읍소하는 것이다. 조금만 기다려주면 다른 방법으로 전부는 아니라도 반만이라도 갚을 테니 기다려 달라는 것이다. 알고 보니 내게 돈을 빌릴 당시 이미 어려운 상황이었다고 한다. 잠시 어려운 상황을 벗어나기 위하여 빌리는 것이 아니고 갚을 능력도 없이 처음부터 나를 속인 걸 알게 되었다.

병원 대기실에서 안절부절 당황하며 오랫동안 고민하고 있었다. 돈을 받으려고 왔지만, 보호자를 붙잡고 계속 독촉해서 될 일이 아니었다. 아직도 중환자실에 입원해 있는 환자를 홀로 두고 이러는 건 사람이 할 짓이 아니었다. 얼마라도 준비하겠다는 도매상 사모님의 말을 듣고 나는 어쩔 수 없이 병원을 나섰다. 이대로는 불안해서 견딜 수 없었다.

나는 모든 게 다 불안하고 걱정되어 친구 현석 엄마에게 전화를 걸어도 통화가 되지 않았다. 여기도 문제가 되는 거 같아서 불안했다. 친구 종규는 걱정하지 말라고 한다. 그런 분이 아니라고 하지만, 나는 그 이튿날 일찍 친구 엄마 집을 무작정 방문하였다.

친구 엄마가 일찍 찾아온 나를 불편한 듯이 대한다. 돈을 빌릴 때는 그렇게 좋은 말만 하던 분이 쌀쌀맞은 얼굴로 불편하게 받아들였다. 그렇게 못 믿으면 이달 말까지 줄 테니 기다리라고 하면서 휙하니 방으로 들어가 버렸다. 내 주머니에서 나가면 그 순간부터 내 돈이 아니라는 말이 입증되었다.

종규가 말하는 것처럼 현석 엄마가 틀림이 없는 분이고, 모든 게 사실이라 해도 회수해야 한다. 이자라는 욕심에 취하여 거절하기 어렵다는 체면에 빌려준 것이 큰 실수였다. 이것이 잘못되면, 나에게는 어려운 문제가 발생할 수 있다는 것을 알게 되었다.

불안한 마음이 앞서다 보니 어떻게 해야 할지 마음이 급했다. 지금 일어나는 일들이 꿈이고, 진정 현실이 아니면 좋겠다는 생각이 들었다.

요즘에 일어나는 일이 진정 나에게 일어나는 일인가? 어디서부터 잘못된 것일까? 어려운 가정을 비관하면서 어떻게든 살아보겠다고 아픈 몸을 이기며 중동까지 나가서 힘들게 번 돈이다. 처음 만져 보는 큰돈이 나에게 생기자, 나도 모르게 자랑하고 과시하고 싶었던 것이 아닐까? 반성해본다. 제대로 먹지 못하고 내 가족을 위하여 한 푼도 쓰지 않고 내 사랑하는 사람을 위해서도 사용하지 않은 돈이다. 큰 꿈을 그리며 미래를 위한 돈이 아닌가? 지금 일어나는 위태로운 상황을 생각하니 견디기 어려운 공포로 겁이 났다.

　남대문 사장님은 이미 부도가 나서 얼마를 받을 수 있을지 확실히 모른다. 그러나 현석 엄마에게는 문제없이 다 받아야 한다. 그러나 오늘 현석 엄마가 하는 행동을 보니 더럭 겁이 났다. 걱정하면서 종로3가에서 아현동까지 걸었다. 이 일은 내가 자초한 일이다. 안 빌려주면 되는 것을 무슨 대단한 체면이 있다고 그 짓을 하였는지 모를 일이다.

　이자를 많이 주겠다는 그 달콤함에 나는 내 무덤을 파게 된 것이다. 경주에게 인정받고 주변 사람들에게 인정받는 사람이 되고 싶었다. 지난 세월 어렵게 살아온 세상이 서럽고 안타깝지 않았나. 내 미래를 위하여 만들어 놓은 꿈을 이렇게 불안한 상태로 만든 것을 생각하니 내가 너무 한심하고 미운 것이다.

　다음날 친구 임문식을 만났다. 어린 나이에 일찍 서울에 올라와 눈물 밥을 먹으며 자리 잡은 친구다. 이 친구로 인하여 종규와 현석이라는 친구를 알게 되었다. 얼마 전에 친구 현석이 엄마에게 돈 빌려주는 것을 극구 반대하던 친구였다.

　"진성아! 현석이 엄마한테 절대로 빌려주지 말라고 했는데, 결국 빌려주었니?"

　그렇게 말했는데도 왜 빌려주었느냐면서 걱정하는 것이다. 그 친구 엄마는 믿을 수 없는 분이라 오죽하면 아들 현석이도 자기 엄마를 좋지 않게 보고 있겠느냐고 한다. 이제 생각해보니 지금껏 종규가 현석이 엄마를 인사시키고 믿을 수 있는 분이라 하였지 단 한 번도 현석이가 자기 엄마에 대하여 말한 적이 없는 것이 사실이었다.

나는 친구 종규를 믿고 있었다. 과수원과 농장을 운영하는 종규 부모님을 만난 후 현석 엄마와 농장은 아무런 관계가 없는데도 불구하고, 친구 이종규 말만 믿고 빌려준 내가 잘못한 것이다. 친구 종규에게 차용 금액을 갚을 것을 종용하자, 현석 엄마에게 말씀드리겠다는 말뿐이지, 아무런 책임을 지려고 하지 않는 것이었다.

문식은 무척 속상해하면서 종규를 나무랐지만, 그가 책임을 지는 건 아니었다. 나는 기막힌 사기 술수에 걸려든 것이다.

오늘은 어머니 기일이라 고향 집에 가야 한다. 예정대로라면, 어제 집으로 가야 했는데, 답답한 현실을 해결하려다 보니 늦은 시간까지 술을 먹다가 새벽에 들어왔다. 당연히 가야 하는 고향 집인데, 마음은 천근만근 무겁고 고통스러웠다.

엄마는 아들을 못 난다고 구박받으시다가 아들을 낳고 좋아하셨지만, 그 아들이 두 돌이 지나기도 전에 하늘로 보내면서 많이 슬퍼하시다가 나를 낳으셨다. 가난한 가정이지만, 나에게 잘해주시려고 그렇게 노력하신 엄마는 내가 중1 때 고생만 하시다가 세상을 떠나셨다.

돌아가신 어머니는 뇌출혈로 고통스러운 삶을 살면서도 늘 기도하시며 자식들을 사랑으로 대하셨다. 작은 이익에 매몰되지 말고 참된 도리를 잊지 말라고 말씀하셨다. 그 말씀을 간과하고 망각하여 작은 이익에 마음을 빼앗겨 크나큰 인생 경험을 하는 것이다.

답답하고 힘든 마음으로 고향 집으로 발걸음을 옮기고 있었다. 언제나 고향으로 가는 이 길은 설레는 길이었다. 나를 기다리는 가족이 있고, 미래를 약속한 사랑스러운 경주, 그 아이가 있는 곳이다. 내가 저지른 엄청난 일들로 집으로 가는 발걸음이 무겁고 불안했다.

그렇게 당당하게 큰소리치며 가난은 내가 해결하겠다고 하지 않았는가. 열심히 노력하여 결과를 만들어야 하는 이 마당에 내가 저지른 어처구니없는 행동으로 가족들에게 실망을 안겨주는 것이다. 이겨내기 힘든 일이 닥치다 보니 도무지 마음을 진정할 수 없었다. 닥쳐올 일을 생각하며 담대하리라 다짐하지만, 마음은 깊은 수렁 속에 허우적거리며 슬기롭게 결단하기보다는 망설이고 시원하게 결정하지 못하는 우유부단한 행동을 하는 것이다.

언제나 고향 가는 길은 기쁘고 즐거웠던 길이었다. 그런데 이 행복했던 길이 오늘은 착잡하고 슬픈 길이다. 참 답답하고 기막힌 일이 내게 닥친 것이다. 어쩔 수 없이 소송이라도 하려고 하지만, 걱정이 이만저만이 아니다. 이런 내용을 고향에 있는 아버지나 동생들 그리고 경주에게 말한들, 그들에게 고민과 걱정만 줄 뿐 해결책이 없는 것이다.

머리가 어지럽다. 일처리하는 것이 이렇게 멍청하고 이 지경에 이르도록 부족한 사람이었나 생각하니 비겁한 후회로 울컥한다. 아버지도 좋아하시고, 동생들도 그렇게 좋아하는 모습이 떠올랐다. 어떻게 이 일을 수습해야 하나? 마법이라도 부려 내가 투명 인간으로 변해서 그들이 숨겨둔 돈을 뺏어오고 싶다는 엉뚱한 생각이 들었다.

누구보다도 내 사랑하는 경주에게 어떻게 해야 할지 가슴이 찢어지는 쓰라림이 왔다. 언제나 묵묵히 나를 응원해주는 그 아이를 생각하니, 내 입에서는 탄식이 흘러나왔다.

'어떻게 해야 하나? 가지 말까? 아니야, 아직 못 받는다는 결정이 난 게 아닌데, 이렇게 포기하며 바보 같은 짓을 하면 안 된다. 용기를 내자.'

그렇게 아름답던 고향 산천이 눈앞에 보이지만, 지금껏 느껴보지 못한 분노와 참기 어려운 감정을 가슴에 품고 집으로 가는 것이다. 고향 입구만 들어서도 나는 그 아이를 만난다는 기쁨과 설레는 발걸음으로 가던 길이다.

'젠장, 이 일을 어떻게 하지? 지금 처한 어려운 현실을 말할 수도 없고.'

고향에 왔으면서도 경주를 만날 용기가 나지 않았다. 몇 개월 만에 상황이 반전될 수 있다는 게 믿어지지 않았다. 경주는 이런 생각을 조금도 하지 않고 행복한 미래를 꿈꾸고 있을 것이다. 순간적으로 분노와 슬픔 그리고 배신감이 요동치는 것이다.

집 앞 개울가 둑에 앉아서 집을 바라보니 다 쓰러져 가는 집이 보였다. 사립문이 조금 열려있는 걸 보니 집에 동생들이 있는 거 같았다. 나는 어렸을 때부터 거짓말을 하지 못한다. 마음에 없는 거짓말을 하면 얼굴이 붉어지며 말을 더듬어 쉽게 표나는 사람이다.

나는 개울가 언덕에서 내게 닥친 일들을 걱정하면서 망연자실한 모습으로 멍하니 앉아있었다. 얼마나 오래 앉아있었는지 해가 중천에 있을 때 왔는데, 어느새 산마루에 걸쳐있었다. 그래도 나는 움직일 힘도 없고 가족들을 만날 용기가 나지 않았다. 얼마나 오랫동안 그곳에 있었는지 개울 건너편 마을에 일을 다녀오던 진욱이 나를 본 것이다.

"형! 언제 왔어?"

"어… 조금 전에."

"왜, 여기 이렇게 앉아있어? 집에 들어가지."

동생이 나를 걱정하는 눈으로 바라보는 것이다. 어딘지 모르게 다른 사람으로 보이고, 무엇엔가 홀린 듯 멍한 내 모습에 동생이 불안해하며 걱정하는 것 같았다.

그렇다! 나는 제정신이 아니었다. 힘들게 벌어온 돈이 날아간다는 불안감에 나는 앉아있는 것이다. 아무 문제 없이 빌려준 돈을 회수하여야 하는데, 잘못되면 어쩌나 하는 불길한 생각에 가슴을 짓누르고 있었다.

내 가족들이 이렇게 간절히 나를 응원하고 있는데, 그들에게 안타까움을 주고 실망감을 주는 것이다. 나를 믿고 기도해주는 그 아이를 생각하면, 견딜 수 없는 후회와 한심한 나를 용서할 수 없었다. 아버지에게는 어떻게 말씀드려야 하나? 우리 아들이라며 자랑하시는 아버지에게 가혹한 안타까움을 주는 것이다. 숱한 세월, 술에 취하시면 한스러움을 노래로 푸신 분이다. 내가 외국에서 돈을 벌어왔다며 그렇게 좋아하시면서 가가대소 너털웃음을 지으시는 분이시다. 지금까지 살면서 속상한 것이 너무 많으신 분인데, 그 실망감을 생각하니 눈물이 났다.

동생들도 똑같은 마음일 것이다. 가난한 집이라고 괄시받고 대우받지 못한 동생에게도 슬픈 마음을 안겨주는 것이다. 어디를 가던 우리 형, 우리 오빠라고 나를 추켜세우던 동생들의 그 안타까운 실망감을 나는 견딜 수 없었다.

잘나지 못한 형을 그렇게 믿고 따르던 동생에게 어떤 말로 변명하고, 동생 진희에게는 어떤 말을 해야 할까? 동네에서 제일 잘나가는 우리 오빠라고 믿고 따르는 동생이다. 엄마가 일찍 돌아가시고 저 혼자 고생을 많이 한 아이다.

오빠라고 무엇 하나 이해하고 도와주지 못했다. 이제 오빠의 힘을 보여줘야 하는데, 이렇게 바보짓을 하였다는 걸 동생에게 보여주는 게 부끄러웠다. 미칠 것 같은 마음에 몸을 가눌 수 없었다. 피할 수만 있다면 보이지 않는 곳으로 영원히 숨어버려야 할 못난 사람이라는 생각이 들었다.

"머리가 좀 아파서 잠시 앉아있는 거야."

"형, 얼굴이 안 좋아 보여. 왜 그래?"

나는 동생의 부축을 받으며 집으로 갔다. 제사라고 해야 누가 와서 준비해줄 사람이 없었다. 제사에 필요한 것은 어제 동생이 읍내에 가서 사왔다며 음식을 만드는 일도 늦은 시간까지 두 동생이 부엌에서 열심히 하고 있었다. 가까운 친척 형이 와서 제사를 마칠 수 있었다.

"저수지 아래 토지 사라. 그 정도면, 금액도 저렴한 거야."

얼마 전부터 다른 생각하지 말고 땅 사라고 조언하던 형이다. 그 말을 듣다 보니 속이 터질 것 같아서 술만 계속 먹을 수밖에 없었다.

내가 술에 취해 헛소리하며 계속 술을 마시자, 형도 가고 나는 마루에 나와서 먼 하늘을 정신 나간 사람처럼 쳐다보고 있었다. 나를 용서할 수가 없었다. 내가 나를 자해하며 질책하자 나는 만신창이가 되었다. 밤이 깊어갈수록 서러운 눈물이 앞을 가렸다.
"오빠! 왜 그래요? 무슨 일이 있어요?"
"형! 무슨 술을 이렇게 많이 마셔? 그만 먹어."
"미안하다. 내가 너무 부족해서."
 동생들이 걱정하는 것을 뒤로하고 집을 나왔다. 정말 빈속에 그렇게 술을 많이 마신 적이 처음이었다. 온통 내 머릿속에는 내가 저지른 일들이 나를 괴롭히고 있었다. 망상에 사로잡혀 견딜 수 없는 분노가 차올랐다. 그렇게 밤길을 헤매다가 무의식적으로 경주 집으로 갔다. 아마 내 아픔과 현재 벌어진 일들을 누구에게라도 하소연하며 의지하고 싶은 사람을 찾다 보니 그 아이에게 간 것이다.
"오빠, 정신 좀, 차리고 이 물 좀 먹어요."
"여기가 어디야?"
"우리 집이야."
"아니 내가 여기에 어떻게 왔지?"
 둘러보니 경주 방이다. 미안하고 부끄러웠다.
"엄마는 어디 계셔?"
"안방에 계시지."
"그러면 내가 여기 온 것도 알고 계셔?"
"당연히 아시지."
"설탕물 타오는 것도 보셨는데."
"동생은 어디 있어?"
"네, 저는 여기서 책 읽고 있으니 걱정하지 마시고 누워있어요."

"아! 미안해요."

"술을 어디서 많이 먹었기에 그렇게 몸도 가누지 못해요? 오빠가 방문을 두드리면서 나를 불렀어요. 옷도 다 젖어있었어요."

 벌떡 일어나 앉아보니 내 옷은 젖어 축축한 상태로 경주 방에 있는 것이다. 어른들이 있는 집에 예의도 없이 한 행동은 어떤 이유를 대더라도 용서할 수 없는 것이 아닌가.

 순간 정신 번쩍 들었다. 내가 힘들어 견디기 어려운 일은 내가 참고 해결해야지 이런 모습을 사랑하는 사람 앞에서 부린다는 것은 나도 나를 용서할 수 없었다. 급하게 방문을 열고 밖으로 나가 안채 부모님 방을 향하여 고개 숙여 '죄송합니다'라는 말을 남기고 그 아이 집을 나왔다.

 나는 어느새 저수지 둑으로 뛰어 올라가 가슴을 쥐어짜며 힘들어하고 있었다. 속에는 불덩이가 들어앉아 있는 것 같아 뜨거웠다. 정신없이 저수지 물가로 달려가 얼굴을 물에 담그고 내 마음을 추스르고 있었다. 요즘 일어난 일들이 나에게는 큰 어려움이고, 견디기 쉽지 않은 일들이다. 어떻게 이 난관을 이겨낼 수 있을지 답답했다.

"오빠! 무슨 일 있어요? 평상시 오빠는 이렇지 않아요. 나에게도 말하지 못할 고민이 있나요?"

 어느새 옆에 그 아이가 와 있는 것이다. 그 목소리에 나는 더 아프고 참을 수 없는 눈물이 났다. 나는 아무런 말도 하지 못하고 그 아이 손을 잡았다.

"나… 지금 힘들어. 내가 부족하다 보니 세상이 나를 그렇게 만드는 것 같아."

"오빠, 힘내세요. 왜 그래요? 무슨 일이 있어요?"

내 눈물이 그 아이의 어깨 위에 떨어지자, 그 아이도 눈물을 흘리고 있었다. 그 눈물은 내 가슴을 아프게 하였다. 한참을 그렇게 저수지 물가에 있으니 서서히 마음이 진정되었다. 그 아이와 함께 있으면 아무리 힘들고 괴로워도 힘이 나고 마음이 편안해지는 것이다.

굳게 응고된 마음이 어느새 이겨낼 수 있다는 희망으로 변하면서 모든 걱정을 녹여주는 천사가 나를 위로해주는 것이다. 얼마나 그렇게 시간이 지났는지 동쪽 하늘에는 어슴푸레 여명이 밝아오고, 멀리서 닭 울음소리가 들려오고 있었다. 어려움이 닥쳐도 이겨낼 거라는 희망을 품고 경주를 안았다.

"미안하다. 나약한 모습을 보여서. 더 노력하는 오빠가 될게. 서울 가면 자주 오기 어려울 거야."

"서울 언제 갈 건가요?"

"모레, 일요일날 서울 갈 거야."

나에게 닥친 일들이 힘들고 어려움이 있더라도 잘 이겨내리라는 굳은 결심을 하였다. 지금 일어난 일들을 거울삼아 새롭게 시작하겠다며 다짐하였지만, 가슴속에는 천불이 나는 것을 참고 있었다.

어둠이 지배하던 밤이 지나면 어김없이 밝은 빛이 세상을 비추어 준다. 어둡고 암울한 슬픈 생각을 저수지 깊은 물에 집어 던지고 새로운 내가 되어야 한다.

밤이 지나 새벽이 오는 것이 당연한 우주의 섭리라 믿고들 있지만, 나는 이 또한 기적이라 생각한다. 천지를 창조한 하나님이

기적같이 만들어 놓은 자연의 섭리로 밤이 지나면 새벽이 오듯이, 분명 내 인생도 그러한 기적이 오리라 믿는다. 어둠이 채 가시지 않은 바라산 능선 계곡은 보이지 않고 안개구름이 산을 가리어 봉우리만 어렴풋이 보인다. 내 인생도 잠시 저 안개가 산을 가린 것처럼 일시적이라는 생각을 하였다.

"오빠! 그만 내려가요."

"미안하다, 경주야. 나 때문에 고생했어. 내일 만나자."

새벽 물안개가 하얗게 피어오르는 저수지를 내려오면서 생각해본다. 나를 위해 기도해주는 경주가 있는데, 담대하지 못하고 좌절하는 모습이 부끄러웠다. 내일 지구가 멸망하더라도 오늘 한 그루 사과나무를 심겠다는 마음으로 용기를 잃지 말고 살아가리라, 하면서도 나약한 내 마음은 더 무겁고 괴로웠다.

서울 가기 전날 경주 엄마가 우리 집에 오셨다. 엄마가 없는 우리 가정이다 보니 우리 엄마처럼 나를 무척 아끼고 사랑해주시는 분이다. 어머니가 우리 집에 오신 이유를 나는 알지 못하지만, 어쩌면 나에 대한 실망으로 오신 것이 아닌가 하는 걱정이 들었다. 어제 술 먹고 망나니짓을 한 게 마음에 걸렸다. 그 일로 온 것이라는 생각에 부끄럽고 죄송스러웠다.

"잘 지냈니?"

"어머니, 죄송해요. 어제 너무 술을 많이 먹어 그랬어요. 앞으로 조심하겠습니다."

"술에 취하면 그럴 수 있지. 그 말 하려고 온 게 아니고 다른 말을 하려고 왔네."

나는 가슴이 뛰었다. 숨기는 말을 할 때는 얼굴색도 변하고 말을 더듬는 것이다. 혹시 내가 힘들어하는 이유를 벌써 알고 계신 것일까? 친구 문식이 자기 집에다 말해서 벌써 소문이 난 것이 아닐까 하는 불안감이 들었다.

"우리 아이 경주를 어떻게 생각하나?"

"네, 사랑합니다."

나는 순간 당황하였다. 이제 만나지 말라고 하시는 말씀일 수도 있다는 생각이 들었다.

"그러면, 그 아이와 결혼할 마음은 가지고 있나?"

"네, 결혼할 겁니다."

"언제쯤 할 생각인가?"

"네, 누님하고 의논해서 알려드리겠습니다."

당연한 말씀을 하신 것인데, 말도 안 되는 원론적인 답변을 드린 걸 후회하게 되었다. 좀 더 적극적으로 결혼하겠다는 의사 표시를 하고 매달리는 모습을 보여야 했다.

결혼이라는 게 본인 의사가 중요하지, 누나 핑계를 대는 비겁한 모습을 보인 것이다. 어머니는 어쩌면 자신 있게 행동하는 내 모습을 보려고 온 것일 수 있는데, 참 못난 대답을 하고 만 것이다. 내가 조금 벌어온 돈도 어떻게 될지도 모르는 상황이다 보니 걱정과 근심을 이겨내지 못하고 소극적으로 말씀드린 것이다.

오기 어려운 걸음을 하신 것이다. 딸자식 결혼시키는 것을 그렇게 함부로 보낼 수는 없다 보니 직접 당사자에게 확인하러 오신 것이다. 내가 결정해야 할 내 인생에 관한 결정을 왜 다른 사람과 의논하겠다고 했는지, 모를 일이다.

누님과 의논해서 말씀드리겠다는 말보다는 저는 준비가 다 되어있으니 허락해주시면 따르겠다고 하는 것이 옳은 말일 것이다. 어쩌면 어머니는 그 말을 듣고 싶으신 것일 텐데, 바보 같은 말을 한 것이다.

해외에 나가 돈을 벌어오고 그토록 애틋한 사랑을 하며 간절히 바라던 결혼이라면, 당연히 내가 먼저 나서서 해야 할 말을 하지 않으니, 어머니가 먼저 하시는 것이다. 이게 될 말인가? 나는 무슨 생각을 하고 사는가? 나는 그런 철부지였다. 지금 벌어진 일들을 지나치게 걱정하다 보니 제정신이 아닌 것을 경주네 집안에서는 알 리가 없다.

당당하게 말하지 못한 것은 큰소리쳤다가 돈을 회수하지 못하면 어쩌나 하는 불안감에 소극적인 답변을 드린 것이다. 솔직히 말해서 돈을 회수하지 못하면, 결혼을 할 수 있는 여건이 아직은 아니라고 생각하고 있었다. 간절히 바라며 노력한 건 가난을 벗어나 경주에게 멋진 남자가 되고 싶었다. 나로 인하여 시작된 아픈 상처를 감싸주고 희망을 주고 싶었다. 내 머릿속에는 빌려준 돈을 어떻게 회수할 것인가를 고민하던 때였다.

"알겠네. 누님하고 의논하여 연락하게."

"어머니, 걱정하지 마세요. 다음 주에 가족들과 의논해 연락드리겠습니다."

"저는 경주를 사랑합니다. 절대로 힘들지 않게 할 자신이 있습니다."

경주 어머니는 가신 후 멋진 대답을 하지 못한 것이 마음에 걸렸다. 그 사람들에게 빌려주지 않고 그 돈이 통장에 있었다면,

당장 결혼하겠다고 말할 수 있었을 것이다. 그러지 못한 것이 후회되어 한숨이 나왔다.

절망의 나락 속으로

늦은 밤에 자취방에 도착하였다. 3평 정도 되는 방에는 시장에서 사온 비키니 옷장과 작은 침구류와 2인용 밥상, 그리고 라디오가 전부다. 부엌에는 미니 찬장과 양은솥과 그릇, 수저가 전부인 이곳이 내가 생활하는 공간이다. 우선 1년 계획을 잡았다. 성실하게 직장생활도 해야 하고, 빌려준 돈도 잘 받아야 한다.

그리고 중요한 결혼 문제도 결정해야 한다. 누님과 의논한다는 것은 과정상 형식이고 핑계지, 중요한 것은 빌려준 돈을 받기 위하여 시간을 좀 연장한 것이다. 결혼이라는 절차와 날짜를 잡기 전에 해결하지 못한 일들을 어느 정도 정리해야 한다.

남대문 시장에서 사업하시는 사장님은 얼마를 받던 기다릴 수밖에 없다. 어차피 그곳은 누나가 아는 곳이고, 남편분이 병원에 입원 치료 중이라 시간이 걸릴 수밖에 없다. 하지만 현석 엄마한테는 꼭 받아내야 한다.

다음날 나는 친구 종규와 현석 엄마 집에 갔다. 그러나 현석 엄마는 아침 일찍 나가서 아직 안 오셨다고 한다. 우리는 현석 엄마가 들어올 때까지 그 집에서 기다릴 수밖에 없었다. 점심때 가서 저녁 8시까지 기다려도 오지 않아 답답했지만, 그나마 종규가 있는 것이 위안이 되고, 한 가닥 희망이 되었다. 처음부터 이 내용을 누구보다도 잘 알고 있고, 중재한 친구가 아닌가.

우리가 기다리는 것을 모르는지 저녁 9시경에 현석 엄마가 들어왔다. 아마 내가 혼자 갔다면 문도 열어주지 말라고 하실 분이다. 아들 현석보다도 친구 이종규를 더 좋아하는 걸 보면, 다른 이유가 있을 것 같다는 생각이 들었다.

만나자마자 첫 마디가 돈이 없다는 것이다. 투자한 돈을 회수하기 어려워 시간이 걸릴 것 같으니 좀 기다리라는 것이다. 그 말을 듣는 순간 앞이 캄캄하고 마음을 진정할 수 없었다.

어떻게 해야 좋을지 분노가 치밀어 올랐다.

"이 친구 지금 돈이 필요하니 빨리 주셔야 합니다."

"나도 어려워서 그렇지 그렇게 막 나가는 사람이 아니야. 이달 말일까지만 기다려. 얼마라도 준비해서 줄게."

화가 치밀어 오르고 현기증으로 쓰러질 것 같았다. 나는 그 자리에서 친구와 심한 언쟁을 하였다. 안 된다고 하는데도 나를 이 지경으로 만드는 것이 친구가 할 일이냐고 화를 내며 큰 소리가 나게 되었다. 심한 소리가 오가다 보니 싸움이 일어날 것 같았다. 그 분위기가 위험하다고 판단했는지 신고로 경찰이 오고 조사를 받다 보니 현석 엄마의 실체를 알았다. 사기건으로도 여러 번 조사를 받았으며, 아직도 다른 문제로 기소가 되어 조사 중이다.

지금 눈에 보인 것들은 다 보여주기 위한 과시용이고, 집도 차도 다 문제가 있다는 것을 확인하게 되었다. 친구도 깜짝 놀랄 뿐, 자기도 그 정도인지는 몰랐다고 하는 것이다. 지금껏 사업가라고 소개하며 자랑하다가 결국 이런 상황이 발생하니까, 친구도 그제야 미안해하는 것이다.

그날 친구도 자기는 결백하다는 것을 증명하려는 듯 스스로 현석 엄마를 사기죄로 고발장을 제출했다. 친구도 이 문제가 발생한 근본적인 원인이 자기에게 있다고 말하지만, 친구도 당사자는 아니지 않는가. 그날 늦은 시간까지 고향 친구 문식은 친구들을 불러서 해결 방법을 의논하였다.

"큰 문제다, 현석아. 너도 엄마에게 말씀드려서 돌려주라고 말씀드려라. 외국에서 힘들게 번 돈이다. 그리고 진성네 형편이 무척 어려운 집이다."

"이종규, 너로 인하여 시작된 일이야. 무슨 생각으로 현석 엄마를 소개해주었는지 모르지만, 네 책임이 크다."

"우리 엄마지만, 나도 엄마를 믿지 않아. 그런데 종규야, 너는 어떻게 엄마에게 진성이를 소개해서 이 사건을 만드니?"

두 친구가 이종규를 심하게 나무라지만, 그런다고 해결될 수 없었다. 현석은 미안하다면서 집에 가서 엄마로부터 받을 수 있는지 확인해보겠지만, 모자 인연을 끊은 상태라는 걸 알아주길 바란다고 말했다.

이달 말일에 다시 만나기로 하고 나는 자취방으로 돌아왔다. 신당동 언덕길을 올라가면서 생각할수록 눈앞이 캄캄하고 분노가 치밀었다. 도무지 나를 이해할 수가 없었다. 무슨 생각으로 살고 있는지, 나를 다시 자책한다.

빈곤한 가정서 태어나 가난에서 벗어나겠다면서 얼마나 절치
부심 노력해서 번 돈을 내가 이렇게 허무하게 버릴 수는 없었다.
그것은 단순한 돈이 아니라 나에게는 생명줄과 같은 희망의 끈이
었다. 착하고 가엾은 그 아이와 우리의 미래를 위하여 만든 한이
서린 희망이 아닌가.

그것이 허망한 꿈이 되어 다시 시작해야 한다는 생각이 들자,
허탈해하는 가족들의 모습이 파노라마처럼 떠오르며 눈물이 앞
을 가렸다. 그래 어쩔 수 없다. 다시 시작하자며 마음을 굳게 먹
다가도 어느 순간 울컥하며 분하고 미워서 나를 자책한다. 후회
되는 지난 일로 화가 치밀어 오르고 닥쳐올 일들이 가슴을 조이
며 미칠 것 같았다. 학교를 지나 산 중턱까지 한참 걸어가야 자취
방이다. 친구들과 마신 술에 취할 만도 한데, 분노로 가슴만 쓰리
다. 신당동 하늘에도 달빛이 곱게 비치고 있었다.

나를 믿고 기다리는 경주는 이 밤 무슨 생각을 하고 있을까?
그 아이의 앞날은 나에게 달려있다. 몸부림친다고 해서 해결될
수 없는 장애로 사람들 앞에서는 작아지고 숨죽이는 아이다. 그
렇게 자신만만하고 당당하던 그 아이가 사고 후 누구 앞에서도
자신을 내보이지 않으려는 가엾은 아이로 바뀌었다. 그 아이는
몸만 아픈 게 아니라 마음도 큰 상처를 받아 슬픈 생각을 많이
하는 외로운 아이다.

마치 창공을 힘차게 날던 작은 새가 심한 상처를 입어 다시는
날 수 없다 보니 푸른 하늘만 바라보는 가엾은 새와 같았다. 그
아이의 잃은 날개는 나로 인하여 생긴 엄청난 상처다. 양손에 생
긴 사고로 인하여 반소매 옷을 입은 적이 없는 아픈 마음으로 살

아가는 아이다.

그 아이의 날개가 되어야 한다. 더는 날 수 없다면 날개 없이도 함께 살아가는 동반자가 되겠다며 여기까지 온 것이다. 그런데 그런 계획을 이루기 위해서 준비한 일을 시작도 하기 전에 멈추고 다시 시작해야 한다. 이것이 꿈이었으면, 좋겠다는 생각이 들었다.

경주를 생각하니 내가 저지른 일이 얼마나 큰 죄악이며 아픔인지 알 것 같았다. 그 아이는 이런 일이 벌어진 줄도 모르고 가족들과 소식을 기다리고 있다.

얼마 전에 경주 어머니를 만난 후 소식을 전해드린다고 하고서는 아직도 소식을 못 드리고 지금 이곳에서 나는 엉뚱한 일로 고민하고 있는 것이다. 어떻게 겁도 없이 돈을 쉽게 빌려주고 이런 고민을 하는 게 기가 막혔다.

형은 고향에 땅 사놓는 게 제일이라며, 위치 좋은 곳에 있는 토지 매수 물건을 준비 중이었다. 그 말대로 눈 딱 감고 시골에 땅이라도 사놓았으면, 얼마나 좋았을까?

무슨 귀신에게 홀려서 이런 짓을 한 것인지 모르겠다. 다 바람에 검불 날아가듯이 사라져 버린 것이다. 돈은 벌기도 어렵지만, 그보다 지키는 것이 더 어려웠다.

내가 생각해도 지금까지 살아온 세월이 얼마나 궁색하였으면, 호부 있는 사람들이 볼 때는 껌값에 불과한 얼마 안 되는 돈이 있다고 해서 자랑하며 은연중에 즐긴 것이다. 그러다 보니 아직 세상 물정 모르는 나는, 그들의 세 치 혀에 농락당하고, 그 사람들에게 쉽게 이용당하는 바보가 된 것이다. 오늘도 그냥 잠을 이룰 수 없다. 슈퍼에서 소주 한 병을 사서 집에 들어갔다. 나를 반겨주는 사람은 없지만, 이곳이 내 집이다. 혼자 술을 마시며, 나를 자책하는 밤이다.

회사는 충무로5가에 있다. 걸어서 갈 거리는 아니지만 버스를 타고 가면 20분 이내에 도착하는 거리다. 아직도 신입이나 다름 없지만 그래도 그때 근무한 이력이 있어서 그런지 생소하지 않아 편하게 자리를 잡아가는 중이었다.
"진성 대리, 돈 얼마나 벌었어?"
"조금 견딜 수 있는 정도 벌었습니다."
"그러면 한 잔 사야 하는 거 아냐?"
박 부장님은 키도 크고 성격도 활동적이며 화끈한 사람이다. 군 복무 때도 어느 자리에서든 인기 많은 선배였으며, 지금은 이 회사에서 내가 모시는 부장님이시다. 어떻게든 살아가려면 회사에서 인정받는 사람이 되어야 한다. 정말 빌려준 돈을 받을 수 없다면, 어떻게 해야 하나 생각하니 식은땀이 났다. 걱정거리가 많은 상황에서 나는 열심히 근무한다고 하지만, 그래도 근심하는 내 모습을 부장님이 읽으신 것이다.
"김 대리, 무슨 고민 있어?"
"아닙니다. 부장님."
그런데 요즘 내가 뭐라고 말해도 다른 생각을 하는지, 못 알아듣고 대답을 안 하는 것이 보인다며 말씀하신다. 고민하는 모습을 회사에서 보이지 않으려고 하였지만, 나에게는 엄청 큰일이다 보니 은연중에 고민하는 모습이 밖으로 나온 것이다. 어쩔 수 없이 그날 저녁 내가 처한 상황을 박 부장님과 동료에게 말하게 되었다. 누구보다도 박 부장님이 나를 위로하며 어떻게든 받아낼 수 있도록 도와주겠다면서 힘을 보태주셨다. 부장님과 동료 직원들의 그 말에 나는 천군만마를 얻은 것같이 힘이 나고, 그들을 더 의지하게 되었다.

"아직 젊잖아. 못 받으면 잊어버리고 다시 시작하면 되잖아. 걱정하지 마."

부장님 말 한마디에 나는 용기를 얻는 시간이었다.

며칠 후 나는 현석 엄마를 만나러 갔다. 오늘 빌려준 돈을 받기로 약속한 날이다. 그런데 약속 시간이 지나도 오지 않았다. 할 일 없이 들어올 때까지 기다리다 보니 내 자신이 처량해 보이고 바보가 된 것 같았다. 돈 빌려줄 때는 앉아서 빌려주고, 받을 때는 엎드려서 받는다는 옛말이 틀린 말이 아니었다. 하염없이 기다리는 내 모습이 한심하고 비참해 보였다. 밤 10시나 되어 술에 취해 들어와서는 미안하다는 사과 없이 남 이야기하듯 내지르는 말에 견딜 수 없는 분노를 느꼈다.

"늦었는데, 아직도 가지 않고 기다리고 있나?"

그 순간 피가 거꾸로 솟아올랐다. 그래도 인내하며 마음을 가다듬고 있었다.

"오늘 얼마라도 준비하려고 노력하였지만, 돈을 준비하지 못했어. 돈이 준비되면 연락할 테니 그때까지 기다리고 오늘은 그냥 가."

"무슨 말씀을 그렇게 하시는 거예요. 약속한 날이 오늘인데,

언제 준다는 날짜도 특정하지 않고 무한정 기다리라고 하는 건 안 주겠다는 말인가요?"

"나도 어렵다 보니 언제 주겠다는 약속을 할 수 없어서 그래. 이 돈 잊어버리고 있어. 좀 풀리면 해결해줄게."

투자한 일이 원활하게 진행되지 않고 설상가상 형사고발까지 들어와 기소된다는 그 말에 기가 막혀 아무 말도 할 수 없었다. 계속 이어지는 말을 듣다 보니 나를 놀린다는 생각이 들어 순간 화가 나 이성을 잃을 거 같았다. 빨리 이 집에서 나가지 않고 지체하다 가는 큰 사고를 칠 것 같았다.

돈을 빌릴 당시에는 그 목적을 위하여 갖은 방법으로 나를 현혹하던 그 모습이 지금은 무엇이 그리 당당한지, 변명하면서 자기 합리화하는 모습이 가증스러운 요괴로 보였다.

견딜 수 없는 분노가 치밀어 올랐다. 쉽게 그리고 막힘없이 둘러대는 청산유수와 같이 변명하는 말이 상황에 따라 수시로 바뀌는 것이다. 아들 친구와 철석같이 한 약속을 너무 쉽게 말을 돌리는 사람을 보자 순간 용서가 아니라, 응징하겠다는 마음으로 바뀌는 것이었다.

이곳에 오면서도 백 번 양보하자. 그래도 친구 엄마고, 어떤 인연으로 여기까지 온 인연이라면, 존중해주기로 하였다. 얼마가 될지 모르지만, 진심으로 사과하고 적은 금액이라도 준비해서 돈을 준다면, 그 말에 따르려고 하였다. 그런데 지금 하는 말은 나를 능멸하고 우습게 여기는 것이다. '네까짓 놈이 안 주면 어떻게 할 건데?'라며 놀리는 거라는 생각이 들었다.

순간 내 눈에서 독기 서린 광채가 나오는 거 같았다. 몸이 뜨겁게 달아오르고 가슴이 터지는 것이다. 머릿속에 있던 피가 터져 분노가 극에 달하는 것을 느꼈다. 현석 엄마는 그 순간 살벌한 분위기를 느끼고 나를 더는 자극하지 않으려는 모습이 보였다.

세상에 일어나는 사건들이 순간 충동적으로 일어나는 것이 다반사다. 나에게는 중대한 일이다. 남들이 볼 때는 별거 아니라고 하는 적은 금액인지 모르지만 나는 죽느냐, 사느냐 하는 심정으로 견디기 어려운 순간이다. 그렇게 간절히 바라며 계획하던 일들이 허사가 된다는 생각에 이르자 손이 부르르 떨리며 화가 머리끝까지 치밀어 오르는 것이다. 나는 순간적으로 주먹을 쥐며 주위를 살펴보았다. 사람을 때릴 수 없다면 무엇이라도 부수거나 던지지 않고는 가슴에 뭉친 분노를 이겨낼 수가 없어 죽을 거 같았다.

벌떡 일어나 주방 쪽으로 무의식적으로 갔다. 일어서는 내 모습이 무서웠는지, 순간 그 집 사람들은 혼비백산하며 방으로 뛰어 들어가는 것이다.

아마 내 얼굴은 사람의 얼굴이 아니라 악귀의 얼굴로 변한 걸 보고 살기를 느꼈는지, 비명을 지르며 방으로 피하는 것이다. 내가 어떤 해를 입히지 않았어도 내 얼굴을 보고 기겁을 하면서 놀라는 것이다. 한참을 응접실에 앉아있던 나는 담배를 피우며 냉정하게 생각해보았다. 견디기 어려운 고통이 왔다. 정말 이 일로 내 인생을 망치는 것은 아닐까? 한탄하는 한숨소리가 조용한 거실에서 크게 들렸다. 작금에 일어난 일들이 다 원망과 분노로 나를 더 망치게 하는 것이다.

그동안 나를 꽁꽁 묶었던 불안하고 답답한 일들이 터질 것 같은 분노가 치솟았다. 얼마나 바라고 노력한 일인데 모든 게 일장춘몽 꿈이 되어 허망했다. 그렇게 간절히 바라며 꿈꾸던 일들이 여기서 멈춘다고 생각하자 서러운 눈물이 앞을 가렸다.

 이것이 끝이 아니고 다시 시작하면 된다고 말하지만, 지금까지 절치부심 노력하며 살아온 내 인생의 계획을 어떻게 해야 하는가. 무엇보다도 나를 응원하던 가족들에게 어떻게 해야 하며, 그 아이에게 무슨 말로 변명해야 할지 난감한 마음뿐이었다. 나를 믿고 기다리는 그 아이 부모님과 주변 사람들에게 실망감을 준다는 생각이 들자 너무 비참하고 허망한 밤이었다.

 현관문을 박살 내듯이 닫고는 길을 걸었다. 무엇이라도 때려야 분이 풀리고 마음이 가라앉을 것 같았다. 골목길을 따라 내려가다 보니 길가에 포장마차가 늦은 시간까지 영업하고 있었다. 나는 그곳으로 들어가 의자에 앉으며 푸념 섞인 소리를 하면서 소주를 시켰다.

 "여기 소주 한 병 주세요."

 안주가 오기 전에 소주 한 병을 거푸 마시고 견딜 수 없는 비참함에 기진맥진하고 있었다. 도저히 견딜 수 없는 밤이다. 나는 박동선 부장님 집으로 전화했다.

 "부… 장님."

 "어, 진성 대리, 무슨 일이야? 지금이 몇 신데 이 시간에 전화를 하나?"

 "부장님… 저, 오늘 죽을지도 몰라요."

 "아니 뭐라고 하는 거야? 이 사람이, 무슨 일이야? 김 대리, 왜 그래?"

"부장님!… 속상해서 견딜 수 없어요. 다시 못 볼 수 있어요. 고맙습니다. 늦은 시간에 전화해서 죄송합니다."

분노와 허탈감에 빠져 마신 술이라 그런지 소주 한 병에 벌써 취한 것이다. 전화 수화기를 내려놓고 앉았던 자리로 돌아가 술 한 병 벌꺽벌꺽 또 마셨다. 힘이 들었다. 이제 정말 빌려준 돈을 못 받을 것 같다는 생각이 들자 허무했다. 담대하리라, 하면서도 순간적으로 또 분노가 치밀어 올랐다.

어떤 방법으로든 나를 비참하게 만드는 그들을 응징하고 싶었다. 이제 다시 만나면, 절대로 그냥 두지 않을 것이다. 어리고 세상을 모르는 풋내기라고 마음대로 하는 그 사람들을 그냥 두지 않을 것이다. 내 마음을 자제하지 못하고 술병을 입에 대고 벌컥거리며 마셨다.

어린 시절, 그 가난 속에서 살아온 날들이 아프게 다가왔다. 철들면서 느끼는 열등감과 사람들의 편파적인 모습을 보면서 나는 이 가난을 벗어나겠다며 얼마나 숱한 날들을 절치부심 다짐하며 살아왔는가.

비록 현재는 내가 뒤처진 상태지만, 내 힘으로 우리 집을 가난에서 벗어나겠다고 이를 악물고 살아왔는데, 한심하게도 결국 이 꼴이 되었다는 자괴감이 나를 더 비참하게 만드는 것이다. 사람 사는 세상에서 바라보는 잣대는 비슷했다. 첫째가 형편을 보는 것이다. 내 일방적인 생각이라고 말하지만, 사실은 그것이 중요하다고 나는 믿고 살아왔다.

누군들 어려운 가정을 일부러 선택해 태어난 아이들은 없을 것이다. 살면서 친구들을 부러워하였지만, 청년기에 들어서면서 내가 어떻게 하느냐에 따라 내 삶도 달라지고, 인생도 달라진다는 희망을 품고 살았다.

최선을 다하여 경주에게만큼은 능력 있는 사람으로 인정받고 싶었다. 나를 아는 마을 사람들에게도 정말 개천에서 용 났다는 소리를 듣고 싶었다. 대충 살지 않겠다며 그렇게 호언장담했는데, 지금 닥친 이 시련은 무엇이란 말인가. 그런 내가 이런 상황을 만들었다고 생각하니 가슴이 무너져 내렸다.

큰 나무들로 둘러싸인 공원 아래 포장마차가 쓸쓸해 보이고, 또 다른 테이블에는 취기에 오른 손님이 밤 공원을 향해 목소리를 높였다. 달빛이 빛나는 슬픈 밤이다. 밤이 깊어가는 공원 벤치가 외롭게 보이고, 안개가 낀 뿌연 가로등이 가슴을 짓누르며 터질 것 같았다.

경주가 보고 싶었다. 나만 바라보던 그 아이를 생각하니 눈물이 났다. 내가 힘들어할 때 용기를 주던 그 아이 모습이 떠오르자, 미안하고 부끄럽다.

"경주야! 나 어떻게 해?"

어린 시절 그렇게 어둡고 힘들 때 등불처럼 내 앞에 나타나 희망과 용기를 주던, 천사 같은 사람이다. 치유하기 어려운 상처를 입고도 오히려 우울해하는 나에게 그는 수호천사처럼 다가와 용기를 주었다. 그 아이와 함께할 행복을 위하여 다짐하며 달려왔는데, 이렇게 허망한 현실이 되어버린 것이다.

얼마 전에 결혼을 승낙받았다. 걱정하던 일이 해결되어 하늘을 날 것같이 기뻤다. 그 기쁨이 나를 춤추게 하였는데, 예상치 못한 이런 낭패가 생겼으니, 어머니에게 뭐라고 말씀을 드려야 할지 가슴이 아프고 무너져 내렸다.

　지금 일어난 일들을 상세하게 말씀드려 아직 준비가 안 되었으니 조금만 더 기다려 달라고 해야 하는 게 좋을까? 만약 이 사실을 말씀드리면 그 실망감은 불 보듯 훤한 일이다. 그렇게 어리석게 일처리하는 사람이 과연 경주를 책임지고 행복하게 해줄 수가 있느냐는 문제가 될 것이다. 경주의 얼굴이 떠오르자, 나는 소리쳐 울고 있었다.

　'미안해. 정말 미안해.'

　오늘 나는 죽을 수도 있다는 생각이 들었다. 이겨낼 용기가 나지 않았다. 그렇게 꿈꾸던 행복한 일들이 이제는 끝이라 생각하니 숨이 막히고 가슴에 찢어지는 고통이 다가왔다.

　내가 여기까지 온 것은 그 아이의 힘이다. 그 아이와 멋진 삶을 생각하며 살아온 게 아닌가. 더운 사막에서도 견딜 수 있었던 것은 그 아이 때문이다.

　이제 살 만큼 준비가 되었다고 생각하였는데, 결국 이루지도 못한 현실이 사무치게 아프다. 그 아이에게 실망을 주는 것은 죽음보다 싫었다. 다시 시작하면 된다고 말하지만, 가당치도 않은 소리다. 지금까지 서럽게 살아오면서 얼마나 많은 생각을 하며 살아왔는가.

　무엇보다도 경주를 절대로 힘들지 않게 해주겠다고 한 약속을 지키지 못한다는 현실이 너무 힘이 든다. 지금 어려운 상황을 경주에게 실토하고 조금만 더 기다려 달라고 하면 그 아이는 분명 나를 따라올 것이다. 그러나 부모님의 실망을 어찌할 것이며, 이 혼인 문제가 지속된다는 보장은 없다.

좌절감으로 어리석음을 자책하며 슬퍼하는 내 속에서 잠재되었던 내 본성이 살아났다. 이럴수록 정신을 차리고 더 힘차게 살아가야지, 이미 엎질러진 물을 어떻게 하느냐며 합리화하는 마음이 나를 위로했다. 돈이라는 게 필요하고 좋기는 하지만 나는 아직 젊지 않은가. 다시 하면 된다는 용기가 꿈틀거리고 있었다.

'다시 시작하면 된다. 다시 하면 된다.'

비록 준비한 돈은 다 날아갔지만, 없으면 없는 대로 경주를 서울로 데려와야 한다. 우리가 계획한 꿈같은 신혼은 아니더라도 셋방으로 시작하자. 이번 주에는 경주를 만나서 결혼 날짜를 잡을 것이다. 부족하지만, 보란 듯이 행복한 모습을 보여주며 살 것이다. 분하고 속상하다 보니 자신을 잔인하게 학대하며 격한 분노에 취하여 갈팡질팡 천당과 지옥을 오가고 있었다. 나는 미친 사람이 되었다. 별별 생각을 하면서 혼자 지껄이고 있었다.

'죽어버릴까? 그래 죽자.'

'맞다. 죽지 않으면 네가 뭘 할 수 있는데? 넌, 어리석어 죽어야 할 놈이야! 그런데 너는 용기가 없어서 죽지도 못해. 아무나 죽는 게 아니다. 너는 죽을 용기도 없는 머저리야.'

죽겠다는 생각이 들자, 머릿속에는 나를 흉보는 사람들이 갖가지 형상으로 변하며 조롱하고 있다. 심지어 나를 좋아하던 사람들까지도 나를 비아냥하며 멍청한 바보라고 놀리는 것이다. 나는 술에 취하고 감정에 취해서 순간 미친 사람이 되었다. 온전한 정신이 아니었다. 그렇게 취해서 갈지자 걸음을 걸으며 정신없이 어딘가로 가고 있었다.

어두운 밤길에 사람들 모습은 보이지 않고 우거진 나무 사이로 달빛이 외롭게 비치고 있었다. 고통스러운 마음으로 힘들게 걸어가는 김진성 발자국을 따라 조용히 쫓아가는 검은 그림자가 보였다.

"야, 저놈이다. 잘 처리해."

밤 10시가 넘은 공원은 조용했다. 강지웅과 장도식 일행 3명이 차에서 내렸다. 그들 중 두 명은 육중한 몸집에 손에 몽둥이까지 들고 있었다.

강지웅은 오래전부터 기회를 노리고 있었다. 누구도 감히 자기에게 반항하는 사람이 없는데 유독 김진성이 자기 체면을 구기는 걸 못마땅하게 생각하고 있었다. 한동안 못 보던 김진성이 외국에 가서 돈 좀 벌어왔다고 깝죽거리는 모습에 속이 뒤틀렸다. 부모님끼리 쌓인 감정도 있지만, 강지웅은 자기 여자라고 생각하고 있던 경주가 자기를 무시하고 김진성과 가깝게 지내는 걸 못마땅하게 생각하고 있었다.

학창 시절에는 고분고분하던 놈이 군대 갔다 온 후부터는 배짱도 늘고 싸움을 잘해 몇 번 당한 일들이 가슴에 맺혀있었다. 진성을 제거하겠다는 생각을 품고 있었었다. 병신을 만들어 자기 앞에서 얼씬도 못하게 하겠다는 마음을 가지고 있었다. 그러던 중 아삼류인 장도식과 만나서 음모를 꾸민 것이다.

아이들을 시켜 다니는 직장도 알아냈고, 오늘 이곳에 온다는 정보도 확인하여 뒤를 쫓은 것이다. 오랫동안 포장마차에 혼자 술 마시는 모습을 멀리서 보는 눈이 있다는 걸 모르는 진성은 술에 취해 있었다. 시간이 지난 후 진성은 일어나 길을 걸었다. 한참을 걸어 포장마차와 거리가 떨어진 외진 곳에 이르자, 뒤를 쫓던 세 사람이 술에 취해 비틀거리는 김진성 뒤로 다가갔다. 다짜고짜 말없이 몽둥이로 뒷머리를 가격했다. 그 한방에 김진성은 정신을 잃고 하수구로 꼬꾸라져 쓰러졌다. 두 사람은 발로 무자비하게 몸을 걷어차자, 김진성은 기절했는지 전혀 반응이 없고 움직이지 않았다. 그때 마침 승용차 불빛이 보이자, 그들은 재빠르게 숲속으로 몸을 숨겼다. 구구대는 비둘기 울음소리가 슬프게 들리고, 달빛에 비친 진성은 아무 미동이 없었다.

사라진 기억

하늘과 맞닿은 험준한 산을 버둥거리며 올라가고 있었다.

나무뿌리와 풀포기를 잡고 올라가지만, 사정없이 떨어지는 흙, 모래로 올라가기 힘들었다. 안간힘을 쓰며 용케도 정상까지 올라갔지만, 힘들게 올라왔던 산 아래 길은 보이지 않았다. 세차게 불어오는 눈보라 속에 붙잡고 의지할 곳 하나 없는 산 정상 모습에 간이 오그라들었다. 한 발만 잘못 발을 옮겨도 천 길 낭떠러지라 공포감에 떨고 있었다. 놓치지 않으려 안간힘을 썼지만, 움켜잡았던 풀포기가 끊어졌다. 그 순간 발밑을 바쳐주던 돌과 흙이 맥없이 무너지며 나락으로 떨어졌다.

'아… 악…'

무서운 꿈을 꾸었다. 얼마나 잠을 잔 것인가. 머리가 아프고 몸이 무거웠다. 여기가 어디지 하며 눈을 떠보니 온통 하얀 것만 보였다.

"환자분, 정신이 드세요?"

"여기가 어디예요?"

"병원입니다."

하얀 가운을 입은 앳된 간호사가 웃으면서 말한다. 흰색 바탕에 파란색 병원 마크가 새겨진 가운을 입고 서 있는 간호사가 보였다. 어떤 일이 있었기에 환자복으로 갈아입는 것도 모를 정도로 기억 못한단 말인가. 그리고 보니 몸을 제대로 움직일 수 없고, 머리가 아프고 찝찝한 기분이 들었다.

병원 소독약 냄새 때문일까? 자꾸만 눈이 감겼다. 병원에 별로 온 기억은 없지만, 군대 있을 때 느낀 병원도 부자연스럽고 불편했는데, 그때와 똑같은 냄새가 머리를 어지럽게 한다.

조그만 냉장고에서 덜덜 떠는 진동소리가 나고, 그 옆에는 전화기가 비치되어 있으며, 흰색 커튼이 흔들거리는 걸 보니 창문틀 사이로 바람 들어올 정도로 오래된 병원 같았다.

침대에는 환자 김진성의 진단명이 뇌진탕 타박상이라고 붙어 있다. 이틀 동안 병원에 누워있었다고 하는데, 어떻게 된 일인지 생각나지 않는다. 내가 포장마차에서 있었던 것은 알겠는데, 그 이후를 알 수 없었다.

잠시 후 박 부장님이 오셨다.

"정신이 들었네?"

"부장님… 어떻게 된 거예요?"

"큰일 날 뻔했어. 이 사람아! 무슨 술을 그렇게 먹고 그러나."

포장마차 앞 공중전화로 늦은 시간 부장님 댁으로 전화한 건 기억이 난다. 늦은 시간 부장님과 통화하면서 안 좋은 소리 후 일방적으로 전화를 끊자, 불안한 생각이 들어 포장마차가 있는 위치를 확인하고 부장님이 오신 것이다. 막상 포장마차집에 와보니 내가 안 보여 주인에게 물어보니 자신을 심하게 자책하는 소리를 하며 얼마 전에 나갔다는 것이다.

이곳은 낮에는 산에 오르거나 공원 주변을 산책하는 사람들이 있지만, 저녁이면 사람들 모습이 별로 보이지 않는 조용한 곳이다. 아무리 찾아도 내가 보이지 않아 부장님이 차를 타고 가려는데 길가 하수구에 검은 물체가 보여 가보니 내가 쓰러져 있었다는 것이다. 머리에서 심하게 피가 나고, 온몸이 상처가 심했다. 교통사고 같지는 않고 누구와 싸운 거 같은 상처라고 하지만, 그곳에 목격자가 없다 보니 가해자를 찾을 수 없었다고 한다.

혼수 상태인 나를 119에 신고하여 병원에 데려와 입원시킨 것이다. 그리고 오늘 깨어난 것이다. 내가 어떻게 해서 그곳에서 넘어졌는지 생각나지 않았다. 침대에서 일어나려고 해도 머릿속이 안개 낀 것처럼 뿌옇고, 속이 울렁거리며 어지러웠다.

잠시 후 50대가 넘어 보이는 덩치 큰 의사가 간호사와 들어왔다. 청진기가 장난감 같아 보일 정도로 큰 체구에 비해 눈은 작지만 순해 보였다.

"여러 가지 검사한 결과 뒷머리에 큰 타격을 받은 자국이 있지만, 다행히 함몰되지 않았습니다. 갈비뼈에 금이 가고, 가슴과 등에 멍이 많습니다. 심하게 맞거나 부딪친 자국입니다. 머리는 아직도 부었고, 뇌진탕으로 며칠간 불편할 겁니다. 머리에 난 상처와 갈비뼈에 금 간 것도 곧 좋아질 겁니다. 일주일 정도 입원하세요."

"감사합니다. 선생님, 그런데 이렇게 있을 수 없어요. 오늘 퇴원하고 통원 치료하겠습니다."

지금 병원에 입원할 상황이 아니었다. 병원 입원비도 문제지만, 얼마나 일했다고 일주일씩이나 병가를 낸다는 게 말이 안 된다는 생각이 들었다.

"퇴원하겠습니다. 부장님, 그렇게 할 수 있게 해주세요."

"안 돼, 김 대리. 의사 말씀대로 해. 회사는 걱정하지 말고."

"이겨낼 수 있습니다. 병원에 이렇게 있을 수 없어요. 부탁드립니다."

"정 그런 사정이 있다면, 그렇게 하세요. 오늘 퇴원하시고 며칠 지나도 머리가 아프면 다시 오세요."

의사가 나가자, 부장님은 담당 의사를 따라 나갔다가 한참 후에 돌아오셨다. 그 시간 의사에게 궁금한 내용을 물어보고 원무과에서 입원비를 정산하고 온 것이다.

병원은 동일로 변에 있는 병원이다. 주로 교통사고 환자들을 치료하는 곳이라 그런지 복도를 지나다 보니 심한 고통소리가 마음을 움츠리게 하였다. 밖에는 휠체어를 탄 환자와 목발을 한 사람들이 많았다. 그런 와중에도 길가에 나와 보니 환자 같지 않은 모습으로 담배를 피우는 환자들이 보였다.

우측에는 나지막한 아차산이 보이고, 파란 하늘에는 뭉게구름이 새하얀 솜털들이 모여 예쁜 그림을 그려놓았다. 자연은 구름을 이용하여 한 폭의 상상화를 그린 것 같다. 늦여름 태양은 뜨겁게 비치고 있지만, 먼 북쪽 하늘에는 가을을 알리는 양떼구름이 아름답게 떠 있는 것이 가을이 들어선 모습이었다.

"김 대리, 집이 신당동 학교 방향이지? 한 번 갔다 와서 그런지 잘 모르겠어."

부장님이 승용차를 운전하시면서 내 자취집을 물어보시는데, 순간적으로 생각나지 않았다.

"…… 제 집이 어디지요?"

"무슨 소리 하는 거야? 김 대리 집 한 번 갔다 와서 그런지 자세히 모르겠어."

"저도 생각이 안 나는데요. 잠깐만요. 우리 집이 이쪽인가요?"

"장난하지 말고…"

"정말 생각이 안 나요. 잠깐만요."

나는 순간 가슴이 섬뜩함을 느꼈다. 이렇게 머리가 어지럽고, 기억 못할 수도 있나… 무슨 일인지 모르지만, 머릿속이 멍해 아무 생각이 나지 않아 속이 울렁거리며 현기증이 나는 것이다. 동화극장 떡볶이 골목길에 차를 잠시 세우고 담배를 피웠다.

점심시간이 가까이 다가오자, 식당마다 손님들이 늘어나고 많이 본 듯한 중년의 아주머니가 우리에게 들어오라고 한다. 내가 왔던 떡볶이집을 생각하며 자취집 위치를 생각하니 그제야 집 위치를 알게 되었다. 내가 생각하고 있는 동안 부장님은 (회사 긴급연락망 주소 기록 확인) 주인집 전화번호를 알아내어 집으로 데려다주었다.

'고향 집 하늘을 뒤덮을 만한 큰 비행기가 낮게 떠 있고, 뒷산에는 호랑이와 큰 구렁이가 싸움하고 있다. 작은 벌레들이 나를 물으려고 달려오고 도망치는 내 발걸음은 뛰어도 그 자리에서 허둥대고 있었다. 나를 붙잡아 비행기에 태워야 한다며 하늘에서 방송이 나오고, 안 잡히려고 도망하는 것이다. 언제 벌레들이 달라붙었는지 온몸이 따끔거리고 고통스러워하다 잠이 깨었다.'

밤새 악몽을 꾸었다. 얼마나 소리치며 뛰었는지 땀이 흠뻑 젖어있고, 문틈으로 밝은 빛이 비치는 걸 확인하고 안도의 한숨을 쉬었다. 어린 시절에 짓궂은 장난으로 벌레들을 괴롭히고 잔인하게 죽인 적이 있었다. 또 벌집을 건드려 그곳에 불을 지르고, 땅벌집 구멍을 막고 괴롭히던 일들이 떠올랐다. 그것에 대한 곤충들의 보복일까 생각하며 일어나려고 해도 몸이 말을 듣지 않았다. 움직이지 못하고 또 다른 비몽사몽 악몽 속에서 괴로워하고 있을 때, 문을 두드리며 부장님이 나를 부르신다.

병원에서 어제 퇴원한 나를 걱정하던 부장님이 일찍 오셔서 회사에 같이 출근하려고 오신 것이다. 그런데 아직 일어나지 못하고 있는 나를 보고 걱정하신다.

"진성 대리, 오늘은 안 되겠다. 오늘은 출근하지 말고 푹 쉬고 내일부터 출근해."

"죄송합니다. 부장님."

걱정해주는 부장님이 고마웠다. 이런 분을 만난 것도 큰 축복이었다.

다음날부터 전과 다름없이 회사생활을 하게 되었다. 얼마 전 사고 때 119 응급신고가 있었을 당시 병원으로 이송되면서 이 사건은 자동으로 경찰서에 사고 접수된 상태다. 그 수사 관계로 경찰서에 부장님과 함께 방문하였다.

내가 무슨 이유로 그곳에 쓰러져 있었으며, 어떻게 그런 일이 있는지 부장님과 그날 내용을 확인하려고 간 것이다. 마침 경찰서에 부장님 친구가 근무하고 있어서 수사사항을 확인해보니 아직도 무슨 이유로 거기에 쓰러져 있었는지를 확인할 수 없다고 한다.

그 당시 생각이 날 듯했다. 어디로 가는지 정신없이 걸어가는데, 뒷머리에 심한 충격을 받고 정신을 잃은 것 같았다. 꿈인 듯 사정없이 온몸을 발과 몽둥이로 나를 때리고, 마지막으로 머리에 심한 전기 충격을 받으며 의식을 잃은 것이다. 언뜻 어둠 속에 서 있는 거대한 체구의 남자들이 보였지만, 달빛에 비친 그림자 같았다.

"김 대리! 이 사건은 더 이상 수사할 수가 없다고 하니 이제는 잊어버려."

당사자인 내가 사고 순간을 정확히 기억 못하는 상태라 당연하다는 생각이 들었다.

"부장님! 죄송합니다. 더 이상 생각하지 않겠습니다. 다 제 잘못이니 잊어버리겠습니다."

"그렇게 해. 누가 그랬는지 잡으면 치료비를 보상받을 수 있지만, 수사하는 분들도 안 될 거 같다고 하잖아. 참, 빌려준 돈은 어떻게 됐어?"

"모두 다 문제가 생겨서 못 받을 것 같아요."

대답하는 나도 정말 나를 이해 못할 정도로 차분하다 못해 바보 같은 대답을 하였다. 힘들게 노력해서 이룬 생명 같은 돈이 허무하게 날아갈 판인데도 평상시와 다르게 남 이야기하듯이 태연스럽게 말했다. 부장님이 걱정해주는 거조차도 부끄럽고 한심해 생각하기 싫었다. 나는 이 상황을 피하려고 하는 것이다.

기막힌 일이다. 생각하기 싫고 잊어버린다고 해서 다른 방법으로 채울 수 있는 형편도 아니면서 생각하기 싫다며 피하는 것이다. 더 악착같이 노력해서 받을 생각도, 주변 사람들을 통해서 어떻게든 해결하겠다는 마음도 사라지고 피동적으로 몸과 마음이 따로 움직이는 사람이 되어가고 있었다. 당연히 정리해야 할 내 일인데도 귀찮아하고 무감각해지는 것이다. 어찌 보면 내가 해야 할 일을 무슨 이유에선지 피하고 도망하려는 나약한 사람으로 변하는 것이다. 나를 지켜보던 부장님이 걱정하시며 병원에 가서 진찰을 다시 받아보자고 하신다.

며칠 후 병원에 진찰받으려 다시 갔다. 아무렇지 않은 것 같은데 부장님이 보시기에 내가 이상해 보였는지 걱정하신다. 그날 병원에 가서 다시 검사받았다. 전에 치료하시던 의사를 다시 만났다. 그리고 부장님이 내 상태를 말씀하시는 것이다.

"머리가 자주 아프다고 하면서 전과 다르게 소극적인 행동을 합니다."

부장님이 하시는 말씀이 맞았다. 요즘 들어서 나는 매사에 적극성이 사라지고, 자꾸만 피하려 하고 나태해진다는 것을 느꼈다. 부장님 말을 듣던 의사가 나를 유심히 살펴보며 이것저것 물어보며 물어보신다. 어쩌면 내 인지 능력과 정신 테스트를 하는 것이다. 이윽고 MRA 사진 촬영을 확인해보시며,

"특별한 이상이 없어요."

얼마 전에 다친 머리 충격으로 일시적인 기억상실증이 올 수

있다고 한다. 머리를 다친 것은 어느 정도 치유가 되어가고 있다고 하시며, 이것 말고 무슨 충격받은 일이 있느냐고 부장님을 보며 물어보시는 것이다.

"중동에 가서 힘들게 번 돈을 아는 분에게 빌려주었는데, 한 푼도 못 받고 그 회사가 부도가 나 힘들어합니다."

이야기를 다 듣던 의사가 걱정하며 설명한다.

"말씀을 들어보니 젊은 나이에 고생한 일이 한순간에 물거품이 되었다는 것에 심리적으로 큰 충격이 된 것 같습니다. 그래서 자신이 처한 현재 상황을 피하고자 하는 생각과 행동이 나올 수 있습니다. 체념상태가 되면 현실을 피하려는 거죠. 흔히 외모, 건강, 고통, 심한 부담으로 관련된 사람에 대한 책임, 소중한 것을 잃어버릴 때 오는 상실감에서 피하려는 나약함입니다. 그렇게 자신하던 일들이 공든 탑 무너지듯이 사라질 때 자기 책임이라며 일상으로부터 그것을 잊어버리려고 하는 것입니다. 현실 도피 자체는 본인에게 스트레스가 되겠지만, 현실 도피를 하는 방법은 그걸 하는 순간에는 본인에게 위로되고 보이지 않아 안도하는 현실에 대한 속임수라고 할 수 있습니다. 하지만 곧 그 자체가 본인에게 일시적인 즐거움이지 곧 스트레스가 됩니다. 현실을 피하는 거 자체가 기력, 시간 등을 소진시킴으로 다시 현실을 맞닥뜨리면 시간이 필요한데, 그것은 이미 소진되었고, 다시 내 현실과 맞닥뜨리면 현실의 부담과 도피의 악순환이 계속되는 심한 스트레스로 돌아옵니다. 형편에 따라 충격이 다르겠지만, 힘들게 외국에서 벌어온 돈을 다 날리는 어려운 일이 있어서 아마 충격을 받은 겁니다."

그 순간 의사 설명을 듣는 것조차 나는 무의미하게 들리고 빨리 이곳을 벗어나고 싶은 생각뿐이었다. 힘들게 벌어온 돈을 빌려주고 못 받고 있다는 사실 자체가 창피하고 부끄러웠다. 도무지 무엇 하나 즐겁고 기쁘다는 게 없고, 피하려고 하는 무기력한 생활이었다.

"이런 충격도 사람마다 다릅니다. 특별히 큰 충격으로 받으면 일시적인 기억상실증이 올 수 있습니다. 기억이 안 나는 건 없으신지요?"

"그런 거 없습니다."

시간이 지나면, 기분도 좋아지고 건강도 좋아질 것이니 약 잘 먹고 견디라고 하신다. 나는 그 이후 회사생활에 충실하며 부장님의 배려로 가능한 복잡한 일과 머리 아픈 일은 하지 않았다. 몇 달 동안은 부장님과 동료 직원들의 도움과 배려로 생활도 안정되고 있었다. 어쩌면 나는 부장님과 동료 직원들의 도움이 없었으면, 회사 다니는 건 고사하고 이 어려운 상황을 이겨내지 못했을 것이다.

"김 대리, 전화 받아요."

"진성아! 누나야. 요즘 어떻게 지내니? 왜 집에 한 번도 안 오냐?"

그러고 보니 누나가 서울에 있는데도 한동안 특별하게 여기지도, 그렇다고 보고 싶다는 생각도 없이 그냥 멍한 생각만 들었다.

"남대문 시장 사장님 소송 날짜가 잡혀서 법원에서 오라고 연락이 왔다."

"그 돈 받을 수 있나요?"

남대문 시장에서 의류업을 하시는 분도 누나를 통해서 알게 된 분이다. 그래서 그런지 마음 한구석에는 그런 사람을 만나게 해준 누나가 섭섭했다. 생각할수록 속만 터져 그 일을 잊어버리고 싶었다. 그런데 오늘 누나가 그 사람 재판에 가자고 하는 것이다. 이런 내용도 오래전에 일어난 일인데, 내가 해야 할 일인가, 하면서 귀찮아하며 이것을 피하려 하는 것이다.

그 돈 때문에 일어난 복잡한 일들이 싫었다. 무슨 이유인지 내가 해야 할 일들을 피하려 하고 창피스러워하며 남들 모르게 감추고 싶은 것이다.

병원에서 진찰받을 때 의사 선생님의 말씀이 떠올랐다. 충격을 받으면, 그것을 피하고 싶어서 머리에서 거부하게 되고, 시간이 지나면 기억이 더 무뎌진다고 하시는 것이다.

'현실에서 도피하려는 체념주의자…'

정말 내가 처한 상황에서 피하려고 하는 비겁한 행동을 하는 것 같았다.

"어디가 아프니?"

"얼마 전에 머리를 다치기는 하였지만, 지금은 좋아요. 단지 집중력이 많이 떨어졌어요."

"그래, 너도 얼마나 정신적으로 충격을 받았겠니? 그렇게 고생해서 벌어온 돈을 한 번에 날려버렸으니, 정신이 온전하겠냐?"

민사소송을 하면 이기는 것은 틀림없지만, 그 집이 망했는데, 그거 이겨도 받을 수 없을 것 같아 속상하다고 하신다. 고생하며 악착같이 벌어온 돈을 다 날려버리고, 그 사실마저도 현재 처한 현실과 어울리지 않게 과소평가하며 하찮게 여기는 것이다. 그것은 벌어진 일을 해결하려는 강력한 의지보다는 그 사실을 부끄러워하며 숨기려다 보니 남 일처럼 구경하는 방관자가 된 것이다.

이 돈을 어떻게 벌었으며, 그토록 바라고 바라던 간절함이 어느 순간 시계가 멈춘 듯 멈춰버린 것은 현실에 순종하는 패배자의 전형적인 모습으로 탈고하고 있었다.

그토록 간절함이 허무한 현실로 다가오자, 분노하던 나는 위험에 처한 도마뱀이 꼬리를 자르고 살기 위해 도망치듯 생명이라 여기던 소중한 목표를 대수롭지 않게 여기며 포기하는 모습을 보이는 건 이미 현실도피자가 된 것이다.

친구 임문식과 이종규가 회사로 찾아왔다. 며칠 전 사고로 회사에 출근 못한 그날 친구들과 만나기로 약속한 날이었다. 초췌하게 변해 있는 내 모습을 보고 친구들이 깜짝 놀라며 나를 위로한다. 이종규는 자기로 인하여 이 문제가 발생한 사실에 대하여 많이 미안해하면서 사과했지만, 어찌 된 일인지 이런 사과의 말조차 나는 귀찮아하면서 대화를 다른 방향으로 바꾸려고 하는 것이다.

솔직히 나는 그 돈을 그렇게 못 받고 있다는 것이 부끄러웠다. 그러다 보니 이 사실을 누구에게나 알리고 싶어 하는 것이 아니라 부끄러워하며 덮어버리려고 하는 것이다. 부끄러운 일을 덮어버린다고 해서 원래대로 돌아가는 것도 아닌데도 불구하고 체념하는 현실도피자가 되고 있었다. 사고 발생 후 모든 일이 내 손에서 해결되고 정리하기보다는 안 보고 피하려 하는 것이다.

검은 그림자

밤새 많은 눈이 내려 세상은 온통 하얀 나라다. 광교산 능선을 바라보며 경주는 깊은 생각에 잠겼다.

'서울에도 눈이 많이 왔을까?'

취업되었다며 서울로 떠난 지도 벌써 5개월이 지났다. 어떻게 지내고 있을까? 내가 이렇게 기다리고 있다는 것을 알고 있으면서도 오지 못하는 이유가 있을 것이라고, 생각하면서 눈 쌓인 능선을 바라본다.

한동안 오지 못한다고 말했지만, 떠나던 그날 모습이 궁금하고 걱정되는 일이 너무 많았다. 가까이 있을 때는 모르던 일들이 이렇게 혼자 있으니, 마음에 거슬리는 일들이 생긴다. 한 마을에 있을 때는 언제라도 가볼 수 있었지만, 지금은 그럴 수 없다는 게 우울해진다.

몇 달 전에 엄마가 오빠를 만나서 한 이야기도 걱정이다. 오빠 성격을 보면 벌써 연락이 오고, 우리 집을 수십 번 오갔을 상황인데 무엇 때문에 이리 더딘지 모르겠다.

　가족 중에 이 혼사를 반대하는 분이 있어서일까? 아니면, 정작 오빠에게 무슨 사정이 있는 것일까? 내 말이라면 다 들어주던 사람이다. 돌이켜 생각해보니 외국 갔다 돌아오면 바로 결혼하겠다던 오빠는 얼마 전에 무슨 이유로 그렇게 술을 많이 마시고 힘들어했으며, 눈물까지 흘리는 것은 분명 좋은 일은 아닐 거다.

　그날부터 그 생각에 나는 잠시도 마음이 편하지 않았다. 그렇게 힘들다고 하는 것을 보면, 무슨 걱정이 있는 게 틀림없다고 생각하니 급기야 눈물이 나왔다. 나만 사랑한다고 하는 말을 나는 믿는다. 나도 오빠 말고는 다른 생각을 한다거나 마음을 준 적이 없다. 누님과 의논하여 연락한다고 하고서는 그 후로 아직 한 번도 만나지 못했다.

　한 번도 오지 못할 정도로 바쁘다는 걸 믿고 있지만, 걱정되는 일들이 많았다. 지난밤에는 엄마는 오빠가 왔다 갔느냐고 물으신다. 아직 오지 않았다는 것을 아시고는 아무 말도 안 하시는 것을 보니 마음이 편하지 않으신 것 같았다.

　오빠를 빨리 만나서 이 문제를 어떻게든 풀어야 한다는 마음이 들었다. 아직 내 나이가 결혼을 서두를 나이는 아니다. 다만 우리가 결혼한다는 것만, 집안 어른들이라도 결정하면 시간이 늦어도 별문제가 없다. 그런 결정이 늦어지다 보니 주변 사람들이 나를 그냥 두지 않고 구설수가 나는 것이다.

　깊은 생각에 잠기며 걷다 보니 어느새 동산에 올라와 있었다. 이곳은 오빠와 함께 올라와 놀던 곳이다. 찬 바람이 스치고 지나가자, 나뭇가지 위에 있던 눈이 떨어진다. 오빠가 있으면 얼른 내 머리를 감싸며 보호해주었을 텐데, 그대로 다 맞을 수밖에 없었다. 혼자 있으니 이런 것부터 다르다고 생각하면서 달님을 바라본다. 그렇게 따뜻하고 포근하던 달빛도 참 춥고 쓸쓸했다. 울컥 눈물이 나는 것을 참으려 해도 가슴속에서 그리움이 복받친다. 오빠의 장난기 섞인 말 한마디 한마디가 정겨움이 넘치는 말이었다. 그 말을 듣고 살아가는 그 순간들이 제일 행복하고 즐거웠던 시간이었다.

다음날 경주는 예쁘게 옷단장을 하고 오빠 집에 갔다.
"언니, 어서 오세요."
"진희야, 잘 있었니?"
경주는 사실 오빠 소식을 들으려고 왔지만, 우연히 들린 것처럼 다른 말을 하였다.
"날씨도 추운데 아버지는 어디 가셨어? 서울 간 오빠도 잘 계시지?"
"오빠, 어제저녁에 왔다 갔어요."
"어제저녁에 오빠가 왔다 갔다고… 오빠가…"
걱정한 것처럼 무슨 문제가 있는 게 틀림없다는 생각이 들었다. 한 번도 이런 적이 없었다. 시골에 오면 제일 먼저 우리 집으로 달려왔던 사람이다.
"어제저녁에 회사 부장님이라는 분과 함께 왔다가 바로 가셨어요. 그런데 오빠가 무슨 사고가 났었다고 부장님이 말씀하시고, 오빠는 어디 아픈 사람같이 아무 말도 없이 있다가 부장님이 몰고 온 차를 타고 갔어요."

불안한 생각이 나며 눈물이 나왔다. 무슨 일인가? 왔다가 그냥 바로 가는 것도 이상하고, 더더욱 사고는 무엇이며, 왜 아픈 사람처럼 보인 걸까?

"오빠 다니는 회사가 어디야?"

"여기 명함 있어요."

경주는 명함에 있는 주소와 전화번호를 적어 주머니에 넣으며, 얼굴이 화끈거려 아무 말도 할 수 없었다. 진희 앞에서 체면을 차리는 건 아니지만, 마음이 좀처럼 진정되지 않았다. 오빠는 한 번도 이런 적이 없었다. 오빠 집에도 안 가고 나에게 먼저 오는 게 일반이었는데, 어제저녁에는 왔다가 그냥 갔다는 것이다. 그리고 사고가 났다는 말은 무엇인가?

언제나 나를 아끼고 사랑하는 사람이다. 지금 우리 가족은 오빠가 오기를 기다리고 있는 걸 알면서 그렇게 왔다가 무심하게 간다는 것은 상상할 수 없었다. 언제나 우리 집에 올 때면 힘차고 당당한 모습으로 찾아와서 집안 분위기를 웃음으로 변화시키는 그런 오빠가 이럴 수는 없다는 생각에 이르자 마음이 급해졌.

나에게 말 못할 중대한 일이 생긴 게 사실이라면 확인해봐야 한다. 당장 회사로 찾아가던지, 아니면 전화라도 해야 할 것 같았다. 마을에 전화가 없는 게 아니다. 이장님 댁에도 전화가 있고, 희경이네도 전화가 있다. 그곳에 가서 전화할 수도 있지만 그렇게 되면 자유스럽지 못한 내용을 가지고 오랫동안 통화하는 게 걱정되어 읍내에 가서 전화하기로 마음먹었다.

"진희야, 내일 모란시장에 갈까? 시장도 보고 오빠한테 전화해보자."

"언니, 그래요. 내일 가요. 필요한 물건도 살 게 있어요."

진희와 모란시장에 가기로 약속하고 집으로 올라오는 발걸음이 무거웠다. 개울가 나뭇가지에 쌓였던 눈이 불어오는 바람에 휘날리며 내 얼굴을 때린다. 마음은 불안하고 두려웠다. 아무 일 없을 것이라고 생각하면서도 견딜 수 없는 불안감이 다가왔다.

눈물이 앞을 가렸다. 오빠가 왔다가 그냥 갔다는 그 사실 하나만 보더라도 서러움이 밀려왔다. 추운 줄도 모르고 집에 도착하자 엄마가 마당에서 나를 기다리고 계신다. 아닌 척하였지만, 이미 내 눈에 눈물 자국이 있는 것을 보신 엄마는 말없이 방으로 들어가셨다.

밤이 이렇게 길다는 것을 처음 알았다. 오빠 생각을 하지 않으려고 해도 이어지는 일들이 끝없이 꼬리를 물고 늘어져 잠을 이룰 수 없었다. 뒤척거리다 지쳐서 문밖으로 나와 보니 달도 지고 주변은 먹물을 뿌린 듯 어두운 밤이다. 애처롭게 들리는 올빼미 울음소리와 이름 모를 산새 울음소리가 내 마음을 더 불안하게 하였다.

5일장을 맞은 모란시장에는 사람들로 붐볐다. 진희와 나는 모란시장을 벗어나 사람들이 뜸한 공중전화 부스로 가서 오빠 회사로 전화를 걸었다.

"여보세요, 김진성 씨 좀 부탁드립니다."

여직원이 전화를 받았다. 잠시 기다리는 순간도 가슴이 심하게 떨리고 있었다. 오빠를 아는 사람이고, 같은 사무실에 근무하는 분이라는 생각에 다정하고 반가운 목소리로 받아줄 것 같았으나, 전화기 속에서 들려오는 목소리는 사무적이고 딱딱해 기다리는 시간이 너무 길었다.

"여보세요, 김 대리님 지금 부재중이신데요. 어디라고 전해드릴까요?"

순간 나는 힘이 빠지고 머리가 먹먹해지는 기분이 들었다. 통화할 수 있다는 희망과 기대를 하고 왔는데, 외근 중이라는 그 말에 힘이 빠지는 것이다. 수화기를 통해 들리는 회사 직원의 목소리는 겨울바람처럼 차갑고 냉랭하게 들려 다음 말을 이어갈 수 없었다.

"혹시 부장님은 계신지요?"
"부장님하고 같이 외근 나가셨습니다."

지난밤 한잠도 자지 못하고 뜬눈으로 밤을 새웠다. 걱정하며 힘들어했는데, 아무런 내용도 확인하지 못하고 통화조차 하지 못한 상태로 집으로 돌아갈 수는 없다. 이대로 집으로 돌아가면 오늘 밤을 혼자 버텨낼 자신이 없었다.

지금 바로 서울로 가보는 게 좋겠다는 생각이 들었다. 늦게 들어가 엄마한테 야단을 맞더라도 이곳에서 당장 가야 한다는 마음이 앞서 서울로 가는 버스정류장으로 발걸음을 황급히 옮기고 있었다.

"진희야! 지금 서울 갔다 오자. 오빠와 통화도 하지 못하고 집에 갈 수는 없어. 이렇게 가면 나는 어떻게 하니? 어젯밤에도 오빠 걱정에 한잠도 잘 수가 없었어."

말 없는 진희는 당황한 듯 경주를 바라보고 있었다.

"… 언니! 지금 시간이 벌써 1시가 넘었는데, 서울 가서 오빠를 만날 수 있을까요?"

그 말을 듣다 보니 걱정되었다. 아무리 빨리 가도 3시간이 걸린다. 오빠 회사에 늦게 도착해 퇴근하면 못 만날 수 있다.

"오늘 몇 시에 들어오는지 확인해보고 움직이자."

불안한 마음을 해결하기 위해서는 만나야 한다는 생각이 앞서다 보니 갈팡질팡하는 것이다.

"조금 전에 전화한 동생입니다. 진성 대리님 들어오면 퇴근하지 말고 기다려 달라고 말 좀 전해주세요. 동생 경주라고 전해주시고요."

"알겠습니다. 그런데 업무상 늦으시면 회사에 안 들어오시고 바로 퇴근할 때도 있습니다."

수화기 속에서 들려오는 여직원의 목소리는 내 사정을 아는지 모르는지 처음부터 사무적이며 조금도 긍정적인 대답이 없었다. 어떻게 하면 연락이 될 수 있느냐고 하였지만, 들려오는 답변은 퇴근 시간쯤에 상황 보고를 할 수도 있지만, 다음날 보고로 대체될 수도 있다고 한다. 잘못하면 만나지도 못하고 집에 오는 시간도 못 맞추면 큰 문제가 생길 수 있다. 이럴수록 담대해야 한다며 스스로 자문해보지만, 경주는 어떻게 해야 할지 망설이고 있었다.

"언니, 오늘은 너무 늦었어요. 오늘은 집에 들어갔다가 내일 일찍 가던지, 전화하는 게 좋을 것 같아요. 너무 걱정하지 마세요. 오빠에게 무슨 사정이 있었을 거예요."

진희는 경주가 불안해하는 것을 보고 위로해주는 것이다.

그래 내일 다시 나와서 전화하자. 그리고 통화가 안 되면 그때 회사로 찾아가겠다며, 나 자신을 위로하였다. 바쁜 일이 있으면 그냥 왔다가 갈 수도 있다. 그러나 진희가 하는 말을 들어보니 문제가 생긴 것이라고 생각하다 가도 아닐 거야, 다른 일 때문에 급히 왔다 간 것일 거라며 혼자 반문해보지만, 그래도 서러운 눈물이 났다.

"언니, 너무 걱정하지 말아요. 오빠도 언니 전화가 왔다는 메모를 보면 올 거예요. 안 오면 내가 이장님 전화로 전화해볼게요. 걱정 그만하고 온 김에 시장이나 보고 가요."

모란시장은 가까운 송파장이 이곳으로 옮겨와 만든 5일장으로 볼거리가 많은 곳이다. 주로 취급하는 상품은 농산물, 건강식품, 육류, 공산품, 전통 과자 등 다양하지만, 다양한 상품을 팔기 위하여 호객행위를 하는 사람들 입담이 재미있고 다양한 곳이다.

많은 인파 속에서 사람 사는 세상을 만끽하는 곳이다. 오빠와 이곳에 오면 이곳저곳을 구경하고 시간 가는 줄 모르고 다녔다. 불안한 마음으로 시장을 돌아다니다 보니 시간이 많이 지났다. 그 많던 사람들도 제각기 갈 길로 돌아가고, 해는 서쪽 바라산 마루에 걸터앉았다. 넘어가는 햇살에 석양 노을이 붉게 물들고, 차가운 조각달은 마음을 더욱 쓸쓸하고 혼란스럽게 하고 있었다.

정류장에서 한참을 기다리다 도착한 버스에 올라 두려운 마음으로 의자에 앉았다. 차창 밖으로 보이는 시장은 을씨년스러웠다. 그 왁자지껄 소란스럽던 인파도 떠나고, 천막과 야전 텐트가 철거되니 쓸쓸한 모습이다. 집에 보관하던 나물과 농산물을 조물조물 가지고 와서 좌판을 깔고 앉아 손님을 기다리던 정겨운 아주머니들도 자리를 뜨고, 어둠이 쌓인 시장 거리는 파장을 서두르는 사람들 모습도 줄어들어 쓸쓸한 모습이다.

집으로 가는 길이 이렇게 착잡할 수 없었다. 달리는 버스 창문 틈 사이로 바람소리가 아프게 들리고, 집으로 돌아가는 마음은 두렵고 무서운 생각이 들었다.

오빠에게 아무런 문제가 없기를 간절히 바라며 기도하다 보니 어느새 마음이 평온해지고 안정이 찾아왔다. 마을 입구 버스정류장에서 내려보니 주변이 벌써 어두워졌다. 집에 도착하려면 빨리 걸어도 30분이나 걸리는 길이다. 오빠와 같이 가던 이 길은 그렇게 즐겁고 행복한 길이었는데, 진희와 함께 올라가는 길은 참 멀고 쓸쓸했다.

신작로 우측 동막천이 흐르는 개울가는 흐르는 물소리가 아프게 들리고, 개천 둑을 따라 서 있는 가냘픈 실버들 가지가 거인의 긴 머리카락처럼 바람에 휘날리고 있었다. 익살맞은 모습으로 곡식을 지키는 허수아비도 고된 노동에 시달리어 한쪽 손을 잃은 채 애처롭게 흔들고 있었다.

한참을 힘겹게 가다 보니 좌우로 잡초와 숲이 우거진 묘지가 있는 곳이다. 낮에도 혼자 지나기에 섬뜩한 곳이다 보니 무섭고 싫은 길이다. 그런 인적 없는 길을 여자 둘이 걸어가는 게 쉽지 않았다. 낮과 다르게 달빛 받으며 걷는 길이 순탄하지 않았다. 자꾸만 미끄러지고 걷는 속도가 늦어졌다. 두려운 마음으로 길을 가다 보니 먼 발취서 바삐 걸어오는 인기척 소리가 들렸다. 밤길을 혼자 가는 것도 무섭지만 사람 마주치는 게 더 무서웠다. 다행히 동생이 나를 찾아온 것이다.

"도대체 어디 갔다가 이제 오는 거야? 엄마가 얼마나 걱정하는데."

　아무 말도 없이 아침 일찍 나온 후 아직도 안 오니까, 동생이 나를 찾으러 온 것이다. 울컥 마음이 아프고 눈물이 났다. 편하지 않은 밤길을 힘들고 쓸쓸한 마음으로 오다 보니 오빠와 같이 걷던 농수로 길이 아련하게 보인다. 아픈 걸음보다 오빠 걱정이 가슴을 짓누르고 있었다.

　"어디를 가면 간다고 해야 걱정을 안 하지?"
　"읍내에 갔다가 바로 오려고 하였는데, 죄송해요."
　엄마는 내 마음을 아시고 계시다. 내가 아무렇게 처신하는 아이가 아니라는 것을 아시지만. 요즘 신경전을 벌이는 일은 오빠 때문이다.
　며칠 전에는 중요한 손님이 온다며 엄마가 분주하게 움직이고 있었다. 아버지와 먼 친척분이라고 하시는 사람이 오셨다. 알고 보니 나를 보려고 온 것이라고 한다. 사업으로 성공한 사람이라며 인사를 시켜 속상했다. 엄마는 오빠를 싫어하시는 게 아니라 자식같이 좋아하지만, 어려운 형편을 걱정하시다 보니 다른 곳에 자꾸만 마음을 두시는 것이었다.

잃어버린 사랑

진성은 새벽녘에 잠이 깬 후 꼬박 밤을 새웠다. 삭혀지지 않는 분노로 마음이 진정되지 않는 것이다. 친구들을 만나면, 당당하고 떳떳하던 모습이 요즘 들어 대화 자체를 거부하고 피하는 것이다. 반대로 모르는 사람들 앞에서는 되지 않은 허세를 부리며 자기 처지를 재포장하는 것이다. 그것은 지키지 못하고 날려버린 돈에 대한 부끄러움 때문이다.

가진 것도 지키지 못하고 무엇 하나 제대로 하는 게 없다며 자책하는 시간이 되면 힘들고 슬퍼하는 것이다. 자신을 돌아보고 반성하면서도 막상 일이 닥치면 실천하지 못하고 포기하는 일이 너무 많았다. 똑같은 문제라도 마음먹기에 따라 달랐다. 그것을 알면서도 다시 시작하지 못하고 마음은 깊은 수렁 속을 허우적거리는 것이다.

현재 처한 현실을 세상 탓이라 변명하는 비겁자가 되고 있었다. 잊어버리겠다고 하면서도 잊어버리지 못하고 나약해지는 정체성을 의심하며 오늘도 뒤척이다 아침이 밝았다.

　진성은 일찍 출근해 출장보고서를 작성하다 책상 위에 메모지 몇 개가 놓여있는 걸 읽었다.

　'정경주 씨 전화 왔음. 퇴근하지 말고 기다려 달라고 하다가 다음에 전화한다고 하였음.'

　진성은 메모지를 유심히 바라보았다.

　'정경주… 시골에 있는 동생인데, 어떻게 전화번호를 알고 무슨 일로 전화했을까?'

　진성은 중얼거리며 다시 메모지를 확인해도 정경주 이름이다.

　'전화 올 이유가 없는데, 무슨 일로 전화했지?'

　머리를 흔들며 대수롭지 않은 듯 메모지를 한쪽으로 밀어놓고 거래처에서 온 내용을 검토하는 것이다. 출장보고서를 작성하여 결재를 올린 후 동료 직원들과 업무 이야기를 하면서 정경주 전화에 대하여 더는 관심을 두지 않았다. 김진성은 그렇게 사랑하고 애타게 기다리는 경주를 기억하지 못하는 것이다. 그저 시골 고향에서 알고 있는 동생 정도로 아는 것이다.

　(그는 지금까지의 삶 속에서 유독 정경주에 대한 기억만 잃어버린 것이었다. 열사의 나라에서 그렇게 고생해 번 돈이 어이없이 날아갔어도 그것은 어쩔 수 없는 하나의 과정이라고 쉽게 수긍하며 넘기는 것이다. 그렇게 간절히 기다리며 바라던 일들이 허망하게 열매를 맺지 못하자, 그것을 잊으려고 부정하며 또 다른 사람으로 살아나는 것이다. 마치 간절히 원하고 바라던 일이 꿈같이 이루기 전에 물거품처럼 사라지자, 배신감과 비참함에 자기를 체념하고 도피하듯 잊어버린 것이다. 이제 그것을 감당할

능력도, 사랑하는 사람의 마음도 헤아릴 수 없다 보니, 이겨내겠다는 강한 마음도 사라지고 현실을 피하는 것이다. 어쩌면 결정적인 부분은 애절한 사랑의 당사자인 그 아이에게 실망과 더 아픔을 주는 것이 고통스러워서 그 트라우마를 벗어나려고 아름답던 사랑을 지키고 감추려다 보니 신기루처럼 기억 속에서 증발해 버린 것이다. 이런 것을 치유하려면 영화 속 장면처럼 누군가 희생하며 기억을 살려주는 사람이 곁에 있어야 하는데 아무도 없었다. 사랑하는 경주는 급박한 내용도 모르고 멀리 아주 멀리 고향에 있으니 그를 치유해줄 사람은 없다. 그렇게 아리고 아픈 사랑은 점점 희미해지고 있었다.)

움트는 두려움

밤새 내리던 비는 아침까지도 내리고 있다.

경주는 밤새 빗소리를 들으며 잠을 이룰 수 없었다. 금방이라도 문을 두드리며 부를 것 같은 오빠 생각에 벌떡 일어나 창문을 열어본다. 앞산 마당바위도 내리는 비로 부옇게 보이고, 키 큰 미루나무는 비를 맞으면서도 작은 바람에 흔들리고 있다. 처마를 타고 땅으로 떨어지는 빗소리가 쓸쓸한 음악이 되어 가슴을 아프게 한다.

'어디가 많이 안 좋은가? 그렇지 않으면 이렇게 소식이 없을 리 없는데.'

경주는 비닐우산을 쓰고 저수지 뚝방에 올라가 보니 내리는 빗속에서도 짙은 물안개가 끼었다. 저수지 끝은 가물거려 보이지 않고, 물가에는 오리들이 즐겁게 놀고 있었다. 우산을 쓰고 함께 있을 때 들리는 빗소리는 즐거운 음악이고 행진곡이었지만, 오빠가 없는 우산 속 빗소리는 쓸쓸한 음악으로 변해서 애잔하게 들렸다.
　눈물이 앞을 가렸다. 전화한 지 몇 주가 지났는데도 오지 않는 오빠가 무정하고 섭섭했다. 한참 물가를 걷다 보니 멀리 젊은 한 쌍의 연인들이 보인다. 슬픈 내색을 하지 않고 씩씩하게 걷고 있지만 눈물이 멈추지 않았다.
　얼마 전에 오빠 회사에 전화해서 메모를 남겼지만, 아직도 아무런 소식이 없다. 며칠 전에는 진희가 오빠와 통화하였다고 한다. 회사에 바쁜 일이 있었다며 조만간 집에 오겠다고 하였지만, 불안한 마음은 떠나지 않았다.
　오빠를 걱정하는 사람은 비단 나 혼자가 아니다. 엄마는 내 마음을 잘 아신다. 사고로 인하여 장애를 당한 이후 나는 사람 앞에 나서기를 주저했다.
　나서기를 두려워하고 남들이 보지 않는 뒤쪽이 내 자리라며 손 내밀지 못하는 나를 안타까워하셨다. 그런 내가 오빠와 사랑을 쌓으면서 웃음과 용기를 찾은 것이다. 그래서 우리의 사랑이 잘 이루어지길 바라며 기뻐하셨는데, 요즘은 불안해하는 내 모습을 보고 걱정하는 것이다.
　가난은 열심히 노력하면 벗어날 수 있지만, 사랑이란 그렇지 않다는 걸 아신다. 우리 사랑이 잘 이루어지길 간절히 원하시는 분은 누구보다도 엄마다. 그러나 엄마는 요즘 불안함을 느끼고 계셨다. 그렇게 좋아하던 우리에게 문제가 생겼는지 서울로 간 진성의 얼굴을 좀처럼 볼 수가 없다고 말씀하신다.
　더욱 이해하지 못하시는 건 몇 달 전에 결혼 문제를 오빠와 의논했는데 아직도 답이 오지 않는 건 필시 문제가 생긴 거라며 걱정하는 것이다.

'인연은 아무렇게 이루어질 수 없다. 그 또한 하늘이 점지해준다. 인연이 되려면 천리길 먼 거리에 있어도 만나게 해주고, 인연이 없는 사람은 매일 옷깃을 스쳐도 안 되는 게 인연이란다. 너희들도 인연이 된다면, 자연스럽게 순리대로 이루어지겠지. 하지만 엄마는 네가 궁핍하게 사는 게 보기 싫어서 하는 말이니 너무 힘들어만 하지는 말고 생각 좀 해봐라.'

답답할 때마다 이 말을 반복하시는 엄마 마음을 알고 있다.

다음날 나는 진희를 만나러 갔다. 언제나 이 길은 즐겁고 행복하던 길이었는데 이렇게 걱정하며 간 적이 없었다. 개울가 소나무밭을 지날 때 솔향을 맡으며 눈을 감던 오빠 생각이 났다. 사립문 안으로 진희 얼굴이 보인다.

"언니! 어서 오세요. 왜 얼굴이 많이 아파 보여요. 어디 아픈 거 아니지요?"

진희와 얼굴을 마주하자마자 울컥 눈물이 나왔다. 걱정하는 내 마음을 누구에게도 의논할 사람이 없었다. 동생인데도 불구하고 그나마 내 마음을 알아줄 것 같아서 서러움이 폭발한 것이다. 아무런 말도 하지 못하고 울고 있는 내가 안타까운지 진희가 나를 안아주었다.

"언니, 오빠 때문에 울어요?"

"너를 보니까, 눈물이 난다."

경주가 눈물을 보이자, 진희도 울고 있었다. 경주는 소식 없는 오빠 생각과 어제저녁에 엄마가 하는 말을 듣고 마음이 아파서 울고 있지만, 진희는 언니가 우는 것을 보니 같이 울게 된 것이다. 진희도 이제는 마냥 아이는 아니다. 이제 18살이다 보니 세상을 조금은 알고, 사랑이라는 걸 충분히 알 수 있는 나이였다. 몇 달 동안 참아왔던 속상한 일들이 눈물이 되어 흐르는 것이다.

"얼마 전 오빠 왔을 때 그때 상황이 어땠어?"

"그때 오빠는 아무 말도 안 하고 단지 웃음으로 대신했어요. 얼굴도 더 말라 보이고 많이 힘들어하는 모습에 어디 아프냐고 물어보니까, 조금 좋아졌다고 한 것 같아요."

"얼마 전 이장님 집에서 통화할 때 오빠 목소리는 어땠어? 그 후로는 한 번도 오지 않았고 다른 소식도 없었어?"

"네, 한 번도 오지 않았어요. 언니, 어느 정도는 알고 있었는데, 오빠를 많이 사랑하는군요. 언니, 내일 읍내에 가서 오빠에게 전화도 하고, 점심도 먹고 와요."

"그렇게 해줄 수 있겠어? 내일 맛있는 거 사줄게."

다음날 진희와 읍내 면사무소로 가고 있었다. 오빠와 같이 갈 때는 그렇게 설렜던 길이 지금은 한없이 착잡하고 힘든 길이다. 그때 보이던 시골 농촌 풍경이 그렇게 아름답고 정겨워 보이던 것이 지금은 쓸쓸하게 보였다.

서울에서 살다가 불가피한 집안 사정으로 이곳까지 오게 되어 오빠를 만나게 해준 것은 하늘의 섭리일 것이다. 이곳에서 중, 고등학교 시절을 보내면서 오빠를 만나 수줍은 사랑을 하였다. 나보다 4살이 더 많은 오빠는 내가 중학교 다닐 때부터 나를 좋아했지만, 내색 한 번 못하는 바보였다. 용기 없는 오빠는 우리 집 주변을 지나치다가 정작 나를 만나면, 아무런 말도 하지 못하고 엉뚱한 말을 하면서 도망치는 것을 수없이 보았다.

그런 오빠가 싫지 않았다. 나는 그때 나를 좋아하면서도 말 못하는 순진한 오빠라는 걸 알고 있었다. 그때 오빠는 멋있었다. 큰 키에 몸은 호리호리 하다못해 바람에도 날아갈 것같이 마른 체구였다.

청소년 시절에는 얼굴은 소년처럼 어리고, 티 없이 맑은 오빠가 청년기에는 나에게 잘 보이려는 듯 머리를 잘 깎지 않은 긴 더벅머리 청년이었다.

내가 아는 오빠의 버릇은 긴 머리를 손으로 올리는 것이 아니라 머리를 옆으로 휙 저으며 입으로 바람을 일으켜 올리는 멋진 오빠였다. 그렇게 우리는 같은 마을에 살면서도 고백하지 못하고 마음으로 사랑을 하는 사이였다. 그리고 오빠는 군 복무를 위하여 입대하였고, 나는 직장생활을 시작하였다. 그런데 어떻게 알았는지 내 직장으로 오빠가 면회를 왔다. 정규휴가를 받아 고향에 와서 내가 서울에서 직장 다니는 것을 알고 여기까지 찾아온 것이다. 오빠가 면회하러 온 전날 야간근무를 하여 쉬고 있을 때 면회를 왔다. 또 근무 들어가는 상황이라 면회가 될 수 없었다.

기계를 다루는 일이라 충분한 휴식이 없으면 사고가 발생할 수 있기에 조심해야 했다. 그렇지만, 내가 좋아하던 오빠가 면회를 왔고, 오빠도 끈질기게 관리자에게 잠시만 면회하겠다고 하다 보니 우리는 만나게 되었다.

그날 우리는 시간 가는 줄 모르고 멋진 시간을 보냈다. 대공원 벤치에 앉아서 나를 좋아한다고 말했다. 나도 그런 오빠를 오래전부터 좋아하다 보니 거부감 없이 우리는 그날 연인이 되자고 약속을 한 날이다. 나를 사랑하면서도 고백하지 못한 순진한 오빠가 그날은 참 늠름하고 세상에서 제일 멋진 사람으로 나에게 다가왔다. 그렇게 꿈같은 사랑을 약속한 그날 저녁 나는 회사에서 야간근무 중 큰 사고가 났다. 손을 절단할 정도의 엄청난 사고가 내 정신력 부족으로 일어났다.

과정은 과정일 뿐이다. 내 잘못으로 일어난 일인데도 오빠는 항상 자기가 그날 면회를 와서 쉬지 못하고 다시 근무하다가 사고를 낸 원인 제공자라며 그 일로 미안해한다. 무슨 운명인지는 모르지만, 오빠도 내가 다친 것처럼 손을 다쳐서 지금도 장애를 가지고 있다.

오빠는 나를 안타까워하면서 나를 세상 끝날 때까지 책임지겠다고 늘 말한다. 오빠는 말처럼 나를 위하여 최선을 다하는 사람이다. 조금도 힘들게 하지 않게 해주려고 옆에서 지켜준다.

어느 곳에서도 당당하게 기죽지 않게 하려고 노력하는 오빠다. 내가 힘들어하면, 어디서라도 분연히 일어나 보호해주는 분신 같은 오빠다. 그러다 보니 나도 용기가 생기고 힘이 났다. 혹여 어디서라도 나를 흉보고 거친 말을 하면 곧장 방패막이가 되어 막아주는 오빠다. 그런 오빠가 나를 사랑하는 내 사람이다. 그런 오빠에게 문제가 생긴다는 것은 곧 나에게 생기는 것이다.

어찌 보면 오빠의 문제는 내가 살아가는 데 중대한 갈림길이 될 수 있다. 난 잃은 것이 많은 사람이다. 내놓고 보여줄 게 하나도 없는 사람이다. 맨날 뒤에 숨어 있는 나에게 용기를 주고, 앞으로 끌어내준 오빠다. 세상이 다하고 나라가 망할지라도 나를 지키겠다는 오빠를 나는 믿고 있다. 그런 사람인데, 무슨 문제가 있겠는가 생각하며 기다리고 있지만, 너무 불안하고 힘들다.

얼굴 본 지도 벌써 6개월이 지나가는데, 사고가 났다고 하는 것이 사실인지, 그리고 집에까지 왔다가 나를 보지도 않고 간 것이 무슨 이유인지 불안하게 다가온다. 얼마 전에 전화해서 문자도 남겨놓았는데도 아직도 오지 않고 아무런 소식이 없다는 것을 이해할 수 없다. 늠름한 오빠를 생각하다 보니 어느새 읍내에 도착했다.

"안녕하세요. 김진성 씨 좀 바꿔주세요."

진희가 전화를 걸었다. 나는 그 순간 긴장되어 손에 땀이 났다. 부재중이라는 말이 안 나오고 통화가 되길 간절히 바라고 있었다. 그 짧은 시간에 나는 많은 생각을 하며 기도하였다.

"오빠! 잘 계셨어요?"

수화기 안에서 오빠 목소리가 생생하게 들렸다. 무슨 이유로 그렇게 고향에 오지 못하는 것인지, 사고가 났었다고 하는데, 가족들이 걱정한다는 걸 말해주고 있었다.

"오빠, 잠깐, 경주 언니가 전화 바꿔 달래요. 잠깐만요."

그러나 지금 근무 중이라 오래 통화할 수 없으니 며칠 후 고향에서 보자며 일방적으로 끊는 것이다. 나는 그 순간 가슴이 무너져 내렸다. 그래도 담담한 표정을 지으며 오빠가 무슨 말을 했는지 물어보았다.

"얼마 전 사고로 정신이 없었다고 하며 지금은 좋아졌으니 며칠 후 시골에 온다고 했어요."

나는 이대로 오빠 목소리도 못 듣고 가면 오늘 밤도 잠을 이룰 수 없을 것이다.

"진희야, 내가 오빠에게 다시 전화할게."

"김진성 씨 좀 부탁합니다. 정경주라고 전해주세요."

"잠시만 기다려주세요."

수화기 건너편에서 들려오는 여직원의 목소리는 전에 통화하던 그 목소리였다. 그때도 그랬듯이 따뜻하고 정겨운 목소리가 아니라 사무적인 목소리는 마음을 두렵게 하였다.

잠시만 기다리라는 소리는 귀에서 맴도는데, 참 오랜 시간이 지나도 전화를 받지 않아 불안했다. 왜 이렇게 안 받을까? 외근 중이라며 전에처럼 통화가 안 되는 걸까? 얼마 안 걸린 시간인지는 모르지만, 그 시간이 너무 길다 보니 가슴이 요동치며 기다림에 쓰러질 것 같았다.

"여보세요?"

이윽고 듣고 싶었던 목소리가 수화기 너머로 들려온다. 그것은 내 분신 같은 사람의 목소리였다. 다정하고 따뜻한 그 목소리에 반가워 눈물이 났다. 그렇게 애타게 보고 싶었던 사람의 목소리가 수화기 속에서 들려왔다. 너무 반가워서 수화기를 두 손으로 꼭 잡고 얼굴에 밀착하며 귓속으로 밀어 넣고 있었다.

"오빠! 나 경주예요. 왜 이렇게 볼 수 없어요? 너무 보고 싶어요."

"오! 경주야! 그래 저번에도 전화가 왔다고 하는데 웬일이냐?"

"… 오빠!"

전혀 뜻밖의 말에 경주는 멈칫 놀라며 다시 말을 이어갔다.

"사고 나셨다는 소식은 들었는데 괜찮으신지요?"

"어떻게 알았니? 지금은 좋아졌어."

그때 수화기 속에서 왁자지껄하게 떠드는 소리가 시끄럽게 들렸다.

"지금은 상품 주문이 많이 들어오는 바쁜 시간이라 통화를 오래 할 수 없는 시간이야. 그래서 직원들이 통화가 길다고 야단들이다. 경주야, 시골 가서 만나자."

하고 싶은 말을 다 하지는 못한 게 너무나 아쉬웠다. 그 짧은 순간이지만, 다정하고 활기찬 오빠 목소리를 들은 것으로 안도하며 전화를 끊었다. 얼마나 수화기를 꼭 움켜쥐고 있었는지 손에는 땀으로 흠뻑 젖어있었다. 나는 그 전화 한 통화로 마음이 조금은 안정되었다. 많은 고민과 걱정이 일시에 해소되는 것이다. 얼마나 걱정한 일인가. 밤마다 걱정하던 것이 수화기 속에서 들려오는 그 목소리에 봄날 눈 녹듯이 사라지는 것이다.

나는 진희와 중국집에 가서 자장면을 먹으며 오랜만에 웃을 수 있었다. 잠시 수화기를 통해 들은 목소리가 우리에게는 큰 위안이 되어 즐거운 마음으로 우리는 시장을 둘러보았다. 마침 오늘 조그만 시장이 서는 날이라 사람들도 많고 구경거리도 많았다. 아침나절에 올 때와 사뭇 다른 기분으로 나는 발걸음이 가벼워지고 불안했던 마음도 사라져 버렸다.

진희는 나이도 어리면서 효녀였다. 아버지에게 저녁에 맛있는 것을 만들어드린다며, 동태 한 마리를 사겠다고 한다. 이제 농번기에 들어서다 보니 필요한 농기구 파는 곳과 각종 생선 파는 곳에 사람들이 북적거렸다.

오빠와 이곳 면사무소에 온 적이 있었다. 우리는 둘이 오지 못하고 사람들과 함께 오다 보니 둘이 어울려 다니지 못했다. 그때도 멀찍이 떨어져 바라보며 다니다가 어쩌다 눈이 마주칠 때마다 눈웃음을 지으며 즐거워했다.

오빠는 그때도 집으로 들어갈 때쯤에는 아버지와 동생들에게 무엇이라도 주겠다며 열심히 찾는 것을 보며 가족애를 느끼곤 했다. 엄마가 일찍 돌아가신 후 그 집 부엌살림은 진희가 하고 있었다. 아마 초등학교 1학년 때부터 부엌일을 도맡아서 했으니 어린 진희가 얼마나 힘들게 고생하였는지 알 것 같았다.

"진희야! 오늘 저녁은 내가 해줄게. 어린 시절부터 살림하느라 얼마나 힘들었겠니? 오늘 읍내까지 와서 전화할 수 있게 해줘서 고맙다."

나올 때 불안했던 마음은 사라지고 모처럼 나는 즐거운 마음으로 정류장에서 버스를 기다리고 있었다. 이어 도착한 버스에 오르자 뜻밖에 사람을 만났다. 오빠와 싸운 후 지금껏 보이지 않던 강지웅이 타고 있었다. 어디서부터 타고 왔는지 자리에 앉아 있다가 나를 보자 자리를 양보하려는 듯 일어섰다. 머리는 포마드 기름을 발라 넘기고 검은색 콤비를 입고 능글거리며 말을 걸었다.

"경주야! 오랜만이다. 어디 갔다 오니? 여기 앉아라. 진희도 같이 있구나. 진성이는 잘 있지? 나는 진성이가 잘 되길 바라는 사람이야."

정신이 올바른 사람 같으면, 나를 아는 척하면 안 되는 사람이다. 그 가족들이 하던 행동과 얼마 전 마을회관에서 있었던 일을 생각하면, 마주치기 싫은 사람이다. 그런데도 당당하게 나에게 말을 걸고 진성 오빠 안부를 묻는 걸 보면, 그는 악마가 틀림없다는 생각이 들었다.

나는 손을 흔들며 자리를 옮기려 하자, 내가 들고 있는 시장보따리까지 받아주면서 한사코 자리를 양보하는 것이다. 순간 걱정이 앞섰다. 한마디 말도 섞고 싶지 않은 교활하고 잔인한 사람이다. 혹시 아는 사람들이 보면 자칫 오해받아 구설수에 시달릴 수 있다. 그렇다고 무조건 거부하다 가는 또 다른 반감을 사는 게 불편했다. 그렇다고 자리를 양보받아 앉아있는 것 또한 마음이 내키지 않았다.

그때 마침 백발에 허리가 구부정하신 할머니 한 분이 차에 올라오시는 것이다. 한 손에는 큰 보자기에 싼 물건을 힘들게 들고, 또 다른 손에는 지팡이를 들고 절룩거리면서 앓는 소리를 하는 것이다.

"아이고, 다리야."

순간 나는 자리를 양보해준 빈 좌석을 가리키며 할머니에게 자리를 권하였다. 어쩌면 나에게 자리를 양보한 강지웅의 기분이 나쁠지라도 그렇게 할 수밖에 없는 상황이었다.

"이렇게 고마울 수가 있나!"

말이 끝나기가 무섭게 고맙다며, 강지웅과 함께 있는 것을 보며 인사치레로 말하는 것이다.

"두 사람이 잘 어울리는 한 쌍이네."

할머니가 말씀하는 순간 나는 달리 무슨 변명이나 이의를 제기하지 못하고 할 말을 잃고 가만히 있을 수밖에 없었다. 할머니는 자리를 양보해주는 것을 고마워하는 인사치레로 하는 말이겠지만, 나는 얼굴이 화끈거렸다. 사람들로 복잡한 차내였지만, 우리는 강지웅이 옆에 있어서 아무런 말도 없이 마을 앞 정류장까지 왔다.

버스가 멈추자 여러 사람과 함께 정류장에서 내렸다. 마을까지 올라가는 사람들이라도 있으면 같이 올라가면 문제가 없는데, 다른 방향으로 가는 분들이고, 윗동네로 가는 사람들은 없었다. 버스를 타고 오면서 내내 걱정하던 일이 내릴 때까지도 해답을 찾지 못했다.

마을 정류장에 내려서 집으로 걸어오는 길이 30분은 걸리는 길이다. 이 시간에 같이 간다는 게 어색한 것도 있지만, 강지웅하고 같이 가는 게 싫었다. 이 길 초입에 강지웅 집이 있다. 어차피 가는 길이다 보니 지웅은 당연히 같이 간다고 생각하고 있겠지만, 나는 어떻게 따로 떨어져 가야 할지 생각이 나지 않았다. 시골 마을은 좁다 보니 조금만 이상하게 보여도 소문이 금방 날 수 있다. 어디서부터 난 소문인지 몰라도 강지웅과 관련된 뜬소문이 오랫동안 돌아다녔다. 진원지가 어디서 시작되었는지 모르지만, 파다하게 난 소문으로 인하여 오빠는 뜬소문이라고 생각하면서도 불편한 마음을 갖고 있었다.

오빠와 강지웅은 여러 번 크게 싸웠다. 그 이후 진성 오빠하고는 견원지간이라 항상 시한폭탄 같은 상태였다. 저수지에서 일어난 사건을 나에게 사과는 하였지만, 마을회관 사건 후 오늘 처음 보는 것이다.

음흉하게 웃으며 하는 말은 사과가 아니라 빈정거리며 놀리는 말장난이었다. 강지웅은 말투도 못되고 잔인하다. 배려심이 없고 위선적이며 조금이라도 자기에게 손해가 된다면 응징하는 사람이다. 나는 오래전부터 그 가족들의 모습을 잘 알고 있다. 약하고 어려운 사람 앞에서 군림하려는 말투와 신체가 자유롭지 못한 사람에게 특히 막말을 일삼는 것을 보았다.

잘 산다고 거만스러운 말투는 그 가족들 몸에 배었으며, 우리 집에는 마치 정승집이 가난한 집에다 명령하는 것 같아서 싫었다. 그렇게 싫다며 거절했으면 조심하고 시간을 갖는 것이 필요한데, 내 의사쯤은 우습게 알고 일방적으로 행동하는 것이다.

강지웅은 술만 먹으면 어디서 만나던 나에게 치근거렸다. 못된 버릇이 몸에 배어 있어 고칠 수 없었다. 그날도 망나니짓을 받아주지 않으려는 나하고 실랑이 벌이는 소리가 크게 나게 되었다. 마침 진성 오빠가 친구들과 마을 미루나무 밑에 일하다가 내 목소리를 듣고 달려왔다. 어느새 오빠는 강지웅 손목을 비틀어버린 것이다. 그날도 큰 싸움이 일어날 것 같았지만, 다행히 마을 어른들의 중재로 멈추게 되었다.

그 이후에도 강지웅이 자제하지 못하고 나에게 끊임없이 치근대는 걸 알기에 결국은 마을회의 때 오빠와 큰 싸움이 일어난 것이다. 그때 이후 강지웅은 보이지 않았다. 그런 사람하고 버스에서 또 마주친 것이다. 정류장에 내리자 마침 상점 아주머니와 눈이 마주쳤다.

"경주야! 어디 갔다 오니? 진희도 반갑다."

"네, 안녕하세요. 시장에 다녀와요."

"읍내 갔다가 오는구나. 오랜만인데, 잠깐 들어와 앉았다가 가라."

나는 순간적으로 오해를 불러일으키지 않고 따로 떨어져 갈 방법을 생각하게 되었다. 잠깐 들어오라는 아주머니의 말을 듣자마자 진희를 데리고 마을상점으로 들어갔다. 그리고 밖을 내다보며 멋쩍게 바라보는 강지웅을 향하여 목인사를 하였다.

그 순간 강지웅은 일그러진 표정을 지으며 불편한 인사를 하는 것이다. 나는 일찍이 그 집 내력을 어느 정도 알고 있다. 강지웅은 형편이 좋아서 그런지 씀씀이도 크지만, 마음에 안 들면 싸움질을 하는 사람이라 마을 사람들이 경계하고 있다. 전에도 어느 젊은 아줌마를 건드려 큰 소동이 있었던 사람이다.

그러다 보니 마을에서 태어난 오빠도 강지웅과 부딪치는 것을 싫어하고 쌓인 감정에 골이 깊어지다 보니 아직도 진행형이었다. 마을 사람들은 강지웅을 두려워하는 편이다. 외모로 보아도 떡 벌어진 어깨는 싸움꾼이고, 머리는 황소 머리에 눈도 이글거려 위압감을 느끼게 하는 사람이다. 그런 상황이다 보니 지금 이 자리에서도 아무런 오해가 없어야 한다.

자기를 무시한다고 생각하면 물불 안 가리고 미쳐 날뛰는 사람이다. 어떤 일이 생길지도 모르고, 자칫 나와 또 다른 소문의 진원지가 되어 문제를 일으킬 수 있다는 생각에 피할 명분을 찾은 것이다. 한참을 이야기하다 밖에 나와 보니 해는 서산마루에 걸터앉아 넘어갈 시간이 되었다. 태양이 넘어가며 남긴 흔적으로 노을이 붉게 물들었고, 한 무리의 기러기들이 광교산을 가로질러 청계산 쪽으로 날아가고 있었다.

농수로 길을 따라가다 보니 들판에 뿌려진 퇴비 냄새와 닭똥 냄새가 농번기에 들어서는 것을 알려주듯이 코를 찔렀다. 길가에는 민들레꽃이 어느새 지천에 피었고, 개나리도 무리 지어 예쁘게 피어 우리를 반기니 발걸음도 즐거웠다. 산 입구에는 연분홍색 진달래꽃이 어느새 피어 수줍은 듯 우리를 부른다. 진달래꽃을 보면 오빠 생각이 더 간절하다. 진달래꽃이 온산에 피어있을 때 우리는 어린아이처럼 더 크고 멋진 진달래꽃을 찾아서 뛰어다녔다.

나지막한 뒷골 야산에는 유난히도 진달래가 많은 곳이다. 오빠하고 그곳에서 하루 종일 진달래꽃 속에서 숨바꼭질하다가 해지는 줄 모르고 놀던 생각이 난다. 앙상하니 추워 보이던 나무들도 이제는 파란 싹이 돋아나 싱그러움이 더하여 가슴을 설레게 한다. 개울가 수양버들도 파랗게 물오르는 걸 보니 버들피리 만들어 힘차게 불 때가 다가온다.

강지웅이 어디선가 숨어 있다가 불쑥 일어설 것 같은 불안한 마음으로 길을 걷다 보니 땀이 흐르고 긴장되었다. 멀리 새싹이 돋아난 느티나무가 보이고 열려있는 사립문이 우리를 기다리고 있었다.

오늘 저녁은 진희 집에서 저녁을 지어 같이 먹고 싶었다. 무엇보다도 진희가 가엾고 안타까운 모습을 나는 오늘 보았다. 이제 내가 오빠를 사랑하고 있다는 것을 진희도 알게 되었다. 확실한 내 편이 된 것 같은 편안함이 들었다. 진희와 밥과 동태찌개를 빠르게 준비하여 저녁밥을 준비하였다.

준비가 거의 되어갈 무렵 아버지가 진욱 오빠와 들어왔다. 아버지는 나를 보자 짐짓 놀라시며 기뻐하시는 것이다. 거나하게 취하신 모습으로 호탕한 너털웃음을 지으며, 행복해하시는 모습이 고마웠다. 오빠만 없었지, 가족들이 함께 모여 즐기는 저녁 식사는 참 행복한 시간이었다.

　오빠 집에서 나와 집으로 가는 길이 행복했다. 밤새 그리워하며 걱정하던 일들이 잠시 들은 오빠 목소리로 눈 녹듯이 사라졌다. 그런 기쁨에서도 전화 받으며 오빠가 하던 말이 마음에 걸렸다. 웬일이냐고 하던, 그 말이…

또 다른 삶

이른 새벽, 두부 장사가 흔드는 종소리에 잠이 깼다.

"딸랑~ 딸랑~"

평상시에는 무슨 소리가 들려도 깨지 않는 진성이다. 오죽하면 누가 업어가도 모를 정도로 자는 잠신이라 했다. 그런데 요즘은 새벽녘에 잠이 깨면 끝없이 이어지는 생각으로 잠을 이루기 어렵다. 이제는 잊어버리겠다고 하지만, 생각대로 그렇게 쉽게 잊을 수 없었다. 나에게는 꿈이었던 엄청난 돈이다. 그 돈을 못 받는다고 하였을 당시 충격은 죽음이라 생각했다.

그런데 어느 순간 남들이 보는 앞에서는 대범한 척 다 털어버리고 내려놓는 것이다. 어쩌면 그 일은 내려놓았다기보다는 내가 미쳐서 날뛴다고 해결될 일도 아니고, 어리석은 내가 한 행동이 입방아에 올라가는 게 창피해 슬그머니 그 일을 피하는 것이다.

그러나 나는 그 사실을 잊을 수 없다. 내가 저지른 행동을 자책하다 보니 나 자신을 탓하고 원망하며 미워하는 것이다. 쪼다처럼 한 푼도 나를 위하여 쓰지 못하고 병태같이 빌려준 돈을 송두리째 날려 보낸 게 허무했다.

그 이후 그들을 악착같이 쫓아다니며 달라고 요구한 적도, 그렇다고 용서하지도 않았다. 간절함이 허무함과 공허함으로 나를 바꾼 것이다. 단 한 푼도 받아내지 못하고도 아무렇지 않게 행동하는 것이다. 한동안 악착같이 받아내려고 노력하였지만, 내 힘으로는 해결할 수가 없다는 생각이 들어 바보처럼 그들을 오히려 피하는 것이다.

내 일인데도 불구하고 방관자처럼 피하려는 일이 벌어진 것이다. 한동안 그들을 만나 채무변제를 요구하다 보니 그들에게 닥친 힘든 사정을 듣고는 동조하여 이제는 그들이 나를 이용하며 괴롭히는 것이 싫어 피하는 것이다.

간절하게 이루고자 한 계획들이 엉망진창이 되었는데도 비겁한 겁쟁이가 되어 내게 일어난 일을 마치 남 일같이 부끄러워하며 그들을 피하는 것이다. 격랑에 휩쓸려 가라앉는 조각배 같은 처지에 놓인 내가 고통스러운 인고의 세월을 몸부림치다 보니 어느새 그것에 동요되어 이 또한 운명이라 받아들이는 것이다. 크고 웅대했던 꿈이 허망한 물거품이 되자, 이 또한 지나가리라 하면서 마지막 몸부림이 나를 깨우며 카멜레온처럼 변한 것이다.

오늘은 회사 창립기념일이다. 서울을 벗어나서 남양주 야외 운동장을 빌려서 행사하는 날이다. 오전에는 축하 행사를 하고 이어서 축구, 야구, 줄다리기 등 다양한 종목이 있지만, 무엇보다도 우리에게 중요한 건 부서별 축구 시합이다.

오늘 경기를 위하여 오래전부터 새벽 일찍 일어나 학교 운동장에서 연습하며 수시로 손발을 맞추며 연습했다. 나는 축구를 좋아하고 잘한다. 초, 중 때 축구선수로 학교를 대표해서 시합도 나가고, 부대에서도 축구를 잘해 최고남으로 불렸다.

그날 우리 부서가 우승하고 대표님으로부터 금일봉을 받았다. 나는 우리 부서에서도 그렇고 다른 부서에서도 인기가 많았다. 아직 젊은 나이에 산소같이 신선해 보인다며 다른 부서 직원들도 나에게 관심을 보였다. 어디나 비슷하지만 젊은 사람들이 활발하게 움직이면 생동감이 넘쳤다.

진성 대리 때문에 우리 부서가 우승한 것 같다며 우리 부서의 활력소인 관리부 이지선 주임이 말하자, 직원들이 이구동성으로 환호하며 좋아하는 것이었다.

"아닙니다. 축구는 모두가 잘해서 이긴 겁니다. 내가 골을 넣을 수 있게 만들어주신 우리 부서 선배님들이 없으면 골을 넣을 수 없었습니다."

우리 부서는 축구 우승상금으로 그날 저녁 부장님을 모시고 신나는 고기 파티를 열었다.

나는 이지선 주임과 친했다. 내가 힘들어할 때 나를 이해하며 조언해주고, 얼마 전 사고 때도 배려해준 사람이다. 그러다 보니 사람들이 우리의 관계를 다른 쪽으로 생각하는 것이다. 사실 나는 그 소문이 그다지 싫지 않았다. 그 소문에 신경 쓰이는 사람은 어쩌면 이지선 주임, 미스리일 것이다.

이지선 주임은 강원도가 고향이다. 대관령 아흔아홉 고개 밑 험준한 준령 작은 마을에서 태어나 강릉에서 학교 다니며 꿈을 키운 사람이다. 시골 촌티를 아직 벗어나지 못한 순박한 말과 모습에 친근함을 더 느끼는 직장 동료였다. 지선 주임도 큰 꿈을 품고 서울에 올라와 살고 있으며, 주변 사람들에게 인기 많은 사람이다. 특히 사내에서도 불필요한 소문이 나지 않게 하려고 처신을 잘하고, 몸가짐이 단정해 인기가 많은 사람이다.

그런 사람하고 가까이 있다는 게 나는 즐거웠다. 소문이 돌고 동료들의 눈총을 받고도 부인하지 않고 모른 척하는 건 이지선을 좋아하기 때문이다. 나는 언제부터인가 미스리 이지선 주변에 서성이며 그녀 옆에 있는 게 좋았다.

오늘도 나는 미스리 옆자리에서 처음 건배할 때부터 지금까지 자리를 옮기지 않고 그 자리에서 함께 즐기고 있었다. 얼마나 시간이 지났을까? 거나하게 취하여 시끄러운 목소리가 들리고 노래가 끓이지 않았다. 무슨 할 말이 그리도 많은지 끝날 기미가 보이지 않았다. 한참 먹고 즐기며 시끄러울 때 옆에 있던 이지선 주임이 말을 걸어온다.

"빨리 끝날 것 같지 않네요. 대리님, 이제 가요. 요즘 몸도 안 좋은데, 술 더 먹지 말고 일찍 들어가요."

시간을 보니 벌써 10시가 되어간다. 나는 미스리를 지켜주고 싶었다. 매일 만나서 그런 것도 있지만, 시골 태생이고 업무상 일상적으로 주고받는 평범한 말속에서 나는 그녀에게 연민의 정을 느끼고 있었다. 지금 이곳에 동료 여직원들이 몇 명 있지만, 유독 정이 가고 나에게 의지하려는 것 같은 모습이 전혀 이상하거나 낯설지 않게 다가오는 것이다.

처음 만난 날을 생각해본다. 퇴사한 후 몇 년 만에 처음 출근한 나에게 바뀐 회사 분위기와 직원들의 신상과 기본적인 업무를 나에게 말해준 것이 미스리다. 그 모습이 내게는 편안하게 다가왔다. 마치 부대에 처음 배치되었을 때 긴장하며 두려워하는 나에게 다가와서 나를 감싸주는 분대장님의 따뜻한 모습 같았다. 그 이후 나는 어떤 문제가 있으면 하루 일을 다 보고하듯이 미스리에게 의논하는 사람이 되었다. 그러다 보니 누가 먼저라고 할 것 없이 우리는 언제나 같은 마음이고, 같은 쪽을 바라보는 사이가 되었다.

사랑하는 연인 관계는 아니지만, 동료라는 의식에서 한발 나아가 보호해야 한다는 책임감이 가슴속에 자리 잡고 있었다.

"시간이 벌써 이렇게 되었네요."

남자들이야 늦어도 별문제가 아니지만, 여자들에게는 여러 가지로 어려운 문제가 발생할 수 있다. 나는 주위를 돌아보았다. 언제 끝날지, 모두 다 즐거워하며 이야기꽃을 피우고 있었.

멀리 부장님과 과장님은 목청을 높여 노래하며 시간 가는 줄 모르는 듯 즐거워하신다. 이대로 있다가는 통행금지 시간 내에 들어가기 어렵다. 더군다나 미스리는 집이 멀어 더 지체하기는 어렵다는 생각이 들어 발 빠르게 움직였다. 미스리를 밖에서 기다리게 하고 급히 부장님에게 먼저 간다는 말씀을 드리고 음식점을 빠져나왔다. 이곳은 버스정류장에서 한참 떨어진 야외 음식점이다. 빨리 가야 한다는 생각에 나는 급히 미스리가 기다리는 입구로 뛰어갔다.

늦은 봄, 가로수들도 연한 잎에서 이제는 짙푸른 초록색으로 변하고, 하늘에는 손톱달이 부끄러운 듯 비치고 있었다. 정류장까지 가는 길에는 짙은 밤안개가 내려앉았고, 길옆 나무에 비스듬히 기대어 쓰러질 것 같은 가로등은 자기 책임을 다하려는 듯 따뜻한 불빛을 밝히고 있었다. 클래식 음악이 흘러나오는 라이브 카페에서는 통기타에 맞추어 '고래사냥' 노래가 오색 등불과 잘 어울려 마음을 설레게 하였다.

걸어오는 길목에는 술에 취한 취객들이 삼삼오오 모여서 밤이 깊어져 가는 줄도 모르고 분위기에 취해 있었다. 통금시간이 다 가오지만, 시간을 멈춰놓은 것처럼 즐기려는 듯 음식점마다 불야성을 이루고 있었다.

"빨리 가요. 시간이 너무 늦었어요. 가는 길에 택시가 있으면 타고, 없으면 버스 타고 가요. 이 시간에 택시 타기가 정말 어려워요. 버스가 몇 시에 끊어져요?"

"종각까지 가면 됩니다. 그곳에서 망원동으로 가는 차는 11시 40분에는 끊겨요."

버스정류장에 도착하자마자 종각으로 가는 버스가 도착했다. 미스리 집은 망원동이고, 우리 집은 신당동이다.

"대리님은 가다가 내리세요. 오늘 같이 와줘서 고마워요."

"안 돼요. 주임님 집은 정류장에서 내려서도 한참 가잖아요? 걱정하지 말아요. 집에 들어가는 거 보고 갈 거예요."

나는 남자로서의 보호본능이 생겼다. 어두운 밤길을 미스리 혼자 가게 할 수는 없었다. 회사에서 볼 때와 또 다른 공간에서 그녀와 함께 가고 있다는 게 기쁘고 설레었다.

"그러면 대리님은 집에 어떻게 해요? 통금시간이 될 텐데요."

"망원동과 가까운 아현동에 누나가 살아요. 거기서는 얼마 안 되는 거리라 그리로 가려고요."

나나 미스리는 똑같은 생각을 하고 있었다. 우리가 연인 사이는 아니지만, 우리는 서로 믿고 친구 같은 의리가 있어서 그런지 지켜주고 싶었다. 나보다 나이는 한 살 적지만, 일처리는 누나 같은 사람이다. 사람 사는 세상이 어떤 통제를 목적으로 인위적으로 통행금지 시간이 정해져 있다는 게 우리 같은 젊은 세대들이 보기에는 이해할 수 없었다.

서울 사대문 안을 지나가는 길은 참 휘황찬란하였다. 길거리마다 택시를 잡으려는 사람들이 도로 중앙까지 나오는 걸 보니 두고 온 직원들이 걱정되었다.

어느덧 망원동 버스정거장에 도착하였다. 미스리 집은 이곳에 내려서 골목길을 돌아 한참을 올라간다. 처음 와보는 곳이라 그런지 좁고 굴곡진 골목이 깨나 멀고 길었다. 이 골목길을 매일 미스리가 다니는 길이라 생각하니 더 정겹게 보이고, 점포들도 생소하지 않아 보였다. 늦은 시간 어두운 골목길을 둘이 걷다 보니 잘 왔다는 생각이 들 정도로 여자들이 다니기에는 외진 골목길이었다.

"대리님, 고마워요. 이제 어떻게 가요?"

"걱정하지 마세요. 이렇게 왔다 가니 마음이 편해요. 나는 누나 집으로 갈 테니 걱정하지 말고 들어가요."

올라왔던 길을 다시 뒤돌아서 골목길을 한참 내려오다 보니 골목 끝 저만치서 미스리는 아직도 집에 들어가지 못하고 안타까운 모습으로 손을 흔들고 있었다. 시간을 보니 11시 40분이다. 제아무리 빨리 뛰어가도 20분 안에 도착하기 어렵다.

나는 지름길인 골목길을 따라 힘차게 달려갔다. 한참 후 야간 통금시간을 알리는 사이렌이 울리자, 길거리에 보이던 사람들이 순식간에 다 어디로 갔는지 보이지 않았다.
　길거리에는 바리케이트가 설치되고, 경찰과 방범대원들 모습이 보였다. 시간이 지나자 여기저기서 호루라기 소리가 들리고 마음이 급해졌다. 북한과 대치 상황이라고 하더라도 국민의 생활을 이렇게 통제한다는 건 경제생활에도 큰 어려움이었다. 통금시간 5분이 지난 후 누나 집에 도착하였다.

　오전 직원회의가 열렸다. 각자 다음 달 매출 목표를 점검하고 새로운 계획서를 보고 하는 자리다. 이 회의는 회사 대표님이 참석하는 회의라 모두가 긴장하는 자리다. 매년 실적에 따라 직책과 부서를 옮길 좋은 기회도 되지만 반대로 문책받고 좌천될 수 있으며, 때로는 특별한 능력을 인정받아서 책임자로 승진될 수도 있다.
　그날 우리 부서의 중간 실적이 예년보다 떨어지는 통계를 보시고 질책하신다.
　요즘 신생업체들이 생기면서 박리다매식으로 영업하는 이유도 있지만, 생각지 못한 좋은 아이디어에 깜짝 놀랄 만한 상품들이 나오고 있었다. 상품 디자인부터 영업까지 변하지 못하면 언제라도 낙오될 수 있다는 마음으로 근무해야 한다. 어차피 회사 생활을 하려면 자기 책임을 다하여 셀러리맨의 꽃인 부장 직함을 받아보고 이사까지 승진하면 성공하는 것이다. 이곳이 평생직장이 될 거라는 생각은 안 하지만, 여기서 좋은 경험과 실력을 키우면 더 좋은 곳으로 갈 수 있다.

이어서 부장님이 주재하는 회의는 실질적인 문제를 가지고 토론 형식으로 하는 회의라 많이들 예민해지고 있다. 특히 필드에서 영업하는 직원들의 고충을 나는 알고 있다. 거래처에서 요구하는 조건을 마음대로 다 들어줄 수 없고, 경쟁업체서 대차게 밀어붙이는 것처럼 지원해주지 못하다 보니 목표를 이루기가 어렵다. 당연히 영업에 필요한 지원을 회사에서 적극적으로 해주길 바라지만, 생각대로 되지는 않고 목표를 채우라는 독촉에 힘들어한다.

그날도 영업팀에서 관리팀에 업무협조를 말하다 보니 문제가 생기고 있다는 것을 알았다. 영업활동에 필요한 최소한의 협조, 거래처에 제공하는 기본적인 서비스 용품의 공평한 배정, 월말 실적 통계의 부정확한 것을 문제 삼다 보니 직원들 간에 신경이 날카로워졌다.

실적 수당 관련부터 개인별 매출통계와 월별 목표실적을 정리하다 보면 날짜 차이로 문제가 발생한다. 말일을 기준으로 마감해 보고서를 작성해야 하는데, 불가피하게 하루 지나 다음날로 이월되는 경우다. 누락되어 다음 달로 정리되다 보니 민감한 상황이 발생한다. 첫째는 영업 목표와 영업실적 수당에 차질이 생기다 보니 예민할 수밖에 없었다.

그러나 관리부서에서는 말일날 통장이나 정확한 서류에 의하여 입금된 부분만 가지고 마감 정리해야 한다. 가정이나 예측을 바탕으로 통계표를 만들 수는 없다. 업무시간 마감 후 정리해서 월말 보고서를 준비해야 한다. 매월 1일 아침이면 부장님 책상에 올라가 있어야 대표님이 주재하는 회의 때 보고할 수 있다.

영업직원들은 말일이 지나 다음날 들어오는 실적까지 말일 실적에 포함해주길 바라지만, 그렇게 하는 게 참 어렵다. 영업팀 요구대로 월말 보고서를 작성하여 문제없이 넘어가다가 어느 달인가 큰 문제가 발생하였다. 아침에 들어온다는 걸 믿고 월말 보고서를 작성하였는데 약속한 금액이 입금되지 않았다. 결국 가상 보고서 작성으로 미스리가 징계를 받아 혼난 후 다시는 안 하기로 하였지만, 실적과 수당에 문제가 크다 보니 영업직원이 불만을 품는 것이다.

"부장님, 이 문제를 해결해주세요. 불가피하게 시간을 못 맞춰서 말일날 들어오지 못하고 부득이 다음날 아침에 들어오는 것은 말일 통계보고서에 포함해주세요."

"전번에도 이 문제를 회의 석상에서 말한 적은 있지만, 만에 하나 또 입금이 안 되면 그 책임은 집계를 내는 관리에서 책임을 져야 하는데, 얼마 전에도 그 문제로 인하여 미스리가 문책당한 사실을 알고 계시지요?"

관리부서에서 협조하고 싶지만, 어려움이 있다는 것을 재차 설명하였다. 그러자 영업 담당 차장님이 집계가 공평하지 않다고 한마디 하신다.

순간 분위기가 술렁거렸다. 미스리 얼굴이 붉어지며 당황하는 모습이다. 얼마 전에도 그런 문제가 있어서 크게 혼난 일이 있어서 다시는 그런 편법으로 하지 않겠다고 모두에게 알리고 지키고 있었다. 직원들 모두가 그렇게 알고 있었는데 암암리에 그런 일이 있었다는 말에 시선이 미스리에게 가 있는 것이다.

"그 이후 그런 적은 없습니다."
강하고 또렷한 목소리로 미스리가 부정하는 말을 한다.
"진성 대리 특판 매출은 다르나요?"
영업부 차장님이 김 대리 특수판매에 대하여 이의를 제기하는 것이다. 나는 공기업에 다니는 친구를 통해서 특수판매를 한 적이 있었다. 특수판매는 상품 표지부터 인덱스까지 다 주문회사 로고를 찍어 나가는 상품이라 일반 판매용하고는 다르다.

특별하게 디자인한 것을 주문자에게 여러 번 시안을 거치고 생산부서의 협조로 수주를 한 것이다. 이것은 일반 상품이 아니라 주문 상품이라 생산 후 재고가 남으면, 일반 상품처럼 시장에 나갈 수 없는 상품이라 큰 문제가 발생하는 것이다.

나로 인하여 미스리가 힘들어지는 게 싫어 지켜주고 싶었다. 비록 미스리가 나를 그렇게 생각하지 않을지라도 나는 그렇게 변하고 있었다.

얼마 전 미스리 집안에 일이 있어서 사무실에 출근하지 않았다. 그때 나는 무엇인가 잃어버린 사람처럼 사무실에서 아무 일도 할 수가 없었다. 마음이 그렇게 쓸쓸하고 텅 빈 허전함을 달랠 수 없었다. 이곳에 처음 와서 만난 그녀가 왜 그렇게 가슴속에서 매일 있는지 모르겠다. 분명히 이곳에서 처음 만난 사람인데, 가깝게 있던 사람 같았다. 내가 이해하지 못할 정도로 미스리를 가슴에 두고 있는 것은 무슨 이유일까? 마치 오랫동안 사랑을 나누던 사람 같았으며, 생소하거나 낯설지가 않아서 늘 함께하던 사람 같았다.

'미스리, 오늘 퇴근 후에 저녁 같이 먹어요.'

아리고 아픈 사랑

나는 메모 쪽지를 써서 서류와 함께 주었다. 내 책상에 돌아와 미스리 쪽을 바라보니 미소 지으며 고개를 끄덕인다. 어느 꿈속에서 본 듯한 저 모습은 누구일까? 저 미소는 나를 사랑하며 보살펴주던 예쁘신 우리 엄마 모습 같았다. 잔잔한 미소를 짓는 그 모습이 그렇게 아름다웠으며 내 마음을 설레게 하는 것이다. 지치고 괴로운 내 마음에 희망을 주고 꿈을 주는 천사 같았다.

요즘 나는 혼자 있으면, 무엇을 잃은 듯 번민하고 있다. 금방이라도 무슨 일이 터질 것 같은 불안함이 나를 힘들게 한다. 세상을 아직 모르는 내가 마치 산전수전 다 겪은 사람처럼 매일 고민과 걱정 속에 악몽을 꾸는 것이다. 내가 지금 있는 곳이 내 자리인지, 나는 무엇을 하려고 이러는지 내 정체성을 잊어버리고 끝없이 어디론가 헤매고 있는 것 같았다.

가끔 머릿속이 하얗게 비어 멍해지기 일쑤였다. 지금 무엇을 하는 것인지, 내 삶의 목표가 무엇이며, 내가 누구인지를 나에게 자꾸 물어본다.

내 청년 시절이 아름답게 보이는 게 아니라 슬프고 고통스러워 화가 났다. 가물거리는 어린 시절에 느낀 편견과 좌절감이 아프게 떠올랐다. 이지선이라는 사람을 보면 설레고 기쁘다 가도 혼자 있으면 두렵고 무서웠다. 이유는 날려버린 돈 때문이라고 자책하지만, 이렇게 어지럽고 가끔 정신이 혼미한 건 무슨 이유인지 모르겠다. 나에게 무슨 일이 벌어지고 있는 거 같아서 답답했다.

간절한 기다림

"편지 왔습니다."

우편집배원의 목소리에 경주는 잰걸음으로 문밖으로 뛰쳐나갔다. 혹시 진성 오빠가 보낸 편지일까? 설레는 마음으로 받아보니 고준기가 보낸 편지다.

고준기는 요즘 들어 급격히 내게 친절을 베푼다. 나에게 이미 사랑하는 사람이 있다는 것을 알려야 할 것 같다. 혼기가 찬 나이도 아닌데 몇 사람이 적극적으로 관심을 보내며 만나자고 한다. 이런 일이 반복되면서 왠지 모르게 오빠에게 미안하기도 하지만, 한편으로는 이런 사정을 알리고 빨리 모두에게 우리가 사랑하는 사이라는 걸 알려야 한다.

준기는 나보다 한 살 많은 친구 같은 사람이었는데, 어느 날부터 나를 이성으로 대하는 것이다. 내가 거리를 두고 있다는 것을 대충 눈치챌 수도 있을 텐데 조금도 부담 느끼지 않고 생각 없이 다가오는 것이다. 진성 오빠와 내가 연인 관계라는 사실을 알게 되면 절대로 그렇게 하지 못할 사람이다. 우리가 너무나 조용한 연애를 한 것 같았다.

　나는 시간이 나면 저수지 옆 동산에 자주 올라간다. 이곳은 오빠와 자주 올라가 놀던 곳이다. 한낮의 더위가 절정을 이루는 8월이다. 더위에 지친 듯 들판에 사람들은 보이지 않고, 건너편 참외밭에 세워진 원두막에서 아이들이 부르는 동요소리가 힘차게 들린다. 원두막은 여름에 참외밭을 지키기도 하지만, 아이들에게는 추억을 쌓으며 노는 재미있는 곳이다. 보이는 원두막을 바라보니 저번 가을 일이 생각이 난다.

　가을이 물들어가는 10월, 우리는 아직 철거하지 않은 원두막에 올라간 적이 있다. 가을 추수가 다 끝난 저수지 물가에 핀 꽃을 보며 걷고 있었다. 그곳에는 야생 국화가 무리 지어 군락을 이룬 곳이다. 향기는 나지만, 그 모습은 외로워 보이는 가을꽃이고, 우리는 그 향기를 맡으며 가을 속으로 깊이 들어가고 있었다. 구불거리는 논밭 언덕 길에도 누가 씨 뿌리고 가꾼 것도 아닌 코스모스가 바람에 흔들거리고, 늦은 꽃 몽우리가 젖먹이 아기 볼처럼 귀엽게 웃고 있었다.

　바람이 불어오는 길목 논두렁 밑 그루터기에 앉아서 이야기꽃을 피우고 있을 때, 보라색 나팔꽃이 외롭게 피어있고, 흐르는 도랑물 옆에 엄마 살갗같이 부드러운 흙 앙금이 쭉 펼쳐있었다. 그곳에 오빠가 글을 썼다.

　'우리는 하나다. 김진성, 정경주.'

　그리고 오빠가 그 밑에 오른손 지문을 찍었고, 나는 왼손으로 찍었다. 내가 손도장을 찍자, 검지 손도장이 없는 것을 보고 아무 말 없이 눈물 흘리는 걸 보았다. 오빠는 오랫동안 내 손을 꼭 잡고 기도하고 있었다. 그곳에서 이야기하다 보니 어느새 찌푸린 하늘에는 비가 내릴 것 같았다. 북쪽 바라산에는 비구름이 산을 덮고 아래 중턱까지 내려오는 것이 이곳에도 금방 비가 올 것 같았다. 그래도 우리는 저수지 옆 도랑에 서 있었다.

"비가 올 것 같아요. 집에 빨리 가요."

"아니야, 비 맞아도 좋아. 내가 좋아하는 꽃 보고 가자."

"오빠가 좋아하는 꽃이 어떤 거야?"

"저쪽으로 가보자."

그때 오빠는 내 손을 잡고 들판 중간 연못으로 뛰어갔다.

"내가 제일 좋아하는 붓꽃이야. 지금은 다 피고 줄기만 있지만, 파란 줄기가 싱싱하고 힘이 있어 보이지, 경주야! 이 꽃이 피면 누구를 닮았는지 알아?"

"아! 그 파란 꽃 알아요."

"그 꽃은 너야! 경주, 너를 닮은 꽃!"

잠시 후 비가 내렸다. 빗방울이 꽃대에 떨어지자, 꽃은 지고 없지만, 파란 줄기가 결실의 씨앗을 품은 꽃대와 아름다운 조화를 이뤄 신비롭게 반짝였다.

가을비가 쏟아지자, 비를 피하게 하려고 오빠가 나뭇가지를 꺾어 지붕을 만들어 나를 숨겨주었다. 시간이 지나자, 덮은 나뭇잎 가지들이 쏟아지는 비를 이겨내지 못하고 무너지는 것이다. 이미 내 옷은 홀딱 젖어있었다. 추워 보이는 나를 보자 오빠는 자기 웃옷을 벗어 입혀주고 길 건너편에 있는 원두막으로 손잡고 달려갔다.

원두막 위를 살펴본 후 우리는 그곳으로 올라갔다. 잘 사용해서 그런지 문짝도 그대로 있고, 바닥도 잘 정리된 곳이다. 떨어지는 빗소리를 들으며 오랜 시간 그곳에서 멋진 추억을 쌓았다. 비 그친 가을밤 시골 경치는 낭만을 곁들인 멋진 밤이었다.

그 밤 비구름이 물러가고 달빛에 비친 오빠의 얼굴은 세상에서 제일 믿음직하고 멋진 모습이었다. 깊어가는 가을을 아쉬워하며 우는 풀벌레 소리는 우리를 위한 연주회라 생각하며 우리들의 이야기는 끝이 없었다.

꿈을 꾸듯 원두막을 바라보며 작년 가을 생각에 잠기다 보니 얼마 전 일인 것 같지만, 아름답게 떠올랐다. 저녁인데도 불어오는 바람은 뜨거웠다. 오빠와 함께 있을 때는 아무리 더워도 즐겁고 설레는 날이었다. 어둠에 묻힌 이 시간 저수지에는 마을 사람이 더위를 피해 올라와 더위를 식히고 있다. 낮에는 그나마 사람들과 어울리다 보면 지나치다가 어두운 밤이면 더욱 보고 싶어진다.

하늘에는 조각달이 외롭게 떠 있고, 엄청난 은하수 무리들이 너나 할 것 없이 깜박거린다. 지금 오빠도 저 달과 별들을 보고 있을 것이다. 내가 저 달을 보고 오빠를 그리워하듯이 오빠도 내 생각을 하고 있지 않을까? 식지 않은 뜨거운 바람이 얼굴을 스치자, 나는 가슴을 펴고 바람을 안아본다.

가슴에 안기는 바람도 사랑하는 오빠를 스치고 이곳에 온 것 같은 생각이 들어 더 많이 들이마셨다. 앞산에서 울어대는 소쩍새 우는 소리에 그리운 마음이 쓸쓸한 외로움으로 변하였다.

사랑이라는 게 무엇일까? 미움도 섭섭함도 따뜻한 말 한마디에 일순간 눈 녹듯이 녹여주는 것이다. 마음을 준다는 것은 내 것을 다 준다는 것이고, 사랑은 대가 없이 아낌없이 주는 것이라고 한다. 사람이 사람을 좋아한다는 설렘도 있지만, 안타까움도 있다. 사랑이란 이렇게 숨 막히도록 기다리는 것인지 혼자 생각에 잠겨 있을 때, 인기척이 났다. 깜짝 놀라서 돌아보니 준기가 어느새 옆에 와 있는 것이다.

요즘 들어 편지도 보내고 멋있게 보이려 하는 것이다. 이런 낌새를 알고 나는 피하려고 하는 상황인데, 밤늦은 시간 으슥한 곳에서 둘이 마주치게 된 것이다. 일부러 나를 찾아온 것이 아닌 다음에야 이곳에 올 리 없는 곳이다. 뒤로 돌아서 가려고 하자, 준기가 할 말이 있다며 앞을 가로막는 것이다.

"경주야, 너를 좋아해, 나, 우리 엄마와 아버지에게도 너 좋아한다는 말씀을 드렸어."

"애가 무슨 소리를 하는 거야? 나는 그런 마음도 없고 나에게 이러지 마라. 나는 이미 사랑하는 사람이 있다."

"조만간 우리 엄마가 너희 엄마 만나러 갈 거야."

정말 준기 엄마가 우리 집에 와서 혼담 이야기를 꺼내게 되면 우리 엄마 성화를 견디기 어렵다. 여러 가지 문제가 복합적으로 나오면 우리 가족을 설득할 수 없다는 생각에 나는 시간을 벌어야 했다.

"네가 나를 그렇게 생각하는 줄 몰랐어. 나에게 생각할 시간을 줘야지. 이렇게 일방적으로 어른들이 만나서 우리 이야기를 한다는 것을 나는 받아들일 수 없어. 정말 네가 나를 사랑하는 사람으로 생각하고 있다면, 나를 위해서라도 좀 더 생각할 시간을 주길 바란다."

"어떻든 내 마음을 받아준 것 같아서 고마워. 엄마에게 시간을 더 갖자고 말씀드릴게."

동산을 내려오면서 서글픈 마음과 비참함이 교차되었다. 만약 준기 엄마가 우리 집에 와서 혼사 문제를 의논한다면, 오빠를 기다리는 나에게 또 다른 걸림돌이 될 것이다. 준기네는 잘 사는 집이며, 가정형편은 오빠 집과 비교도 안 될 정도로 잘 사는 집이다. 돈이 인생에 전부는 아니지만, 그것이 요즘 세상 사람 보는 잣대가 현실이다.

시간이 지나면 소문이 나는 것은 순식간일 것이다. 그러기 전에 빨리 오빠를 만나서 우리 결혼 문제를 결정해야 한다. 최소한 언제 한다는 것을 부모님에게 말씀드리면 이런 일이 발생하지 않을 것이다. 이번 주일날 오지 않으면 다음주 중에는 서울 가서 오빠를 만나야 한다.

또 다른 사랑이 꽃피고

나는 특별한 날을 제외하곤 퇴근 후 공원에서 이지선을 만난다. 오늘도 먼저 도착해서 이지선을 기다리고 있었다. 골목을 돌아 이곳으로 오는 그녀의 모습만 보아도 나는 가슴이 콩닥거리며 설레었다.

사무실에서도, 여러 사람이 같이 모여 이야기할 때도 미스리를 바라본다. 바라기가 된 것이다. 마치 해바라기가 햇빛 따라 움직이는 것 같았다. 우리는 하루라도 못 보는 건 참을 수 없어 퇴근 때도 우리는 먼 발취에서 눈인사라도 해야 헤어질 수 있었다. 그러다 보니 주일날도 우리는 가까운 공원이나 영화를 보면서 보내는 친숙한 사이가 되었다.

입사해서 만난 지도 벌써 1년이 넘었지만, 처음 본 그날부터 지금까지 이지선 앞에 서면 설레는 마음은 처음과 똑같았다. 즐거울 때나 힘들 때나 우리는 서로를 바라보며 회사생활을 하였다. 힘들지만, 우리는 조직생활에서 철저하게 표 안 나게 배려하고 아끼게 되었으며, 둘이 외부에서 만날 때는 어느새 사랑하는 연인으로 변해 있었다.

'오전 근무만 하고 퇴근합니다. 집에 일이 있어서 가려고요. 잘 지내시고 월요일에 만나요. - 이지선'

미스리가 쓴 포스트잇 메모지가 내 책상에 있었다. 급히 시골에 간다고 하는 그녀를 버스정류장까지 배웅하면서 무슨 일이냐고 재차 물어도 명확한 대답 없이 다음주 월요일에 보자는 말만 하는 것이다.

"집에 무슨 일이 있나요? 궁금해서요."

"아무 일 없어요. 집에 조그만 행사가 있어서요."

"무슨 이유로 간다는 말을 정확하게 안 해줘서 화났어요. 그래서 토요일 근무 끝내고 강릉 갈 거예요."

이지선은 웃으면서 놀리듯이 말한다.

"오세요. 진짜 오세요. 우리 집이 어딘 줄 알고 와요."

"잘 가세요. 토요일에 갈게요."

매일 만나던 사람을 3일간 못 만난다고 하니 걱정이 앞섰다. 무슨 안 좋은 일이 집안에 생긴 거 같다는 생각이 들어, 월요일까지 서울에서 기다릴 수 없었다.

"부장님, 오늘 오전 근무만 하고 강릉에 좀 갔다 오겠습니다. 일요일 조기축구는 빠지려고 합니다."

"강릉에는 왜? 혹시 미스리 고향에 가는 거야?"

넘겨짚고 하는 말씀 같지만, 부장님은 이미 우리 두 사람의 표정에서 연애하고 있다는 것을 알고 계신 것 같았다.

토요일 오전 근무를 마치고 동마장터미널에서 강릉으로 가는 버스표를 끊고 기다리고 있었다. 내가 알고 있는 것은 그녀의 집 주소뿐이다. 수첩에서 주소를 다시 확인하고 들뜬 마음으로 버스에 올라 강릉으로 가고 있었다. 토요일 오후 영동고속도로는 차들이 엄청 많이 붐비고 있었다. 강릉은 처음 가보는 곳이다. 고속버스가 쏜살같이 달리다가 멈추기를 반복하며, 어느 구간에서는 정체가 되고 있었다. 사람들이 그렇게 여행을 즐긴다는 걸 새삼 알게 되었다. 나 또한 무작정 주소만 가지고 떠나지만, 그녀를 볼 수 있다는 생각에 마음이 한없이 설레었다. 시골 마을이야 몇 가구 안 되는 작은 마을이라 가면 된다고 생각하였다.

길이 엇갈리면 어쩌나 하는 불안감도 있지만, 보고 싶은 생각에 나선 것이라 마음은 들뜬 여행이었다. 스치고 지나는 주변 풍경이 정겹고 아름다웠다. 이 길은 미스리가 오가던 길이라 생각하니 더욱 설레고 아름다워 보였다.

느닷없이 찾아가면 어떤 모습으로 반겨줄까 생각하니 마음이 황홀해졌다. 만난 지는 얼마 안 됐지만, 참 오래된 사람같이 편하고, 내 마음은 온통 미스리가 차지하고 있었다. 아직 미스리 가족들에게 인사드린 적은 없지만, 그리운 마음에 무작정 그녀가 있는 강릉 가는 버스를 타고 갔다.

강원도 대관령 정상에서 바라보는 동해안은 대단하였다. 내려가는 길이 아흔아홉 번을 굽이쳐 가는 길, 이 길도 이지선이 다니던 길이다. 강릉 동해안 바닷가와 설악산을 여행하는 사람들이 많아서 그런지 5시간 안에 도착할 수 있는 길이 근 6시간이나 걸려서 터미널에 도착하였다.

점심때 출발하여 도착하니 6시다. 막상 터미널에 내리니 막막

한 마음에 어디로 가야 할지 망부석처럼 터미널 귀퉁이에 서 있었다. 바다를 끼고 있는 도시라 그런지 불어오는 바람 속에 비릿한 바다 냄새가 코를 자극한다. 바다 냄새를 맡으며 미스리도 이곳에서 살았다는 생각이 들자, 그 냄새마저도 향기롭게 다가오는 것이다.

우선 안내센터에서 주소를 말하니 자세히 그리고 친절하게 알려주시는 것이다. 여행하는 사람들의 편의를 위하여 적극적인 방법으로 안내하는 것이다. 일일이 버스 번호까지 자세히 알려주는 대로 강릉중앙시장에 가서 미스리 집으로 가는 버스를 탔다.

설레는 마음으로 가다 보니 모든 게 정겨웠다. 시골 논밭과 구불거리는 산길을 지나 길가에 보이는 집들이 행복해 보였다. 설악산 줄기라 그런지 산마다 소나무들도 빽빽하고, 산세도 험한 것이 웅장해 보였다. 처음 가보는 길이지만, 이곳에 이지선의 숨결이 흐르고 있다는 생각에 두렵지 않았다.

여기까지 왔으니 꼭 만나서 내일 같이 가면 좋겠지만, 가족들 누구도 만난 적이 없는 내가 과연 무슨 배짱으로 찾아 들어갈 것이며, 무슨 말로 그 가족 앞에 설 것인가 생각하니 별안간 이곳으로 가는 길이 망설여지고 섣부른 행동이 후회되었다. 이지선의 입장을 전혀 생각하거나 배려할 줄 모르는 철부지 생각이라는 걸 늦게 알게 되었다.

집에 무슨 일이 있는지도 모르면서 함부로 얼굴을 내미는 것은 역지사지로 생각해보아도 전혀 맞지 않을 일이다. 차장 밖은 벌써 어둠이 밀려왔다. 주변 산이 어둠에 묻히고, 버스에는 승객들이 중간 중간 내리다 보니 몇 사람 남지 않았다. 내가 초행길이라는 걸 알고 기사가 말한다.

"손님, 다음 정거장이 즈므입니다."

이 말에 몇 사람이 나를 바라보며 누구네 집에 오는 사람인가 힐끗 보는 것 같았다. 어느 곳이나 시골 사람들이 사는 곳은 참 따뜻하고 정이 많았다.

차가 멈추자, 아주머니 두 분과 노인 어른이 내렸다. 나도 얼른 내려 주변을 살펴보니 민가라고 해야 몇 채 안 보이는 마을이다. 막상 조용한 마을에 내리자, 다음 행동을 어떻게 취해야 할지 참 난감한 순간에 봉착했다. 이지선이라는 이름을 대고 집을 찾기도 어렵고, 그렇다고 어느 곳으로라도 발걸음을 옮겨야 하는데, 참 어정쩡한 순간이었다. 내렸으면 어느 곳으로 가던 걸음을 옮겨야 하지만, 나는 갈피를 잡지 못하고 엉거주춤하고 있었다.

"어디 찾아오셨소?"

보따리를 들고 있던 중년 아주머니가 물어보시는 것이다. 나는 이지선이라는 이름을 말할 수 없었다. 늦게라도 정신 차리고 올바른 판단을 한 것이 다행이라는 생각이 들었다.

"아! 네, 그냥 시골 마을 찾아다니며 글 쓰는 사람입니다."

이 버스가 마지막 버스냐고 물어보자, 이 차는 10분 있다 내려오고 밤 9시에 오는 차가 막차라며 아주머니가 상세하게 말씀해주신다.

뉴스를 보면 동해안 쪽에는 간첩들이 많이 내려오고 큰 사건이 자주 일어나는 곳이다. 그래서 이곳은 반공교육이 잘 되어있는 곳이라 조금 수상쩍으면, 주민들이 인근 군부대나 경찰에 신고하는 곳이다. 전국을 여행하는 사람인데, 마을 이름이 신기해서 무작정 차를 타고 온 것이라 해명하자, 그분들도 이해가 되었는지 집으로 가는 것이다.

시골 밤은 금방 어두워진다. 보이는 산들은 높고, 바람은 스산하게 불어왔다. 버스에서 내려 딱히 갈 장소를 정하지 못한 나는 이리저리 갈팡질팡 길을 오가다가 어느 집 앞에서 발걸음을 멈추었다. 가족들이 모여있는지 오손도손 정겨운 말소리가 들렸다. 참 행복해 보이는 그 분위기에 방해가 되는 거 같아 급히 발걸음을 옮기니 산밑에 철지붕으로 지은 집이 보였다. 고즈넉한 길가에 자리 잡은 외딴집이다. 저녁연기가 피어오르는 모습이 참 행복해 보였다. 어쩌면 저 집이 이지선이 살고 있는 집 같다는 생각이 들었다. 방마다 환한 불빛을 보니 온 식구들이 모여 즐거운 시간을 갖는 것 같았다.

귀를 세우고 한참을 서 있자, 방문을 열고 나오는 소리에 놀라 얼른 돌아서 발걸음을 옮겼다. 총총걸음으로 도망치듯 개울로 내려가 손을 씻고 얼굴을 닦았다.

깊은 설악산에서 내려온 물이라 그런지 시원하다. 자갈밭에 누워서 밤하늘을 보니 서울에서 보지 못한 별들이 무수히 떠 있었다. 동쪽 하늘에는 부끄러운 듯 반달이 슬며시 떠오르며 나를 비춰준다. 졸졸 흐르는 물소리를 들으며 어둠에 묻힌 깊고 높은 산을 바라보며 깊은 숨을 내쉬었다. 이곳이 그녀가 사는 곳이라 생각하니 모든 게 정겨워 보이면서도 갈 곳 몰라 개울가 자갈밭에 누워있는 마음은 어둠같이 외롭고 쓸쓸했다.

준비 없이 별안간 이곳에 온 것은 이지선이 보고 싶어서 왔다지만, 더는 용기를 내지 못하고 홀로 개울가 돌무더기에 누워있는 것 또한 어설픈 행동이다. 흘러가는 개울 물소리를 들으며 애꿎은 담배만 연실 빨고 있었다.

내가 타고 온 버스도 잠시 후 시내로 떠나갔다. 한여름에도 설악산 아래는 냉기가 흐르고, 모기는 극성스럽게 달라붙었다. 이 정도 불편함은 견딜 수 있지만, 지금은 끝나지 않은 농번기가 아닌가. 이곳에서 계속 얼쩡거리고 있다가 잠들면, 오가는 사람들이 보면 필시 신고할 것이다. 그러면 관계기관에 끌려가 조사를 받고 간첩으로 오해받아서 추한 꼴을 당할 수 있다. 두 시간을 돌무더기 물가에 앉아있자니, 허리도 아프고 발을 제대로 필 수 없었다.

극성스러운 모기와 불어오는 바람으로 밤을 지새우기는 겁나고 두려웠다. 산에서 들려오는 산새들의 울음소리가 마음을 흔들고, 달빛도 구름에 가려 침침해지자 심한 외로움을 느꼈다.

불어오는 설악산 바람을 맞으며 나를 돌아보았다. 가난한 가정에서 태어나 일찍부터 몸으로 부딪치다 보니 웬만한 고통은 참고 인내하는 성격이다. 어려움을 변화시키겠다며 노력하였지만, 그것은 생각뿐이지 어떻게 하겠다는 의지가 부족했다. 알고 있으면서 실천하지 못하고 당장 해야 할 일을 내일로 미루며 늦었다는 핑계로 일관하였다.

실력을 쌓기보다는 요행을 먼저 생각한 세월을 살았던 거 같았다. 실력과 능력이 우선이어야 하는데, 어떻게 되겠지 하는 요행을 바라며 두려워하지 않았다. 잠시 스쳐 지나가는 짧은 인생이라면 모르지만, 한평생 살아가는 데 필요한 실력과 능력은 생명줄과 다를 바가 없다. 그렇게 중요한 것을 너무나 간과하고 살았다.

　전쟁터에 나가면서 나를 지킬 수 있는 무기도 들지 않고 가는 거와 무엇이 다른가. 적이 가지고 있지 않는 확실한 무기를 가지고 있으면 백전백승 아닌가. 이 세상을 살아가면서 필요한 게 무엇인지 알면서도 망각하고 귀찮아한다. 나는 비켜갈 수 있다고 자만하고, 그렇게 되지 않을 거라는 배짱으로 살았다.

　이제야 알 것 같다. 마라톤을 완주하려면, 첫 출발부터 내 수준에 맞게 뛰어야 하는데, 알면서도 욕심만 내다 보니 실패의 연속이었다. 목적을 달성하려면, 수많은 시련이 뒤따르는 게 당연한데, 그것이 두렵고 힘들어 요행을 바라며 영광만 바라보는 것이다. 세상 모든 일이 이와 같은 것이다. 알면서도 하지 못하는 건 의지가 부족하고 어떻게 되겠지, 하는 안일함 때문이다.

　노력 없이 각종 고시에 합격할 수 없다. 영광의 합격자들과 기록 보유자들이 어느 순간 우연히 스타가 될 수 없다. 부와 명예를 가진 분들을 부러워해야지 원망하고 미워하면 안 된다. 그건 질투와 시기심으로 뭉친 못난 사람일 뿐이다. 단순한 말이지만, 사람들은 바탕이 되는 기본을 너무 쉽게 망각한다. 치열한 경쟁사회에서 뒤처지지 않으려면 자만하지 말고 따라야 한다.

　그런 것을 알면서도 실천하기보다는 변명으로 일관하며 살아온 것이다. 여건이 안 되어 어쩔 수 없다는 핑계로 지금껏 영광만 바라보았지, 피나는 노력이라는 전제를 무시했다.

　야곱은 위기에 닥쳤을 때 절체절명의 심정으로 하나님께 매달리며 기도하다 잠이 들어 하나님 음성을 듣고 돌탑을 쌓아 하나님을 만났지만, 부족한 나는 돌베개 베고 내 삶을 다시 점검하며 고민하는 시간이 되었다.

멀리서 버스 올라오는 불빛이 보였다. 잠시 후에 내려온다는 것을 이미 확인한 나는 몸을 일으켜 버스정류장으로 발걸음을 옮기고 있었다. 나는 정류장에 서서 도착할 버스를 기다리며 생각해본다.

'젠장, 내가 하는 생각과 일이 늘 이런 식이었어. 깊이 생각하지 못하는 내가 문제야.'

여기까지 왔으면 찾아가는 것이 남자답고 멋있을 수는 있지만, 나로 인하여 이지선이 난처해하고 힘들어하는 모습은 안 된다는 생각이 들어 생각을 바꾼 것이다.

'그래! 잘한 선택이야. 지금 이렇게 무작정 찾아가는 것은 도리가 아니야.'

내 생각이 옳다며 칭찬하고 있었다. 그래도 나를 다시 돌아보고 반성하는 시간을 할 수 있어 다행이라는 생각이 들었다.

'버스를 타고 나가 경포대에서 밤새 바닷가 구경하면서 밤을 새워보자.'

이럴 때 밤을 새우지 언제 이런 기회가 있을 수 있겠냐는 생각을 하면서 나를 위로하였다. 이윽고 버스가 도착하였다. 나는 힘없이 버스에 올라가 중간 자리에 앉았다. 이 시간에 나가는 사람이 없는지 나 혼자뿐이다.

"손님, 구경 많이 하셨습니까?"

나를 태우고 왔던 버스 기사가 다시 돌아온 것이다.

"네, 네, 잘하고 왔습니다."

"이곳에서 5분 후에 출발합니다."

막차라 시내로 나가는 손님을 배려하는 것이다.

설악산 능선 칠흑 같은 어둠 속에 애달픈 새들의 울음소리가 들렸다. 그 아래 외딴집에서 불빛이 보였다. 따뜻한 불빛이 보이는 저기가 사랑하는 이지선 집일 것이라 생각하니 보고 싶었다. 저 집에는 지금 어떤 행복이 있을까? 저렇게 불빛이 행복하게 보이는 걸 보면 따뜻한 이야기가 넘치는 집일 것이다.

문득 내 고향집이 그리워지고 이지선의 얼굴이 떠오른다. 조용히 눈을 감았다. 이제는 버스가 떠날 시간이 다가왔다. 내가 여기에 온 건 설레는 마음으로 이지선을 만나러 왔지만, 이제 만나지 못하고 나는 돌아설 수밖에 없었다. 용기가 없어서가 아니라 그녀가 불편해할 것 같다는 생각에 갈 수 없었다. 여기 어딘가에 있는 걸 알면서도 나는 돌아서는 것이다.

아마 이것이 마지막이라면, 나는 절대 돌아가지 않고 이지선을 찾을 것이다. 오늘 못 만나도 내일은 만날 수 있다는 희망이 있기에 나는 가는 것이다. 몇 미터 안에 있는지 모르지만, 이곳에 그녀가 있다는 것으로 나는 행복해 눈을 감으며 읊조렸다.

'내일은 아침 일찍부터 터미널에서 기다리면 만날 수 있을까? 혹시 기차를 타고 가는 것은 아닐까?'

버스 떠나는 시간이 다가오자, 마음은 더 갈팡질팡 헤매고 있었다.

"어서 오세요."

버스가 떠나기 직전 손님이 차에 오른 것이다. 눈을 뜨기 싫었지만, 무의식적으로 탑승한 승객을 얼핏 바라보니, 순간 이지선이 보였다. 하도 생각을 많이 해서 헛것을 본 것이라며 다시 눈을 비벼 보아도 이지선이었다.

"어! … 지선 씨!"

"진성 씨! … 세상에 어쩌려고 여기까지 어떻게 알고 왔어요?"

이지선이 눈물을 글썽이며 차가운 내 손을 꼭 잡아주는 것이다. 나는 오늘 종일 만날 수 있다는 희망과 설렘을 가지고 왔다가 용기를 잃고 떠나는 안타까운 순간에 이지선을 만난 것이다. 너무 반갑고 기뻐 표현할 수 없는 설렘이 벅차올랐다. 긴장과 초조함이 일순 사라지고 기적 같은 만남이 이루어진 것이다.

시골 길을 달리는 버스는 우리 두 사람만 태우고 구불거리는 산허리와 논과 들을 지나 시내로 향하고 있었다.

"진성 대리님이 여기 올 줄은 정말 몰랐어요. 터미널로 향하는 나에게 토요일 강릉에 오겠다고 한 것도 나에게 그냥 하는 인사치레라 생각했지, 이렇게 행동으로 옮길 거라는 생각은 못했어요."

"집안에 무슨 일이 있는지 걱정이 되었어요. 그리고 매일 보던 사람을 보지 못한다는 게 너무 힘들었어요. 주소를 알지만, 무턱대고 찾아 들어가면 지선 씨가 난처하고 힘들어할 거 같다는 생각이 들어 못 들어간 겁니다. 올 때는 몰랐는데, 막상 도착하니 어떻게 하는 것이 좋을지 망설이다 보니 갈 곳 잃은 방랑자 같았어요. 이 밤중에 개울가에서 서성이면 수상한 사람으로 신고당할 것 같아서 나가려고 한 겁니다."

"진성 씨 올 거라는 생각은 하지 못하고 있었는데 우리 집에 친척분이 오셨어요. 아마 먼저 차에 같이 타고 오신 분들일 거예요. 저녁 식사를 하다가 우연히 수상쩍은 사람이 이곳에서 내렸다고 하시는 겁니다. 확실한 목적지도 없이 여행객이라고 하는데, 이 시골까지 무슨 여행하는 사람이 오겠냐면서 요즘 간첩들이 많으니 조심하라고 하는 말을 하는 것입니다. 아무 생각 없이 듣고 있다가 순간 혹시나 하는 생각이 들었어요. 어떻게 생긴 사람이냐고 물으니 20대 중반쯤 되어 보이는데 얼굴이 예쁘장하니 키도 크고 깨끗한 인상이라 그렇게 험한 일을 할 사람은 아닌 것 같다고 하시는 말에 나는 순간 진성 씨 같다는 생각이 번쩍 드는 거예요. 나는 그 생각에 이르자 다른 거 물어볼 것 없이 입던 옷 그대로 정류장으로 뛰어온 거예요."

정말 집에서 입던 편한 치마에 엄마가 입던 스웨터를 입고 있었다. 그런 모습으로 나왔지만, 그 모습은 회사에서 본 그 모습과 또 다른 예쁜 모습이었다.

밤에 보는 경포대 밤바다는 아름다웠다. 파도가 밀려와 부서지는 물거품을 바라보며 지선의 손을 꼭 잡았다. 너무 따뜻하고 부드러웠다. 그 밤에도 갈매기들은 힘차게 날아다녔다. 멀리 바다 가운데 등대가 보이고, 환한 불을 밝힌 배들은 한참 고기잡이를 하는 모습이 평화로워 보였다.

나에게는 과분한 사람이 옆에 있다. 이런 사람이 과연 나와 평생을 같이 할 동반자가 될 수 있을까? 내 나이가 벌써 30을 바라보는 나이지만, 무엇 하나 제대로 갖추고 준비한 것이 없는 지극히 궁핍한 사람이다. 돈을 벌겠다고 더운 중동까지 가서 벌어온 돈도 허무하게 날려버리고, 미래를 준비한 것이 하나도 없는 빈약한 사람이다.

사랑한다고 해서 사랑으로 빈 곳을 채우지 못하고, 젊음이 있다고 해서 젊음으로 해결되지 않는 게 결혼이다. 한 가정을 이끌 힘과 능력이 있어야 하고, 부모님의 승낙과 주변 사람들의 축복과 격려가 있어야 하는 것이지, 사랑만으로 이루어질 수는 없다.

"지선 씨, 나는 당신을 사랑합니다. 당신과 함께한다면, 죽는 날까지 당신에게 눈물 흘리지 않게 할 수 있습니다. 그러나 지금 나는 가진 것이 없어요. 준비한 재산도 없고, 그렇다고 좋은 직장을 다니며 잠재된 능력도 없어요. 조건으로 따지면 감히 넘보기 어렵겠지만, 그러나 당신을 힘들지 않게 해줄 자신은 있습니다."

망망대해 동해를 넘어 태평양 바다 어둠을 뚫고 더 멀리 바라보니, 경포대 바람은 잠들지 않고 가슴속을 시원하게 하는 축복의 바람이 불어왔다. 바닷가 모래사장에는 늦은 시간인데도 젊은 사람들이 거닐며 젊음을 만끽하는 소리가 들려왔다. 처음 마주친 바다를 보며 큰 소리로 포효하듯 소리쳤다.

"이지선! 나는 당신을 사랑합니다. 행복하게 해드릴게요. 내 사랑을 받아주세요."

"나는 진성 씨를 믿어요. 나를 사랑해주고 아껴주면 그것으로 나는 행복합니다. 지금 비록 없어도 우리는 젊음이 있잖아요. 이제부터 하면 되지요."

"우리가 결혼해도 월세방부터 시작해야 하는데 어쩌지요? 당신을 그렇게 대하기 싫어서 고민이 많아요. 형편이 될 때까지 기다려주세요. 부모님을 설득할 수 있겠어요."

"진성 씨! 오늘 고생해서 여기까지 와서 고마워요. 이렇게 나를 찾아온 것으로 이미 당신 마음을 알고 있습니다. 나를 이렇게 사랑해주는 것으로 행복합니다."

그날 우리는 경포대 바닷가를 걸으며, 어떤 일이 닥쳐도 사랑으로 극복하고 이겨내자며 약속하는 자리였다. 지선은 집에서 입던 옷 상태로 나와서 가족들이 걱정하고 있을 것이다.

"지선 씨, 택시 타고 집에 들어가요. 집에서 걱정 많이 할 거예요."

"네, 걱정하지 마세요. 지금 전화해서 말씀드릴 거예요."

이지선은 모래사장 옆에 있는 공중전화로 전화를 걸었다.

"지수야! 나 엄마한테 말씀 못 드리고 친구하고 시내에 나왔어. 친구하고 같이 있으니 걱정하지 마시라고 엄마에게 말씀드려. 조금 있다가 택시를 타고 갈게. 걱정하지 마!"

동생이 마을 청년회장이다 보니 집에 전화가 있었다. 걱정하던 일이 해결되니 마음이 한결 푸근해졌다.

검푸른 바다는 밤이 깊어갈수록 갈매기는 잠들지 않고 우리 이야기도 끝이 없었다. 모래사장을 때리는 파도소리는 지칠 줄 모르고 하얀 거품을 쉴 새 없이 토해낸다. 하늘에는 은하수들이 아름답게 빛나고, 부드러운 달빛이 우리를 감싸주는 행복한 밤이었다. 밤에도 파도는 잠들지 않고 철썩이는 바닷가에는 젊음이 그곳에 있었다. 모두가 행복한 추억을 만드는 연인들 속에 우리도 어울려 함께 있었다.

밤이 점점 깊어가자 모두 다 떠나고 모래사장에 사람들의 모습이 별로 보이지 않았다. 그래도 우리는 행복하고 설레는 마음으로 경포대 아름다운 모래사장을 방석 삼아 이야기는 끝이 없었다. 불어오는 해풍으로 지선의 머리카락이 그림처럼 날리고, 번뇌를 깨우는 파도소리에 나는 새로운 희망으로 설레었다. 지금까지 느껴온 고민과 아픔이 저 파도처럼 사라지는 것 같았다.

 아침이 밝아오자, 어둠을 뚫고 타오르는 태양은 대단하였다. 우주가 밤새껏 잉태한 붉은 해가 산고의 고통에서 깨어나듯 얼었던 지구를 따뜻하게 녹여주는 강렬한 불덩이가 되어 서서히 올라왔다. 태양을 맞이하는 바다는 용광로처럼 끓어오르고, 출렁이는 바닷물은 떠오르는 태양을 씻어주며 구름을 삼키는 것이다. 우리는 그 태양의 기를 받으며 힘차게 손을 잡았다. 우리의 미래를 위하여!

감격적인 만남

후덥지근한 바람이 불어오는 것을 보니 비가 내릴 것 같다.

꿈속에서 오빠를 만났다. 엄청 커다란 선물상자를 들고 오면서 나에게 줄 선물이라고 한다. 가지고 온 상자가 얼마나 큰지 내 힘으로는 열 수가 없다고 하자, 큰 비행기가 우리 집 하늘 높이 떠서 선물 뚜껑을 열어준다며 비행기가 낮게 떠서 큰 밧줄을 내리는 것이다. 황당한 꿈이다. 큰 선물을 가지고 오는 걸까? 다른 큰 선물보다 오빠의 건강에 문제가 없으면 좋겠다는 생각이 들었다.

내일 토요일에는 오빠가 올 거라는 생각에 설레고 기뻤다. 토요일 오후에는 불쑥 찾아와 나를 놀래주는 오빠였다. 언제나 내 곁에 있던 오빠를 생각하다 보니 그리움이 두려움으로 변해 가슴을 짓누른다.

잠결에 들으니 비 오는 소리가 요란스럽다. 어제 오후부터 검은 비구름이 모이더니 기어코 사정없이 끓어오르는 대지에 분함을 토해내는 것이다. 심한 가뭄으로 모두가 비 오기를 기다렸지만, 오랫동안 기다리던 비가 오지 않아 농작물은 누렇게 타들어가 생명력을 잃어가고 있었다.

내가 간절히 기다리는 그리움도 이렇지 않을까? 목말라 기다리던 것들이 해결되듯이 이 비와 함께 오빠도 비를 타고 왔으면 좋겠다. 천둥 번개를 동반한 것이 심상치 않은 비가 밤새 내리는 것이었다. 꿈인 듯 문밖에서 떠드는 소리가 난다. 엄마가 밖에 나와 비설거지를 하시는지 이리저리 바쁘게 움직이는 것을 느꼈다.

아직도 비는 그칠 줄 모르고 계속 내리고 있었다. 긴 가뭄 끝에 큰 홍수가 난 것이다. 보이는 곳이 다 물이다. 푸른 들판이 호수로 변했다. 무엇보다도 큰 걱정은 저수지 물이 넘쳐 큰물이 내려가면 마을을 끼고 흐르는 개울둑이 터지고 온 마을이 물에 잠겨 큰 문제가 발생한다. 우리 집은 그나마 지대가 높아서 안전하지만, 진성 오빠 집은 지대가 평지라 문제가 생길 수 있다.

밖에 나가 보니 앞이 보이지 않을 정도로 세찬 비가 내리고 있었다. 마치 하늘에 구멍이 난 것 같았다. 오랜 가뭄으로 애타게 기다리던 비가 너무 많이 내려 저수지 둑에서 개울로 이어지는 곳이 범람해 산더미 같은 물줄기가 마을을 다 삼킬 듯이 무섭게 흐르고 있었다.

전혀 움직일 수 없다. 아직 밝아오지 않은 새벽에 보이는 실상은 큰 물살로 인하여 도로가 끊기고, 저지대 농작물이 물에 잠기었다. 뜬눈으로 밤을 새우다 보니 새벽녘 비가 그치고 날이 밝아 보이는 마을은 손을 쓸 수 없는 상태로 변해 있었다. 오빠 가족들이 걱정되었다. 아랫마을로 내려가는 길이 순탄치 않았다. 개울

둑이 터지고 도랑물이 터져서 온전한 모습이 아니었다.

"진희야, 모두 무사하시지?"

"네, 괜찮아요. 언니네 집은 어때요?"

"응, 괜찮아. 아버지와 오빠는 어디 갔어?"

"논에 가셨어요."

이렇게 비가 많이 와 도로가 끊기고 교통이 두절되면 내일 오빠가 올 수 없다는 생각이 들었다. 오빠가 올 수 없다면, 서울로 내가 찾아가서 만나야 한다. 이 상황을 더는 지켜만 볼 수 없다. 내 문제도 중요하지만, 지금 일어나는 일들을 생각해보면 오빠에게 어떤 문제가 생긴 것 같다는 불안감이 들었다.

"진희야, 오빠 연락 없었지? 이번 주에는 홍수로 도로가 망가져서 오빠가 올 수 없을 거야. 안 오면, 다음주에 오빠 만나러 가려고."

"나도 가보고 싶어요."

"그래, 우리 다음주에 가자."

늦은 장마로 인하여 다 키운 농작물들이 흙과 모래에 파묻혀 떠내려가 엉망진창이 되어 어디가 논이고 도로였는지 구분할 수 없었다. 평화롭던 개울둑도 형체를 알아볼 수 없이 무너지고 터졌다. 그 사단을 아는지 모르는지 개울물은 물줄기 방향을 틀어 유유히 흐르고, 하늘은 천연덕스럽게 언제 그랬냐며 구름이 떠 있어 참 평화로워 보였다. 태양은 뜨겁지만 바람은 가을이라는 계절을 반기듯 소슬바람이 시원하게 불어온다.

홍수 피해 복구를 위하여 군인들과 관공서에서 지원을 나왔다. 끊어진 마을 길과 개울 돌다리를 복구하는 사람들 얼굴에 맺힌 땀방울에 고마운 마음을 표하게 되고 머리를 숙이게 한다. 마을 사람들도 너나 할 것 없이 며칠 동안 수고하다 보니 길이 복구되었다.

"진희야, 내일 서울 가려고 하는데, 갈 수 있니?"

"네, 내일 같이 가요."

오빠를 만난다고 생각하니 마음이 설레었다. 하루만 못 봐도 안 되었던 우리였는데, 회사에 취직한 이후부터는 만날 수 없었다. 내가 이렇게 보고 싶어 하는 걸 오빠가 모를 리 없다. 무슨 일 때문에 이리도 더딘지 마음이 심란해진다.

지나간 많은 일들이 며칠 전 일처럼 머리를 스치며 다가온다. 가슴 벅찬 일들을 생각하니 기쁘면서도 마음이 아프고 눈물이 났다. 밤새 뜬눈으로 지새우다가 새벽에 잠이 들었다.

"언니! 일어나 밥 먹어. 밤새 뒤척이더니 늦잠을 자네? 오늘 서울 간다며?"

동생이 일어나라고 깨우자, 엄마가 방문을 여시며 한마디 하신다.

"서울에 왜 가니?"

"서울 친구들과 저번 주에 만나기로 약속했데요."

동생이 나를 대신하여 엄마에게 대답해준다. 요즘 동생은 내가 잠 못 들어 뒤척이는 것을 보며 오빠를 만나고 오라고 할 정도로 내 마음을 위로해주는 것이다.

"진성 오빠 만나면 가족들이 걱정한다며 놀러 오시라고 전해 줘. 언니! 이렇게 입으니 정말 예쁘다. 진성 오빠도 언니 보고 깜짝 놀라겠다."

"언니! 너무 예뻐서 오늘 저녁에 오빠하고 같이 올 것 같다."

진성 오빠를 만나러 간다는 생각에 나는 설레고 들뜬 기분으로 오빠 집으로 내려갔다.

"언니, 나 오늘 못 가겠어요. 밤새 열이 나서 한잠도 못 잤어요. 몸살인가 봐요."

진희와 같이 가려고 처음부터 계획했던 일인데 함께 갈 수 없다 보니 막연한 두려움이 앞선다. 처음부터 내 문제인 것이 아닌가. 함께 가면 만나는 과정까지는 수월하게 이루어질 거라는 기대로 큰 우군이었지만, 이제는 그마저도 안 되는 것이다.

이제 혈혈단신 나 혼자 찾아가고 부딪쳐야 한다. 막연한 두려움이 앞섰지만, 걱정할 필요가 없다. 내가 사랑하고 좋아하는 사람을 찾아가는데 무슨 염려를 하는가.

"그래, 잘 쉬면 좋아질 거야. 오빠 만나고 올 때 맛있는 거 사 올게."

나는 사랑하는 사람을 만나러 간다는 설렘을 안고 보무도 당당히 개울가 돌다리를 건너가면서 오빠와 나누던 말에 울컥 마음이 찡해진다. 3년 전인가? 사우디로 돈 벌러 갈 때 이별을 아쉬워하며 이 길을 걸어갔다. 잠시 이별이지만, 오빠만 믿고 기다리라고 하며 위로하던 말이 생각났다.

'내가 가는 이유를 알지? 갔다 오면 바로 결혼하자. 절대로 힘들지 않게 해줄게.'

오빠가 하던 그 말이 여운이 되어 오랫동안 맴돌고 있었다. 일찍 서둘러 갔지만 오후 2시에 오빠 사무실에 도착했다. 6차선 도로 옆에 있는 사무실은 깨끗하고 멋진 빌딩이었다. 길게 뻗은 도로는 서울역 방향이며, 반대 방향은 왕십리 방향이다. 주변에는 크고 작은 건물들이 많이 있고, 활기차게 오가는 사람들이 분주하게 움직이는 모습이 서울은 다르다는 생각이 들었다. 오빠도 이제는 어엿한 직장인으로 저 사람들 속에 있는 한 사람이라고 생각하니 기분이 우쭐해 좋았다.

엘리베이터에서 내려 사무실 문을 들어서자 맨 앞쪽에서 근무하는 여직원이 보여 그 앞으로 갔다.

"안녕하세요. 김진성 씨 좀 뵈려고 왔습니다."

"잠깐 기다리세요."

여직원은 친절하게 말하며 전화 인터폰을 눌렀다. 그래도 전화를 받지 않자 일어서서 멀리 뒤쪽을 바라보는 것이다.

"잠시 외출 중이라 자리에 안 계시는 거 같습니다. 멀리 가신 것 같지는 않으니 잠시만 앉아 계세요."

창가 옆 작은 테이블과 의자가 몇 개가 있는 휴게실로 안내하는 것이다. 처음 와본 사무실은 엄청 크다는 생각이 들었다. 부서별 팻말이 보이고, 뒤쪽은 유리 칸막이로 막은 멋진 사무실이 보였다. 사실 나는 이런 사무실을 와보지 못한 사람이다. 그러다 보니 다른 곳과 비교할 수 없었다. 한참을 기다려도 들어오지 않는 것을 보면 멀리 간 것 같다는 생각이 들었다.

빌딩 앞에 들어올 때 보니 옆 건물에 예쁜 커피점을 보았다. 사무실에서 계속 기다리는 게 왠지 미안한 마음이 들어 얼른 일어나 여직원에게 카페에서 기다리겠다고 하였다.

"죄송하지만, 존함 좀 말씀해주세요."

"정경주라고 전해주세요."

"알겠습니다. 김진성 대리님 들어오시면 말씀드리겠습니다."
"네, 그러면 옆 건물 커피숍에서 기다리겠습니다."

나는 옆 건물 커피숍으로 갔다. 넓은 매장은 잘 정리된 모습이 서구적인 멋이 풍기는 찻집이다. 의자도 최신 유행인 듯한 나무 의자에 탁자 또한 원목으로 고풍스러운 모습이다. 테이블마다 간격을 두고 다양한 화초와 나무들로 분위기를 한껏 고조시키고 있었다.

손님들의 대화소리에 방해를 주지 않으려고 테이블마다 간격을 넓게 확보해주고, 고풍스러운 천장 또한 멋진 분위기를 연출한 모습이었다. 음악도 클래식 음악이 흘러나오고, 중앙에는 디제이 박스가 설치된 것이 밤에는 사람들이 많이 붐비는 곳으로 보였다.

나는 위축된 모습으로 둘러보니 창가 옆에 조그만 자리가 보였다. 사람들이 쉽게 보이지 않는 창가 쪽으로 자리를 잡고 앉았다. 가슴이 뛰었다. 잠시 후에 만날 오빠를 생각하니 그렇게 기쁘고 가슴이 두근두근하며 콩닥거렸다. 얼마나 보고 싶던 오빠였던가. 잘 모르는 음악이지만, 클래식 음악 선율이 마음을 편하게 하면서도 마음을 설레게 한다. 시간이 한참을 지났는데도 오빠가 오지 않아 마음이 불안해 눈은 출입문에 고정되어 있었다.

기다리는 순간은 설레는 감미로움보다는 불안과 초조한 마음으로 이내 떨고 있었다. 나는 기다림에 지쳐서 이대로 쓰러질 수 있다는 생각이 들었다. 오늘 오빠를 만난다는 벅찬 마음에 아침밥을 먹을 수 없었다. 점심도 여기 오는 중에 먹을 생각조차 하지 못했다.

창밖을 오가는 사람들 속에서 불쑥 나타날 것 같은 사람은 쉽사리 오지 않았다. 기다리는 시간이 지나면서 애절함으로 변해 있었다. 나는 수첩을 꺼내 전화번호를 확인하고 공중전화 박스로 가려고 하는데, 길가에 긴 듯 아닌 듯 내가 그토록 찾던 오빠 모습이 언뜻 보이는 것이다. 몸을 일으켜 바라보니 내 영혼 같은 오빠가 힘차게 걸어오는 게 보였다. 멀리서 걸어오는 모습을 보고 순간 왈칵 반가움에 눈물이 났다.

"오빠! … 여기예요."

오랜만에 보는 오빠는 몰라보게 야위어 보였다. 짙은 밤색 양복에 청색 바탕 와이셔츠를 입은 사회 초년생치고는 멋진 모습이지만, 더벅머리에 기름기 없는 얼굴이 짠해 보였다. 활짝 웃으면서 반겨주는 웃음에 나는 가슴이 떨리고 설레었다.

"그래, 경주야! 많이 기다렸지. 거래처 손님과 식사하다 보니 좀 늦었다. 그런데 네가 무슨 일로 여기에 왔어?"

"…"

나는 그 말에 숨이 넘어가는 것 같은 서글픔을 느꼈다. 도저히 앞뒤가 전혀 맞지 않는 말을 하는 이 사람이 진짜 진성 오빠가 맞는 것인지, 순간 무서움과 서러움이 가슴을 찌르는 것이다. 마치 기억을 잃은 사람같이 태연하게 남 이야기를 하는 것 같았다.

"오빠!"

"엄마도 안녕하시지? 저번 주에 가려고 하였는데 회사 일이 많아서 갈 수가 없었어."

"잘 있었니? 많이 크고 예뻐졌다."

"오빠! 무슨 일로 왔느냐고 했나요?"

눈앞이 캄캄해졌다. 정말 오빠에게 무슨 일이 생긴 게 사실인 것 같았다. 나를 그냥 아는 사람 정도로 대하는 것이다. 그렇게 애틋한 사랑을 한 사람이 하는 말이라고는 도저히 믿어지지 않는 인사였다. 진희가 본 오빠 모습을 나에게 말해줄 때만 해도 그렇지 않을 것이라고 생각하였는데, 지금 이 자리에서 보는 오빠는 완전히 다른 사람이 되어있는 것이다.

아무리 장난을 치고 속이려 해도 바라보는 눈빛을 보면 진심을 알 수 있다. 이런 오빠의 모습은 처음이었다. 서러움이 밀려왔다. 나는 흐르는 눈물을 주체할 수 없었다.

"경주야! 왜 울어? 울지 마라."

오랜 세월 애틋한 사랑으로 대해주던 오빠 모습만 봐도 분위기를 알 수 있다. 지금 나를 바라보는 그 눈빛은 그때 눈빛이 아니었다. 마치 마술에 걸려 정신을 잃어 아무것도 할 수 없는 판타지 소설 속에서 벌어지는 일 같았다. 그렇게 사랑하던 사람이 아닌가. 어쩌다가 그 많은 우리의 애틋한 사랑을 잊어버리고 있는 것인지, 아니면 스스로 모르는 척하는 것인지 모르겠다.

"오빠! … 내가 누구예요?"

"경주야!"

"우리는 사랑하던 사람이 아니었나요? 지금 무슨 일이 생긴 건가요?"

"경주야! … 지금 무슨 말을 하는 거야? 우리가 사랑하는 연인 사이라고? 다시 말해봐."

"오빠가 무서워요. 일부러 나 놀리려고 그러는 거 아니지요? 정말 우리가 사랑하는 사이라는 걸 모르나요?"

"우리가 그렇게 사랑하는 사이라고?"

"네, 맞아요. 사랑하던 사이랍니다."

"… 아! 모르겠어! 나는 왜 그런 일이 있었다는 것이 생각이 안 나지?"

진성 오빠는 눈이 휘둥그레지면서 어쩔 줄 몰라 하는 것이다.

"이럴 수는 없어요. 이게 말이 되나요? 우리가 사랑하던 일들이 전혀 생각나지 않는다고요?"

"경주야! … 진짜지? 아!"

"사랑을 잊었다고요? 생각이 나지 않는다고요? 우리 결혼하자면서 날짜를 잡으려고 하던 순간이었어요."

"오! 맙소사! 하늘이시여! … 어찌하여 나에게 이런 시련을 주시나요."

오빠는 우리가 사랑하는 연인 사이라는 걸 잊어버리고 방황하고 있었다. 거짓말 같았다. 멀쩡히 나를 알아보면서 그 속에서 나를 사랑했다는 것만 쏙 빼어내 기억이 안 난다고 하는 것을 이해할 수 없었다.

오빠가 나를 생각하는 것은 맨 처음 나를 처음 보았을 때부터 군 복무 전의 일만 기억하는 것이다. 지금까지 일어난 애틋한 일을 기억하지 못하는 오빠를 보니 눈물이 앞을 가렸다.

손을 다쳐 장애를 당하자, 내 꿈은 거기서 멈췄다. 창공을 힘차게 날던 새 한 마리가 목적지에 도달도 하기 전에 날개가 꺾이고 실의에 빠진 것처럼, 내 인생은 끝이라고 생각했다. 별안간 닥친 비바람과 태풍으로 한 송이 꽃이 채 피지 못하고 떨어진 내 인생이었다. 그렇게 슬퍼하며 절망상태일 때, 나에게 다가와 용

아리고 아픈 사랑

기와 꿈을 준 사람이다.

　희망은 사라지고 세상의 끝이라며 죽음이 나를 유혹하고 있었다. 좌절하여 번민 속에서 죽음이라는 유혹의 늪 속에서 헤어나지 못하고 있을 때 그 고통을 슬기롭게 희망이라는 용기로 이기게 한 오빠다.

　오빠는 내 영혼 같은 사람이다. 그런 사람이 거짓말처럼 우리의 애절한 사랑을 모르고 있다. 이해할 수는 없지만, 지금 말하는 것은 보면 사실일지도 모른다. 그렇지 않고서야 오빠가 오랫동안 오지도 않고 연락도 안 하는 그런 사람이 아니었다. 이제 내가 오빠를 깨워야 한다. 주변 시선이 우리에게 와 있었다. 나는 일어나 화장실에 가서 거울을 보았다. 흐른 눈물 자국을 닦아내고 마음을 가다듬고 다시 자리에 와서 앉았다.

　오빠는 아직도 멍하니 넋 나간 사람같이 눈을 감고 있었다. 얼굴에는 고뇌하는 모습이 보이고, 눈물이 촉촉하게 젖어있었다. 마침 오빠 동료 직원이 우리를 보고 인사를 한다.

　"진성 대리, 누구야?"

　"아, 네, 과장님. 고향 동생입니다."

　이제는 어디서라도 사랑하는 사람이라고 당당하게 말하겠다고 하던 오빠가 나를 시골 동생으로 소개하는 것이다. 주변 여자들을 보니 모두 다 세련되고 멋있어 보인다. 그 사람들과 비교해서 내 자신을 바라보니 너무 초라한 것을 느꼈다.

　오빠 마음이 이렇게 변한 것인가? 아니면 정말 무슨 병이라도 걸려서 사랑했던 기억을 잃어버린 것일까? 또다시 나는 견딜 수 없는 슬픔이 다가왔다. 이해할 수가 없었다. 사랑했던 그 기억만 모른다는 걸…

"오빠! 내 눈을 보세요. 내가 누구예요?"

"경주야! 나도 모르겠어. 도무지 기억이 떠오르지 않아."

"우리가 지금까지 사랑한 것이 전혀 기억 안 나고 정말 몰라요?"

"그렇다니까. 우리가 사랑하는 연인이라는 걸, 거짓말 같겠지만 모르겠어."

"어떻게 해요. 마치 정신을 잃은 사람 같아요. 정말 우리가 사랑한 것을 모른다고 하면 오빠는 지금 나에게 일부러 거짓말을 하는 게 아니면 정신적으로 문제가 생긴 거예요."

"지금 우리 집에서는 오빠 오기를 기다리고 있어요. 결혼 이야기까지 의논하다가 오빠가 서울 누님과 결정해서 연락한다고 한 것이 벌써 2년이 지나갑니다. 그래도 나는 오빠를 믿고 지금까지 왔어요. 우리는 사랑했고, 오빠는 나 없이는 하루도 견딜 수 없다며 미래를 약속한 사이였어요. 가난을 벗어나겠다며 사우디에 갔다 온 거예요. 가난으로 내가 힘들어하는 것은 볼 수 없다며 그렇게 살아온 오빠예요. 우리가 하루 이틀 한 사랑도 아니고 정말 나에 대한 사랑의 기억이 없다고 하니 마음이 아프고 죽을 것 같아요."

"경주야, 정말 나는 기억이 없어서 그래. 아! 이게 무슨 일이지?"

오빠는 테이블 위에 머리를 대며 고통스러워하고 있다. 오빠는 심한 자괴감에 빠진 것같이 사정없이 자신과 싸우고 있는 것 같았다. 무슨 사고가 났다고 하였는데, 정말 머리를 다친 것은 아닐까? 고개를 숙이고 있는 오빠 모습이 안타까워 눈물이 앞을 가렸다.

지금 내 앞에 있는 이 사람은 그때 오빠가 아니고 나약해 보였다. 나를 사랑하던 오빠는 저렇지 않았다. 적어도 이렇게 자기를 찾아온 나를 어루만지고 걱정하며 살펴주는 사람이다. 아무것도 아니지만 몇 시에 떠났으며 밥은 먹었느냐고 하는 것이 오빠였다. 다시 또 물어보고 맛있는 간식을 챙겨주며 하나하나 물어보는 정겨운 오빠였다.

한참 동안 테이블에 엎드려 있던 오빠가 머리를 들고 나를 쳐다본다. 그 눈에는 이슬이 맺혀있다. 가엾어 보인다. 그렇게 믿음직했던 사람이 한없이 작아 보여 안타까움에 손을 잡아주었다.

"오빠, 오늘은 더 생각하지 말고 내일 다시 생각해요. 지금 오빠는 어떤 사고가 있었는지 몰라도 일부러 그러는 것은 아닌 거 알아요. 단지 어떤 이유로 기억 못하고 있어요."

"경주야! 뭐가 뭔지 모르겠어. 나는 너를 사랑한 것은 생각나지 않고 너를 예뻐하는 동생으로만 생각이 난다. 내가 그렇게까지 너를 사랑했다면 지금 이곳에서 이런 말을 한다는 게 잘못하고 있는 거지."

하늘이 무너지는 것 같았다. 어찌하여 이런 소설 같은 비극이 일어나고 있다는 사실에 가슴이 아팠다. 그렇게 나를 사랑하던 오빠가 이렇게 오랫동안 연락을 못한 이유를 알게 되니 참 허무하기 짝이 없었다. 사랑했던 일들을 잊어버린다는 것이 말이 되지 않았다.

이 말을 누구에게 설명해도 믿지도 이해하지도 않을 것이다.

어떻게든 오빠 기억이 돌아오게 해야 한다.

"김진성, 여기서 뭐해?"

"아! 부장님!"

"뭐가 뭔지 모르겠어요."

우리가 있는 자리로 회사 부장님이 다가와 두 사람을 번갈아 보며 상황을 파악하고 있는 것 같았다. 둘 다 눈물 흘린 것을 본 부장님은 심각한 분위기를 감지하고 경주에게 명함을 내밀며 인사를 한다.

"박 부장입니다. 말씀 중에 실례 좀 하겠습니다. 저는 진성이 상사 되는 사람입니다. 진성이가 보고해야 할 일이 있는데도 오지 않아 내려오게 되었습니다. 무슨 말씀 중인지 몰라도 제가 앉아도 될까요?"

"네, 앉으세요. 저는 김진성 고향 동생 정경주입니다."

"아! 예전에 한 번 가본 적이 있습니다. 마을이 조용하고 좋은 곳입니다. 이렇게 만나서 반갑습니다."

"부장님! 아무래도 저에게 문제가 생겼나 봐요. 도저히 알 수 없는 일이 너무 많아요. 저는 경주에 대하여 전혀 생각이 나지 않아요."

"진성아! 우선 내가 말씀드리고 있을 테니, 사무실에 들어가서 보고서 제출하는 거 수정해서 빨리 보내고 와라. 결재 올려야 된다고 상무님이 야단이야. 회사 일에 문제가 안 생기게 해야지."

"네, 알겠습니다. 경주야, 빨리 처리하고 올 테니 잠시만 기다려."

오빠는 갔다 오겠다며 사무실로 돌아갔다. 그리고 나는 얼마 전에도 부장님을 만나보고 통화를 하고 싶어 한 적이 있었던 부장님과 이야기를 시작하였다. 오빠와 지금까지 있었던 일을 설명하고 우리가 사랑하던 연인 사이라는 일들을 설명하자 부장님 안색이 심하게 어두워지는 것이다.

　오빠와 만나서 대화하다 보니, 사랑했던 기억을 전혀 못하는 것이 마치 다른 사람 같다고 말하자 부장님은 한숨을 내쉬는 것이다.

　"부장님, 얼마 전에 오빠 집에 오셨을 때 무슨 사고가 났다고 하셨는데, 그 사고와 무슨 연관이 있는 게 아닌지요? 저를 동생으로만 기억하고 그렇게 오랜 세월 연인으로 미래를 약속했던 일을 다 잊어버리고 있습니다."

　"진정하시고 제 말을 들어보세요. 진성이가 사고가 생긴 것은 사실입니다. 처음에는 저도 대수롭지 않게 생각하였는데, 시간이 지나고 의사를 만나서 들어보니 결론적으로 진성은 해리성 기억 상실증이 온 겁니다. 오늘 동생 경주 씨를 만나보니 퍼즐이 하나하나 맞춰지고 있습니다. 진성 대리는 군대 후배였습니다. 자기가 가난한 것을 벗어나려고 무척 노력한 친구입니다. 자신이 부족하다는 걸 늘 마음에 두다 보니 엄청 힘들었던 모양입니다. 사우디아라비아에 가서 돈을 벌어오자, 자기 계획대로 된 것에 행복해하며 포부를 계획하고 있었지만, 수중에 돈이 있다는 것을 아는 사람들이 그를 그냥 두지 않았습니다. 잠시만 빌려주면 큰 이자를 주겠다는 사람들 유혹에 넘어가서 빌려주게 되고, 결국은 한 푼도 받지 못하고 다 날리게 된 것입니다. 사고가 발생한 날 저녁 늦은 시간에 진성은 우리 집으로 전화했습니다. 하소연이겠지요. 목소리에는 힘이 없었고, 혼자 해결하기 어려운 일로 고민하는 음성이었어요. 그 목소리는 지금까지 들어본 진성 목소리가 아니었어요. 힘들다면서 오늘 죽을지도 모른다고 하기에 그 밤에 내가 수소문해서 겨우 찾아가 보니 길거리에 쓰러져 있었습니다. 이틀 만에 깨어났을 때는 아무 문제가 없어서 퇴원하고 얼마 후에 진성 대리와 시골집에 가게 된 것입니다. 그런데 이상한 것이 있었습니다. 큰돈을 날리고 죽겠다며 좌절하던 진성이가 잃어버린 그 돈에 대하여 이제는 집착하지 않고 자꾸만 피하는 걸 느꼈습니다. 민사재판 날짜가 잡혔는데도 그것에 대한 의욕도 없고, 친구 엄마에게 뜯긴 돈도 아예 포기하고 그 생각을 하지 않으려고 합니다. 미친 사람처럼 그 돈을 받으려고 하던 모습은 전혀 볼 수가 없습니다. 매일 힘이 없어 보이고 정신이 나간 사람같이 행동하는 걸 보고 병원에 가서 다시 진찰받아 보니 해리성 기억상실증이라고 하더군요."

"기억상실증이라고요? 해리성 기억상실증… 그런 게 있나요?"

"저도 이번에 처음 알았습니다. 어느 한 부분만 기억을 못한다고 합니다."

"믿을 수 없어요. 세상에 어디 그런 병이 있나요?"

"당연히 이해하지 못하실 겁니다."

"부장님! 그 병원이 어디예요? 가서 확인하고 싶어요. 저는 오늘 집에 들어갈 수 없어요. 드린 말씀처럼 우리 집에서는 시간이 지날수록 오빠를 좋아하지 않는다는 것이 제게는 큰 아픔으로 다가오기 때문입니다."

"내일 방문해서 설명을 들을 수 있도록 시간을 잡아보겠습니다."

부장님이 병원에 한참 통화를 하더니 내일 2시에 약속을 잡은 것이다.

그 시간 진성은 사무실에 들어가 보고서를 마지막으로 수정 보충해서 결재 서류를 올렸다. 열심히 일하는 진성을 유심히 바라보는 이지선은 그가 힘들어하고 있다는 것을 직감적으로 느끼고 있었다. 점심도 거래처 손님들하고 먹고는 어디 갔다가 4시나 되어서 들어오는 그 눈 주위가 붉어져 있고 눈물 자국을 본 것이다. 이지선은 아무런 말도 하지 않았지만, 가슴이 덜렁 내려앉으며 걱정하고 있었다. 누구보다도 김진성 그 사람을 잘 알고 있다. 사랑하는 연인으로 변하다 보니 그가 아프고 힘든 일은 곧 자기 슬픔이고 아픔이라고 생각하는 것이다. 잠시 후 진성은 무엇에 쫓기는 사람처럼 이지선을 똑바로 보지 않고 밖으로 나가는 것이다.

한참 후 진성이는 커피숍에 들어선다. 김진성이 들어오는 모습을 본 경주는 너무 반가웠다. 들어오는 진성 눈에도 아직도 눈물 자국이 남아있었다.

"오빠, 이리 앉아요."

얼마 만에 이렇게 가까이서 오빠를 볼 수 있고, 따뜻한 숨소리를 들을 수 있는 것인지 안심이 되면서도 불안한 마음을 감출 수 없었다. 오빠를 만난다는 설레는 마음으로 왔지만, 이런 상황에 이르자 손수건이 축축하도록 눈물을 흘린 것이다.

"경주야! 네가 없는 일을 말하지 않을 거라고 난 믿는다. 이 일을 어떻게 해야 하니?"

오빠는 눈을 감고 고통스러운 듯 머리를 흔들었다. 그리고 한숨을 내쉬고 더 큰 흐느낌을 가슴속에서 내뱉는 것이다.

"진성아! 오늘은 그만하자. 의사도 말했잖아? 안정이 필요하다고. 내일 병원에 2시 진료 예약을 하였으니 내일 같이 가자. 경주 씨도 같이 가기로 하였다. 현재 상황을 확실하게 알아야 대처하고, 경주 씨도 집에 가서 말씀을 드릴 수 있게 해주자."

나는 오빠 자취하는 집으로 가서 못다 한 말도 하고, 어떻게든 기억을 돌리고 싶은 생각이 있었다. 그러나 내가 먼저 가자고 말하는 게 쉽지 않았다. 오빠가 집으로 가자고 하길 바라고 있었는데, 부장님이 말을 이어가신다.

"오늘 진성이가 힘들어하는 것 같아요. 경주 씨도 큰 충격을 받아서 두 사람 다 정신적으로 힘드신 밤일 겁니다. 내가 오늘 진성이 집에서 같이 자고 내일 출근해서 병원으로 가는 게 좋을 것 같습니다. 경주 씨는 어떻게 하지요? 집에 갔다가 올 수도 없고, 이렇게 하면 어떨까요? 병원 옆에 아는 사람이 숙박업을 하고 있는데 그곳에서 하루 쉬는 것이 어떠신지요?"

"아닙니다. 서울에 언니 집이 있어요. 그곳으로 갔다가 내일 병원으로 바로 가겠습니다."

아무렇지 않은 듯 태연히 말했지만, 눈물이 앞을 가렸다. 그렇게 사랑하는 사람을 앞에다 두고 오늘 오빠하고 같이 있길 바라고 있었는데, 나는 어디로 가야 하나 생각하니 서글픈 마음에 쓰러질 것 같았다.

이렇게 이야기를 주고받는 중에도 오빠의 행동은 나를 놀라게 했다. 정말 아바타가 된 것같이 아무 말 없이 멍하니 있는 그 모습은 내가 아는 오빠가 아니었다. 한참을 그렇게 있다가 무슨 생각인지 오빠가 나를 보며 같이 가자고 한다.

"경주야, 언니가 서울에 있다고? 어느 동네야? 그러지 말고 힘들더라도 우리 집에 가자. 부장님은 집에 가세요."

부장님과 함께 가더라도 잠시라도 오빠 옆에서 오빠를 간호하고, 어떻게든 기억이 돌아오게 하고 싶었다.

"경주야! 우리 집으로 가자. 부장님은 나하고 같이 제 방에서 자고, 경주는 주인집 작은방에서 잘 수 있어요. 경주는 집이 멀어서 갈 수 없어요. 언니 집도 멀리 있으면 어떻게 해요? 집이 지저분하지만, 주인집은 괜찮아. 우리 집으로 가자. 나를 찾아서 먼 길을 왔는데, 경주를 이렇게 그냥 보낼 수 없어요. 내가 정말 기억을 잊어버렸어도 우리가 그렇게 사랑한 사이라면 이 아이는 지금 얼마나 마음이 아프겠어요. 나는 오늘 경주를 그냥 보낼 수 없어요."

나는 그 순간 잠시라도 오빠의 따뜻한 모습을 보았다. 그 말이 내 가슴에 뭉쳤던 아픔과 서러움이 모여서 눈물을 쏟게 하는 것이다.

"울지 마라. 경주야! 밥 먹으러 가자. 벌써 일곱 시가 되어간다. 배고프지? 부장님, 뭐 드시겠습니까?"

"김 대리 말대로 하자. 사무실에는 내가 전화할 테니 걱정하지 말고 마음을 편하게 가져라!"

사무실 밀집지역인 이곳은 식당이 다양했다. 오빠가 잘 다니는 곳인지 반갑게 맞아주는 식당으로 들어갔다.

"경주는 무엇을 좋아할까?"

음식 메뉴판을 가리키며 오빠가 웃으며 물어본다.
"부장님은 어떤 거 시킬까요?"
"나는 잠깐 사무실에 갔다 올게. 두 분 먼저 드세요."
부장님이 나가신 후 우리 둘이 있는 순간이 너무 행복했다. 기억을 잃은 것은 다시 돌아오면 되는 것이다. 나는 이럴수록 더욱 사랑해야 한다고 생각하면서 좀 더 밝고 힘찬 모습으로 이야기하였다.
"오빠! 힘내고 맛있게 먹어요. 뭐 드실래요?"
"여기 내장 찌개가 맛있어. 그거 먹을까?"
찌개가 식탁에서 끓어오르는 동안 우리는 안타까운 눈으로 바라보고 있었다. 고향에서 함께하던 숱한 일들이 파노라마처럼 지나가고, 애틋한 기억을 더듬으며 깊이 들어갈수록 오빠의 얼굴에는 고민하는 모습이 역력해 보였다. 그 순간 진짜 오빠의 아픔이 무엇인지 읽을 수 없었다.
긴 세월 애타게 그리워하다 둘이 만나 함께하는 시간이 행복했다. 비록 기억을 잃어버렸다 하더라도 지금 함께 있다는 사실에 그나마 마음이 위안이 되는 시간이었다. 많은 이야기를 나눈 후 늦은 시간 버스를 타고 신당동에 내렸다. 가파른 골목길 신당동 산꼭대기에 있는 오빠 집은 버스에 내려서 20분가량 비탈길을 올라가야 한다. 달동네라는 말이 맞듯이 주변 도로와 건물들이 발밑으로 보이고, 둥근 보름달이 환하게 비추고 있었다. 고향에서 보던 그 달이었다. 부장님만 없다면 손잡고 가고 싶은 길을 떨어져 걸어가고 있었다.
오빠와 나는 자취집에서 나와 마을 꼭대기까지 올라갔다. 수

많은 불빛으로 환하게 보이고, 가을이 시작되는 밤하늘은 참 맑고 깨끗해 보였다. 나는 기억을 잃어버린 오빠에게 우리의 애틋한 사랑 이야기를 전해주었다. 오빠는 내 이야기를 자세히 듣다가 어느 순간 머리를 움켜지고 힘들어한다.

"경주야! 어떻게 해야 하니? 왜! 나는 그렇게 사랑하던 기억을 다 잃어버린 걸까?"

오빠는 긴 한숨과 탄식소리를 내며 괴로워하는 것이다. 이런 일이 생긴 지도 벌써 1년이 넘어간다. 힘들고 어렵더라도 오빠하고 같이 있으면 능히 이겨낼 수 있다고 하면서 오빠 손을 잡았다.

"오빠! 우리는 사랑하잖아요? 오빠는 지금 기억을 잃었지만, 돌아올 거예요. 내가 오빠를 사랑하고 있어요. 내가 오빠를 지켜줄게요. 아무것도 변할 게 없어요. 우리 약속한 말대로 사랑하면서 살아요."

절망으로 좌절하던 나를 지켜주고 용기와 희망을 주던 사람이 지금 고통스러워한다. 이제는 내가 지켜줘야 한다. 사랑만 변치 않고 살다 보면 기억은 다시 돌아올 것이다. 설사 다시 기억이 돌아오지 않아도 우리가 함께하면 달라질 것은 하나도 없다.

고민하는 오빠와 나는 신당동 골목길 계단에 앉아서 숱한 말을 하다 보니 통행금지를 알리는 사이렌 소리가 들렸다. 우리는 신당동 달동네에서 시골 고향마을에서처럼 많은 이야기를 하였다. 그러나 그때와 지금은 너무나 달랐다. 만나면 행복하고 나만 사랑하던 사람하고 같이 있지만, 그 즐거움과 설렘보다는 불안과 두려움이 가슴을 짓누르고 있었다.

안타까운 오빠의 모습에 난 마음이 찢어지는 슬픔이 다가왔다. 밤이 깊어가자, 길가에 휘황찬란한 불빛들도 하나둘 사라지고, 미로처럼 늘어선 주택가 불빛도 꺼지고 있었다. 밤이 깊어질수록 내 마음은 더욱 심란해지고, 멀리서 통금을 알리는 호각소리는 마음을 더욱 움츠리게 하는 밤이다.

다음날 우리는 병원에 갔다. 오랜 기간 병원생활을 해서 그 기분과 아픔을 익히 알고 있다. 병원은 어느 곳이나 분위기가 칙칙하니 무겁다. 이곳에 와보니 적지 않은 분들이 정신의학과를 찾아오시는 것을 보고 과학 문명이 발달되고 편한 만큼 또 다른 질병이 늘어난다는 것을 느꼈다. 우리는 진료 접수를 하고 대기실에서 기다리고 있었다.

의자에 앉아있는 오빠는 정말 환자처럼 힘이 없어 보이고, 말없이 창밖만 응시하며 힘들어하는 모습에 마음이 아팠다. 기다리는 시간, 나는 잠시도 오빠로부터 눈을 떼지 않았다. 가만히 앉아있지만, 오빠 눈동자는 심하게 흔들리고 있었다. 잠시 후 우리는 의사를 만날 수 있었다.

"기억을 잃어버리셨다고요?"

"네, 제가 사랑하던 사람을 기억하지 못하고 있습니다. 거짓말 같이 기억이 전혀 나지 않아요. 과연 이게 가능한 일인가요?"

"네, 참으로 안타까운 일이지만, 부분 기억상실증이라는 게 있습니다. 거짓말 같은 말이지만 사실입니다."

"기억상실증이란, 과거의 일을 기억하지 못하는 상태를 의미합니다. 쉽게 말하면 기억을 잃어버리는 것을 말합니다. 오래전의 일을 기억하지 못하거나 가끔 기억을 잘 해내지 못하는 건 기억상실로 보지 않습니다. 기억이 잘 나지 않는 증상은 건망증이라고 하며, 심한 기억상실을 건망증이라고 하지는 않습니다. 기억상실은 심인성과 기질성의 두 가지로 나눌 수 있습니다. 심인성은 해리성 기억상실증이라고 하며, 스트레스나 충격적인 사건에 대한 기억 재생에 장애가 발생한 것을 말합니다. 단지 하나의 사건만 상실되지 않고 과거의 일정 기간에 대한 기억까지 상실되는 경우가 있습니다. 어떤 심한 충격으로 그 사실을 받아들이기 어려운 경우에 해리성 기억상실증이 올 수 있습니다. 살아오면서 본인에게 중요한 일들을 기억하지 못하고 그로 인하여 부작용을 겪게 되지만, 사회생활에는 문제가 없습니다. 해리성 기억상실증은 무의식적인 방어 메커니즘 기억상실증과 관련되어 있습니다. 해리성 기억상실증은 절대로 잊으면 안 되는 중요한 과거 일을 기억하지 못하고 적응하지 못합니다. 증상은 중요한 자서전적 정보를 기억하지 못하고, 특정 사건에 대하여 부분적, 선택적 기억상실증으로 나타나며, 자기정체감과 생에 전반에 대한 기억상실증으로 나타나고 있습니다. 일반적인 상식과 언어 사용 그리고 정보 기억에는 손상이 없어서 일상적인 생활에는 문제가 없습니다. 환자분 같은 경우를 보면 뇌에는 아무 이상이 없습니다. 기억하지 못하는 이유가 심리적인 고통이나 충격적인 사건으로 이루어졌다고 봅니다. 요인은 내면적인 아픈 고통을 이겨내지 못하는 것입니다. 간절하게 원하던 일에 생각지도 못한 치명적인 일이 발생하면 이겨내고 대처해 새롭게 시작해야 하는 게 맞는데, 그 상황을 이기지 못하고 현저한 고통으로 정신장애를 일으키는 겁니다. 잃어버린 기억은 며칠, 또는 몇 년 후에 돌아올 수도 있지만, 평생 안 돌아올 수도 있다고 합니다. 특히 이 해리성 기억상실증은 젊은 사람들에게 나타납니다. 잘 치료하시면 돌아올 거라는 믿음을 가지고 주변 사람들이 도와주셔야 치료가 됩니다."

의사의 설명을 듣던 오빠는 숨이 막히는지 한숨을 연신 내고 있었다. 어떻게 해야 하나? 내 가슴에는 송곳으로 찌르는 아픔이 다가왔다. 믿어지지 않는 일이 사실이라는 걸 확인하는 순간 나는 오빠 모습이 안타까워서 마음이 아팠다.

우리의 사랑을 모르고 나를 단지 예뻐한 동생으로 생각하는 이 현실을 어떻게 설명해야 할지 답답했다. 의사 말대로라면 회사생활을 하는 데는 문제가 없다고 하니 그나마 다행이었다. 단지 우리가 사랑한 사실만 쏙 빼서 잃어버리는 장난 같은 기억상실증을 그 누가 이해를 하겠는가? 우리 부모님에게 이런 상황을 말씀드리며 절대로 믿지 않으실 거다. 언제 돌아온다는 기약조차 없다는 것에 나는 눈물이 앞을 가려서 가슴이 답답했다.

"김진성, 나는 먼저 회사에 들어갈게. 너무 오래 자리를 비워서 안 되겠다. 경주 씨, 어려우시겠지만, 잘 이겨내시고 다음에 뵙겠습니다. 무슨 일이 있으면 저에게 전화 주시면 최선을 다하겠습니다. 진성은 제가 잘 돌보겠습니다. 시간이 지나면 분명히 좋아질 겁니다. 너무 걱정하지 마시고 고향 가서 말씀 잘 전해주세요. 수고 많으셨습니다."

"감사합니다. 부장님! 전화하겠습니다. 진성 씨를 잘 부탁드립니다."

부장님이 떠나시는 뒷모습을 바라보며 우리는 병원 벤치에 앉았다.

"경주야! 미안하다. 내가 왜 이 모양인지 모르겠어."

"오빠! 힘내세요."

"고생 많았다. 집에 내려가라. 해리성 기억상실증을 믿지 않았는데, 의사가 하는 말과 네가 한 말을 들어보니 확실히 나에게 문제가 생긴 것이 사실이다. 내가 잘 치료할게. 우리 문제는 조만간 내가 집으로 가서 의논하자. 힘들겠지만, 집에 가서 말씀 잘 드려라."

"오빠! 시골에 내려와서 치료해요. 내가 어떻게 방법을 만들어 볼게요."

"내가 어디 아파서 치료받는 것도 아닌데, 회사를 그만두고 요양하라는 것은 가당치 않은 일이야. 말했듯이 생활하는 데는 아무런 문제가 없으니까, 시간을 갖고 지켜보자."

(시골에 오겠다는 약속을 하고 떨어지지 않은 발걸음을 돌려야 했다. 이후 20년이라는 긴 세월이 흐르는 기간 동안 안타깝게도 그는 경주에 대한 기억을 살리지 못하고 잊고 살았다. 어떻게 그 아이를 기억에서 잃어버리게 한 것인지는 그는 모른다. 의학적으로 해리성 기억상실증이 올 수 있다고 하지만, 거짓말같이 사랑했던 경주를 잃어버리고 그저 아는 동생으로 알고 살아가게 되었다.)

슬픈 갈림길

사무실로 돌아온 진성은 머리가 아프고 어지러웠다. 경주 그 아이를 그렇게 사랑하고 결혼 이야기까지 나온 상태였다면, 이것은 보통 일이 아니라며 고민하는 것이다. 그런 사랑을 잊어버리고 또 다른 사랑을 하고 있다는 사실이 미안하고 부끄러웠다.

앞에 있는 이지선, 이 여자도 피해자가 되는 게 아닌가. 기억을 잊어버리지 않았다면 이지선을 사랑할 리 없고, 경주도 저렇게 힘들지 않았을 것인데, 이게 무슨 운명의 장난인지 마음이 무거웠다. 그렇게 오랫동안 죽고 못 사는 사이였다는 것이 사실이면, 그 기억은 어디로 간 것이란 말인가.

큰일이다. 지금 나만 바라보고 있는 이지선은 어떻게 하란 말인가! 그런 것도 모르고 지선을 사랑하고 미래를 약속한 사람이다. 이제는 끊어질 수 없는 사이가 되었는데 내가 어떻게 하는 게 올바른 행동인지 답답했다.

처음 듣는 해리성 기억상실증, 그것을 믿을 수 없다. 그러나 아무리 아니라고 부정해도 그 착한 경주가 몇 번을 전화하고 여기까지 찾아와 사랑을 확인해준 것을 보면 사실이다. 아무것도 모르는 지선에게는 어떻게 해야 하며, 경주 그 아이에게는 어떻게 하는 게 옳은 것인지, 아프고 미안했다. 책상에 앉아 고민하는 내 모습을 지선은 멀리서 바라보고 있었다.

매일 퇴근 후 만나던 약속 장소에 어제도 나가지 않았다. 늦어도 올 거라 믿으며, 이지선은 오지 않는 나를 기다리며 애태웠을 것이다. 오늘도 오전 출근해 잠시 얼굴을 보인 후 나갔다가 이제 들어와 앉아서 힘들어하는 모습을 이지선에게 보이는 것이다.

무슨 일일까, 하며 지선은 불안한 마음으로 나를 바라보는 것 같았다. 어쩌면 어제도 오늘도 자리를 비울 적마다 부장님하고 같이 움직인다는 생각에 더욱 궁금해서 일이 손에 잡히지 않는지 걱정하는 눈빛이었다. 미스리를 보면 언제나 밝은 미소를 지었는데, 오늘도 미안함에 사무실에 들어온 지 두 시간이 지났어도 미스리 눈을 똑바로 바라보지 못했다.

미스리는 그 시간이 길고 힘들었는지, 따뜻한 커피를 준비해 부장님과 직원들에게 주면서 내게 다가와 찻잔을 놓으며 말을 걸어본다.

"바쁘신 것 같은데, 차 한 잔 하고 하세요."

그 눈빛 속에는 사랑을 듬뿍 담으며 왜, 그러냐며 걱정하는 마음이 담겨 있었다.

"네, 감사합니다."

나는 미스리 눈을 똑바로 보지 못하고 고개 숙이고 있었다. 자신 있고 패기 있던 내 모습은 사라지고 근심과 걱정으로 수심이 가득한 모습을 지선에게 보이며 얼굴을 똑바로 바라볼 수가 없었다. 내 모습은 마치 자기 힘을 자랑하며 용감하게 싸우던 어린 사자가 싸움에 패하여 조그만 소리에도 기가 죽어 두려워 떠는 모습이었다.

그날 퇴근 후에도 나는 공원에 나가지 않았다. 안 나간 것이 아니라 지선에게 어떤 말로 변명할지 마음이 아파 아무것도 할 수 없었다. 이 사실을 지선에게 말할 용기가 도저히 나지 않았다. 이 일을 이지선이 알게 되면 그는 얼마나 낙담하고 슬퍼할 것인가 생각하니 머리가 아프고 견디기 힘들었다.

내가 만든 일이니 힘들어도 내가 풀어야 한다. 정경주, 그 아이는 이지선을 만나기 전에 있었던 일이라고 변명하며 합리화할 수는 없지 않은가. 지금 내 결단이 중요하다. 그러나 이 문제를 의논할 곳이 없었다. 지금 닥친 일들을 어떻게 풀어가야 할지 작은 내 머리 용량으로는 너무 큰 일이라서 받아들이지 못하는 것이다.

경주 그 아이도 아프고 이지선도 아프다. 어느 길을 택하던 한 사람은 아픈 상처를 받는다. 예쁜 경주 모습이 떠오르고, 장갑 낀 아픈 손이 내 마음에 아프게 다가왔다. 병원 벤치에서 간절히 기도하며 슬픈 눈으로 바라보던 그 아이가 가엾고 안타까웠다. 나는 집 뒤편 공원에 앉아서 오랫동안 시간 가는 줄 모르고 고민하고 있었다. 나는 어떻게 이 어려움을 해결해야 할지 두려웠다.

가을이 깊어가고 있다. 뜨거운 여름 길손들에게 시원함을 주던 느티나무도 갈색 잎으로 변해 가을을 말하는 것 같았다. 달빛 축복을 받으며 벤치에 앉아 속삭이는 연인의 모습이 무척이나 행복해 보인다. 불현듯 이지선이 눈앞에 아른거린다. 며칠 동안 아무런 이유도 말하지 않고 혼자 놔둔 것이 미안했다. 하루도 못 보면 못 견디는 사이가 되다 보니 주일날도 만나는 우리였는데, 나로 인하여 걱정하게 만든 것이다.

아무리 생각해도 지선에게 경주에 대한 일들을 말하지 않는 것이 좋을 것 같았다. 혹여 나에게 해리성 기억상실증이 있다는 것을 알려주는 것이 어쩌면, 더 큰 걱정거리를 만들 수 있다. 일상적인 생활에는 문제가 없다고 하지만, 그래도 듣는 사람에 따라 달리 생각할 수도 있고, 모르는 사람들에게는 정신병자 취급을 받을 수 있다.

이런 생각에 이르자 회사에서도 이런 내용을 모르는 것이 좋을 것 같다는 생각이 들었다. 사내에서 알게 되고, 임원진이 알게 되면 이것이 나에게는 큰 아킬레스가 되어 조직 안에서 치명타가 될 수 있다.

일찍 출근하여 바쁘게 움직이는 나를 지선은 애처로운 눈으로 바라보고 있었다. 어제까지만 해도 무슨 일이 일어난 것같이 불안한 모습을 지선에게 보인 것이다. 이제는 걱정하지 않게 해줘야 한다. 그런 나는 평상시처럼 활기찬 모습으로 근무하였다. 점심시간에도 직원들과 함께 어울리며 어제와 다른 내 모습으로 돌아왔다. 하지만 나는 불안하고 두려웠다. 정말 내 머리에는 아무런 문제가 없는 것인지 걱정되었다.

지난 세월 경주와 나눴던 사랑을 기억하지 못하는 나를 탓하며 기억을 살려보려 애써도 도무지 떠오르지 않았다. 지난 세월

전체가 다 생각나지 않는다면, 기억상실증을 믿고 싶은데, 왜 경주와 사랑하던 그 기억만, 잃어버렸는지 알 수 없다.

그날 퇴근 후 나는 묵정공원에서 이지선을 기다렸다. 나뭇잎이 우거져 주변 건물을 가리고 사람들을 편안하게 해주던 나뭇잎도 가을을 탔는지 쓸쓸해 보였다.

작은 점포와 인쇄소가 많다 보니 좁은 골목에는 짐이 쌓여있어 차량과 사람이 뒤엉키는 골목이다. 그래도 이곳은 우리가 쉴 수 있는 공간이라 정겨운 곳이다. 나는 항상 기다리는 벤치에서 조금 떨어진 나무 밑에서 이지선이 오는 것을 보고 있었다.

멀리서 걸어오는 그 모습은 언제나 밝고 아름다웠다. 멀찍이 떨어져 지켜보는 나를 보지 못하고 두리번거리는 모습이 안타까웠다. 내가 없는 것을 확인한 후 실망하는 눈빛을 감추고 황금빛으로 변한 은행나무를 바라보며 천천히 옮기던 발걸음은 어느새 예쁘게 피어있는 가을꽃들을 유심히 바라보고 있다. 꽃을 바라보는 그 모습이 너무 예뻐 얼른 나가서 반겨주고 싶지만, 마음 결정을 이미 하였음에도 어제 일을 어떻게 변명해야 할지 착잡해 망설였다. 지선은 빈 의자에 사뿐히 앉으면서 시계를 보고 있었다.

저렇게 기다리게 할 수는 없었다. 어제도 여기 왔다가 그냥 발걸음을 돌렸을 거라는 생각을 하니 마음이 뭉클해진다.

"지선아!"

나는 얼른 옆자리에 앉으며 지선의 어깨에 손을 올렸다. 며칠 동안 아무런 말도 없이 걱정하게 한 것이 미안했다. 우리는 경포대에서 넓은 동해를 보며 꿈을 향하여 함께하기로 하였다. 사랑을 고백하며 힘들고 어려운 일이 닥쳐도 변하지 않는 우리가 되자고 약속하였다.

　아무것도 준비된 것 없지만, 단지 사랑으로 우리는 서로를 믿고 의지하며 하나가 되자고 하였다. 잠시만 못 봐도 견딜 수 없는 그리움이 나를 강릉 경포대까지 가게 만든 것이다. 그런 설레는 사랑으로 세상을 다 가진 거 같던 우리에게 뜻밖에 일이 생긴 것이 미안했다. 이럴수록 더 믿음을 주고, 사랑을 주고 당당하게 나갈 것이다.

　"지선아! 어제 여기 올 수 없는 일이 생겨서 못 왔어. 미안해."

　지선은 이미 어제 그리고 오늘도 내가 당황해하는 모습을 보았다. 똑바로 눈을 마주치지 못하는 나를 보고 직감적으로 어떤 문제가 일어났다는 걸 알고 있었다. 궁금해하고 있지만, 어쩔 수 없다고 생각하는 거 같았다. 더 고민하지 않게 해주고 이지선을 지켜줘야 한다는 마음을 굳게 먹었다. 지금 내가 처한 상황을 굳이 말해 또 다른 스트레스를 주지 말아야 한다.

　"괜찮아요. 오늘 이렇게 웃으며 만나서 좋아요."

　우리는 힘들었던 어제와 다르게 오늘은 행복한 시간을 가질 수 있었다.

두려운 발걸음

　경주는 진성과 헤어진 후 두려운 마음으로 시외버스정류장이 있는 을지로5가로 걸어갔다. 도무지 믿어지지 않았지만, 의사의 설명을 듣고 오빠 상태를 알 것 같았다.
　앞이 캄캄해지고 이 난관을 어떻게 이겨내야 할지 눈물이 앞을 가렸다. 아무리 어려운 일이 닥쳐도 이겨낼 방법은 있다.
　'이 또한 지나가리라.'
　그것은 오빠의 결단뿐이다. 우리의 애절했던 사랑의 기억을 잃었어도 순리에 따라 모든 걸 내려놓으면 달라질 게 없다. 그것이 오빠로 인하여 일어난 일이라는 걸 인지하고 이겨내면 된다. 그런데 오빠는 지금 순응하지 못하고 고민하는 모습이다. 해리성 기억상실증이 걸렸어도 사회생활에 문제가 없다는 이해할 수 없는 일이 생겼다.
　몸이 아파 치료받아야 하는 환자라면, 완치될 때까지 간호하고 싶지만, 오빠는 자기가 환자라는 걸 인정하지 않는다. 그러다 보니 불안하다. 마치 온전치 않은 아이를 물가에 내놓은 심정이다. 조금 전까지만 해도 오빠와 함께 있어서 그나마 견딜 수 있었지만, 혼자 집으로 가는 길은 의논할 사람이 없다는 게 슬퍼진다. 이제 혼자 외톨이가 된 것 같았다. 그렇게 사랑하던 그 사람이 이제는 내 편이 아니고 멀찍이 서 있는 방관자 같았다.

 기억을 잃은 사람이라 그런지 나를 달래주고 이겨내게 해주는 것이 아니라 아무 생각이 없는 진짜 환자가 된 것 같았다. 그것이 마음을 더 아프고 쓰리게 하는 것이다. 애틋한 우리 사랑이 온전하게 지켜질까? 서러운 마음에 눈물이 앞을 가렸다.

 "빵! 빵! 이 아가씨야? 정신 차려! 앞을 보고 다녀야지. 눈이 안 보이냐?"

 눈물을 흘리며 걷다 보니 신호등이 바뀐 줄 모르고 걸어간 것이다. 그렇게 보고 싶던 사람을 만나고 가는 길이지만, 올 때보다 더 슬프고 아픈 마음을 안고 가는 길이다. 어떻든 이런 상황을 이제라도 확인한 게 그나마 다행이라는 생각이 들었다. 이제는 진희와 의논하고 가족들의 도움을 받아야 한다. 우리 엄마는 도움이 되지 않을 것 같다. 어쩌면 이렇게 된 것을 계기로 우리의 사랑을 여기서 멈추라고 하실 것이다.

 성남으로 가는 도로 길가에 있는 가로수 나뭇잎은 생명력을 잃었지만, 아름답게 가을색으로 물들어가고 있었다. 나뭇가지에 애처롭게 붙은 잎들이 부는 바람에 바둥거리며 떨어지지 않으려는 모습이 마음을 아프게 한다.

 인생사가 저와 같지 않을까? 영원할 거 같지만, 시간이 지나면 변하고 사라지는 게 일반일 것이다. 다시 한번 세찬 바람이 불자 안쓰럽게 버티던 나뭇잎도 결국은 견디지 못하고 떨어지는 모습을 보니 마음이 쓸쓸하고 서러워진다.

버스에서 내리자 해는 광교산으로 넘어가고, 석양빛을 받은 오렌지색 노을이 구름에 묻어 있다. 빛이 사라진 산은 금방 짙푸른 어둠으로 변하고, 갈길 잃은 바람은 애절한 내게 다가와 사정없이 휘감고 있다.

가을… 낭만의 계절이라고 하지만, 나에게는 견디기 힘든 슬픈 계절이다. 잎이 지고 앙상한 가지에 쓸쓸함만 있다. 풍성한 사랑이 넘쳤던 인연이라는 정이 끝을 맺고 나무와 잎이 이별하는 고통스러운 계절, 가을이 깊어간다. 마음을 추스르고 집으로 올라갔다. 가을바람이 불어오고 들에는 볏단을 묶어서 산더미처럼 쌓아놓은 모습은 마치 불 꺼진 집같이 쓸쓸해 보인다.

집으로 올라가는 길이 이렇게도 힘들고 답답한 적이 없었다. 발걸음은 천근만근 무거웠으며, 당장 오늘 밤에 엄마에게 어떤 말을 해야 할지 걱정과 근심이 앞서다 보니 마음이 아프다. 아무리 누가 뭐라 해도 나는 오빠와 맺은 사랑을 정리할 수 없다. 무거운 발걸음은 다친 내 손처럼 저리고 아팠다.

"언니! 못 오면 이장님 댁으로 전화라도 해야지, 그렇게 무심해?"

동생은 나를 걱정하며 엄마 들으라고 대신 핀잔하는 것이다.

"엄마, 죄송해요. 다른 일이 생겨서 오지 못하고 전화도 못 드렸습니다."

"그래, 친구들은 잘 만났냐?"

"네, 잘 만났어요."

"진성이도 만났니?"

엄마는 내 대답을 들으려다가 방으로 들어가시며, 저녁밥 먹고 의논할 일이 있다고 하신다. 모두가 잠든 시간에 나는 밖으로 나와 밝게 뜬 달을 보면서 생각해본다. 오빠는 지금 무엇을 하고 있을까? 나는 이렇게 눈물이 나는데, 오빠는 편하게 잠자고 있을까? 나약해 보이는 오빠가 본래의 모습으로 돌아올 수 있을까? 옛날처럼 나를 지켜주는 사랑하는 오빠가 될 수 있을까?

'주님! 나에게 왜 이런 시련을 주시나요. 제발 오빠 기억이 돌아오게 해주세요. 아무리 우리 사랑이 소중하고 내가 오빠를 지키려고 해도 우리 사랑을 기억하지 못하면 헛된 일이 아닌가요?'

모두가 잠들은 시간에 나는 어둠 속을 헤매는 것이다. 이 세상에 태어나 처음 사랑을 시작한 것이 진성 오빠다. 지금도 진성 오빠가 없으면 나는 사는 의미가 없다. 지금까지 우리가 쌓았던 숱한 일들을 하나씩 생각하니 꿈만 같았다. 그 사랑이 위기에 놓인 것이다. 행복했던 날들을 돌이켜 보면 가슴이 뭉클해진다.

'바보 같은 오빠!'

'가엾은 오빠!'

'자기 정체성을 잃어버린 오빠!'

'그러나 사랑하는 오빠!'

무엇이 그렇게 힘들어서 애틋한 사랑을 지키지 못하고 도망치듯 기억을 잃어버린 것일까? 나는 저수지로 올라가 본다. 달빛 품은 저수지 물결이 출렁이고 윤슬이 잔잔히 빛난다. 같이 보면 아름답던 풍경이 오늘은 한없이 슬프고 안타까운 그리움에 몸부림치게 한다.

소쩍새 울음소리가 더 슬프게 들리고, 산짐승들의 울음소리가 마음을 더욱 힘들게 한다. 저수지 난간에 서서 어둠에 묻힌 물을 바라보니 물속에 있는 고요한 달빛이 들어오라 속삭이는 것이다, 이겨내리라. 담대한 마음에 독기를 품으며 내가 오빠를 깨울 것이다.

'죽으면 죽으리라.'

아무리 힘들고 어렵더라도 이겨내 반드시 사랑의 결실을 만들자며 약속하지 않았던가. 비록 지금 오빠가 기억을 잊어버린 상태지만, 언젠가는 돌아온다고 믿는다. 그때를 생각해서 나만이라도 이 사랑을 지켜야 한다. 나마저도 이 사랑을 지키지 못하면 우리 사랑은 아프게 끝나는 것이다. 오빠가 깨어나 나를 찾을 때 변해버린 사랑을 본다면 그는 또 다른 아픔으로 슬퍼할 것이다.

가을이 깊어가는 10월의 마지막 날이다.

산과 들에는 나무와 풀잎이 생명력을 잃어가고 저마다 색다른 모습으로 변한다. 어느새 앞마당 건너편에 있는 단풍잎도 곱디고운 붉은색으로 물들었다. 가을이 오면 아름답게 변하는 단풍 모습을 보며 행복하던 지난 순간들이 살포시 다가온다.

경주는 엄마에게 오빠의 상황을 어떻게 말씀드려야 하는 게 좋을지, 한숨만 나온다. 아무리 포장하여 좋은 말을 해도 엄마는 정확하게 아신다. 내 눈을 보면 엄마는 다 짐작하시고 아픔을 알아채시는 것이다. 솔직하게 말씀드릴 수 없는 것은 오빠가 해리성 기억상실증으로 치료 중이라는 사실이다.

엄마를 설득할 수 있는 합당한 이유를 말씀드려야 하는데, 도무지 다른 이유를 생각할 수 없었다. 걱정하다 보니 엄마가 어느새 들어와 내 옆에 앉으시는 것이다.

"무슨 생각을 하는데, 사람이 들어오는지도 모르고 있니?"

주름진 엄마 얼굴을 바라보니 가슴이 답답하고 미안했다.

"진성이가 뭐라고 하니?"

"오빠가 며칠 후에 내려와서 엄마에게 말씀드린다고 합니다."

"경주야! 진성이는 지금 다른 생각을 하는 거 같다. 이렇게 오랫동안 연락 안 하고, 한 번도 오지 않은 것을 보면 이제 너도 마음을 굳게 먹어야 한다."

"그렇지 않아요. 오빠를 만나서 많은 이야기를 나누다 보니 오지 못한 이유를 알았어요. 오빠가 가지고 있던 돈을 빌려주고 그것을 받지 못하다 보니 약속한 일들이 조금 늦어지는 겁니다. 결혼하는 것을 전혀 의심하지 마세요. 오빠도 엄마에게 잘 말씀드려 달라고 했어요."

"경주야! 네가 좋다고 해서 지금까지 기다리며 지켜보지만, 엄마는 불안하다. 네가 좋아하는 사람하고 행복하게 사는 것이 엄마의 마음이다. 그런데 내 눈에 보이는 일들이 불안하고 걱정이 되어 너에게 이런 말을 하는 거다. 나도 네 결혼 문제가 빨리 매듭지었으면 좋겠다. 내가 보기에도 너무 조건이 좋은 곳도 많은데, 너는 한사코 일편단심이니 내가 힘들고 답답하다."

"엄마! 일평생 함께할 배우자를 찾는 것은 당사자인 내가 결정하게 해주세요. 엄마가 걱정하는 것을 저도 잘 알고 있어요. 하지만 지금 오빠에게 사정이 생겨서 조금 더 기다려 달라고 하는데, 어떻게 할 수 있어요? 비록 그 약속이 빨리 지켜지지 않는다하더라도 나는 우리의 사랑을 저버릴 수 없어요. 오빠는 나에게 생명과도 같은 사람입니다. 아무리 엄마가 무슨 말씀을 하셔도 기다리고 또 기다려야만 합니다. 엄마도 오빠가 괜찮다고 하셨잖아요? 비록 집이 가난하지만, 열심히 노력하는 사람입니다."

"네가 그러는데 내가 더 어떻게 하겠니? 조금 더 기다려보자. 그러나 내가 기다리는 것도 어느 정도 한계가 있다는 것을 알고 진성에게도 이 말을 전해라."

서글펐다. 지금까지 어떤 문제가 있으면 오빠와 만나서 의논하면 다 해결되었는데, 지금은 혼자 외톨이가 된 것 같아 눈물이 났다.

엄마가 걱정하는 이유를 이해 못하는 건 아니다. 아무리 뭐라고 해도 엄마 말씀대로 할 수는 없다. 더욱 기억을 잃어버리고 괴로워하는 오빠를 그대로 둘 수는 없다. 견디기 어려운 아픔으로 나는 밤이 새도록 울었다.

아리고 아픈 사랑

　해 질 무렵 찻집에 앉아 창밖을 바라보니 마음이 심란했다. 길가에는 은행잎이 곱디고운 황금빛으로 물들어 있고, 바람이 불자 우수수 잎이 길가에 떨어져 금빛 양탄자가 장인의 섬세함같이 아름답게 수놓았다. 떨어진 잎을 무심히 밟고 지나가는 사람들의 모습이 또 다른 낭만을 느끼게 한다.

　도로에 떨어진 잎들은 사나운 바퀴에 무참히 찢기어, 추한 모습으로 뿔뿔이 흩어져 나뒹군다. 또다시 질주하는 야속한 자동차의 세찬 바람에 애절한 나뭇잎은 정든 나무를 뒤로하고 애처롭게 어디론가 날아간다.

　약속이나 한 것처럼 그 푸르던 단풍나무도 가을이라는 굴레 속에서 일시에 금빛 색으로 바뀌어 쏟아붓는다. 바람은 매몰차게 어찌 그 정을 끊어버리려고 마지막 남은 잎까지 어디론가 날려버린다. 찬란했던 시절을 이어가지 못하고 하나둘 떨어지다가 결국은 앙상한 가지만 남기고 모두 다 떠난다.

찻집 담장에 홀로 서 있는 작은 나무에 홀로 남은 나뭇잎이 바람에 떨어지지 않으려고 버둥거리는 모습이 오늘따라 더 애처롭게 보였다.

지난 세월 엄동설한 눈보라 속 고통을 이겨내어 마침내 산고의 고통 후 생명이 태어나듯이 새싹이 움트고 떨어질 수 없는 사이가 되었던 잎은 이제는 마지막 인연을 뒤로하고 제 갈 길로 가는 것이다. 어찌 보면 이것이 우리의 인생 같다. 바람이 부는 대로 어디론가 날아가는 잎이 가엾고 안타깝다.

경주가 다녀간 후 나는 마음을 도통 잡을 수 없었다. 잃어버린 기억이라고 하지만, 이렇게 가슴 아픈 일을 겪고 있는 경주가 안타깝고 가여웠다. 말대로라면, 기다리게 해놓고 나는 무책임하게 기억을 잃어버린 것이다. 기다리다 지쳐서 오지 않는 나를 찾겠다며 그 아이가 여기까지 온 게 아닌가. 그렇게 힘들게 나를 보러 여기까지 왔지만, 반겨주는 것이 아니라 청천벽력 같은 일을 맞이하게 된 그 아이는 얼마나 슬프고 아팠을까? 그런데도 나는 당사자이면서도 기억을 잃었다며 방관자처럼 모른 척하는 것이다. 그렇게 울고 있는 경주에게 나는 따뜻한 눈길 한 번 제대로 주지 않고 남 일처럼 행동한 것이다.

기억을 잃어버려 어쩔 수 없다는 비겁한 변명으로 처신한 것을 생각하니 마음이 찢어질 듯이 아프다. 기억하지 못하는 잃어버린 사랑이라 하지만, 경주 말대로라면 사랑하고 좋아하던 사람이 아니었는가. 내가 그 아이와 사랑하던 사이였다는 것을 좀 더 일찍 알았어야 했다. 그랬다면 최소한 이지선을 사랑하지 않았을 것이다. 그런 사실도 모르고 나는 지선과 끓어질 수 없는 사이가 되었다.

　시작도 끝도 내가 만든 문제다. 경주 말대로 기억이 안 난다고 해서 문제 될 게 없다. 경주와 함께하면 사라진 기억도 다시 돌아올 수 있다. 설사 그 기억이 돌아오지 않아도 운명이라 생각하며 살아가면 된다.

　그렇게 눈물을 흘리며 애처롭게 바라보던 그 아이를 생각할수록 큰 미안함으로 다가오는 것이다. 죄 많은 나는 경주에게 큰 어려움을 안겨주었다. 그 아이에게 회복하기 어려운 상처와 시련을 안겨주고는 또 다른 사랑을 한 것이다. 아리고 아픈 그 아이의 고통을 어찌해야 할지 마음이 아팠다.

　지선에게 해리성 기억상실증에 걸렸다는 말도, 경주에 대한 일도 말할 용기가 나지 않았다. 너무 힘든 고민이 나에게 닥친 것이다. 이런 내용을 알게 되면 두 사람 모두에게 엄청난 아픔이 될 수 있다. 예기치 않게 닥친 운명이라 하지만, 너무나 가혹한 일이다.

　경주는 내 가슴에 애틋한 사랑보다는 아린 손가락같이 아리고 아픈 사랑이다. 이쯤에서 나라는 존재를 잃게 해주는 것이 좋을 것 같다는 생각이 들었다. 그렇게 사랑하는 사이였다는 걸 확인하고도 받아들이지 못하는 건 안타깝지만, 간절하게 바라는 절실함이 없다는 증거다. 이미 떠나버린 사랑은, 추억은 될지언정 뜨겁게 타오르는 새로운 사랑을 이기지 못한다는 진리가 맞는 것이다. 그것이 세상 이치인데, 하물며 기억하지 못하는 사랑은 현재 이루어지는 사랑과는 달랐다.

　지금 내가 경주로부터 그 말을 들었다고 해서 내가 어떻게 할 수 있는 뾰족한 다른 방법이 없다. 지선을 사랑하지 않았고, 아직 혼자라면 당연히 경주와 결혼할 수 있지만, 지금은 지선에게 경주와 관계를 말하는 것은 새로운 고민이 시작되는 거라 그럴 수는 없다. 이제 아픔이 있을지라도 경주와 맺은 사랑은 여기까지라는 생각이 들었다.

찻집에 앉아서 하염없이 지나가는 사람들을 물끄러미 바라보며 이지선을 기다리고 있었다. 길가에 늘어선 나무들도 이제는 앙상한 가지만 보이고 바람이 불자, 잔가지들이 심하게 흔들린다. 가을이 지나고 겨울을 맞이하는 11월은 참 쓸쓸하다. 해 지는 시간 지대가 높은 곳에서 보이는 서울 거리는 회색지대다. 주위에 늘어선 빌딩들도 태양이 넘어가 어둠에 흡수되자, 아직 어둠을 준비하지 못한 건물들은 콘크리트 덩어리를 성냥갑처럼 찍어내 쌓아놓은 상품같이 어둡고 침침해 을씨년스러워 보였.

기다리던 지선이가 왔다. 회색 바바리를 입고 머리에는 붉은색 머리핀이 가을 찻집 분위기와 잘 어울렸다.

"무슨 생각을 그렇게 해요? 내가 들어오면서 창밖에서 손을 흔들어도 멍하니 한 곳만 응시하는 것이 우울해 보여요."

"미안해, 요즘 여러 가지 고민이 많아. 거의 다 내 개인적인 일이지만, 우리 결혼에 관해 깊이 생각할수록 내가 너무 부족한 것이 많아서 힘들어."

"부족하다는 것에 너무 자책하지 마세요. 누구나 다 그렇지 않을까요? 우리가 그렇게 하자고 마음먹었으면 그것으로 된 거예요. 우리는 젊잖아요?"

"그렇기는 하지만, 지금 회사가 돌아가는 것을 보면 과연 내가 여기를 직장이라고 믿고 계속 근무해야 할지 걱정도 되고."

"일하면서 다른 진로도 생각하고, 지금은 편한 마음으로 지내는 것이 좋겠어요. 다음주 강릉에서 부모님이 서울에 오실 거예요. 그때 엄마가 한 번 만나자고 하는데 어떻게 생각하세요?"

지선이 집에서 나를 보고 싶다고 한다. 내가 강릉까지 갔었다는 것을 가족들이 알고부터는 나를 더 보고 싶어 하는 것이다. 우리가 서로를 사랑하고 백년해로를 약속했다면, 이제는 부모님을 만나 뵙고 허락받아야 한다. 시골에서 부모님이 나를 보러 오신다는데 더 망설이고 주저할 핑계가 없었다.

"그래 만나 뵙자. 나도 뵙고 싶어. 그런데 걱정이야. 나를 안 좋아하시면 어떻게 해야 할지?"

"걱정하지 말아요. 우리 부모님도 좋아하실 겁니다. 무엇이 더 중요해요? 우리 서로가 좋아한다는 것이 우선이라 생각합니다."

"그렇기는 하지만, 첫 출발부터 멋진 신혼집을 만들어주지 못하고 생활도 어려울 수밖에 없다는 게 미안해서 그렇지."

나는 사실 아직은 결혼할 준비가 되어있지 않았다. 남들도 다 그런다며 합리화하지만, 이런 형편으로 결혼한다는 건 사실 내 생각은 아니었다.

외국에 가서 벌어온 돈을 그렇게 다 날리고 아무것도 없는 상태에서 시작한다는 현실이 참 기막힌 일이었다. 인생을 얼마 살지도 못한 내가 경험하지 말아야 할 힘든 일을 겪다 보니 마음이 무겁고 우울했다.

돌아오지 않는 기억

　세상이 온통 하얀 눈으로 덮여있는 개울 건너편 서낭당 느티나무 아래서 오빠가 나를 부르고 있다. 평상시에 보던 오빠 모습이 아니었다. 눈보라가 세차게 불어오는 추운 날씨에 겉옷도 걸치지 않고 허술한 잠바를 입은 오빠가 가까이 오라며 소리치고 있었다. 너무 추워 보이고 안타까워 달려가 보았지만, 오빠는 보이지 않고 나를 부르는 소리만 들렸다.
　경주는 개울을 건너 높은 곳으로 올라가 사방을 둘러보아도 눈보라만 사납게 칠 뿐 조금 전까지 나를 부르던 그곳에는 눈보라만 치고 있었다. 천지는 하얀 설국이고, 애타게 찾아도 보이지 않았다. 악을 쓰면서 오빠를 부르는 소리에 놀라 깨어보니 꿈이었다. 꿈속에서 본 오빠의 모습은 너무나 창백하고 아픈 모습이었다.
　나는 요즘 하루하루가 참 힘들고 고통스럽다. 그렇게 믿음직스럽고 당당해 보이던 오빠가 나약해 보이다가 어느 순간 가여워 눈물이 났다. 경주는 서럽고 아픈 마음을 견디기 어려워 진희를 만나러 내려갔다.

"진희야, 잘 있었니?"

"언니, 어서 오세요. 서울에 잘 갔다 왔어요?"

"서울 가서 오빠 만나고 어제 집에 왔어."

그 말 하면서 경주는 눈물이 나왔다. 진희 얼굴을 보자, 누구에게도 말하지 못하고 가슴에 쌓인 일들이 급기야 눈물로 변한 것이다.

"언니, 서울 가서 무슨 일 있었어요?"

"진희야! 오빠가 사고가 났었다고 한 적이 있지? 그때 오빠에게 큰 사고가 난 것이 사실이었어. 이해할 수 없는 일이 생긴 거야."

"언니, 무슨 사고가 난 거래요?"

"오빠가 기억상실증에 걸렸어."

"뭐라고요. 기억상실증이요?"

"해리성 기억상실증에 걸렸어. 그래서 오빠는 우리가 사랑하는 연인 사이라는 사실을 잊어버리고 기억하지 못하고 있었던 거야."

서울에서 일어난 일들을 진희에게 말하면서 나는 눈물이 멈추지 않아 울고 있었다.

"오빠 만나러 가보려고 하는데, 같이 갈래?"

"언니, 이번에는 저도 같이 가요. 언니, 그만 울어요. 시간이 지나면 다시 돌아올 수 있다는 것이 그래도 다행이잖아요? 언니 옆에는 내가 있잖아요."

한 해가 저물어가는 마지막 달 12월 중순, 나는 진희와 서울로 가고 있었다. 만난다는 즐거움과 설렘은 사라지고 긴장과 두려운 마음으로 가는 길이다. 오늘 가서 만날 수는 있을지 불안했다. 처음 만나러 갈 때는 만난다는 사실이 그렇게 설레여서 며칠 전부터 기다리던 때와 다르게 지금은 불안한 마음으로 가는 길이다.

한 해를 보내고 새해를 맞이하는 서울은 사람들 발걸음도 분주해 보였다. 버스를 타고 오빠 회사로 가다 보니 복잡한 상업 거리와 백화점 입구에는 크리스마스트리가 불을 밝히고 캐럴이 흥겹게 흘렀다. 오가는 사람들 발걸음은 저마다 분주히 그리고 행복한 모습이다.

한 해를 떠나보내는 설렘과 아쉬움을 오빠와 같이 보신각 종소리를 들으며 새해를 맞이하고 싶었다. 그런데 지금 현실은 너무 슬프고 외롭다. 회사 앞 공중 전화박스에 들어가 오빠 회사로 전화를 걸었다. 벨이 몇 번 울리자, 여직원 목소리가 들렸다.

"김진성 씨 계세요? 동생 김진희입니다."

"잠시만 기다리세요."

잠시 후 오빠의 목소리가 진희가 들고 있는 수화기 속에서 들려오는 것이다. 옆에서 듣고 있는 나는 그 순간 긴장되고 너무 반가웠다. 그리운 목소리다. 꿈속에서 듣던 목소리, 그렇게 애달프게 불러도 점점 멀어져 가던 오빠의 목소리에 나는 주저앉을 정도로 긴장감이 풀리는 것이다.

"진희야, 잘 있었어? 아버지도 안녕하시지?"

"지금 오빠 회사 앞에 와 있어요. 경주 언니하고 같이 왔어요."

진희가 나를 쳐다보며 고개를 끄덕인다. 그리고 나에게 수화기를 바꿔주었다.

"오빠! 저 경주예요. 잘 지내셨어요?"

"경주 왔구나. 잘 지냈지?"

"네, 잘 지냈어요."

"그래, 만나서 이야기하자. 저번에 만났던 회사 옆 커피숍에 가 있어. 바로 내려갈게."

잠깐 몇 마디 주고받는 말인데도 나는 눈물이 났다. 오빠 기억이 돌아왔는지는 아직 확인할 수는 없지만, 다정다감한 목소리를 듣다 보니 마음이 설레었다. 잠시 후 오빠가 커피숍으로 왔다. 양복을 입은 오빠는 언제 보아도 멋있는 모습이다.

"너희 둘이 같이 올 줄은 몰랐다. 그래 점심은 먹고 왔니? 안 먹었으면 점심부터 먹자."

전에 만날 때와 사뭇 다른 모습이었다. 그때 오빠 모습은 한없이 외로워 보이고 힘들어 보였지만, 지금은 다른 모습이었다.

"오빠! 아직도 기억 못해요? 집에서도 언니가 힘들어하고 있어요. 오빠가 얼마나 언니를 좋아하였는데, 그것을 기억에서 잃어버렸다고 해서 저는 무슨 말도 안 되는 일이라고 생각했어요. 그런데 정말 해리성 기억상실증이 있다는 사실을 알고는 놀랐습니다. 그야말로 소설 같은 이야기가 진실로 우리에게도 일어났다는 소리에 놀랐어요. 나는 놀라는 정도이지만, 언니는 하늘이 무너지는 심정일 거예요. 언니 집에서는 오빠 소식 오기만 기다리는 상황입니다. 오빠가 서울 언니와 의논하여 결혼은 언제 하는 것이 좋을지 결정해서 알려주기로 하고는 연락도 없이 이 사고가

난 거예요."

 오빠는 말없이 듣다가 고개를 젓고는 긴 한숨을 내쉬면서 말한다.

 "진희야! 미안해. 나도 힘들다. 내가 그렇게 사랑하는 사람과 결혼이라는 중요한 일을 결정할 단계에 거짓말같이 기억을 잃었다는 현실을 나도 나를 모르겠다. 나는 경주가 우리 마을에 왔을 때 그 예쁜 모습만 생각나지, 사랑하는 연인으로 살았다는 그것이 생각이 나지 않는다."

 아직도 돌아오지 않았다는 그 말이 내 가슴을 산산이 조각내는 비수 같았다.

 "오빠! 솔직하게 말해서 우리 집은 가난해요. 그래서 오빠도 사우디아라비아로 돈 벌러 가신 거예요. 이 말은 안 하려고 하였지만, 지금 언니는 상당히 힘들어요. 언니 집에는 오빠보다 조건이 좋은 사람들이 찾아오고 있어요. 그것을 이겨내려면, 오빠가 언니에게 힘을 주어야 하는데, 오빠가 기억을 잃었다면서 확실한 결정을 안 하는 상황이니 언니가 가엾어요."

 나는 두 남매가 대화하는 내용을 듣자, 눈물이 나고 눈가에 심한 떨림이 왔다. 진희가 타박하는 소리를 들으며 자책하는 오빠가 너무 불쌍하고 안타까웠다.

 모든 걸 운명이라고 받아들이면, 아무런 문제 없이 해결될 일인데, 무슨 일인지 오늘도 여전히 두려워하는 오빠를 이해할 수 없다. 분명 오빠에게 큰 문제가 생긴 것 같다는 불안감이 무섭게 다가왔다.

 "오빠! 힘내세요. 시간이 지나면 기억이 돌아올 거라 나는 믿고 기다리겠습니다. 언제 기억이 돌아올지는 우리가 어떻게 알겠어요? 몇 년이 걸릴 수도 있다고 합니다. 오직 그것은 주께서 하실 일이라 믿습니다. 나는 우리 사랑을 지키며 기다리겠어요. 오빠가 기억을 잃어버렸다고 해서 멀쩡한 나마저 소중한 우리 사랑을 헌신짝처럼 버리지는 못합니다. 그날이 언제인지는 모르지만, 돌아올 거라 믿습니다. 우리는 아직 젊잖아요? 잃어버렸다면 다시 시작할 수 있잖아요? 지금 비록 사랑했던 사실을 잃었어도 겁내지 말고 함께한다면, 아무 문제가 될 수 없어요. 나는 오빠에게 일어난 해리성 기억상실증을 겁내지 않고 이길 수 있어요. 그것이 사랑하는 우리 사이를 가로막고 있지만, 나는 오빠를 사랑해요. 지구 끝이라도 같이 갈 수 있어요."

나는 당당하게 내 생각을 말하고 자리에서 일어나 밖으로 나왔다. 답답한 듯 냉수 한 잔을 마신 진희는 바짝 다가서서 추궁하듯 진성을 설득하는 것이다.

"오빠! 어쩌다가 그런 일이 생겼어요? 저 언니하고 오빠가 서로 얼마나 사랑했는데, 기억이 안 난다고요? 나는 지금 믿을 수 없어요. 내 생각은 오빠가 언니와 결혼해서 살다 보면 다시 돌아올 수 있을 거예요. 설사 기억이 돌아오지 않더라도 원래 결혼까지 생각하며 사랑하던 사람과 결혼하면 되는 거 아닌가요? 지금 기억상실증이 와 있는 상황에서 이겨내는 방법은 결혼하는 방법뿐이라고 나는 생각해요. 오빠, 다른 고민은 하지 마세요. 내가 모르고 있는 다른 고민이 있어서 그런 거는 아니지요?"

진희가 오빠에게 걱정하며 말하는 것이다.

"진희야, 네 말이 맞아. 그러나 나에게 엄청난 문제가 생겼으니 어쩌면 좋냐?"

"무슨 문제가 있다는 건가요?"

"내가 일을 크게 만든 것 같다. 네 말처럼 그렇게 하면 얼마나 좋겠니? 그런데 내가 그렇게 하기에는 걸림돌이 많단다. 기억상실증에 걸린 걸 모르고 살아온 세월 속에 또 다른 나를 만들었으니 어떻게 해결해야 할지 가슴이 답답하다. 경주도 가여운 사람이고 또 다른 사람도 아무런 죄 없는 피해자가 된 것이다."

진성이 하는 말을 듣고 놀라며 진희가 반문한다.

"오빠, 혹시 다른 사람이 있다는 거예요?"

"나는 경주에 대한 기억이 없었다. 정말 내가 기억상실증에 걸렸다는 것을 일찍 알았다면 적어도 이런 일은 없었을 거야. 지금 내가 고민하는 일을 아직 경주에게는 말하지 마라. 내가 어떻게든 정리해야지 큰일이 생길 것 같다."

진성은 진땀을 흘리며 근심하는 모습이 역력해 보였다. 동생 진희가 하는 말이 맞는 말이다. 이 상황에서 정말 다른 사람하고 결혼한다면 경주에게는 죽음보다도 더한 고통일 것이다. 그 아픔을 진성은 안타까워하는 것이다. 동생 진희가 하는 말이 부정할 수 없는 답이라는 걸 알면서도 지금 상황을 정리할 타이밍을 놓친 걸 아파하는 것이다.

한참 후 밖에서 돌아온 경주는 얼마나 울었는지 눈물 자국에 애처로운 모습이었다. 진성은 그 얼굴을 바라보며 무슨 말을 하려다가 멈추고 창밖을 바라보는 것이다.

"경주야! 너에게 큰 아픔을 주고 기억을 잃었다며 아프게 해서 미안하다. 내가 너를 기억하지 못한 기간 동안 또 다른 내가 무슨 생각을 하고 있었는지 내가 원망스럽구나. 네가 아파하는 모습을 보면 더 가슴이 찢어지고 힘들다. 모든 내용을 알았으니 조금만 더 시간을 갖자."

진성은 경주 얼굴을 똑바로 바라보지 못했다. 저렇게 깨끗하고 밝은 아이에게 어쩌자고 이런 상처를 주었나 하는 생각에 더는 감정을 참을 수 없어 하는 슬픈 모습이었다.

"경주야! 미안해. 이달 중으로 집에 가서 보자."

"진희도 고생했다. 잘 내려가."

"오빠! 건강하세요. 기다릴게요."

고통스러운 결단

을지로5가 시외버스 정류장에서 버스에 오르기 전 경주 손을 잡으며 진성은 고개를 숙였다. 터질 거 같은 고통으로 가슴이 뭉클하고 목이 메었다. 애절한 모습으로 바라보는 경주 얼굴에는 슬픔이 가득해 보이고, 붓꽃같이 총명한 눈에서 눈물이 떨어지고 있었다.

진성은 가슴속에서 솟구치는 슬픔이 목구멍으로 샘솟듯이 계속 흘러나와 숨이 멈출 것 같았다. 어쩌면 이 눈물은 경주에게 보여주는 마지막 인사가 될 수 있다는 생각에 보잘것없는 양심의 눈물인지도 모른다. 시외버스에 올라 떠나는 차창 속 그 아이 경주 모습을 보면서 진성은 그 자리에서 오랫동안 움직이지 못하고 멍하니 바라보고 있었다. 차창 밖으로 기댄 경주 얼굴이 너무 가엾고 애처로웠다.

정경주에게 떨리는 마음으로 손을 흔들었다. 오늘이 마지막일지도 모른다는 생각에 진성은 미안함과 안타까움으로 가슴이 찢어지는 슬픈 이별을 표현하는 것이다.

(이것이 김진성과 정경주 두 사람의 마지막 만남이었다. 그렇게 사랑했던 사람에게 집으로 가겠다는 말을 남기고 20년이라는 긴 세월 동안 진성은 경주와 애틋한 기억을 살리지 못하고 살았다. 부질없는 짓이라고 하지만, 그 흔한 작별 인사도 없이 마지막 이별이 되었다.)

버스가 떠나간 그 자리에 서서 진성은 하염없이 사라진 흔적을 바라보고 있었다.

"잘 가. 아프게 해서 미안해."

경주 말대로 우리는 연인 사이가 틀림없을 것이다. 내가 기억하는 경주는 순진하고 귀여운 아이였다. 어떻게 저런 아이에게 이런 고통을 안겨준다는 사실에 죄스러워 마음을 진정할 수 없었다. 미래를 약속한 연인 사이라는 걸 좀 더 일찍 알았다면, 해리성 기억상실증이라 해도 문제가 될 리가 없었다. 내 기억이 온전하다면 절대로 경주를 슬프게 하는 그런 일이 일어날 수는 없을 것이다. 지금이라도 내 기억이 생생하게 돌아온다면, 나는 새로운 사랑을 시작한 이지선에게 나쁜 사람이라는 모욕을 당해도 끝낼 수 있다. 그러나 내 기억에서 사라져 버린 사랑은 경주에게 미안할지언정 애절함을 느끼지 못하다 보니 나는 방관자가 된 것이다.

아직도 그런 사랑이 있었다는 사실이 피부에 와닿지 않다 보니 아픔은 오로지 경주 몫일 수밖에 없었다. 그 아이와는 사랑도 인연도 여기까지라는 생각에 마음이 아팠다. 이것이 우리의 마지막이라는 생각을 하니 더 미안하고 안타까운 마음에 눈물이 앞을 가렸다.

착잡한 마음으로 사무실에 들어왔다. 오늘도 2시에 나왔다가 5시에 들어가다 보니 회사에 피해 끼치는 것이 마음에 걸렸다. 열심히 일하는 직원들에게 미안하고, 이지선에게 아무런 말도 하지 못한 것이 미안했다.

"진성 대리님, 부장님이 찾아요. 어디를 간다고 저에게 말해주면 좋은데, 왜 말도 안 하시고 외출 기록도 안 하는지 모르겠어요."

"네, 다음부터는 조심하겠습니다."

그때 부장님이 문을 열고 오라고 손짓하는 것이다.

"경주 씨는 가셨니? 소설도 아니고 어찌 그런 일이 일어날 수 있다는 게 아프구나. 저번에도 안타까워서 떠나는 모습을 볼 수가 없었다. 진성 대리도 얼마나 힘들지 이해가 간다."

부장님은 요즘 내가 고민하는 것이 무엇인지 알고 계시다 보니 걱정을 많이 하신다. 이지선과 연인 관계라는 사실도 알고 계신다. 그리고 기억상실증이 오기 전에 정경주와 사랑하던 관계라는 사실도 알고 걱정 많이 하신다.

"어쩔 수 없는 일이지만, 미스리에게도 아직 말 못했지?"

"네, 이 말은 안 하는 것이 좋을 거 같아요. 기억상실증이 있다는 것과 경주하고 관계를 말한다고 해도 지선 씨의 마음만 흔들어 놓는 것이지, 해결 방법이 없을 것 같아요. 솔직하게 말씀드리면, 내가 어려운 상황이라는 걸 알고 지선이가 물러서면 좋겠어요. 그러나 그런 단계는 이미 지났어요. 며칠 후 지선 씨 부모님이 나를 보자고 합니다. 오늘 고향 동생들과 많은 이야기를 했습니다. 그 말을 들어보니 제가 어떻게 하는 것이 옳은 것인지 결정할 수 없어 너무 힘듭니다. 선배님, 어쩌면 좋을까요? 경주 그 아이의 아픔이 나를 힘들게 합니다. 너무 가엾어요. 그 사랑을 지키려고 저렇게 노력하는 것을 보면 아무래도 지선이한테 나쁜 사람이라고 욕먹는 게 좋지 않을까요?"

"전혀 기억이 안 나는 거냐? 이제 결정은 너에게 달려있다. 힘들고 어려운 일이다. 두 사람 중 한쪽은 큰 상처가 되겠지만, 네 인생은 네가 책임지는 것이니 잘 정리해라. 도움을 주지 못해서 미안하다. 너 또한 가해자지만 피해자라는 생각이 든다."

부장님 방에서 나와 내 책상에 앉아보니 하얀 종이에 예쁘게 접은 메모장이 달력 밑에 살짝 '지선이가'라는 J.S 메모가 보였다. 열심히 일하는 그 모습을 보니 가슴이 아팠다. 내가 무엇이 잘났다고 두 사람에게 이런 상처를 주는 걸까? 세상 살면서 많은 사람을 만나고 스쳐 지나간다. 옷깃만 스쳐도 큰 인연인데, 이렇게 미래를 약속하고 백년해로를 약속하며 만나는 일은 일반적인 만남이 아니라 하늘이 주는 인연이다. 그런데 이것을 어떻게 선택하라고 나에게 이런 사납고 잔인한 결정을 하라고 하는지 가슴이 찢어지게 아팠다. 도대체 무엇이 나를 이렇게 만들어 기억을 잃어버리게 하고, 끝내는 천하에 몹쓸 사람으로 만드는 것인가?

의사의 말대로라면 내가 정체성을 잃어버리고 의지력이 약해 심리적인 압박을 이겨내지 못한다는 것이다. 그렇게 나약한 나일까? 결코 잊으면 안 되는 중요한 일을 기억하지 못하는 패배자가 된 것이다.

'진성 씨, 오늘도 바쁘시네요. 이번 주 토요일 강릉에서 엄마가 오신다고 합니다.'

메모지를 읽는 순간 더는 물러설 곳이 없다고 생각하자 가슴이 철렁이고 긴장되었다. 지선의 부모님이 나를 보려고 시골에서 오시는 것이다.

애처로운 경주를 생각하면 도저히 지선의 엄마를 만날 수 없다. 얼마 전까지도 지선이가 나에게 전부라고 생각하였지만, 안타까운 경주를 만나보니 기억상실증에 걸렸다는 사실을 확인한 후에는 도저히 어떻게 처신해야 좋을지 매일 고민하는 것이다.

결단의 시간은 내 마음과 달리 빠르게 다가왔다. 지난밤까지도 갈등하던 고통스러운 밤이 속절없이 지나고 이지선의 부모님을 만나는 날이 밝아왔다. 내 사정이 지금 이렇게 힘들다는 걸 누구에게도 말하지 못하고 고민하는 긴 밤이었다.

나는 지선과 미래를 약속하며 사랑을 쌓고 있었다. 하루도 떨어지는 것이 싫어서 아무런 대책 없이 강릉까지 찾아간 적도 있다. 백년해로를 약속하며 우리의 사랑을 확인하였는데, 이제 와서 그것도 부모님을 만나는 날 새벽까지 망설이는 것은 책임 있는 자세가 아니라는 생각이 들었다. 나에게 닥친 시련을 결정하려다 보니 잠을 이룰 수가 없었다.

꿈인 듯 생시인 듯 악몽과 원망이 뒤섞인 밤이었다. 아름답고 평화로운 내 고향집이 보이고, 경주가 나에게 오라고 손짓하는데, 별안간 불어닥친 홍수가 그 아이를 휩쓸고 가는 것이다. 경주를 부르다 잠이 깨어난 후 한잠도 잘 수가 없었다. 꿈인지 환상

인지 모르지만, 이것이 내 마음이고, 경주가 처한 상황일 것이다. 피할 수만 있다면, 도망치고 싶다. 이 자리를 피해서 모든 게 해결된다면, 어디라도 가고 싶었다.

성북동에 지선의 언니가 살고 있다. 그곳에서 부모님과 언니 부부를 만나기로 약속하였다. 상견례 자리라면, 당연히 우리 가족도 함께 참석해야 하지만, 이 자리는 나를 먼저 보려고 지선의 부모님이 오신 것이다. 우리는 오전 근무를 마치고 성북동으로 가는 버스를 탔다. 아무 말도 없이 가는 내 모습이 걱정되는지 지선이 다정하게 말을 걸어온다.

"진성 씨, 무슨 생각을 그렇게 해요? 강릉 다녀온 후 달라진 모습입니다."

"그런 것이 아니라, 지선 씨 가족들이 나를 좋아하실지 걱정하는 거예요."

내 모습이 그렇게 보였나 보다. 아무리 태연한 척해도 내 표정에 고뇌하는 표정이 나타나는 것이다. 언니 집은 산밑에 있는 조용한 주택가에 있었다. 부모님과 언니 부부까지 모여 있는 자리다 보니 어려운 자리였다. 지선의 아버지는 키도 크시고 대장군다운 위풍에 참 인자하신 모습이었다. 지선의 엄마는 체격은 작지만, 따뜻한 목소리에 우리 엄마 같았다. 처음 만난 지선의 엄마가 내 손을 잡으며 반가워한다.

"사진으로 먼저 봤지만, 이렇게 실물을 보니 잘생겼네. 강릉까지 왔다가 그냥 가서 섭섭했는데, 이렇게 만나서 반갑네."

"네, 감사합니다. 찾아갔지만, 들어갈 엄두가 나지 않아 그냥 왔습니다. 죄송합니다."

이런 자리에 가서 어떻게 인사를 드리는 것인지 사전에 선배님으로부터 교육받았다. 지금까지 길러주신 부모님에게 좋은 인상을 보여주는 것이 중요하다는 것이다.

"부모님을 만나게 되어 반갑습니다. 부족하지만 열심히 노력해서 좋은 사위가 되겠습니다."

"고향에 계신 부모님에게도 인사드려야 하니 결혼 전에 상견례는 해야 하지 않을까요?"

지선 언니가 양쪽 어른들 만나는 시간까지 잡고 금년에 결혼까지 하는 게 좋겠다고 말씀하시는 것이다. 나는 지선 언니의 말에 얼른 대답할 수 없었다. 아직도 두려운 아픔이 남아있었다. 경주 문제도 아직 확실하게 정리하지 못한 상황에서 속전속결로 과연 할 수 있을까?

아버지는 경주를 며느리로 생각하고 계신다. 그런 상황에 양가 어른들을 만나면 무슨 말이 나올지 모른다. 그러나 이 자리에서 다른 이유를 말할 수 없었다.

"엄마는 돌아가시고 결정은 아버지가 하실 겁니다. 우리 시골도 농번기라 10월 전에는 어렵다고 합니다. 그리고 아버지는 지선 씨를 좋아하십니다. 특별히 상견례가 필요 없을 것 같아요."

"맞아요. 아버지도 제가 여러 번 찾아뵈었고, 누나와 동생들도 만났습니다. 다들 좋으신 분들이고 저를 예뻐합니다. 상견례는 안 하셔도 될 것 같습니다."

이런 말을 하게끔 사전에 지선과 이미 약속한 말이다.

"그러면 오늘 대략 결혼 날짜를 잡아보자. 시골은 농번기인 9월까지는 쉽지 않으니 10월 이후 결혼하는 것이 좋을 것 같네."

지선의 아버지가 말씀하시자, 지선의 엄마도 머리를 끄덕이시고, 언니 부부도 동의하는 것이다. 이제는 우리 가족들만 결정하면 되는 것이다. 지선의 부모님께 인사드리고 밖으로 나왔다. 저녁 먹고 가라는 가족들의 말을 극구 사양하고 나오는 발걸음은 편하지 않았다.

"저녁 먹고 가지 왜 그냥 가요? 혼자 사는 집에 가야 먹을 것도 없잖아요?"

"누나 집에 가려고. 부모님 말씀도 들었으니 우리 집에서도 결혼 날짜를 빨리 결정해야 할 것 같아 의논하려고."

"기분이 안 좋아 보여요. 결혼 날짜를 잡자는 것이 너무 촉박해서 마음에 안 드나요?"

"아니야, 오늘 부모님이 나를 좋아하시는 것이 고마울 뿐이야. 잘 들어가. 내일은 못 만나겠네. 일요일 부모님하고 즐겁게 보내고 월요일 만나자."

지선과 헤어진 후 바로 도착한 버스에 올랐다. 창밖으로 보이는 동쪽 하늘에는 짙은 먹구름이 바람을 타고 피어나는 모습이 두려운 내 마음과 같았다. 북한산 자락은 그새 어둠이 밀려와 검푸른 회색 산으로 변하고, 서쪽으로 넘어가는 태양 빛을 받아 붉은 노을이 쓸쓸하게 비쳤다.

오늘 지선의 부모님을 만나서 인사도 드렸다. 지선이가 저렇게 잘 자란 이유를 그 가족들을 보니 알 것 같았다. 부모님들이 만나는 상견례도 생략하자고 말씀드린 상황이다 보니 더는 시간을 끌 이유가 없다.

이지선은 평생 배필이 되어준다면 더 바랄 것이 없는 사람이다. 잘 되었다고 생각하면서도 한편으로 마음이 개운치 않은 것은 경주가 걸리는 것이다.
　얼마 전까지만 해도 나는 지선을 사랑하고 그녀가 없으면 하루도 견딜 수 없어 매일 만났다. 지금도 그녀가 나의 전부라고 하는 생각에는 변함이 없다. 그런데 어느 날 경주가 나의 연인이었다는 것을 알게 되었다. 해리성 기억상실증이 내 기억을 잃어버리게 한 것이다.
　경주가 내 기억을 다시 살리려고 여러 가지 일들을 말하고 눈물을 보이며 애처로워하는 모습을 보았다. 내 동생 진희는 내가 기억을 잃어버린 것이 사실이라고 말하는 것이다. 아무리 기억을 되돌리려고 해도 경주와 이룬 애틋한 사랑은 그냥 소설같이 들릴 뿐 애절함이 나에게는 없었다.
　경주와 진희가 바라는 건 기억이 돌아오지 않아도 좋으니, 지금까지 쌓은 사랑을 버리지 말고 결혼하라는 것이다. 지선이와 결혼하게 되어 경주가 받을 고통을 생각하면 마음이 너무 아픈 것이다. 그렇다고 지선을 만나지 않는다는 것도 이제는 늦었다. 일찍 내 기억에 문제가 있다는 것을 알고 경주가 내 연인이라는 사실을 알았다면 지선을 사랑하지도 않았을 것이고, 경주가 눈물을 흘릴 일도 없을 것이다.
　가슴이 답답해서 버스에서 내렸다. 서울 시내 거리는 주말이다 보니 종로 거리는 온통 사람들 물결이다. 모두가 행복해 보이는데, 나는 왜 이러는가? 그리 길지 않은 세상을 살면서 나로 인하여 아프고 슬픈 일이 생긴다는 것이 비수가 꽂히는 것처럼 내 가슴을 찔렀다. 훗날 내 기억이 돌아오면 이 또한 어떻게 할 것이며, 그 아픈 서러움과 배신감을 경주는 어떻게 견딜 수 있을까?

경주는 아픈 상처를 당한 아이다. 막 피어나는 꽃 몽우리가 피지도 못하고 떨어진 것같이 손에 큰 장애를 당한 아이다. 이제 끝이라며, 죽음까지도 생각한 그 아이 손을 잡아준 내가 이제 그 아이의 손을 놓는 것이다. 가여운 생각에 마음이 심란해지고 미친 사람처럼 소리치며 달리고 있었다. 얼마나 뛰었을까?

염천교 다리 위에서 서울역 철로를 바라보았다. 끝없이 기차를 타고 어디론가 떠나 숨고 싶었다. 철거덕거리며 다리 밑으로 지나가는 경의선 기차가 보였다. 저 기차를 타고 어디론가 끝없이 가고 싶었다. 나라는 존재가 과연 이 세상을 제대로 살아갈 수 있을까? 그렇게 약해빠진 정체성을 가진 나는 누구인가? 진정 험난한 이 세상을 살아갈 수 있을까? 의사 말대로라면, 그 조그만 충격으로 나를 잃어버리고 힘들어하는 게 온당치 않은 것이다. 지금이라도 내 기억이 정상으로 돌아온다면 어떻게라도 정리될 수 있지 않을까 생각하니 눈물이 났다.

나는 지금 사랑의 깊이도, 사랑의 애절함도, 사랑의 간절함도 경주처럼 느낄 수 없는 나였다. 가엾은 경주는 어떻게 해야 하나? 지선은 어떻게 되나? 나는 통행금지 시간이 되도록 마음을 정리하지 못하고 그 자리에서 망부석이 되어있었다.

내가 무엇이 그렇게 잘난 놈이라고 사람을 선택해야 한다는 것이 기가 막히고 마음이 아팠다. 경주에게 닥칠 아픔을 생각하면 견딜 수 없었다. 내가 기억을 잃었다고 해서 용서가 되는 것이 아니다. 이렇게 된 것도 나로 인하여 만들어진 비극이다. 그렇다고 이 상태로 계속 가는 것도 그 아이에게 더 큰 고통을 주는 것이다, 이제 더는 고민할 수 있는 시간이 없다.

비겁한 말이지만, 이제 그 아이 경주를 놓아줘야 한다. 그렇게 된다면, 과연 그 아이가 아픈 장애를 힘겹게 견디고 여기까지 왔는데, 이별이라는 또 다른 상처를 받고 살아갈 수 있을까? 고민이 고통으로 변해 눈물이 앞을 가렸다. 순간 달리는 기차에 뛰어내리고 싶었다. 원망과 한숨 섞인 탄식소리가 내 가슴에서 튀어나왔다. 그래, 이제는 결정해야 한다.

'경주야, 안녕!'

마음이 아프고 눈물이 쉴 새 없이 흘렀다. 경주야! 못난 나를 잊어버리고 행복한 삶이 되길 바란다.

'경주야! 미안해…'

사탄의 장난

　오빠를 홀로 사선에 두고 집으로 가는 길이 참 멀고도 야속한 세상 같았다. 마치 전쟁터에서 상처 입은 전우를 홀로 두고 전장을 벗어나 집으로 도망치는 심정이다. 사랑이 무엇인가? 도와주고 구속하지 않으며 어려움을 당하면 같이 울며 이해하고 지켜주는 게 아닌가? 좋아서 만나고 추억을 만들다 보니 내 생명처럼 존중하는 게 사랑 아닌가?
　사랑은 신비하다. 아프고 고통스러울수록 더 주고 더 양보하며 더 아끼고 싶은 게 사랑이다. 대가 없이 주는 사랑, 희생과 배려 속에 쉴 수 있는 공간을 만들어주는 게 사랑이다. 고통스러워도 눈물을 머금고 참아야 한다. 내 사랑을 위하여. 내 영혼과 같이 사랑하는 사람을 두고 나는 쓰라린 슬픔을 안고 또 혼자 간다.
　담대하리라 하면서도 자꾸만 나약하고 불안한 마음이 들었다. 그렇게 눈물을 많이 흘렸어도 눈물이 자꾸만 나온다. 과연 애틋하게 꽃피었던 우리의 사랑이 진정 열매를 맺을 수 있을까? 붓꽃이 씨를 맺은 거처럼 온전히 열매를 맺을 수 있을까?

 기억상실증이라는 암초가 있어도 우리는 함께 가자고 내 마음을 오빠에게 솔직하게 말했다. 그 말에 반응하는 오빠의 눈빛은 나를 사랑하던, 그때 눈빛이 아니었다. 아마도 우리의 그 애틋한 사랑을 기억하지 못해서 그런지, 간절함도 애절함도 보이지 않았다.

 내 생각대로 되었으면 좋겠다. 내 생각대로가 아니라 오빠로 인하여 생긴 일이라는 사실을 깨닫고 적극적으로 나서야 하는데, 그런 절실한 모습이 오빠에게 보이지 않는다.

 나는 해리성 기억상실증을 믿지 못했다. 그런 것이 있다는 것도 의사를 만나고 나서야 알게 된 것이다. 오빠도 이제야 자기에게 그런 게 왔다는 것을 인지하는 것이다, 그리고 진희가 하는 말도 들었고, 내가 그렇게 간절하게 우리의 사랑을 알려주었는데도, 오빠는 어느 곳을 헤매고 있는지 모르겠다.

 사랑의 힘은 위대하고 거침이 없다. 어떤 걸림돌이라도 사랑이라는 힘으로 덮으면 모든 게 해결된다. 그러나 오빠는 나를 사랑했다는 사실을 잊어버렸다. 결국은 사랑이 없기에 가슴을 열어 덮어주고, 아껴주고, 이해하고, 희생하는 마음도 가질 수 없는 것이다. 어떻게 해야 오빠의 기억이 돌아올지 가슴이 답답하다. 눈물을 보이지 않으려고 차 창밖을 바라보지만, 서러움에 복받쳐서 흐느끼고 있었다.

 "언니! 울지 말아요."

 진희는 그렇게 말하면서 머릿속에 오빠가 하던 말이 긴 여운이 되어 머리에 맴돌고 있었다. 오빠가 다른 사람을 만나고 있다.

경주 언니를 사랑하면서 절대로 그럴 오빠가 아니다.

해리성 기억상실증으로 기억을 잃어버린 그런 와중에 사랑하는 사람이 생긴 것이다. 내가 조금 일찍 서둘러 오빠를 만나 진실을 알려줘야 했는데, 시간이 지나다 보니 이렇게 큰 문제가 생긴 것이라며 자책하고 있었다.

서울을 벗어나 성남으로 들어서는 길가 가로수들이 앙상한 가지만 남은 것이 애처롭다. 봄이 오면 저 나무들도 잎이 푸르고 아름답고 풍성해 보일 것이다. 내가 이 길을 다시 가면서 웃을 수 있을까? 어떤 어려움이 다가와도 나는 견딜 것이라 수도 없이 다짐하였지만, 참담한 마음으로 지쳐가고 있는 나를 보니 너무 힘들다.

정류장에서 내려 집으로 가는 길은 오늘도 힘들고 아픈 길이다. 이 길을 걸어갈 때는 항상 오빠가 있었다. 같이 가지 않았을 때도 오빠하고 같이 가는 것 같아 신나는 길이었다.

떨어져 있어도 언제나 나를 지켜주고, 어떤 두려움도 없게 해주는 오빠다. 그런데 지금은 무슨 일인가? 나에게 눈물을 주고 아픔을 주고 서러움을 주는 오빠다. 나도 오빠처럼 똑같은 기억상실증에 걸렸으면, 이런 고통은 없지 않을까?

"언니! 오빠가 빨리 기억이 돌아오면 좋겠지만, 늦게 돌아오면 어떻게 해요?"

함께 걸어가던 진희가 조심스럽게 물어본다.

"기억이 빨리 돌아오기를 바라지만, 늦게 돌아와도 기다릴 거예요. 그러기 위해서는 진희가 많이 도와줘야 돼요."

하늘에는 달이 서쪽으로 넘어가고 있었다. 매일 보름달만 환하게 비치면 세상은 제대로 돌아가지 않을 것이다. 초승달도 있고 상현달, 보름달, 하현달 그리고 그믐달이 있듯이 우리가 사는 세상도 매일 좋은 날만 있을 수 없다.

비바람이 불고 눈보라 치는 날이 지나다 보면 땅이 굳어지듯이 우리의 삶도, 사랑도 익어가는 것이 아닐까? 생각지도 못한 일이 생겼다고 마냥 힘들어하고 울 수만은 없다. 내가 지켜야 할 일은 지키면 되는 것이다. 나도 이제는 내 판단대로 살아야 하는 나이가 되지 않았는가? 비록 나에게 닥친 일이 험난하지만, 담대한 마음으로 당당하게 이겨내리라 하는 결심을 하니 마음이 한결 편해졌다.

"엄마! 다녀왔습니다. 좀 늦었어요."

나는 평상시와 다른 씩씩한 모습으로 집에 들어가 가족들에게 인사하였다. 지금까지는 축 처진 내 모습 때문에 가족들이 더 힘들어했었다. 이제는 당당하게 부딪칠 것이라고 마음먹었다.

"서울 가서 일을 잘 보고 왔니?"

나는 엄마에게 거짓말을 했다. 오빠가 바빠서 결혼 날짜를 정하지 못했지만, 봄에 날짜를 잡아서 내년 가을에는 결혼식을 할 거라고 말했다. 이렇게 할 수밖에 없는 것은 시간을 벌기 위해서 어쩔 수 없었다. 지금 오빠가 기억상실증에 걸렸다는 것을 알게 되면 이것으로 우리 사랑은 끝이 되는 것이다. 이런 말을 하면서 나는 속으로 울고 있었다.

'엄마! 죄송해요.'

나를 위하여 신경 쓰는 가족들에게 달리 할 수 있는 말이 없어 마음이 무거웠다. 오빠는 그때까지 기억이 돌아오지 않더라도 우리가 결혼하면 아무런 문제가 없을 것이다. 태연한 척 웃고 있지만, 마음은 자꾸만 두려워진다.

친구 경미가 찾아왔다.

"경주야! 너는 요즘 도통 보이질 않는다. 어디를 그렇게 다니는 거야? 무슨 고민 있는 것같이 얼굴도 말이 아니다. 친구들이 다음주에 만나자며, 너 꼭 좀 데리고 오라는데 같이 가자."

"그래 한 번 만나자. 특별한 것은 없어. 몸이 좀 안 좋아서 그랬어."

경미는 무슨 고민이라도 함께 의논하던 친구다. 친구는 진성 오빠를 알고 있다. 우리가 사랑하는 연인 사이라는 걸 알고 있다.

"진성 씨 잘 있지? 너는 아직 결혼 계획은 없니? 너 연애를 너무 오래 하면 식어간다."

"그래서 내년에는 하자고 약속했어."

그 말을 하고 나는 참으며 억눌렀던 감정이 마치 용암이 분출하듯 울음이 터져나오는 것이다. 친구의 그 말에 서럽던 지난 일들을 순간 눈물로 변해 돌아오는 것이다. 응석받이가 학교에서 당한 일을 엄마에게 이야기하듯 아픔에 처한 일들을 경미에게 말하게 되었다.

계곡을 따라 이어 내려온 저수지 골짜기에는 아직도 눈과 얼음이 보이고, 굽이친 산 능선에 보이는 앙상한 가지는 마치 철조망을 끝없이 둘러친 것 같았다. 그렇게 삭막하고 쓸쓸한 곳에도 봄기운이 언뜻 보인다. 들에는 언제 피어났는지 파릇한 새싹들이 저마다 모습으로 고개를 들어 인사한다. 봄은 왔지만, 아직도 나의 마음은 잔뜩 얼어붙어 봄을 맞이할 준비가 되어있지 않았다.

진성 오빠를 만나고 온 지도 벌써 두 달이 되어가지만, 아무런 기별이 없다. 이 슬픔이 오빠로부터 온 것이고, 해결해야 할 사람은 오빠지만 무슨 생각을 하는지 결정이 더디다. 다시 기억을 돌리기 위하여 우리가 사랑했던 일들을 자세히 알려주었지만, 아무런 소식이 없다. 이 문제를 해결하겠다는 의지만 확실하면 할 수 있는 것이다. 내 마음을 아는지 모르는지 시간만 흘러간다.

지금까지 차곡차곡 쌓은 사랑이 퇴색되어 가는 것 같아 불안했다. 기억상실증에 걸렸다는 사실을 알고는 도저히 마음을 진정할 수 없어 매일 찾아가고 싶지만, 마음대로 찾아가기에는 어려움이 있다. 거기는 직장이고 사회생활에는 아무런 문제가 없는 사람이 아닌가. 내가 느끼기에는 큰 문제라고 생각하지만, 사회생활에 지장이 없다 보니 오빠와 주변 사람들은 큰 문제로 인식하지 않는다. 그 차이가 크다 보니 우리 문제는 상대적으로 가려져 있다. 잃어버린 기억을 회복하려면 시간이 지나야 돌아온다고 하는데, 얼마나 더 기다려야 할지 답답하고 불안하다.

저수지 물가를 걸으면서 강하고 담대하리라 하던 나도 시간이 지날수록 서서히 지쳐가고 있었다. 해가 저물어 어둠이 다가왔지만, 정신 빠진 사람같이 찬 바람이 불어오는 저수지 물가에 넋을 놓고 있었다. 요즘은 도무지 일도 생각도 마음도 정상적이지 않다. 누가 보아도 온전해 보이지 않는 안타까운 모습이다. 마치 미친 여자처럼 정신줄을 놓고서 다른 세상을 살아가는 사람이 되었다.

어둠 속에서 누군가 내 옆으로 조용히 다가왔지만, 누가 오는

지도 모르고 멍하니 출렁이는 물만 바라보며 상상의 세상을 헤매고 있었다. 어느 순간 고요함을 깨우며 스멀거리는 악마가 몸에 달라붙는 기운을 느꼈다. 불쾌하고 징그러운 냉혈동물이 어깨를 감싸는 기분에 머리를 돌려보니 그곳에는 악마가 큰 입을 벌리고 나를 바라보는 것이다. 숨이 막히고 큰일이 날 수 있는 불안한 마음이 들었다.

"경주야! 왜 여기 혼자 있어? 마침 할 말 있는데 잘 됐다. 잠시 이야기 좀 하자."

강지웅이 언제 왔는지 앞에 다가서며 말하는 것이다. 가슴이 철렁거리고 두려움에 손발이 떨렸다. 상대하기 싫은 무서운 사람이 온 것이다.

(강지웅은 해 지기 전에 경주를 만나려고 집 건너편 수로에서 경주 집을 보고 있었다. 그때 마침 경주가 집을 나와서 혼자 저수지 물가로 가는 것을 보고 뒤를 쫓아온 것이다. 그리고 멀리서 그 광경을 계속 보고 있었다. 다른 사람은 보이지 않고 혼자 물가에 앉아서 생각에 젖어있는 그녀를 보고 다른 온갖 생각을 하며 기회를 엿보는 중이었다.)

오래된 일이지만 진성 오빠하고 크게 싸우고 한동안 보이지 않다가 다시 나타난 것이다. 그런 사람이 나하고 잠시 대화를 하자고 한다. 조용하고 어두운 곳에서 둘이 있다는 것이 참 어색했다. 그렇다고 무조건 피하기에는 주변 상황이 너무 무섭고 사면초가에 빠진 상황이다. 아무 일도 없는데 소리쳐 강지웅을 자극할 수도 없고, 이곳저곳을 살펴보아도 사람 모습은 보이지 않고 저수지에는 우리만 있는 것이다.

이 광경을 다른 사람들이 목격하면 변명하기 어려운 오해가 생길 수 있다. 어떻게든 이 자리를 피해야 한다는 생각에 좀 더 지혜로운 생각을 하게 되었다.

"아… 안녕하세요? 어떻게… 이곳까지 오셨어요?"

"경주 너를 만나고 싶은데, 도저히 만날 기회가 없더군. 그런데 마침 올라와 보니 여기에 네가 있잖아. 잘 됐다."

나는 강지웅이 무슨 말을 하려고 하는지 이미 알고 있다. 그 말을 하고 난처해하는 것보다는 여기서 내가 먼저 정리해야 한다는 생각이 들었다.

"네, 오늘은 늦었으니 내일 낮에 만나요."

웃으면서 자리를 피하려고 하자 강지웅은 앞길을 막으며 바짝 다가서는 것이다.

"오랫동안 만나려 해도 만날 수 없었는데 지금 말할게. 내가 너 좋아하는 거 알지? 그런데 너는 요즘 내게 너무 쌀쌀맞게 굴어. 너 나한테 오면 잘해줄 수 있다고 했잖아."

가까이서 보니 얼굴색은 붉게 변해 있고, 넓은 공간에서도 술냄새가 나는 것을 보니 많이 취한 것이다. 세상 살다 보면 숱한 일들이 있지만, 이런 상황은 처음 느끼는 순간이다. 술에 취한 사람들과 같이 있을 수도 있지만, 지금은 아무도 없는 곳에서 둘이 마주 보고 있다. 나에게 흑심을 품고 있다는 것도 오래전에 알고, 나에 대한 헛소문을 내는 것도 이미 들어서 나는 이 사람을 조심하고 있었다.

"아니요. 오늘은 안 돼요. 내일 만나요. 나도 뵙고 싶었어요."

나는 그를 안심시키는 말을 하였지만, 강지웅은 한마디로 거절하면서 한발 가까이 다가와 내 손을 잡는 것이다. 이대로 좋게 말해서 될 상황은 지난 것일까? 온몸이 떨리고 심한 공포감이 들었다.

"내가 너를 좋아한다는 거 알지? 그래서 그러냐? 너무 건방지고 까부는 거 같다. 내가 보니 너 김진성 기다리는 거 같은데, 그놈은 이제 끝났어."

강하게 내뱉는 말을 듣다 보니 가슴이 철렁이고 공포감이 들어 무서웠다. 자기 맘대로 하는 사람이라는 걸 알고 있었지만, 무슨 흉계를 꾸미고 있는지 오빠 이야기를 꺼내는 것이다. 그렇다고 지금은 따지고 물어볼 상황이 아니었다. 눈이 뒤집힌 강지웅을 벗어나려면 또 다른 지혜가 필요하다는 생각이 들었다.

"전에 미숙 엄마를 통해서 만나자는 말은 들었어요. 그때는 다른 일이 있어서 제대로 답을 하지 못해서 죄송합니다."

이 말을 하며 손을 빼려고 하였지만, 억센 손은 내 손을 더 세차게 잡는 것이다.

"경주, 너는 내 여자야. 너 이렇게 까불면 나 진짜 미친놈 될 거다."

나는 손을 강제로 뿌리치려 해도 그 강한 손에서 벗어날 수가 없었다. 이곳에서 소리친다고 도와줄 사람이 없었다. 어떻게든 벗어나야 한다. 강지웅의 눈동자는 이성을 잃어 자극하면 자극할수록 어려운 상황에 몰리고 위기에서 벗어나기는 어렵다. 물가에 서부터 밀리던 나는 어느새 억새밭까지 뒷걸음질치며 밀려왔다. 봄이라고 하지만 해가 지면서 아직도 스산한 바람이 부는 이곳에 사람이 올 리 없었다.

"손이 아파요. 손 놓고 말하세요. 나도 할 말이 있어요."

이대로 가면 큰 문제가 생길 것 같았다. 가슴이 심하게 뛰고 불안함에 정신을 차릴 수 없어 벗어나려 해도 억센 손을 빠져나갈 수 없었다. 간곡히 부탁하며 그렇게 사정해도 나를 놓아주지 않았다. 얼굴을 가까이하니 격한 냄새가 난다. 이대로 모든 게 끝날 거 같은 두려움에 몸이 움직여지지 않았다.

이 난관을 벗어나기 위해서는 다른 행동이 필요했다. 미친 사람을 상대하려면, 그 사람과 똑같이 미친 사람이 되어야 한다. 잠깐이라도 광기를 잠재워 편안하게 해주어 그 팔이 풀리면 언덕까지 달려가 소리치면 사람들이 나올 것이다. 이 상황을 벗어나려면 내가 더욱 적극적으로 달라붙어 강지웅의 마음을 흔들어야 한다.

나는 오히려 기다렸다는 듯이 내가 몸을 내밀며 가슴을 밀착해 한참을 껴안자 사납던 악마의 경직된 몸이 부드럽게 풀리며 나를 안는 것이다. 나는 숨을 헐떡이면서 부드러운 목소리로 말했다.

"나도 만나고 싶었어요. 나를 좋아한다는 말에 관심 있어요. 잠시 이 손 좀 놓고 편편한 곳으로 가요. 여기는 너무 불편해요. 손도 아프고 숨이 막혀 죽을 것 같아요."

적극적인 대시를 하며 관심 있다는 말에 강지웅은 잡았던 손을 느슨하게 풀어주는 것이다.

"저쪽에 앉아요. 여긴 돌이 많아서 불편해요."

내가 하는 말에 잠시 손을 놓고 편편한 자리로 이동해 앉으려 할 때 잠시 공간이 생겼다. 그 순간 나는 무릎을 오므렸다가 젖

아리고 아픈 사랑 339

먹던 힘을 다하여 강지웅의 사타구니 중요 부분을 무릎으로 올려 찼다. 순간 무릎으로 찬 충격이 고통스러운지 욱하는 비명을 지르며 나를 놓친 것이다.

나는 어떻게 뛰었는지 물가에서 저수지 둑으로 뛰었다. 공포에 질린 내 몸은 경직되어 있어서 걸음이 옮겨지지 않는 것이다. 넘어지면서 다시 일어나 뛰어가 언덕 밑으로 구르며 소리쳤다. 내 고함에 놀랐는지 강지웅은 따라오지 않았다. 그러나 내 몸은 만신창이가 되어 떨리는 마음으로 집으로 돌아왔다.

온몸이 흙투성이에 상처가 여러 곳에 난 것을 보고 엄마와 동생이 어디서 무슨 일이 있었느냐고 걱정하며 물었지만, 나는 그놈이 그랬다고 대답할 수 없었다. 집에서 알게 되면 더 큰 문제가 발생할 것이다. 그러다가 혹여 마을 사람이 알게 되면, 나를 위로하며 강지웅을 나무라기보다는 내가 꼬리치고 처신을 잘못해서 그렇다는 소문이 날 것이다.

나는 며칠 동안 일어나지 못하고 누워있었다. 아픈 거보다 은연중에 강지웅이 지껄이던 말이 내 머리에서 떠나지 않았다. 김진성은 끝났다고 한 말이 무엇인지 모를 일이다. 혹시 오빠가 사고당한 게 강지웅이 한 짓인가? 고민하다 보니 눈물이 앞을 가렸다. 누구하고도 의논할 수 없다는 현실이 아팠다. 지금이라도 진성 오빠를 만나 알려주는 게 좋을까 생각하다가, 기억을 잃어버린 당사자에게 말하면 더 큰 문제가 생길 것 같다는 생각이 들었다.

마을에 이상한 소문이 돌았다. 내가 누구하고 놀아나 좋아하는 사이고, 이미 그런 관계라고 하는 것이다. 필시 강지웅 그 사람이 소문을 일부러 흘리는 것 같았다. 동생 경석이가 어디서 그 소문을 듣고는 나에게 말을 전해주는 것이다. 나는 그냥 가만히 있을 수 없었다. 마침 여러 사람과 함께 있는 강지웅을 만나게 되었다.

둘이 만나서 경고하거나 사과를 받는 것은 또 다른 소문이 생길 것이다. 대중들 앞에서 확실하게 정리하는 것이 좋다는 생각에 강지웅 이름을 당당하게 불렀다.

"강지웅 씨, 왜 쓸데없는 소리를 하고 다녀요? 여자라고 그렇게 우습게 보여요? 당신이 술 먹고 쓸데없이 행동하는 것을 마치 당신이 무서워서 아무 말도 못하는 바보로 생각하는 거 같은데, 잘못 생각하시는 겁니다. 또다시 이상한 소문을 내면은 더는 참지 않을 겁니다."

마을 사람들이 있는 장소에서 당차게 말하자 그는 당황하면서 자기가 그런 것이 아니라고 변명하는 것이었다. 그 사람의 눈을 보니 그는 반성하는 눈빛이 아니라 또 다른 야심으로 비꼬듯이 쳐다보는 것을 느꼈다.

진욱이와 경석이가 내게 힘을 보태려고 강지웅을 남으라고 하자, 그는 오히려 그들에게 화를 내며 윽박지르는 것이다. 진성 오빠가 있었다면 이런 일이 일어날 수도 없었을 것이다. 순간 오빠가 그리워진다.

아리고 아픈 손가락

이지선과 나는 사내 커플로 교제 중이라는 걸 모두에게 알리기로 하였다. 지금까지는 부장님과 일부 직원들만 알고 있던 비밀을 이제는 회사 직원 모두에게 알리고 축복받는 게 좋겠다는 부장님의 말씀을 따르기로 하였다.

이지선은 회사에서도 인기 있는 사원이었다. 그러다 보니 다른 부서에 있는 사람들도 무척 관심을 끌고 있던 여직원이 늦게 들어온 나하고 결혼한다고 하니 아우성이 빗발쳤다.

이제 결혼식 날짜를 잡아야 하는 단계까지 왔다. 비밀스럽게 만나는 게 아니라 연인 관계라는 걸 당당하게 알리다 보니 너무 홀가분하고 자유스러웠지만, 가슴속에는 숨겨진 또 다른 아픔이 다가와 편하지 않았다.

아침 일찍 다녀오려던 고향집을 선뜻 나서지 못하고 고민하다 오후에 집을 나섰다. 오늘은 가족들에게 이지선과 결혼한다는 사실을 알려주고 이해시켜야 한다.

고향 가는 길이 마치 이승을 떠나 저승으로 심판받으러 가는 심정이었다. 도무지 알 수가 없는 일이 나를 힘들게 하는 것이다. 지금 고향집에 가면서도 기억을 잃어버렸다는 사실이 진짜인지 알 수 없는 의문투성이다. 꿈을 꾸는 듯 시간이 그렇게 지났어도 아직도 경주와 맺은 애틋한 일들이 생각나지 않는다.

차창 밖에는 가랑비가 이제는 굵은 빗방울로 변했다. 가슴이 답답하고 터질 것 같아 창문을 활짝 열고 달려본다. 이 길은 언제 가도 설레고 행복했던 길이었는데, 지금은 아리고 아픈 마음으로 가는 길이다.

내리는 비를 흠뻑 맞고 내 부족함을 탓하고 싶었다. 어차피 기억상실증에 걸릴 거라면, 기억을 다 잃어야지 어쩌자고 선택적인 어느 기간만 잊어버린다는 현실이 원망스러웠다.

어느 쪽을 선택하던 모두 다 피해자가 된다는 생각에 눈물이 앞을 가렸다. 차창 밖에서 바람에 실려 들이치는 빗줄기가 내 얼굴을 사납게 때려도 피하는 거조차 사치라는 생각이 들었다. 더 달릴 수 없을 정도로 내 몸은 비에 흠뻑 젖었고, 차량 바닥과 의자에 물이 홍건하게 들이쳤다. 긴 머리는 빗물에 젖어 눈물과 뒤섞여 눈이 붉게 충혈되어 있었다.

길가에 차를 세우고 승용차 밖으로 나와서 내리는 비를 온몸으로 맞아도 슬픈 마음은 사라지지 않았다. 이 늦은 시간에 그 아이의 눈을 피하여 조용히 고향집으로 가는 내 모습은 비참하다 못해 한 마리 추한 이리와 같다는 생각이 들었다.

사립문이 굳게 잠겨 있는 집이 보였다. 닫혔어도 손만 넣으면 쉽게 열 수 있는 대문이다. 늦은 시간에 비를 흠뻑 맞고 온 나를 보고 가족들이 놀라며 반가워한다.

"이 시간에 무슨 일이야? 그리고 옷은 어쩌다 이렇게 다 젖었어?"

저녁이 되면 시골은 조용하다. 늦은 시간에 비까지 내려 농번기에 들어선 시골은 한밤중이다. 이 시간을 택하여 온 건 미안함과 안타까움이 내 마음을 웅크리게 하기 때문이다.

솔직히 경주를 만날 수 있는 자신이 없었다. 아리고 아픈 손가락 같은 그 아이에게 현재 일어난 상황을 이해시킬 만한 자신도 없고, 그 아이를 만나면 또 눈물만 흘릴 거 같아 내가 할 수 있는 게 없었다. 그것이 무섭고 안타까웠다. 어쩌면 이 상황에서 그 아이를 만나면, 나는 갈 곳을 정하지 못하고 모든 걸 포기할지도 모른다.

"아버지, 11월에 결혼식을 올리려고 합니다. 오늘 며느리 될 사람과 같이 오려고 했는데, 제가 먼저 말씀드려야 될 것 같아서 이 시간에 온 것입니다."

"결혼? 결혼한다고? 그래, 결정 잘했다. 그러잖아도 며느리는 언제 보느냐고 모두 성화였는데, 그렇게 하자."

"아버지! 그런데요… 며느리는 정경주가 아닙니다. 죄송합니다."

"뭐? 뭐라고? 경주가 아니라고? 그러면 며느리가 누구냐? 며느리가 경주가 아니라는 걸 믿을 수 없다. 그렇게 좋아하던 너희가 아니었니? 그런데 결혼할 사람이 따로 있다니 어떻게 된 일이냐?"

아버지는 깜짝 놀라시며 의아해하신다. 그렇게 둘이 좋아서 안달이 나던 것을 알고 계셨는데, 생각지도 않은 말을 하자 당황하시는 것이다.

"형! 무슨 말이야? 이유야 있겠지만, 어떻게 하려고 그래? 경주는 어떻게 하라고?"

지금까지 아무런 말도 없었던 진욱이 걱정스러운 얼굴로 물었다.

"오빠! 그렇게 하면 안 되잖아요? 가여운 경주 언니는 어떻게 하라고요? 기억이 아직 돌아오지 않았더라도 나는 언니와 오빠가 사랑한 것을 누구보다도 잘 알고 있어요. 기억이 언젠가는 돌아오겠지요. 기억이 안 돌아온다고 하더라도 그게 무슨 문제가 있어요. 둘이 결혼해서 살면 되는 것을 왜 이렇게 힘들게 하세요. 지금 만나는 사람은 나중에 알게 된 사람이라 언니와 비교할 수 없잖아요."

나는 지금까지의 과정을 상세하게 말씀을 드렸다. 지선이도 선의의 피해자고 경주도 피해자지만, 너무 늦게 기억을 잃어버린 사실을 알게 되었을 때는 돌이킬 수 없는 상태였다는 것을 가족에게 설명하였다.

그래도 가족들은 선뜻 동의하지 못하고 망연자실하는 모습이었다. 처음 듣는 해리성 기억상실증이라는 말에 가족들이 이해할 수 없는 것은 사실이다. 기억상실증으로 인하여 정신적으로 나에게 다른 문제는 없는지 걱정하다 보니 아버지와 동생들도 더는 강하게 질책하지 못하는 것이다.

다음주에 이지선과 함께 오겠다는 말씀을 드리고 나는 밤늦은 시간에 서울로 돌아왔다.

안개 속에 숨은 진실

고통스러운 밤을 뜬눈으로 세우다 보니 어느새 어슴푸레 날이 밝아왔다. 방문을 열어보니 앞이 보이지 않을 정도로 짙은 안개가 끼어 모든 게 안개 속에 숨어버렸다.

경주는 사립문을 열고 한참을 서성이다 보니 개울가 언덕에 외롭게 서 있는 버드나무가 안개 속을 뚫고 눈에 들어왔다. 오빠와 함께 이야기를 나누며 꿈을 키우던 곳이다. 힘들 때 위안이 되었던 그 자리에도 짙은 안개에 묻혀 뿌옇게 보이고, 내 마음도 짙은 안개가 끼어있었다.

발걸음을 무의식적으로 옮기다 보니 어느새 오빠 집 앞에 와 있는 것이다. 오빠에게 무슨 소식이라도 왔는지 궁금하고 진희가 보고 싶었다.

"언니, 어서 오세요."

진희는 어제저녁에 오빠가 왔다는 걸 알고 온 것인가, 하며 불안해하는 모습이다.

"진희야, 오빠 소식은 없었니? 나는 매일 불안해서 견딜 수가 없어. 잠도 잘 수 없고 너무 힘든 날뿐인데, 우리 오빠한테 갔다 올까?"

그 말을 듣던 진희는 눈물을 주체하지 못하는 것이다.

"언니! 언니가 가엾어요. 우리 오빠지만, 무책임한 사람 같아요. 그렇게 약해서 어디다 써먹어요. 한세상 살아가면서 그런 트라우마를 이겨내지 못하고 저러는 것은 남자로서 자격이 없어요. 솔직히 나는 언니가 마음을 독하게 먹고 다른 생각을 하시는 것이 좋을 거 같아요. 그러면 오빠도 놀라서 달라지지 않을까요?"

진희는 이 말을 하고 너무 앞서 갔다고 후회하는 모습이지만, 내가 안타까워서 하는 말이었다.

"정말 다른 마음을 먹으라고요?"

나는 진희가 하는 말을 듣고 가슴이 찢어질 듯 아팠다. 그 말 속에는 오빠가 진희에게 무슨 말을 한 게 아닌가 하는 불안감이 들었다. 진희는 나에게 거짓말을 하지 않는다. 그래도 오늘 진욱 오빠와 아버지를 만나야 한다는 생각이 들었다. 오빠 가족들은 나하고 한 가족이라고 생각하는 식구다. 아버지는 나를 며느리라고 생각하시며 나를 좋아하신다. 오빠가 무슨 말을 하였다면, 아버지가 절대 용납하지 않았을 것이라고 나는 믿고 있다.

그런데 저렇게 착한 진희가 오빠를 탓하고 은연중에 오빠를 잊어버리라고 하는 것은 진희가 무언가를 알고 있는 것 같아 불안해 쓰러질 것 같았다. 마치 천길 낭떠러지로 떨어지는 것 같아 정신을 차릴 수 없었다.

"언니, 왜 그래요? 괜찮아요?"

진희는 나를 붙잡고 어쩔 줄 몰라 하는 것이다.

"괜찮아."

나는 마루에 한동안 쓰러져 누워 마음을 추스르다 보니 어지러움이 사라지고 마음이 진정되었다. 요즘 들어 더욱 마음이 불안하고 조그만 소리에도 놀라는 것이다. 그렇게 당당하던 내 모습은 어디 가고 고민 속에 살고 있다. 오빠의 숨결이 머물던 마루에 누우니 참 편안했다. 그 편안함에 어느새 잠이 들어 달콤한 꿈을 꾸다 보니 따뜻한 아버지 목소리가 들려서 일어났다.

"죄송해요. 머리가 좀 아파서 누워있었어요."

"아니다. 괜찮다. 어지러운 것은 어떠니?"

오늘따라 아버지 얼굴에는 주름이 더 많아 보이고 근심이 가득한 모습이다. 그 모습을 보고 뭐라 말씀드릴 수 없었다. 다른 사람이라면 몰라도 오빠 아버지는 나를 좋아하고, 사람들 앞에서도 나를 칭찬해주시며 며느리가 되었으면 좋겠다고 하시는 분이시다.

그런 아버지에게 무슨 말씀을 드린다는 것은 도리도 아니고, 어찌 보면 맹랑한 아이로 볼 것 같았다. 그러나 식구들의 표정을 보면 무슨 일이 있는 것 같았다. 말하기 어렵다는 것을 얼굴로 표시하는 것 같았다. 무소식이 희소식이라는 말처럼 차라리 아무런 소식이 없어 나에게 아무런 말도 전할 말이 없는 게 좋겠다는 생각이 들었다. 정말 안 좋은 소식을 듣게 되면 더는 견딜 힘이 없을 것 같았다.

밖으로 나와 보니 아직도 안개는 모든 걸 덮고 있었다. 오빠 집에서 흐르던 눈물이 마을 모퉁이를 돌 때까지 그칠 줄 모르고 흘렀다. 참 행복한 시간은 그리 오래 가지 못하고 오늘도 애절한 마음이 서글픔으로 변하고 있다.

고귀한 우리 사랑을 지키려고 노력할수록 더 멀어지는 것 같았다. 나만 모르게 모두가 나를 속이는 거 같았다. 내 분신 같은 오빠까지도, 안개 속에서 실체를 감추고 있지만, 나는 그곳을 훤히 알고 있다. 바람이 불어오면, 안개는 사라지고 속살이 낱낱이 보이듯이 잃어버린 기억도 안개가 걷히듯 다 털어버리고 나를 부르며 뛰어올 것이다.

지금 견디기 힘들어도 참을 것이다. 처절하게 지쳐가는 내 눈물은 눈물이 아니라 심장에서 시커멓게 타버려 나온 검은 피눈물이 되고 있지만, 더 강해져야 한다. 지금까지도 기다렸는데, 이보다 더 어려운 일이 생길 리는 없다. 울지 않고 기다릴 것이다.

슬픈 결정

싱그러운 봄, 시골 풍경은 생동감이 넘쳐흐른다. 산과 들에는 크고 작은 풀과 나무마다 녹색 향연이 출렁이고, 논두렁에는 아름다운 야생화들이 한 폭의 그림 같았다.

논에는 사람과 소가 분주하게 서리질을 하고, 멀리 보이는 산자락 계곡과 능선마다 산수유와 아카시아꽃, 이름 모를 꽃들이 푸른색과 조화를 이루는 것이 마치 병풍 속 동양화 같았다. 길가에 목련은 다 떨어져 잎만 무성하고, 민들레와 연분홍 진달래꽃이 예쁘게 피었다. 평화롭게 흐르는 개울가에는 찔레꽃 향기가 코를 자극한다.

"이렇게 조용하고 아름다운 곳에서 자라서 진성 씨가 착한가 봐요. 꽃향기도 좋고 푸른 들판을 보니 좋아요."

가족들에게 결혼할 사람을 인사시키기 위하여 진성은 이지선과 함께 시골집으로 가고 있었다. 아직 정경주에게는 어떠한 말도 하지 않은 상태다. 경주하고 관계를 명확하게 정리하지 못한 상태로 가는 길이라 마음이 짠하니 아팠다.

 그 문제가 걱정되어 아버지를 찾아뵙고 먼저 양해의 말씀을 드린 것이다. 그런데도 아직 마음이 불안하다. 과연 아버지가 어떤 말씀을 하실지, 아니면 마음이 편하지 않아서 집에 계시지 않을 수도 있다. 상견례 자리조차 만들지 않은 건 이런 문제 때문이었다.

 집으로 가려면 다리를 건너서 마을회관을 지나가야 한다. 걸어갈 때는 개울 돌다리만 건너가면, 아무도 모르게 갈 수 있지만, 이지선이 준비한 선물을 싣고 지금은 승용차를 타고 집으로 가는 길이다. 조그만 마을이다 보니 처음 보는 차가 들어오면 어느 집으로 가는지 금방 알게 된다. 가능하면 늦은 시간 아무도 모르게 왔다 가려 하였지만, 가족들을 처음 만나는 자리라, 밤도둑처럼 늦은 시간에 찾아올 수 없었다.

 나는 아직도 경주를 생각하면 마음이 아프고 미안하다. 가능하면 마주치지 않고 서울로 돌아가면 좋겠다는 생각이다.

 개울가에 라일락꽃이 예쁘게 피어있고, 오후에 비치는 따사로운 빛과 어울려 걸음을 멈추게 한다. 잠시 차를 멈추고 길가에 예쁘게 피어있는 제비꽃, 민들레, 개망초 등 봄꽃을 바라보며 지선은 봄에 취해 있었다.

 집 앞 느티나무는 그사이에 더 짙은 푸른색으로 변하여 바람에 흔들리고, 사립문이 활짝 열려있는 건 오늘 우리가 오는 걸 알고 식구들이 기다리고 있다는 것이다. 앞마당에 차를 세우자 어느새 옆집 아주머니가 밖에 있다가 우리를 보고 반갑게 대했다.

 "진성이구나. 예쁜 사람하고 같이 온 걸 보니 이 집 며느리 될 사람이네."

누가 볼세라 얼른 인사를 드리고 집에 들어가 보니 가족들이 다 모여서 우리를 기다리고 있었다. 가족들은 지금껏 정경주라고 믿고 있다가 다른 사람과 혼인한다는 것을 아직도 이해하지 못하고 있는 모습이다. 저번 주에 가족들에게 불가피한 상황을 말씀 드렸지만, 좀처럼 받아들이지 못하는 아버지의 표정은 변하지 않았다.

한 마을에서 매일 만나던 아이고, 언제나 상냥하게 대하던 경주를 아버지는 예뻐하셨다. 언젠가 경주는 길을 가다가 아버지가 술에 취해 개울에 넘어진 것을 본 것이다. 그 아이는 주변에 다른 사람들은 쳐다만 보고 있었지만, 단숨에 뛰어가 아버지를 부축해 집으로 모시고 간 것을 지금도 고맙다며 칭찬하신다. 그런데 이렇게 난감한 일이 생기다 보니 마음이 편하지 않으신 것이다. 그렇다 하더라도 당사자인 아들이 설득하고 막내 진희가 마음은 아프지만, 어쩔 수 없다는 말에 아버지도 어느 정도 마음을 내려놓은 것이다.

지선은 처음 뵙는 아버지께 큰절을 올리고 동생들과도 인사를 나눴다. 깔끔한 얼굴에 상냥한 말투로 가족들과 대화하다 보니 어느덧 서먹하던 분위기가 화기애애하게 바뀌고 있었다.

결혼식도 11월쯤에 할 수 있도록 준비해서 연락하기로 하였다. 어차피 할 결혼이라면, 말이 나왔으니 더는 다른 문제가 생기지 않도록 빨리 치르자고 결정하였다.

"오빠! 오늘 여기서 자고 가요."

"아니, 오늘 가려고."

지선을 포함하여 우리 가족이 잠자기에는 집이 너무 협소하다. 이제는 함께할 새로운 식구라고 하지만, 오랫동안 손보지 않은 누추한 우리 집은 새로운 식구를 맞이하기에는 너무 열악한 환경이다. 그래서 가려는 것도 있지만, 그보다 내 마음을 아프고 힘들게 하는 그 아이가 아주 가까이에 있다는 것이다. 이런 상황에 마주치는 것이 그 아이에게는 더 큰 상처가 될 것 같아 나는 빨리 이곳을 떠나는 게 좋겠다는 생각에 마음이 급해졌다.

나는 잠시 밖으로 나와 마음을 가다듬어 본다. 불어오는 바람 속에 시골 특유의 향기가 은은히 나고, 우물가 담밑에 피어있는 제비꽃이 마음을 더 착잡하게 한다.

들판에는 개망초가 흐드러지게 피어 바람결에 흔들렸다. 뒤따라 나온 진희가 내 손을 잡으면서 작은 소리로 속삭였다.

"오빠! 오늘 가려고요. 경주 언니는 어떻게 해요? 한 번 만나지 않을래요?"

나는 가슴이 미어져 터질 거 같아 동생이 하는 말에 대답할 수 없었다. 한 번쯤은 만나서 이 상황을 설명하며 정리하는 게 그동안 사랑했던 사람에 대한 최소한의 도리가 맞지만, 나는 비겁하게 피하려고 한다. 애꿎은 진달래꽃 동산을 바라보며 한숨만 내쉬었다.

"진희야! 마음은 아프지만, 경주를 만나서 무슨 말을 해야 하니? 아무리 좋은 말로 설득하고 이해를 구해도 그것은 구차한 변명일 뿐이고 경주, 그 아이에게는 더 큰 슬픔을 주는 것 같아서 마주치지 않는 것이 그나마 그 아이에게는 상처가 덜 되지 않을까? 지금 아프고 후회되는 일은, 좀 더 빨리 기억상실증을 발견하지 못한 것이다. 기억을 잃었다는 걸 알았다면, 이런 아픈 이별이 생길 리 없지. 네 말대로 사랑하던 사람이고, 미래를 약속한 사람이니 기억이 안 돌아왔어도 이대로 결혼해서 살면 해결되는 일이다. 사회생활에는 아무런 문제가 없으니, 경주와 결혼하면 되지 않느냐고 하는 말도 맞다. 그런데 어쩌니? 문제가 생긴 것을! 나로 인하여 슬퍼하는 그 아이를 생각하면 가슴이 찢어진다. 하지만 내가 이런 기막힌 사연을 알게 되었을 때는 이지선과 정리하기에는 이미 늦은 상황이었다. 나는 지금도 경주와 쌓은 사랑이 진실이라고 믿는다. 다만 내가 기억이 없다 보니 애절한 마음이 다르다는 것이다. 다시는 일부러 만날 리는 없다. 그 아이가 미워서도 싫어서도 아니다. 그 아이 아픔도 이쯤에서 멈추게 하는 것이 그나마 그 아이에게도 빨리 슬픔을 잊어버리고 더 나은 행복한 날이 오지 않을까?"

경주에 대한 아픈 말을 하다 보니 눈물이 앞을 가렸다. 그 아이도 이 상황을 이겨내기에는 너무 가엾다는 생각이 들어 가슴이 찢어질 듯 아팠다.

"오빠 마음도 얼마나 아프겠어요? 어떻게 될지는 나도 모르겠어요. 경주 언니는 오빠가 생각하는 것처럼 그렇게 쉽게 오빠를 저버리지 못할 거예요. 두 사람이 앉아있던 개울가 조약돌이 물살에 씻겨 흘러가다 작은 모래로 변하면, 그때는 잊을지 모르지만, 그 이후 일을 나는 상상하고 싶지 않아요. 솔직히 나는 사라졌다가 모든 상황이 정리된 후 오고 싶어요. 언니를 어떻게 만나고 뭐라고 말해야 할지 가슴이 답답해요."

이 말을 하는 동생 얼굴은 당혹스러워하면서 수심이 가득해 보였다.

"빨리 들어가요. 그리고 늦기 전에 서둘러 가요. 혹시 몰라요? 경주 언니가 불쑥 오면 어떻게 수습할 거예요? 눈물바다를 이루게 될 거예요."

아직도 지선이는 아버지와 대화 중이었다.

"아버지! 지선 씨 부모님과 의논하여 결혼 날짜를 잡아 연락드리겠습니다. 결혼식장은 서울로 잡을 것이며, 청첩장과 기본적인 준비는 제가 다 준비하겠으니, 집에서는 걱정하지 마세요. 누나에게 먼저 말씀을 드린 상황이니 이달 말 안에 결정해서 알려드리겠습니다."

나는 작별 인사를 하고 아쉬워하는 가족들을 뒤로하고 승용차에 올라 집을 나섰다.

느티나무 아래를 지나서 개울 둔덕을 따라 마을회관 쪽으로 가다 보니 마을 후배 광섭이가 개천 둑길을 걸어가고 있었다. 여느 때 같으면 차를 멈추고 반갑게 인사할 수 있었지만, 모르는 척 지나치며 차를 몰았다. 동막천을 흐르는 물은 내 마음을 아는지, 모르는지 돌과 자갈을 스치며 내려가는 물소리가 마음을 아프게 하며 탄천을 향해서 무심히 흐르고 있었다.

뛰놀며 꿈을 키우던 고향마을이다. 언제 보아도 정겹고 따뜻한 이곳을 도둑괭이처럼 살짝 왔다가 도망치듯이 가는 것이다. 전혀 생각지 못했던 슬픈 일이 내게 벌어진 게 슬펐다.

설레고 행복한 마음으로 오가던 이 길을 마음을 졸이며 간다는 것이 너무 서글펐다. 개울가 언덕길을 조용하게 차를 몰았다. 해는 넘어가 어둠이 깔리고, 풀벌레 울음소리와 개구리 우는 소리가 마음을 더 혼란스럽게 한다. 숨소리조차 크게 내지 않고 가다 보니 구름에 가렸던 달이 환하게 우리를 비추었다.

이윽고 마을상점 앞을 지날 때는 가슴이 콩닥거렸다. 저녁이면 마을 사람들이 모여 담소를 나누는 곳이다. 누구라도 나와서 나를 부르면 그냥 지나치기 어려운 좁은 길이다. 그런 마음을 모르는 지선은 경치가 아름답다며 차를 멈추라고 응석을 부린다. 그러나 나는 차를 멈출 수 없었다. 차에서 내려 길을 걷다가 정경주를 만나면 어떻게 해야 하나 하는 생각이 들자, 숨이 멈출 것 같았다. 차를 타고 가다가 마주치면 그나마 모른 척 외면하며 갈 수 있지만, 조용한 이 길은 아니었다.

빨리 이곳을 벗어나야만 숨을 쉴 수 있을 것 같았다. 그 아이가 아주 가까이서 숨을 쉬고 있는 이곳에서 더 버틸 힘도 없고, 다가오는 번뇌를 이길 힘도 없다.

이제는 모든 게 결정되었다.

'경주야! 미안해… 미안해…'

시골길을 달리면서 아픈 마음에 혼자 중얼거렸다.

악몽이 현실로

개울가 모래밭에도 억새가 한 키는 자랐고, 이름 모를 잡초들이 무성하다. 누가 돌보지 않는 황무지 자갈밭에서도 무성한 풀과 작은 버드나무들이 보란 듯이 자태를 뽐내며 바람에 흔들린다. 매년 이때면 고향 들판에 저 많은 개망초는 누구의 돌봄도 없이 흐드러지게 피어 굳세게 자란다.

노란 애기똥풀이 앙증맞은 모습으로 피었고, 들판 안개꽃이 무리를 이뤄 피어있다. 언제였던가? 오빠가 바람 부는 들판에서 개망초와 안개꽃으로 꽃다발을 만들어주던 그 안개꽃이 만발했다. 길가 수로를 따라 크고 작은 강아지풀과 삼잎국화가 힘차게 자라고 있다. 어느새 예쁘게 몽우리를 맺은 연분홍 상상화도 바람에 흔들리며 나에게 손짓하고 있었다.

억새풀은 한 키를 넘길 만큼 크게 자랐다. 이곳은 오빠와 자주 왔던 곳인데, 오늘도 나만 혼자 이 길을 걸어본다. 시간이 지나면서 오빠를 그리워하던 마음이 이제 서러움으로 다가왔다. 기억을 잃었다는 안타까움에 이것도 내 운명이라 생각하며 오늘도 기다린다.

요즘 들어서 나는 이 길을 자주 걷는다. 속절없이 흐르는 세월이라 그런지 외롭고 쓸쓸했다. 친구들을 만나 수다를 떠는 바쁜 시간에도 마음은 온통 오빠 생각뿐이다. 정말 기억이 돌아올 수 있는 것인지, 아니면 우리 사랑이 이렇게 어이없이 끝나는 것인지 늘 슬픈 마음이 들었다. 청명하던 하늘에 검은 먹구름이 몰려온다. 그 뜨거운 열기를 식혀주려고 하는지 비구름이 하늘을 뒤덮는다.

'비라도 왔으면 좋겠다.'

비 오는 날이면 오빠가 갑자기 찾아와서 나를 놀래주었다. 지금은 무엇을 하고 있을까? 나에 대한 기억을 잃어버려 나를 생각하지 않을 것이다. 잃어버린 기억이 돌아오게 하려고 간절하게 말했지만, 시간이 지날수록 만나기도 어렵고, 어떤 일이 생긴 건지 근심뿐이다.

얼마 전에 만났을 때 꼭 오겠다고 하고서는 아직도 오지 않는다. 불안하고 초조한 마음으로 하루하루를 살아간다. 먹고 자는 것도 정상적이지 않다. 매일 근심과 걱정으로 살다 보니 몸도 마음도 지쳐간다.

어느새 굵은 소낙비가 내린다. 비를 피하는 것조차 싫은 나는 그냥 비를 맞으며 농수로 둑을 걸었다. 미친 사람처럼 아무런 생각 없이 걸었다.

"야! 너 미쳤니? 이 비를 맞고 뭐하는 거야?"

친구 경미가 나를 만나러 왔다가 집 앞 농수로 길을 걷는 나를 본 것이다.

"경주야, 너 왜 그러니? 힘든 일 있으면 나하고 의논이라도 하지, 무슨 일로 이리 정신줄을 놓고 사니?"

친구의 걱정스러워하는 말에 나는 아무 말도 하지 못하고 쏟아지는 비를 맞으며 우두커니 서 있었다. 안타까운 내 모습을 본 친구는 길가에 있는 원두막 밑으로 나를 끌고 들어가 비가 멈추기를 기다렸다. 더위를 식히는 비가 그치기보다 더 세차게 내리는 것이다. 마치 내 마음속에 아픔을 위로해주는 눈물 같았다. 마음은 한없이 약해지고, 내리는 빗소리에 마음은 힘들었다.

"어머니, 안녕하세요?"

"경미 왔구나. 이렇게 비가 내리는데 어디서 만나서 같이 오니?"

반가워하는 엄마의 모습이 평상시 모습과 달랐다. 큰 걱정거리가 있을 때 보이는 엄마 모습이었다. 나는 엄마의 숨소리 하나에도 집에 무슨 일이 있다는 것을 느끼며 살아왔다. 그런데 오늘 엄마의 얼굴에는 수심이 가득한 것을 보니 가슴이 두근거렸다.

"엄마! 무슨 일이 있어요?"

불안한 마음에 물어보지만, 아무런 대답 없이 측은한 눈으로 바라보던 엄마가 조심스럽게 말씀하신다.

"조금 전에 미숙 엄마가 그러는데, 진성이가 결혼한다고 한다."

"누가 결혼한다고요?"

"내가 직접 들은 말은 아니지만, 이런 말이 들리면 사실이 아니겠니? 세상 인연은 생각하고 다르게 될 수도 있는 게 결혼이다. 너하고 그동안의 인연을 생각하면 참 지나치다는 생각이 들지만, 어쩌겠냐? 다 하늘의 뜻이라 생각하고 마음을 차분하게 가져라."

"오빠가… 결혼한다고요?"

"그래, 잘난 진성이가 결혼한다는구나. 나쁜 놈이…"

"엄마! 그럴 리가 없어요."

나는 순간 정신을 차릴 수 없었다.

"엄마! 아니야. 잘 모르고 하는 말이야. 오빠가 절대로 그럴 리가 없어요. 잘못 들은 거예요."

나는 그 자리에서 정신을 잃었다. 가슴이 찢어지는 아픔에 숨을 쉴 수가 없었다. 무엇인가 내 목을 심하게 조르고, 세상 모든 게 검고 붉은색으로 보였다. 온몸이 따끔거리며 심장에서 분수처럼 솟구치던 피가 머리로 올라와 터질 것 같았다.

환상이 보였다. 저수지 둑이 터지면서 큰 물줄기에 휩쓸려 아무리 손을 휘젓고 헤엄쳐 나가려 해도 물속에서 나는 허우적거리고 있었다. 소용돌이치는 물속으로 깊이 들어가고 있었다. 이렇게 죽는구나 하는 생각에 소리쳐 오빠를 불렀다. 크게 소리로 불러도 내 목소리는 점점 작아지고 소용돌이치는 물밑으로 가라앉고 있었다. 죽음이 눈앞에 다가오고 나는 끝났다며 고통스러워할 때 어느새 그토록 보고 싶던 오빠가 내 손을 잡고 어디론가 가고 있었다. 참 행복한 순간이었다.

떠드는 소리에 눈을 떠보니 엄마가 경미와 내 옆에 앉아서 나를 보고 있었다.

"경주야! 정신이 드니? 결혼한다는 말이 확실한 말인지 모르지만, 그렇다 하더라도 그 말에 그렇게 충격을 받으면 어떻게 하니? 마음을 굳게 가져라."

"아니야! 그럴 리가 없어. 아무리 기억을 잃었더라도 절대로 나에게 그런 슬픔을 줄 오빠가 아니야. 경미야! 너도 알지? 진성 오빠가 그런 사람이 아니라는 것을…"

숨이 막힐 것 같고 답답해서 방에 누워있을 수 없었다. 눈물을 참으며 나는 동산으로 올라갔다. 경미도 걱정이 되는지, 나를 따라 같이 올라왔다. 어쩌면 엄마는 내가 힘들어할 걸 미리 알고 경미에게 부탁한 것 같았다.

사람이 살다 보면 이별의 아픔이 있을 수 있다. 그러나 우리는 이별할 이유가 없다. 아무리 오빠가 기억을 잃었더라도 우리의 사랑이 그렇게 끝이라 생각하지 않았다. 어린 시절부터 우리는 서로를 존중하며 살아왔기에 우리의 사랑은 영원할 것이라 믿고 있었다.

내가 손을 다쳐서 실의에 빠져 있을 때도 나를 위로하고 힘을 주던 사람이었다. 나를 끝까지 책임지고 함께하겠다며 나에게 사랑을 아낌없이 주던 사람이다. 그런 사람에게 기억상실증이 왔다. 나는 알고 있다. 오빠가 왜 해리성 기억상실증이 왔는지, 그 트라우마가 어떻게 시작되었는지 알고 있다. 가난하다 보니 그 가난을 벗어나려고 무던히 노력한 사람이다.

어릴 때는 몰랐지만, 자라면서 자신의 어려운 처지를 가슴에 두고 살았다. 무엇보다도 빈곤한 가정이라 우리 집에서 좋아하지 않으면 어쩌나 하는 생각으로 참 열심히 노력한 사람이다. 그러다 결국은 돈을 다 날려버리는 사고가 나자, 거짓말같이 내 사랑을 잊어버린 것이다. 그렇게 견디기 어려운 일이 생기다 보니 오빠는 도피하듯이 이렇게 크고 중요한 일을 잊어버리고 가엾게 변한 것이다.

나는 오빠를 사랑하는 것만큼이나 또한 이해한다. 간절하게 바라던 일이 헛되이 사라져 낙담하며 슬퍼했을 오빠 마음을 생각해본다. 얼마나 많은 좌절과 고통으로 힘들어했을까? 우리의 미래를 준비하기 위하여 모래사막까지 가서 노력한 오빠였다. 기억상실증이 오기 직전까지 얼마나 많은 고민과 번민 속에서 힘들었으면, 기억상실증에 걸렸는지 마음이 아팠다. 그런 사람이 다른 사람과 사랑을 하고 결혼한다는 말에 나는 놀란 것이다. 그렇게 애틋한 사랑의 기억을 잃어버리고 새로운 사랑을 한다는 게 나는 믿을 수 없는 일이라고 심하게 부정하였다.

"친구야, 울지 마라."

경미가 안아주며 위로해주는 것이다. 경주는 아직도 흐르는 눈물을 이기지 못하고 실성한 사람같이 흐느끼며 몸을 떨고 있었다. 그래도 이 상황을 확인해야 한다. 이렇게 가만히 있을 수 없다. 정상이 아닌 오빠가 저러고 있는데 멀쩡한 나마저 이렇게 흐느적거리면 누가 우리 사랑을 지킬 것인가?

"경미야! 나 좀 일으켜줘."

휘청거리는 몸을 추스르며 오빠 집으로 내려가면서 읊조렸다.

'진성 오빠! 이런다고 내가 쓰러지지 않아요.'

마음을 진정하며 아랫마을로 발길을 돌렸다. 개울을 따라 나무들과 풀들이 무성하다. 밤은 깊어가는데 쓰르라미 소리가 안쓰럽게 울어대고, 풀벌레 울음소리가 시끄럽다. 내 발소리에 놀랐는지 한 쌍의 비둘기가 어두운 밤하늘로 날아올랐다.

저만치 느티나무 밑에 보이는 오빠 집은 불이 꺼져 있었다. 불 꺼진 오빠 집은 삭막하고 쓸쓸해 보였다. 아무도 없는 어두운 집에는 인기척도 없고, 귀뚜라미 울음소리가 마음을 흔들어 놓는다. 즐겁고 설레는 마음으로 드나들던 사립문을 열고 들어가 마루에 걸터앉았다.

'경주야! 이 집은 우리 집이야. 우리가 결혼하면 새로운 집을 만들어줄게. 언제라도 와.'

다정한 목소리가 들려왔다.

'오빠! 언제 왔어요? 보고 싶었어요.'

꿈에도 그리던 내 생명과 같은 오빠가 내 손을 잡으며 활짝 웃는다. 나는 오빠 손에 이끌리어 개울 건너편 뚝방 길을 춤추듯 설레는 마음으로 뛰어갔다.

어둡던 언덕 길은 달빛으로 환하게 빛나고 희망과 설렘을 주는 오빠와 꽃길을 뛰어다녔다. 그 길은 사랑이 꽃피고 숨 쉬는 축복의 길이었다. 오빠를 만남으로 그 숱한 근심과 걱정 그리고 서러움은 사라지고 설레는 희망으로 그 넓은 들판을 뛰어다녔다. 행복했다. 얼마나 많은 시간을 두려움에 떨면서 흘린 눈물인가? 그렇게 보고 싶은 오빠와 함께 있는 것이다. 잃어버린 기억도 되찾았고 나를 사랑하는 오빠로 다시 돌아온 것이다. 감격의 눈물인가? 흥분과 설렘 속에서 나는 오빠와 함께 농수로 길을 뛰고 있었다.

"언니! 언니! 정신 차리세요. 괜찮아요?"

잠시 비몽사몽간에 오빠를 본 것이다. 깨어나지 않는 영원한 꿈이었으면 좋으련만, 행복은 잠시 한바탕 꿈에 지나지 않는 덧없는 일장춘몽이었다.

"아! 내가 잠시 잠이 들었나 보네."

"언니, 몸이 왜 이렇게 야위고 힘들어 보여요? 오빠 소식 듣고 온 거지요? 이제는 언니가 이겨내야 해요. 아무리 오빠가 기억을 잃어버리고 다른 사람과 결혼한다고 해도 오빠는 언니를…"

"그만! 그만 해요. 다음 말은 안 해도 알아요."

그렇게 눈물을 흘렸는데도 아직도 흘릴 눈물이 남아있는지 멈추지 않았다. 내 손을 잡고 진희도 울고 있었다. 나는 가슴이 무너져 내렸다. 사실이 아니길 간절히 바라며 기도하였다. 오빠 기억이 돌아오게 해달라고 간절히 기도드렸다. 우리의 사랑이 그렇게 멈추지 않게 해달라고 바랬지만, 주님은 내 기도를 외면하신 것이다.

그러나 생명과 같았던 사람과 맺은 인연을 아무 마침표도 없이 허무하게 끝맺을 수 없었다.

온몸이 뜨거워지고 아리며 찢어지는 통증이 왔다. 내 몸은 마치 긴 가뭄 뙤약볕에 대지가 갈라지듯 갈기갈기 터지며 피부를 찢는 고통이 왔다. 아무런 이해와 변명도 없이 일방적으로 준비도 없는 나에게 이렇게 잔인한 방법으로 그 애틋했던 일들을 이제 멈추라는 것이다.

이게 무슨 날벼락인가? 소식 오기만을 기다리는 나에게, 공허한 메아리가 되어 돌아온 것이다. 자나 깨나 애타게 님 소식을 기다렸는데, 불쑥 죽으라며 사약을 내리는 것같이 준비 없던 나는 어쩌라고, 이별이라는 아픔을 주는 잔인한 사람으로 변한 것이다. 그렇게 사랑하던 오빠와 마지막 이별이라는 인사도 없이 끝난다는 게 슬펐다. 애틋한 우리의 사랑은 영원할 것이라며 약속한 일들이 헌신짝같이 버려진 사랑이 된 것이다.

'오빠! 우리 사랑은 영원하다고 생각했어요. 그러나 이 길이 오빠가 생각한 길이라면, 따르겠어요. 당신이 행복해진다면, 미워하지 않겠어요. 사랑은 영원할 수 없다는 것을 이제야 알았습니다. 그래도 사랑을 알게 해주고 꿈과 희망을 주던 당신을 어쩔 수 없이 보내드리지요. 우리의 사랑은 여기서 멈추지만, 우리는 각자 또 다른 삶이 이어지고, 오늘 우리의 사랑은 추억으로 남을 겁니다. 이제 알겠습니다.'

"언니! 미안해요. 이럴 수는 없다는 걸 나는 알아요. 오빠가 잃어버린 기억을 찾지 못하다 보니 이런 상황이 생겼어요."

진희는 착한 아이다. 어떻게든 오빠 기억이 돌아오게 하려고 무척 노력한 아이다. 언제나 내 편에서 응원해주던 진희는 내 손을 잡고 울고 있었다.

세상일이 내 생각대로 되는 것이 아니지만, 생각지 못한 일이 현실이 되었다. 이제는 마음을 굳게 먹고 순리에 따라야 한다며 나 자신을 위로하지만, 아프고 힘들었다.

흐르는 눈물을 멈출 수 없었다. 맺혀있는 눈물 속에서 보이는 달님은 흐르는 눈물을 타고 하늘을 오르내리며 나를 더욱 슬프게 하였다. 비통한 마음에 죽을 거 같은 나를 도와달라며 바라보아도 나를 지켜주던 달님은 모르는 척 외면하고, 증인이던 별들도 딴청을 떨며 외면하고 있는 것이다.

집 앞에 도착한 경주는 집으로 들어가지 못하고 개울가 둑방으로 발걸음을 옮겼다. 오빠가 처음 사랑을 고백한 장소를 가보고 싶었다. 처음 들어간 직장에서 나는 손을 다치는 큰 아픔을 당했다. 그 상처는 평생 내가 지고 가야 하는 장애였다. 이 상처의 발단이 휴가 중에 나를 만난 것이 사고의 원인이라며 미안해하고 슬퍼하던 오빠였다.

더 어린 시절부터 우리는 좋아했지만, 내가 17세 꿈 많은 소녀 시절에 오빠의 고백을 받은 장소다. 행복했던 순간들이 아스라이 떠오른다.

'진성 오빠! 그동안 고마웠어요. 잘 사세요.'

이제 오빠를 보내야 한다는 생각에 눈물이 났다. 지금이야 기억상실증으로 애틋한 우리의 사랑을 잊어버려 잃고 있지만, 훗날 기억이 돌아온다면, 분명 놀라고 당황할 것이다. 변해버린 삶, 그리고 우리의 사랑을 돌아보며 슬퍼할 것이다. 그때 오빠도 우리가 사랑을 시작한 이곳으로 와서 지나간 사랑을 생각할 것이다.

나는 마지막까지 고귀한 우리의 사랑을 지키려고 노력했지만, 오빠는 다른 사람과 결혼한다. 이미 결정이 났는데, 미친 사람처럼 소리치며 이 결혼은 안 된다고 할 수는 없지 않은가. 내가 부린 욕심이 너무 큰 것 같았다. 그동안 분수에 넘치는 사랑을 받았다. 내 몸에 이렇게 장애가 있는데, 그것을 망각하고 오빠에게 너무 큰 욕심을 낸 것이라는 생각이 들었다. 오빠가 행복해진다면, 이제는 보내야 한다.

애틋했던 우리 사랑은 내가 다 가지고 이제 갈 것이다. 언제 기억이 돌아올지 모르는 오빠를 힘들게 하며 붙잡을 수 없다. 언젠가 오빠의 기억이 돌아와 우리 사랑을 다시 찾을 때 추하고 비굴한 사랑이 아니라 아름답고 고귀한 사랑이었다는 걸 보여줘야 한다.

행복을 빌며

당당하게 그리고 비굴하지 않게 살아가리라 다짐하지만, 날씨만큼 추운 마음은 자꾸만 작아지고 움츠러든다. 이미 날개는 꺾였지만, 슬픔을 이겨내 독하게 살아가겠다는 의욕을 가지고 있으면서도 몸과 마음은 따로 움직이고 있었다. 태연한 척하지만, 친구들과의 만남도, 가족들과의 대화도 제대로 이루어질 수 없었다. 그러다 보니 세상 모든 게 다 일그러져 보이고, 다 헛되고 헛된 일이라는 부정이 앞서가는 삶으로 변하는 것이다.

사고로 다친 손 때문에 좌절하며 힘들어할 때, 언제나 따뜻한 내 손이 되어 지금껏 장애가 있는 손도 장애라 생각하지 않고 살아왔다. 그동안 너무 과분한 행복이었다. 언제나 나를 먼저 챙겨주고 내 말에 귀를 기울이던 사람은 이제는 가고 없다. 나서기를 두려워하는 나에게 당당함을 심어주고 쓸데없는 편견이고 걱정이라며 용기와 행복을 주던 그 사람이 없다 보니 이 장애가 너무 크고 아프다.

그 사람은 이 상처가 자기로 인하여 일어난 일이라며 아픈 손가락이라고 나를 감싸주던 그 사람이 없다 보니, 너무나 큰 장애로 남아있는 것이다. 장애가 있는 손을 장애로 보는 동정 어린 그 눈길이 나는 싫었다.

내가 사랑하던 사람은 이제 추억 속에 있는 사람이다. 나 말고 다른 사람과 결혼하였다. 기다려도 오지 않는 사람이 되었으며, 이제는 잊어야 하는 사람이다. 그 오빠를 위해서라도 나는 보이지 않는 곳으로 떠나야 한다. 아픔도 슬픔도 모두 내가 지고 가야 한다. 그리움도 사랑도 미움도 이별도 안타까움도 이곳에 두고 덧없이 흘러가는 구름같이 다 버리고 가야 한다. 찌푸린 하늘에는 흰 눈이 내리고 있다. 머리를 흔들며 생각하지 않으려 해도 눈이 펑펑 내리는 날, 함께한 날들을 생각하니 또 눈물이 난다.

잘 가라는 말도, 행복하라는 말도, 어떤 이별의 말도 없이 이별이 시작된 것이다. 그렇게 사랑한 사람이라면, 적어도 한 번은 만나서 작별의 말이라도 해야 하는 것이 좋지 않았을까? 이렇게 내가 약해지고 집착하고 있는 내 마음에 소스라치게 놀라웠다. 순간 망각하며 지금이라도 사랑하는 오빠가 나에게 달려와 주길 바라는 이 마음은 무엇이란 말인가?

이제는 끝이고 안녕이라며 그렇게 다짐하였는데, 그새 잊어버리고 그리움에 미쳐있는 나를 보았다. 언제 들어왔는지, 엄마가 옆에서 나를 보는 것이다. 오랜 세월 우리 엄마도 나로 인하여 많이 속상해하시는 것을 보았다.

엄마는 오빠 집이 가난한 것을 걱정하셨지만, 오빠를 좋아하셨다. 그런데 이런 상황이 벌어졌는데, 어느 부모가 가만히 있을 수 있겠는가. 나는 엄마를 이해시키며 처한 상황을 말씀드렸지만, 엄마는 지금도 오빠를 미워하신다.

"고준기 그 집에서 너를 만나고 싶어 하는데, 한 번 만날래?"

나는 오빠를 아는 사람과 절대로 인연을 맺을 수 없다. 언제일지 모르지만, 기억이 돌아오면 분명히 이곳에 올 것이다. 내가 마을 후배와 같이 살고 있다면, 그 또한 얼마나 힘들어할지 나는 짐작이 간다. 절대로 그렇게는 할 수 없다. 나 혼자라도 고귀한 우리의 사랑을 지킬 것이다.

"엄마! 안 돼요. 준기는 안 돼요. 우리 이사 가요. 먼저 살던 곳으로 가요. 새로운 곳으로 가도 좋으니 이 마을을 떠나고 싶어요."

"그곳으로 가면 엄마 말씀대로 할게요. 여기는 가슴이 너무 아파서 죽을 것 같아요."

그날 저녁 가족회의를 열었다. 그리고 이사 하기로 결정하였다. 어려움은 있지만, 내 아픈 마음을 온 가족이 알고 있기에 봄이 오면 이사한다는 목표로 이사 준비를 하였다.

매서운 바람이 몰아치는 추운 겨울이 지나고 만물이 꿈틀거리며 파란 새싹이 돋아나는 봄이 왔다. 앙상한 나뭇가지에도 푸른 빛이 보이고, 높은 산골짜기의 하얀 눈과 얼음도 어느새 녹아 보이지 않았다.

뒷동산에도 진달래꽃이 연분홍 핑크빛으로 수줍게 피었다. 김소월의 진달래꽃이라는 시가 잔잔하게 다가오며. 가슴 저리게 느꼈던 사랑과 이별, 그리움과 체념이라는 아픔이 다가온다. 내 마음과 같은 시를 읊조리며 진달래꽃 한 송이를 따서 입에 물어본다. 쓸쓸하고 슬프다.

저만치 한 아름 진달래꽃을 안고 뛰어오는 오빠 모습이 보였다. 아지랑이와 어울리는 저건 분명 나를 아프게 하는 못된 유령일 것이다. 휙 외면하고 눈을 돌려 집으로 내려왔다. 바보라고 말하면서…

이제는 이곳을 떠나는 날이 다가왔다. 어린 시절 꿈을 키우던 곳이다. 그리고 한 사람을 만나 사랑을 알게 되었고, 이별이란 슬픔도 안겨준 이곳을 떠난다. 꿈같은 사랑을 하고 안타까운 순간들을 생각하니 만감이 교차한다. 정들었던 곳을 떠난다고 하니 가족들 모두 섭섭해하며 마지막 이사 정리를 하느라 바쁘다.

마을 사람들을 며칠 동안 찾아다니며 작별 인사를 하러 다녔다. 나도 그동안 고마웠던 사람들을 찾아다니다 보니 어느새 오빠 집 앞에 이르자 걸음을 멈추었다. 그리고 나도 모르게 자석에 끌리듯이 사립문을 열고 들어가고 있었다.

아직도 오빠 집은 삭막하고 조용하다. 외롭고 쓸쓸해 보이는 집은 그때나 지금이나 다르지 않았다. 행복하고 설레는 마음으로 드나들던 집이다. 이곳을 떠나기 전에 마지막으로 마음을 정리하고 싶었다. 예쁜 진희, 그리고 진욱 오빠, 나를 아껴주던 오빠 아버지에게 마지막 인사를 하고 싶었다. 이 가족은 내 가족이라고 생각하며 살아왔다. 진성 오빠와는 마지막 인사도 없이 우리 사랑이 끝이 났지만, 그러나 내 가족 같던 오빠 가족들과는 마지막 인사를 하고 싶었다.

그러나 다 어디로 갔는지 아무도 보이지 않고 적막만이 흐르고 있었다. 착한 진희는 나 때문에 많이 슬퍼하고 안타까워하던 아이였다.

'아버님, 뵙지 못하고 떠나서 죄송합니다. 건강하세요. 진욱 오빠, 진희야, 그동안 고마웠어.'

나는 마루에 앉아 중얼거리며 오빠 방을 보자 가슴이 찢어지는 쓰라린 통증이 다가왔다. 더 있으면 마음이 약해지고 울 거 같아 벌떡 일어나 대문 쪽으로 발을 옮기며 중얼거렸다.

'오빠… 진성 오빠… 안녕…'

이곳에서 나가야 한다면서도 발걸음은 쉽사리 떨어지지 않았다. 그렇게 무심하게 떠난 사람 집에서 또 서성이며 나는 오빠를 생각하고 있었다.

'경주야! 경주야!'

봄바람이 속에서 나를 부르는 작은 울림이 들렸다. 그것은 오빠의 목소리였다. 눈을 돌려 보아도 아무도 없는 집이다. 그러나 분명 오빠 목소리가 정확히 들리는 것이다. 나는 오빠를 불러보았다.

'오빠… 진성 오빠…'

'경주야! 경주야!'

그 소리는 작은 방에서 나는 것이다. 나는 반가운 마음에 순간 미친 사람처럼 작은 방문을 열고 들어갔다.

'이리 와 앉아. 춥지?'

언 손을 따뜻하게 만져주며 활짝 웃는 모습을 지으며 오빠가 그곳에 있었다.

'진성 오빠…'

'경주야!'

행복했던 순간들이 머리를 스치며 지나간다. 울림은 따뜻했지만, 공허한 메아리가 되어 내 가슴을 울렸다. 그리움과 아픔, 그리고 서러움이 교차되어 방문을 살며시 닫고 나왔다.

황혼 노을이 짙어지는 안타까움이 나를 울리고 불어오는 바람 속에서 봄 내음과 부엌 연기 끄름 내음이 아프게 다가왔다. 사립문을 다시 닫으며 눈길을 다른 곳으로 돌리려 해도 꿈꾸듯 행복을 주던 이 집에서 눈을 뗄 수 없었다.

여기까지가 우리 사랑의 연은 끝이라고 생각하며 줄달음질하였다. 한참 달리다 보니 나도 모르게 또 멈추어 오빠 집을 돌아서서 한참을 바라보고 있었다.

'오빠! 안녕…'

악마의 검은 그림자

　이사 온 지도 벌써 2년이 지났다. 우리 가족은 전에 살던 곳으로 갈 수 있는 상황이 아니라 전혀 다른 타지로 이사 왔다. 새로운 곳에서 터전을 잡으려고 가족들 모두 열심히 노력하였다. 우리 가족이 이사 온 이유도 순전히 나로 인하여 옮긴 것이라 미안하고 죄송스러웠다. 그런 만큼 나도 새로운 마음으로 살아가려고 직장을 구하며 분주하게 살았다.

　다행히 조그만 회사 사무실에서 근무하게 되었다. 직원이라야 사장님을 포함하여 5명이 근무하는 작은 가전제품 유통회사였다. 신체적인 여건상 받아주기 어려운데도 불구하고 사장님이 나를 채용하셨다. 사장님도 가족 중에 장애를 당하신 분이 있어 가족처럼 배려해주셨다.

　하루 일을 마치고 버스정류장으로 가다가 깜짝 놀라 걸음을 멈추었다. 전혀 생각지도 않은 곳에서 강지웅을 만난 것이다.

　"경주야, 반갑다. 너 찾으려고 고생 많이 했다. 잘 지냈냐?"

나는 무섭고 두려워 그 자리를 피하고 싶었다.

"어떻게 알고 왔는지 모르지만, 당신과 말하고 싶지 않아요."

나는 냉정하게 잘라 말해주었다. 오빠를 아는 사람하고는 어떤 이유로도 인연을 맺기 싫었다. 더구나 이 사람은 나하고는 악연이 있는 사람이다. 그런 이유로 아무도 모르는 타지로 이사 온 것인데 어떻게 알고 여기를 왔는지 모르겠다.

고향에서 정리하지 못한 일이 있어 얼마 전에 엄마가 그곳을 다녀오셨다. 그때 친하신 분에게 우리 주소를 알려주다 보니 알게 된 것 같았다. 마침 회사 대리님이 지나가다 마주쳐 그 틈을 이용해서 자리를 피할 수 있었다.

집으로 오면서 마음이 불안했다. 슬픈 일들을 잊어버리려고 이사 왔는데, 생각하기 싫은 사람이 여기까지 찾아온 것이다. 나는 이곳으로 이사 오면서 내가 어떻게 살아야겠다는 생각은 이미 결정했다. 오빠는 온전한 상태에서 내 곁을 떠난 것이 아니지 않은가. 아직 기억이 돌아오지 않은 가엾은 상황에서 그는 떠났다. 그 사랑은 나에게는 고귀한 사랑이고 영혼 같은 사랑이다.

나에게는 절대적인 두 가지 장애가 있다. 하나는 손을 다친 장애고, 또 하나는 하나밖에 없던 사랑을 떠나보내지 못하다 보니 더 담을 사랑의 심장이 없는 것이다. 내가 오빠를 사랑하는 건 에로스를 넘어 아가페 같은 사랑이다.

혹자들은 사랑이 떠나고 세월이 흐르면 상처가 아물고 다시 꽃이 피어 생성된다고 하지만, 내 심장에는 오빠가 여전히 그 자리에 있어 더 이상 사랑이 생성되지 않는 것이다. 두 가지 장애를 가지고 있는 나는 오빠를 사랑한 그때부터 다른 에로스 사랑은 없다. 또 다른 사랑이라는 이름으로 인연을 맺은들 시간이 지나면 물거품같이 부서질 것이다.

솔직하게 말해서 장애가 있는 나는 용기가 나지 않았다. 그것은 동정이고 잠시 느끼는 감정일 뿐이다. 나 혼자라도 우리의 애틋한 사랑을 지켜야 한다. 기억상실증으로 오빠는 아직도 다른 세상에서 맴돌고 있는 사람이다. 나마저 이 사랑을 저버리면 아름답던 우리 사랑은 어찌 되는가. 기억이 돌아오면, 오빠는 우리 사랑을 그리워하며 찾아올 것이다. 그때 아프고 안타까운 우리 사랑을 더 아프게 보여줄 수는 없다.

경주가 다니는 회사는 단층 건물이라 길 건너편에서 내부를 확인하기 쉬운 곳에 있었다. 얼마 전 강지웅을 만난 후부터 경주는 지나는 사람들을 많이 의식하며 관찰하는 버릇이 생겼다. 가능하면 퇴근도 혼자 하지 않고 직원들과 버스정류장까지 같이 가고 출근할 때도 사람들 많은 곳으로 다니게 되었다. 시간이 지나다 보니 두려운 마음이 차츰 사라지고 이전처럼 정상으로 돌아왔다.

언제나 경주 마음에는 다른 틈이 없었다. 이미 끝나버린 사람이지만, 그렇게 멈춰버린 애틋한 사랑을 미화하면서 추억을 머금고 살아간다. 다 잊고 즐거운 마음으로 살겠다고 다짐하지만, 그럴수록 더 힘들고 우울한 생활이 되었다. 언제부터인가 그리워하며 수없이 썼던 글들이 모여서 한 권의 수필집이 되었다.

어떻게 살고 있을까? 기억은 돌아온 것일까? 기억이 아직도 돌아오지 않았다면, 영원히 돌아오지 않는 것일까?

세월은 아무 일도 없던 것처럼 무심히 지나간다. 내 몸의 일부라 생각하던 사람을 못 본 지도 3년이 지났다. 지금 이 마당에 떠난 그 사람을 기다리는 것도 아니고 원망하거나 미워하지 않는다. 단지 아직도 기억이 돌아오지 않았다면, 그 또한 아픈 인생을 살아가는 사람이다. 과거를 생각하지 못한다는 건 자기 자신을 잃어버린 만큼 슬픈 세상을 사는 것이다.

바보 같은 말이지만, 솔직히 나는 아직도 헤어질 준비가 되어 있지 않았다. 기억을 잃어버린 사람이 또 다른 세상을 헤매고 있는 것이지, 정작 올바른 정신을 가진 나하고는 아무런 결정도 없이 일방적으로 한 일이다. 그것은 이별이 아니었다. 과거를 잃어버린 사람이 혼자서 결정한 일이지, 당사자인 나에게는 아무런 이해나 변명의 말도 없었다.

그렇게 오랜 세월 애틋하게 쌓은 사랑이라는 인연을 정리하려면, 최소한의 변명이나 이유가 있어야 하지 않을까? 그 흔한 이별 통보도 없이 오빠는 안개처럼 사라졌다.

세상에는 어떤 행위를 할 때 시작이 있으면 끝이라는 요식과 절차가 있다. 흔하게 주고받는 문서에도 시작과 끝이 있는데, 긴 세월 마음과 마음을 이어주던 사랑이 연기처럼 사라져, 허무하게 끝이 된다는 것을 받아들이기 어렵다.

혼인신고는 양쪽 의사가 일치되면, 서류 제출로 혼인이 성립된다. 그것은 법적인 증빙이 되어 어느 한쪽 통보로 임의대로 바꿀 수 없다. 그것에 비하면 오랜 세월 이어온 사랑은 이별에 아무런 제약 없이 일방적인 한쪽 말에 너무 쉽게 끝이라는 마침표를 찍는다. 오랫동안 이어온 세월은 세월일 뿐, 쌓은 사랑이 얼마나 깊고 아름다웠어도, 이루어지지 않는 사랑의 결말은 아무것도 남지 않는 슬픈 상처뿐이다. 아무리 오래되고 깊은 사랑이라도 떨어지는 한 떨기 잎처럼 한낮 추억으로 머물 뿐이지 다 부질없는 일이다.

사랑의 결실은 결혼이고, 한 가족이 되는 게 기본이지 않은가? 그런데 나는 무엇을 잘못했기에 홀로 있는가?

창문 밖에는 봄비가 내리고 있다. 지난겨울에는 눈이 내리지 않았다. 아마 하늘도 눈이 내리면 아픈 추억 속으로 더 깊이 빠져 슬퍼할 것을 아는지, 삭막하고 추운 겨울을 내게 준 것이다. 그렇게 메마르고 삭막한 대지 위에 시원한 비가 내렸다. 쌓였던 흙먼지가 빗물에 다 씻겨가듯 내 마음에 쌓인 아픈 상처도 이 비처럼 내려갔으면 좋겠다.

"장경주 씨, 퇴근합시다."

"네, 대리님 먼저 가세요. 마감 정리가 안 끝나 좀 있다가 퇴근하겠습니다."

얼마나 시간이 지났을까? 시계를 보니 오후 8시가 넘었다. 월말 매출 보고서를 정리하고 소등 후 문을 잠그려는데 길 건너편 모습이 유리창에 비쳤다. 순간 섬뜩한 모습이 보여 가슴이 철렁거렸다. 창문 유리에 비치는 검은 그림자가 건너편 길에서 우리 사무실을 바라보는 거 같았다. 마치 영화 속에서 은밀하게 지켜보는 추적자의 살벌한 모습 같았다.

떨리는 마음으로 길 건너를 자세히 살펴보아도 그 모습은 보이지 않았다. 그래도 두려움이 사라지지 않아 유리에 비친 건너편을 확인해도 더는 보이지 않았다.

'잘못 보았나?'

그래도 마음이 진정되지 않아 오랫동안 주변을 꼼꼼히 확인한 후 다시 평온을 되찾았다. 비닐우산에 떨어지는 빗소리를 들으며 경주는 버스정류장으로 가고 있었다. 오랜만에 듣는 빗소리가 정겨웠다. 비를 맞으며 길을 가다 보니 동막천 개울길을 걷던 그때 추억이 마음에 울려 걸음을 멈추었다. 그냥 버스를 타고 집으로 가는 게 왠지 미안하고 그 시절이 아프게 다가왔다.

내 발걸음은 어느새 공원으로 가고 있었다. 이곳은 나무와 꽃 그리고 이름을 알 수 없는 풀과 나무들이 잘 어울리는 아름다운 공원이다. 멋스럽게 잘 가꾸어져 산책하는 사람들이 찾는 쾌적한 공간이지만, 밤에는 으슥한 지역이라 방범활동이 필요한 지역이었다. 마음이 심란하고 외로울 때면 나는 이곳에 자주 들려 그 시절을 그리워하며 추억을 먹는 곳이다.

오늘처럼 비 내리는 날이면 꿈같던 추억이 나를 이곳으로 불러 설레게 한다. 잊어야 한다면서도 바보처럼 잊지 못하고 상상의 나래를 펴는 것이다.

어떻게 살고 있을까? 아직도 기억을 찾지 못하는 것인가? 다시는 생각하지 않겠다며 다짐하지만, 작심삼일이 되어 돌아서면 바로 생각나는 그 사람이 살포시 옆에 와 있는 것이다.

'바보 같은 사람…'

가로등에 비치는 빗줄기가 하얀 은실의 눈물이 되어 끊임없이 이어져 내린다.

'미운 사람… 그러나 보고 싶은 사람… 잘 살고 있지?'

안타까운 추억을 생각하며 공원을 걷다 보니 비는 더 세차게 내리고 나뭇잎에 모였다가 떨어지는 빗물이 비닐우산에 떨어지는 소리는 또 다른 그리움이 되어 마음을 애달프게 적시었다. 낮과 다르게 비 내리는 밤은 스산하고 참 쓸쓸한 분위기였다. 비 내리는 농수로 길을 걸을 때 우리는 작은 비닐우산으로 쏟아지는 비를 감당하기 어려워 허름한 농가 주택 헛간에서 비 그치기를 기다리던 아름답던 순간들이 다시 떠오른다. 그 비를 바라보면서 날이 새도록 함께 있었던 일을 생각하며 쓴웃음을 지어본다.

공원 억새풀은 한껏 자라 내리는 비에 못 이겨 측은하게 반쯤 누워있다. 그곳을 지나쳐 느티나무 아랫길을 돌아서다 보니 비에 젖은 희미한 가로등이 흐느끼듯 외로워 보인다. 세차게 때리는 빗속에서도 자기를 밝히고 따뜻한 빛을 밝히려는 듯 가로 등불이 애잔해 보였다.

이따금 보이던 아베크족들 모습은 보이지 않았다. 모두가 기다리는 따뜻한 보금자리로 가고 나 혼자 걷는 길이 외롭지만, 추억을 먹으며, 생각에 잠겨본다. 등잔 밑이 어둡다고 하더니 비에 젖은 가로등 아래가 무척 어두웠다.

빗소리는 음악이 되고 마음은 한없이 깊은 외로움이라는 강으로 빠져들고 있었다. 가슴속에는 혹시 하는 작은 울림에도 귀를 기울이며 어쭙잖은 여백이라는 공간이 아직도 남아있었다. 무슨 생각일까? 이 비가 싫지 않았다. 그 옛날 비를 맞으며 뛰어오던 사람을 생각하니 가슴이 두근거리고 있었다. 마을 앞에 흐르는 개울가 둑방을 꿈꾸며 걷고 있듯이, 행복했던 그 시절을 되살리고 있었다.

일정하게 내리던 빗소리가 어두운 느티나무 밑에 들어서자, 나뭇잎에 모였던 빗물이 일시에 떨어지는 빗소리가 두둑이며 크게 들렸다. 비닐우산으로 심하게 떨어지는 빗소리에 놀라서 앞을 보니 나무 밑에 사람이 서 있었다. 무심결에 본 그 모습은 거울 속에서 본 그 모습 같았다. 우산도 없이 비를 맞고 서 있는 모습이 언뜻 어디서 본 듯한 괴이한 모습이었다.

순간 나는 두려움으로 온몸이 마비되었다. 마치 웅덩이에서 전기 밧데리 충격을 받고 떠오르는 물고기처럼 굳어버렸다. 그는 사무실 유리에서 본 악마 강지웅이다.

"야! 이리 와!"

어느새 강지웅의 억센 팔은 내 손을 잡아당기고 있었다. 저항하려고 해도 강한 그 팔의 위력 앞에 나는 마치 성난 독수리 발톱에 낚여 버둥거리는 힘없는 작은 새였다. 빠져나오려고 하였지만, 나는 그 기세에 눌려 몸은 굳어 있었다. 그래도 벗어나려고 소리쳐 불러도 내 목소리는 입 밖으로 나오지 않고 사마귀 발톱에 붙잡힌 작은 곤충이 발버둥치며 애달피 부르짖는 모습처럼 애처로운 몸부림이었다.

"왜! 힘들게 찾아온 나를 그렇게 박대하는 거니? 내가 너 하나 정리하는 건 쉬운 일이야! 네가 아무리 까불고 잘난 척해도 내 손에서 벗어나지 못해. 너는 그때 저수지에서 이미 내 여자가 된 거 아니니?"

숨이 막혔다. 몸은 악마의 독으로 나를 꼼짝 못하게 묶어버렸다. 이겨내리라. 그 험한 장애라는 고통 속에서도 견뎌내고, 쓰라린 이별이라는 아픔도 이겨낸 내가 이렇게 나약하게 쓰러질 수 없다.

"뭐하는 짓이야! 내가 그렇게 우습니?"

소리쳐 말했지만, 내 말은 입에서만 내는 공허한 울부짖음이 되었다. 술에 취한 강지웅은 이성을 잃어버리고 하나만 생각하는 이리 같았다.

"내가 말했잖아, 너는 내 거라고! 아무리 까불어도 김진성은 내 상대가 아니야."

내 힘으로는 이 상황을 벗어날 수가 없다. 그 손은 자기 생각대로 움직이고 있었다. 숨이 막히고 결사적으로 밀어내도 악마의 위세에 나는 점점 정신이 몽롱해지며 정신을 잃고 있었다.

"거기 누구요? 무슨 일입니까?"

다행히 공원을 지나던 사람이 의심스러운 눈으로 바라보며 말을 걸어오는 것이다.

"살려주세요. 이 사람이 나를 붙잡고 있어요."

나는 정신을 가다듬고 순간적으로 구원해 달라고 소리쳤다.

"꺼져요. 끼어들지 말고! 내 마누라하고 말다툼하는 중이니 간섭하지 말고 당장 꺼져요."

"집에 가서 싸우지 공원에서 이러면 안 됩니다. 그 손 놓지 않으면 경찰에 신고하겠습니다."

그 말에 강지웅은 당황하면서도 더 당차게 중년의 남자를 세차게 몰아치는 것이다.

"신고해라, 이 자식아! 내 마누라하고 무엇을 하던 네가 뭔 상관이냐?"

이 순간을 이용해서 도망쳐야 한다는 생각이 들었다. 강지웅이 손을 휘저으면서 언쟁을 높이는 사이에 빈틈이 생겼다. 내 손을 잡은 악마의 손을 입으로 물어뜯고 그를 밀어내고 뛰쳐나갔다. 나에게 치욕적인 행위를 하려던 사람이고, 싫다고 해도 끈질기게 쫓아다니는 사람이다. 이 자리를 피해야 한다는 생각에 공원을 벗어나서 사람들이 다니는 대로변으로 정신없이 달리다 보니 더 큰 위험이 생길 수 있다는 것을 망각하고 비 내리는 골목길을 달리고 있었다.

강지웅은 사나운 이리와 같았다. 그 사람이 이곳까지 나를 찾아온 건 채우지 못한 욕심과 복수심 때문이다. 나는 그 사람이 무섭고 역겨웠다. 그때 저수지에서도 그랬는데, 지금 다시 잡히면 어떻게 돌변할지 모른다는 생각에 줄달음박질을 치고 있었다.

어두운 공원을 지나 골목길을 벗어나 큰길가로 뛰어도 비 내리는 저녁이라 그런지 도와줄 사람들이 보이지 않았다. 버스정류장 사거리에 파출소가 있다. 그곳으로 향하여 줄달음박질을 하다가 빗길에 미끄러지며 자동차가 달리는 도로 쪽으로 몸이 기울어졌다.

그 순간 맞은편에서 달려오는 자동차 라이트 불빛이 눈앞에 비치자, 그 빛 속으로 빨려 들어가는 것이다. 나는 공포의 소용돌이 속에서 허우적거리다가 허공으로 무방비 상태로 날아가고 있었다. 찰나의 순간을 피하지 못하고 마주 오던 자동차에 몸이 부딪친 것이다.

운전하던 승용차 기사도 내리는 비로 인하여 경주를 미처 발견하지 못하고 교통사고가 나고 말았다. 주변 사람들의 도움으로 급히 병원으로 옮겨졌지만, 미끄러운 길에서 달려오는 자동차를 미처 피하지 못하고 부딪치는 충격으로 정신을 잃고 떨어지면서 경주는 머리를 크게 다친 것이다.

"선생님, 우리 아이가 어떤 상태인지요? 깨어날 수 있나요?"

다급한 목소리로 경주 엄마는 응급실 의사에게 경주상태를 불안한 마음으로 물어보았다.

"머리를 심하게 부딪쳐 우선 피를 멈추게 하였습니다. 갈비뼈와 다리도 골절되었습니다. 다리는 시간이 지나면 해결되지만, 머리 다친 것은 며칠 지나야 알 것 같습니다. 지금 상황은 뭐라고 장담하기 어렵습니다."

사고 후 일주일이 지났지만, 경주는 아직도 의식을 회복하지 못하고 중환자실에서 사경을 헤매고 있었다. 교통사고가 난 지 일주일째인데도 아직 깨어나지 않는 건 그만큼 상태가 심각하다는 것이다. 경주 엄마는 불안해하며 담당 의사에게 상태를 다시 물어보셨다.

"선생님! 우리 아이가 왜 아직도 깨어나지 않나요? 어떻게 좀 도와주세요. 가엾은 아이입니다. 어린 나이에 손을 다치고 회복하지 못하고 장애를 가지고 살던 불쌍한 아이랍니다."

"본인이 강하게 이겨내겠다는 의지가 있으면 도움은 되겠지만, 머리에 워낙 심한 출혈이 있어서 뭐라고 장담을 드릴 수는 없고 최선을 다하겠습니다. 이러다가 깨어나는 사람도 있습니다. 아직 젊은 사람이라 잘 견디어낼 거라는 희망을 버리지 마세요."

"선생님, 부탁드립니다. 꼭 살려주세요. 가엾은 아이입니다."

경주 엄마는 눈물을 흘리면서 의사 손을 잡고 애타는 심정을 토로하고 있었다.

중환자실에 누워있는 경주는 평온하게 잠자는 모습이었다. 그 모습에는 행복한 미소가 보였다. 어린 시절 다친 손이 눈에 들어왔다. 당시 얼마나 큰 사고였는지 한눈에 알 수 있는 흉터가 그대로 보였다. 저런 상태로 용기를 잃지 않고 살아온 그 모습이 대견하기도 하였지만, 엄마는 가슴이 무너졌다.

당시 심한 손가락 부상으로 오른손을 절단하여야 하는 상황이지만, 절단하지 말고 흉해 보이더라도 그대로 치료하기로 하였다. 마치 조각난 백자 항아리 조각들을 하나씩 접착제로 붙이듯이 치료하다 보니 손가락이 일그러질 수밖에 없었다. 왼손도 중지 가락을 잃어버린 그 모습이 참혹했다. 그렇게 서럽고 아픈 상처를 갖고 살던 아이가 또 사고를 당해 사경을 헤매고 있다. 무슨 인생이 이런가? 전생에 얼마나 힘든 일이 있기에 이런 고통을 받나 하는 생각에 경주 엄마는 가슴이 찢어지는 아픔을 삼키고 있었다.

사고로 손에 장애를 갖고 실의에 빠져 있을 때 다행히 진성과 사랑하면서 행복한 모습을 보여 그나마 엄마로서 한숨을 놓았다. 그것도 잠시뿐이고 생각지도 못한 사고로 떠난 진성을 용케도 잊은 듯해서 마음이 좀 편했는데, 이런 시련을 또 당한 것이 안타까웠다. 그런 아픔을 달고 사는 그 아이가 지금 평온한 모습으로 누워있는 것이다. 그 얼굴에는 따뜻한 미소가 흐르고 있었다. 그는 약에 취한 것도 있지만, 행복한 꿈을 꾸고 있었다. 엄마는 경주 손을 잡고 기도하고 있다.

악마는 지옥으로

강지웅은 경찰차에서 들려오는 사이렌 소리를 듣고 공원에서 발걸음을 급하게 옮기고 있었다.

'에이, 하필이면 그때 사람이 나타날게 뭐람!'

중얼거리며 공원에서 급히 나가려다 보니 공원 입구에는 경찰차가 도착해 두 명의 경찰이 공원으로 들어서는 것이다. 지리에 익숙한 듯 강지웅은 옆길로 피하여 가까이 있는 건축공사장 입구로 들어가는 것이다. 그는 얼마 전에도 이 공사장에 들린 적이 있었다. 익숙한 듯 출입금지라는 팻말을 무시하고 잠가놓은 열쇠를 손쉽게 비틀고 제 사업장처럼 들어가는 것이다.

이곳은 건물을 짓기 위해 토목공사를 하던 곳이다. 위험한 공간이라 불순한 아이들과 불량배들의 싸움장이라 경찰들이 수시로 순찰하는 곳이다. 그러나 경찰도 겉만 확인하지, 열쇠가 잠긴 개인 재산 내부까지 확인하러 들어가지 못하다 보니 큰 싸움이 일어나고 사건이 발생하는 걸 막을 수 없었다.

이곳은 유치권이 발생한 건축 현장이라 공사가 멈춰있어 음침하고 위험한 곳이다. 땅을 파는 굴착기가 있고 덤프트럭도 있다. 경찰을 피해 겨우 도망쳐 트럭 밑에 숨다 보니 경찰도 쉽게 찾을 수 없는 곳이다. 공사장 열쇠가 풀린 걸 확인하고 경찰이 들어와 플래시로 비추었지만, 쏟아지는 빗속에서 사람을 찾을 수 없었다.

공원에서 경주와 실랑이를 벌일 때 제지하던 사람이 112에 신고를 한 것이다. 신고가 들어왔으면 최선을 다하는 것이 경찰의 책무다 보니 트럭 가까이 가서 확인하려고 다가서고 있었다. 강지웅은 불안했다. 잡히면 끝나지 않은 기소유예건이 있어 죄가 클 수 있다는 생각에 도망칠 궁리만 하였다.

내리는 비로 앞을 분간할 수 없었다. 숨어있는 트럭 건너편에 출입금지, 위험이라는 팻말이 선명하게 눈에 들어왔다. 급박하다 보니 강지웅은 깊은 생각을 하지 못하는 것이다. 경고하는 문구도 개의치 않고 도망치려다 보니 위험이 도사리고 있다는 걸 잊어버린 것이다.

경찰이 가까이 다가오자, 가지 말아야 할 위험한 곳으로 뛰었다. 깊게 판 땅에 내린 비로 물이 차오르고, 주변 지반이 물에 흠뻑 젖은 끝부분을 밟았다. 내린 비로 지반이 약해진 곳이다. 발을 내딛는 그 순간 흙이 무너지면서 중심을 잃고 그대로 지하로 떨어졌다.

"악, 사람 살려!"

그 소리는 빗소리에 묻혀 미세한 소리로 바뀌어 경찰에게 들리지 않았다. 강지웅은 쏟아진 흙에서 나오려고 발버둥을 쳤다. 악착같이 가장자리 흙벽을 잡으려 하면 흙이 또 무너지고, 그 몸은 지쳐서 점점 더 깊은 수렁으로 빠져들어 갔다. 마치 깨진 살얼음판에서 빠져나오려고 허둥대는 고라니처럼 허우적거리며 소리쳤지만, 그 소리는 빗소리에 묻혀 공허한 메아리가 되었다. 연이어 주변 지반이 무너지면서 트럭과 굴착기도 흙 속으로 떨어지며 강지웅 머리 위로 덮친 것이다.

"아! 악!"

악마처럼 쫓아다니며 괴롭히던 강지웅은 그 토사 속으로 빨려 갔다. 그 위로 비가 내리고 토사가 지하를 완전히 덮어 악마는 수장되어 버렸다.

마지막 가는 길

　하얀 병실에서 경주는 꿈을 꾸고 있는지 이따금 환한 미소를 짓고 있다. 고향마을 작은 동산에 진달래꽃이 수줍은 듯 예쁘게 피어있고, 나무와 풀들, 그리고 아름다운 들꽃 야생화들이 바람에 흔들리고 있다. 하늘에는 뭉게구름이 멋지게 떠 있고, 개울가에는 사람들이 모여서 고기를 잡고, 귀여운 아이들 웃음소리가 들렸다. 행복한 시골 마을에 동무들과 저수지 물가에서 놀고 있을 때 저만치에서 오빠가 오고 있었다.
　'오빠! 왜, 이렇게 늦게 왔어요. 얼마나 보고 싶었는지 몰라요.'
　(경주는 의식을 잃은 상태에서 마지막 사투를 벌이며 진성과 꿈같은 재회를 이룬다. 진성과 함께 걷던 길, 그 길은 점점 영원한 영면의 길로 들어가는 것이다. 살아서 마지막까지 지켜온 사랑하던 사람 진성을 만나면서 경주는 행복에 빠져든다. 기쁘고 설레는 숨 가쁨이 빠를수록 경주는 점점 의식을 잃어가고 그렇게 마지막 길을 가고 있었다.)

"경주야! 경주야!"

"언니!"

엄마와 동생 경희가 경주 손을 잡고 애타게 소리치며 울고 있었다. 그 애절하고 한스러운 목소리가 떠나가는 경주를 붙잡았는지, 잠시 눈을 뜨고 울고 있는 엄마와 동생을 바라보고 있다.

"엄… 마… 고마워요."

경주의 작은 목소리는 들리지 않았지만, 입이 조금 움직이고 눈으로 말하고 있었다. 경주 눈에서 눈물이 흐르고 있었다. 그는 세상에서 가족이라는 인연으로 살게 되어 감사하다며 눈으로 말하고 있었다. 엄마는 경주 얼굴을 쓰다듬어 주면서 위로해주고 있었다.

"엄… 마… 진성… 오빠가 저… 기 있어요."

엄마가 귀를 대고 들어보니 들릴 듯 말 듯 작은 소리가 들리는 것이다.

"그래, 진성이 만나서 좋겠다. 마음 단단히 먹고 빨리 일어나라. 그래야 가서 만나지."

그러나 엄마의 간절함과 달리 경주 눈은 힘이 없었다. 잡은 손에 작은 떨림이 있다가 자꾸만 손에 힘이 빠져 밑으로 떨어졌다. 잡고 있던 손을 놓는다는 건 삶의 끈을 내려놓는 시간이 다가온다는 것이다. 그 순간 경주 얼굴에는 고통스러워하던 모습은 사라지고 환한 광채가 나며 행복한 미소를 짓고 있었다. 평온한 평상시의 얼굴로 돌아왔다. 그리고 눈물을 흘리면서 긴 여행을 떠나는 것이다.

"경주야! 경주야! 이렇게 가면 어떡하니? 가엾은 내 딸아."

엄마는 딸 손을 잡으며 슬퍼하시는 것이다. 편안한 모습으로 누워있는 경주 눈에는 아직도 뜨거운 눈물이 흐르고 있었다. 사고 후 며칠 동안 의식을 회복하려고 생과 사의 갈림길에서 얼마나 고통스러웠을까? 엄마는 안타깝게 짧은 생을 마치고 떠나는 딸을 차마 잘 가라는 말도 하지 못하고 망연자실한 모습으로 지켜보고 계신 것이다.

며칠 전부터 담당 의사로부터 환자가 위험할 수 있다는 말을 엄마는 이미 들은 상황이다. 만약을 생각하라는 말은 깨어나지 못하고 이대로 우리 곁을 떠날 수 있다는 것이다. 그렇지 않을 것이라며 한 가닥 희망을 품고 있다가 현실이 되자 가족들이 병원 밖에 모여서 장례에 대한 의견을 나누고 있었다. 아직 결혼 안 한 아이지만, 정상적인 장례식 절차대로 해야 할지, 아니면 간단하게 하는 게 좋을지 의견을 나누고 있었다.

"결혼만 안 했을 뿐이지 성인인데, 정상적으로 장례 절차를 밟는 것이 좋겠다."

엄마는 경주 친구들과 친하게 지냈던 분들에게 연락하는 게 마지막으로 가는 아이에게 최소한의 도리라고 생각하였다. 엄마는 막상 경주가 젊은 나이로 비명횡사한 것이 안타까우면서도 그 아이가 사랑했던 진성이 떠오르는 것이다. 속이 부글거리며 원망이 앞섰지만, 진성이도 기억을 잃어버렸다고 생각하니 가여운 생각에 경주 엄마는 마음이 아팠다.

경주네 집은 언덕으로 올라가 외딴곳 작은 단독주택 단층짜리 아담한 집이다. 정말 보잘것없는 작은 방 2개에 작지만, 화단을 예쁘게 꾸며놓은 집이다.

금방이라도 비가 내릴 것 같은 흐린 날씨에 스산한 바람이 불어오고, 경주가 매일 손길을 주던 꽃들도 슬픔을 아는지 안타깝게 풀이 죽어 늘어져 있었다. 조용한 이 집이 별안간 상갓집이 되었다. 병원에서 집으로 옮겨온 경주의 마지막 가는 길을 이곳에서 문상객을 받기로 하였다. 아직 어리고 총명했던 경주의 안타까운 죽음은, 사람들에게 아픔이 되어 오는 사람마다 울음바다가 되었다.

진희는 뜻밖에 경주 언니 사망 소식을 듣고 집에서부터 울고 있었다. 젊디젊은 나이가 아닌가. 오빠하고 그렇게 애틋한 사랑을 할 때만 해도 새언니라고 생각하고 있었는데, 오빠가 사고로 기억을 잃어버리고 오빠는 오빠의 길로 가고, 슬픈 생활을 하던 언니가 졸지에 하늘나라로 떠났다는 소식에 가슴이 미어지는 것이다. 진희는 찢어지는 슬픔을 않고 한걸음에 달려왔다.

"어머니! 죄송해요. 언니가 어쩌다가 이런 일이 생겼는지 마음이 아파요."

"진희 왔구나. 지 먼저 저렇게 가는 애를 어쩌겠니?"

"내가 더 잘했어야 했는데, 부족했어요. 그래서 언니에게 더 미안하고요. 오빠가 저런 어려운 일이 생기지 않았으면 아무 문제가 없을 텐데, 다 우리 집 잘못인 것 같아요. 오빠는 아직도 과거를 기억하지 못하고 있어요. 경주 언니 죽음을 아직 말하지 못했어요. 언젠가 기억이 돌아올지 모르지만, 그때는 어떤 모습으로 언니를 찾을지 모르겠어요."

경주 엄마도 울고, 진희도 눈물을 흘리며 안타까워하고 있었다. 영정사진에는 경주가 밝은 모습으로 웃고 있었다. 오빠와 사랑하고 있을 당시 모습처럼 곱고 아름다웠다.

엄마는 진희 손을 이끌며 경주 방으로 갔다. 그곳에서 한 권의 노트를 진희에게 주는 것이다. 이 노트는 오빠가 떠난 후 슬픔과 괴로움을 글로 써놓았는데 그 내용이 아파 읽을 수 없었다고 하신다.

그 내용이 전부 사무치는 글이며, 편지로 이루어진 한 권의 수필집이었다. 그렇게 구구절절 아픈 글을 집에 둘 수 없다는 생각에 태워버릴까 하다가 사랑하는 사람의 동생에게 주는 것이다. 안타깝게 떠나는 아이가 가엽고, 그렇게 간절하게 그리워하던 진성에게 전하는 것이 그나마 아이에게 조금이라도 위로가 되지 않을까 하는 생각에 주는 것이라고 한다.

"어머니! 언니 유품을 제가 가지고 가도 되나요? 사실 오빠가 그렇게 된 후 언니와 나는 오빠 만나러 자주 가다 보니 언니의 아픔을 알고 많이 울었습니다."

"내가 그런 사연을 알기 때문에 진희에게 주려고 하는 거야. 언제 기억이 돌아올지 모르지만, 진성이도 기억이 깨어나면 엄청 힘들고 혼란스러워하며 괴로워할 거야. 나도 진성이가 경주를 무척이나 사랑하는 걸 알지. 경주가 장애를 당하여 실의에 빠져 힘들어할 때 진성이가 용기를 주고, 서로 사랑하여 희망을 준 것이 항상 고마웠지. 이 노트를 진성에게 주고 말고는 진희가 알아서 결정하는 것이 좋겠다. 나는 이것을 진희에게 주는 것이 떠나는 경주의 마음을 조금이라도 위로하고 싶어서 하는 것이니까."

진희는 언니 유품을 가지고 집으로 돌아왔다. 생명력이 없는 노트지만, 그 수필집 속에는 언니 영혼이 살아있는 것 같은 두려움이 들었다.

경주 엄마도 두 사람은 애절함을 넘어 영혼 같은 사랑이라 믿고 있었다. 떠난 것을 알면서도 오랜 세월 아픈 손으로 적은 애절한 글을 차마 어찌지 못해 진희에게 주는 것이다. 진희는 경주 언니가 쓴 글을 읽을 용기가 없었다. 그것은 언니의 마음이고 한이 서린 글인데, 제삼자가 읽는 것은 망자에게 대한 예의가 아니라 생각하였다.

이 글을 읽을 사람은 오빠뿐이다. 기억을 잃어버린 오빠에게 지금은 줄 수 없다. 언제라도 깨어나 애타게 찾는다면, 그때는 줄 수 있지만, 기억을 되찾지 못하면 이 또한 준다는 게 아무런 의미가 없다. 진희는 노트를 장롱 속 깊은 곳에 보관하였다.

행복한 삶

　이지선과 새로운 인생이 시작되는 날이다. 친척들과 고향 분들 그리고 회사 임직원들이 결혼을 축하하려고 오셨다. 기쁘고 즐거운 날이지만, 마음 한 곳에는 아직도 가슴을 짓누르며 힘들게 하는 것이 있다. 진성은 한 사람씩 고향 사람들 얼굴을 확인하며 경주 그 아이를 찾는 것이다. 기억을 잃어버렸다고 하지만, 엄연히 당사자인 내가 살아있고, 그것으로 인하여 인고의 고통을 당하는 사람은 오롯이 경주 몫이었다.

　그런데 지금 나는 그 아이를 찾고 있다. 얼마나 잔인한 생각인가. 아마 그 아이에게 이 기막힌 광경을 보여주고 싶은 것이 아니라, 그 아이가 이곳에 와서 보고 있다면, 이 결혼식을 하지 못할 거라는 생각 때문일 것이다.

　비록 얼굴은 웃고 있지만, 참 아리고 아픈 마음으로 결혼식을 올렸다. 사실 결혼식 날짜가 다가오면서 더 마음이 착잡하고, 그 아이 생각에 온전한 마음을 가질 수 없었다. 아무리 생각해도 그 아이와 사랑하던 기억을 잃었다는 것이 소설이 아닌 다음에야 있을 수 없는 일이었다.

경주와 사랑하던 연인 사이라는 걸 아는 마을 분들이 있다. 예식이 끝나고 고향 분들 한 사람 한 사람 만나 인사하는 것은 지금까지 이어온 그 아이와 인연도 여기까지라며 마지막 인사를 하는 슬픈 심정이었다. 새로운 출발이라는 축복보다는 아리고 아픈 마음으로 이별을 고하는 심정으로 결혼식을 치렀다.

세월은 쏜살같이 흘렀다. 경쟁사회에서 치열한 생존경쟁에서 살아남기 위하여 최선을 다하다 보니 빠르게 흘러갔다. 돌이켜 보니 참 많은 사연으로 얼룩지며 굴곡진 삶을 살았다. 빈곤한 가정에서 태어나서 가난은 벗어나야 한다는 목표로 치열하게 살아가지만, 세상은 생각대로 뜻대로 될 수가 없었다. 결혼을 결정하기 전까지 그토록 걱정하던 경주, 그 아이에 대한 아픔은 또 다른 행복에 밀려 어느새 까맣게 잊어버렸다.

기억을 잃어버린 만큼 경주에 대한 안타까움도 금방 사라졌다. 얼마 전까지만 해도 미안해하던 마음은 봄날 내리는 눈처럼 흔적도 없이 사라졌다. 행복할수록 반비례하는 게 이기적인 사람 마음이다. 잃어버린 기억 속에서 잠들어 있는 경주는 꽁꽁 얼어붙은 흙 속에 묻힌 보석처럼 잠재우고 또 다른 행복으로 경주를 잊고 살았다.

결혼 후 5년간 다니던 직장을 정리하고 새로운 사업을 시작하였다. 꿈같이 사업이 이루어지고 생활 형편도 나아졌다. 더 크게 사업을 확장하고, 이제는 그 가난이란 굴레에서 벗어나 자식들에게는 가난을 물려주지 않을 정도로 사업이 번창하였다.

하는 사업이 승승장구하고 매출 규모가 커지다 보니 배짱도 늘었고 무서운 것이 없었다. 세상은 어디나 마찬가지였다. 조금만 방심하면 어느새 위험은 똬리를 틀고 도사리고 있다가 소리 없이 다가오는 것이다.

회사를 창업하고 15년이 되자 경쟁사가 없을 정도로 매출이 늘어났고, 거칠 것이 없었다. 회사 규모가 커지자 그만큼 위험도 커진 것이다. 유통 영업에 자신이 붙자, 자체 브랜드 상품을 만들어 제조까지 하다 보니 매출은 늘어났지만, 시장 변동으로 재고 부담이 늘어났다.

뜨는 캐릭터라 해도 어떤 품목에 어떻게 접목하는지가 중요했다. 생산한 상품이 인기가 있어서 추가로 생산하면 된다고 하지만, 시장 특성상 금방 비슷한 캐릭터를 모방하여 물건이 나오면 공급 물량을 예측할 수 없었다.

유명한 외국 캐릭터를 비싼 금액에 계약을 맺고 들여 와도 모방제품을 막을 방법이 없었다. 그만큼 어려움도 많지만 잘 예측하고 좋은 캐릭터를 상품에 접목하면 크게 성공할 수도 있다. 반대로 엄청난 재고 부담으로 어려움이 가중될 수 있는 사업이다.

활황이던 사업도 외환위기를 맞으며 급격한 위기에 처했다. 정부에서 국제통화기금에 구제금융을 신청하다 보니 시장은 아비규환이고, 받은 어음도 부도나 협력사들도 어려움이 가중되었다. 지금껏 협력사와 서로 보증을 주고받다 보니 어느 한쪽이 어려움을 당하면 그 여파는 도미노처럼 무너지는 걸 피하기 어려웠다. 회사가 커지는 만큼 위험도 거기에 따라 갑자기 증가했다.

서로 간에 부도라는 최악을 피하려고 하다 보니 급전을 쓰게 되고, 어려움이 눈덩이처럼 커지고 있었다. 일찍 손절하듯 정리하지 못하다 보니 마지막 부도라는 상황에 몰리고 결국은 하던 사업이 부도가 났다. 아무것도 없던 그 시절같이 처음으로 돌아가 그 자리에서 맴돌고 있는 나를 보게 되었다.

그렇게 악착같이 살겠다고 버둥거렸지만, 모든 게 허망한 물거품이 되어 집도 사업장도 모두 다 날아가는 안타까운 현실이 되었다. 사업체가 부도나면 그로 인하여 가정도 위기를 맞고 온전한 마음으로 살기 어려웠다.

나 또한 지난 세월 아쉬움을 모두 내려놓고 새롭게 시작하겠다고 하지만, 그 잘난 자존심과 헛된 망상에서 벗어나지 못하는 상황이다 보니 좌절과 절망감으로 찌든 생활을 하고 있었다. 시간이 지날수록 아이들에게도 어려움이 다가오고, 이제는 가장이라는 무게감을 이기지 못하는 패배자가 되어가고 있었다.

아직 포기하기는 젊은 나인데도 불구하고 사면초가에 몰리면서 힘든 생활을 하고 있었다. 다시 시작하겠다는 굳은 각오를 해도 나이 들어 실패한 사람이 재기한다는 것은 어려웠다. 피땀 흘려서 잘 만들어 오던 사업과 행복하던 가정이 풍비박산이 난 후 새로운 돌파구를 찾지 못하고 점점 더 깊은 수렁으로 빠지고 있었다.

"형! 술 좀 그만 먹어요. 매일 그렇게 마시면 큰일 납니다. 누구나 살다 보면 어려움을 당할 수 있어요. 형은 다시 재기할 수 있어요."

최만석이 술잔을 뺏으면서 위로한다.

"그래 아우야, 고맙다. 이것만 먹고 그만 먹을게."

술에 취한 진성 눈에는 어느새 눈시울이 붉어지고 어둠이 내린 천마산 정상에 누워있는 거인의 형상을 바라보고 있었다. 오늘도 나는 만석과 도로 공사판에서 하루 일을 마치고 선술집에서 술을 마신 것이다. 일이 힘들지만, 괴로운 심정을 이겨내려다 보니 매일 술로 마음을 달랬다. 잘못된 경영으로 회사가 부도나고, 그로 인하여 가족들도 파도에 휩싸인 것이다. 가장으로 책임을 다하지 못하고 평화롭던 가정도 위기에 처해 그토록 노력한 일들이 물거품이 되었다.

지난 세월 노력한 일들이 다 허망하고 부질없는 욕심이었다며 이것도 큰 경험이라며 용기 내어 보지만, 잃어버린 신용을 회복하기는 어려웠다. 시간이 지날수록 몰골은 비참하게 변하고, 점점 폐인처럼 절망의 나락으로 떨어지는 것이다.

바람이 몹시 부는 날 다리 밑 하수도 공사를 하고 있었다. 시멘트벽을 뚫는 드릴 공사를 하다가 머리에 내리치는 천둥소리가 들렸다. 그 소리는 내 머리에서 나는 죽음을 예견하는 소리였다. 그 순간 손에 들고 있던 드릴을 힘없이 떨어트리며 물이 흥건한 시궁창에 쓰러진 것이다.

"형님! 왜 이러세요? 정신 차리세요. 여기 좀 도와주세요. 사람이 쓰러졌어요."

공사장 감독관이 뛰어오고, 잠시 후 구급차가 도착하여 병원으로 후송되었다.

"뇌경색입니다."

오른쪽 발과 손이 마음대로 움직일 수 없는 것이 마치 반쪽은 마비되어 전혀 다른 몸같이 따로 움직이고 있었다. 이것은 꿈이라 생각하였지만, 현실이었다. 내 의지와 관계없이 흔들리고 절룩거리는 걸음걸이는 나를 절망에 빠트리고, 실의에 찬 나를 소용돌이치는 물속으로 끌고 들어가는 것이다.

"이만하길 천만다행이랍니다. 병원에 빨리 오지 않았으면 큰일이 생길 뻔했습니다."

만석이 안타까운 모습을 지으며 나를 위로하고 있었다. 사업 실패 후 온 가족이 어려움을 벗어나려고 노력하였지만, 계속되는 채무 압박으로 영혼마저 피폐해지고, 정신적인 고통은 이루 말할 수 없는 최악의 상황에 몰리다 보니 온전한 삶이 될 수 없었다.

신용사회에서 신용불량자로 살아가기에는 견딜 수 없는 시련의 연속이었다. 실패자로서 인정 못 받는 건 당연하지만, 어떻게 벗어나려 노력해도 그것은 공연한 소망일 뿐, 우리 가족이 쉴 수 있는 곳이 없었다. 기껏해야 노동판 외에는 갈 자리가 없었다. 나에게 붙여진 붉은 이력을 가지고 손때가 묻은 사업터로 다시는 갈 수가 없다.

끊임없이 이어지는 채권 압박의 고통을 견뎌내기 어려웠다. 고통스러운 생활 속에서도 아이들의 기본적인 생활을 위하여 무엇이라도 하려다 보니 다시 돌아보는 시간을 갖게 되었다. 지난 세월이 모든 게 아쉽고 슬펐다. 순간을 못 이겨서 술로 달래다 보니 어느새 몸과 마음은 망가지고 뇌경색이라는 병이 나에게 온 것이다.

병원 입원실에서 멍한 눈으로 창문을 바라보다 이내 지친 듯 나는 눈을 감고 있었다. 망한 놈이, 몸까지도 아프고 수족을 마음대로 쓸 수 없다는 건 이제 내 인생도 끝났다는 생각에 눈물이 앞을 가렸다.

'너무 과한 욕심이었나.'

지난 세월을 생각해보니 참 어이없는 삶이었다. 다시 돌아갈 수만 있다면 이런 상황이 안 되게 할 수 있지만, 이미 다 지나간 일이다. 아무도 나를 알아보지 않는 무인도에 가서 숨어 살고 싶다. 과학 문명이 발달하지 않은 자연이 숨 쉬는 원시시대로 도피하고 싶었다.

내게 닥친 일들이 무엇 하나 쉬운 게 없다 보니 머리가 아프고 아무것도 생각하기 싫었다. 노력해서 될 일도, 그렇다고 시간이 지난다고 해결될 일이 아니다 보니 고통스럽다.

다행히 희망이 보였다. 회사가 부도가 나자 다시 살리려는 임직원의 노력과 채권단의 도움으로 회생절차를 받게 되었다. 각고의 노력으로 그나마 회사가 소생할 수 있다는 게 고마웠다. 그러나 나는 다시 그 자리로 돌아갈 수 없다. 내 안일한 경영으로 일어난 모든 책임을 지고 물러날 수밖에 없었다. 늦게라도 회사가 다시 회생할 수 있다는 게 감사했다.

돌아온 기억

　고향마을 개망초꽃이 흐드러지게 핀 언덕에서 경주가 활짝 웃고 있다. 하얀 블라우스에 검정 치마를 단정하게 입고 빨간 머리띠를 한 그 아이가 보리와 잡초들이 흔들거리는 들판에서 손을 흔들고 있다. 나는 힘차게 달려가 경주를 안았다.
　어린 시절 함께 자라며 애틋한 사랑을 한 사람이다. 우리는 춤추듯 안골 수수밭 들판을 손잡고 달리다 보니 경주는 보이지 않고 안개가 별안간 핏빛 안개로 변해 있었다. 오던 길로 다시 돌아보아도 그 아이는 보이지 않고 불어오는 안개 바람은 내 몸을 감싸며 때리고 있었다.
　'경주야, 경주야…'
　벌떡 일어나 정신을 차려보니 병원 입원실에서 꿈을 꾼 것이다. 무슨 일이 일어났는지, 머리가 무겁고 답답했다. 그 아이 경주는 어디로 간 것인가? 당연히 있어야 할 경주는 어디로 가고 나는 여기서 무엇을 하고 있는지 이해할 수 없었다. 분명 나는 이

지선과 결혼을 하고, 아이도 2명이나 있다. 무슨 일이 있었기에 그렇게 사랑하던 경주는 감쪽같이 사라지고, 또 다른 내가 있었다는 것이 혼란스러웠다. 긴 듯 아닌 듯 혼란스러워 눈을 감았다. 세상일이 두 가지가 연속해서 공존할 수 있을까 하는 두려움이 다가왔다.

생각해보니 내가 해리성 기억상실증으로 기억을 잃어버렸다고 하였다. 그 기억을 되살리려고 노력하던 경주와 동생 진희가 하던 말이 사실이었다. 사라졌던 그 기억이 이제야 돌아왔다. 잃어버린 내 기억이 따스한 봄날 얼어붙은 흙을 깨고 새싹이 돋아나듯이 이제야 돌아온 것이다. 그 아이와 만들었던 꿈같던 일들이 파노라마처럼 생생하게 떠오른다. 부족한 내 아집과 욕심으로 경주와 우리 가족에게 아픔을 주고, 그것도 모자라서 기억상실증에 걸린 것이다. 그렇게 바보였나? 그 일로 기억상실이라는 엄청난 비극을 초래하고 내 정체성을 잃어버린 부족한 사람이 된 것이다.

그 시절 경주가 당한 안타까운 상처를 감싸며 그 아픔은 내 아픔이라며 살았던 나였다. 그런데, 그가 당한 상처와 그 아픔을 치유하기는커녕 도리어 그 아이에게 죽을 만큼 힘든 고통을 준 것이다. 오래전에 있던 일들이 어제 일처럼 다가왔다.

카페에서 애처로운 모습으로 나를 걱정하며 울던 경주 얼굴이 떠오르자, 내 가슴은 갈기갈기 찢어지는 고통으로 다가왔다. 기억을 잃어버린 나에게 사랑하던 사이라는 걸 알려주고, 함께 가자고 하던 그 아이의 간절한 몸부림을 나는 그렇게 무참히 저버린 것이다.

나로 인하여 시작된 일인데, 나는 그 아이의 간절한 말을 듣지 않았으며, 애처롭게 기다리던 그에게 너무나 큰 슬픔을 주었다. 아무리 기억을 잃었다고 해도 경주와 진희가 애절한 마음으로 진실을 오랫동안 말했는데, 일방적으로 이별을 결정한 건 잘못이다. 사랑하는 사람이고, 결혼을 약속한 사이라는 걸 알았다면, 어떤 방법으로든 이해시켜야 했다.

잃어버린 내 기억을 살리려고 기도하며, 애틋한 사랑을 지키려던 그 아이에게 아무 말도 없이 도망치듯 떠난 것이다. 그 흔한 이별 통보도 없이 끝이 난 것이 아프게 다가왔다.

또 다른 내가 있는 것도 모르는 경주는 어떻게든 사랑을 지키려고 기다리고 있었다. 그렇게 힘들어하던 그 아이를 두고 나는 내 인생을 새롭게 설계한 것이다.

눈 뜨고 어이없이 나를 보내고 그 고통을 어떻게 이겨낼 수 있었을까? 자괴감으로 내 마음이 괴로워 죽을 것 같았다. 나로 인하여 착한 경주에게 큰 피해를 주고 치유하기 어려운 아픈 상처를 주었다.

내가 저지른 일이라, 고통을 짊어지고 가야 할 일이지만, 참견디기 어려운 밤이다. 창문을 열어보니 구름 속을 들락거리던 반달이 쓸쓸하게 떠 있고, 새벽은 다가오는데 고통을 이겨내기 어려운 밤이다. 경주를 잊어버리고 살아온 지 벌써 18년이라는 세월이 흘러갔다. 어떻게 지내고 있을까?

'경주야! 미안해. 나로 인하여 얼마나 힘들고 어려웠니…'

당장 진희에게 소식을 물어보고 싶었다. 그러나 냉정히 판단해도 모든 게 흘러간 옛일인데, 무슨 염치로 동생에게 물어야 하는가? 몸도 마음도 망가진 상황에서 경주를 찾는다는 게 가당치 않다는 생각이 들었다. 이제야 기억이 돌아왔다고 말하는 건 나약한 변명일 뿐이다.

삼라만상이 잠들은 시간에 나는 나를 자책하며 긴 시름 속에 내 마음을 다독여본다. 그 아이를 찾아야 한다는 마음을 당분간 숨기고 살기로 하였다.

그러나 생각과 달리 시간이 지날수록 경주, 그 아이 생각에 견딜 수 없었다. 가슴에는 온통 그 아이 생각뿐이었다. 어떤 일을 하면서도 가슴속에는 그 아이의 걱정이 이제는 그리움으로 변하고 있었다.

어떤 날은 내 정신이 아니었다. 아무것도 먹지 않고 정신줄을 놓은 사람같이 멍하니 허공만 바라보는 날이 많았다. 기억이 돌아온 순간부터 눈에는 항상 눈물을 담고 있었다. 가슴속에는 그 아이가 똬리를 틀고 앉아 아픔이 풍선처럼 부풀러 올라 누가 조금만 건드려도 울컥 울음이 터져나오는 것이다. 내가 처한 어려운 현실과 잃어버린 기억이 맞물려 슬픔은 배가 된 것이다.

잃어버린 기억이 돌아오자 그 아이와 쌓은 사랑이 새록새록 더 아프게 떠오르고, 그 시절에 나누던 일들이 멋진 추억이 아니라 한스러운 절규로 변한 것이다. 그 아이가 흘린 눈물을 생각하다 보니 그때 그 아이의 아픔이 얼마나 큰 상처인지 알 것 같았다. 그 사랑을 지키려고 그렇게 노력하던 마지막 모습이 내 가슴을 갈기갈기 찢는 흐느낌이 되었다.

'풍성한 가을바람이 불어오지만, 내 마음에는 엄동설한 북풍이 불어온다. 푸르던 산하는 단풍으로 물들어 아름답다 감탄하지만, 속절없이 떨어지는 잎새처럼 내 마음은 서글프다. 봄이 오면 마른 가지에 새잎이 돋겠지만, 잃어버린 내 님은 봄날 새잎처럼 오실 수 있는지, 덧없는 세월은 무심히 흐르고, 이미 떠난 내 사랑은 만날 길이 없는데, 휑하니 부는 바람처럼 마음만 아프다. 매섭게 몰아치는 바람을 향하여 가슴을 열고 말해본다.

'미안하다고…'

님 향기를 싣고 온 바람을 안타까운 마음으로 크게 마시며 읊조린다.

'정말 미안해. 잘 살아."

'얼마나 원망하였을까? 얼마나 한이 맺혔을까? 착하고 곱던 그 얼굴에 주름을 주고, 따뜻한 그 마음에 찬 바람을 주고, 꿈꾸던 그 가슴에 한맺힌 상처를 주고는 이제야 찾아본들 무슨 소용 있으리오.

흘러간 세월이여! 다시 못 올 세월인데, 한맺힌 이 마음을 어찌 푼단 말이오. 풀고 싶은 이내 심정, 변명하는 이내 마음을 어찌하리오. 덧없는 세월을 탓하리오. 내 못난 정신을 탓하리오. 모두 다 부질없는 짓이지만, 그래도 한 번만이라도 님의 목소리를 듣고 이 말 한마디 전하고 싶소.

'미안하다고…"

아무도 모르게 그 아이를 걱정하며 살았다. 솔직히 말하면 사는 것이 아니라 고통스럽고 서글픈 삶이었다. 매일같이 심한 가슴앓이를 하고 있었다. 어떤 일에 집중하고 있어도 늘 그 아이가 내 마음을 아프게 하고, 가슴속 깊이 자리 잡고 있었다. 어차피 인생이란 그런 것이라며, 잊으려 해도 그럴수록 더 아프고, 가슴속 깊은 곳에는 그 아이가 살아 숨 쉬고 있었다.

세상 이치가 만나고 헤어지는 것은 당연한 일 아닌가. 일부러 그런 것도 아니고 기억상실증으로 일이 벌어졌다면, 이 또한 운명으로 받아들여야 하는데 나는 나를 용서하지 못하고 자책하는 것이다.

경주는 두 손을 다 사용하기 어려운 장애가 있는 아이다. 직접적인 책임은 아니라고 하더라도 내가 사고 나는데, 결정적인 빌미를 준 것이다. 그 아픔 때문에 우리는 더 애절한 사랑을 쌓았으며, 평생을 함께하자고 약속하였다. 어찌하여 내가 경주를 잊어버렸는지 이해할 수가 없었다. 큰 장애를 당한 그 아이에게 상처를 주고, 그것도 모자라서 그토록 잔인한 짓을 한 것에 대해 눈물이 났다.

그래서 결혼식 전날 동생 진희가 나를 보면서 기억이 돌아오면 많이 힘들 것이라 한 그 말을 이제야 알 것 같았다.

영혼의 환생

　꿈에도 그리던 고향은 그 모습 그대로인 것 같지만 세월이 흐른 만큼 많이 변해 있었다. 누가 못 가게 강제로 막은 것도 아닌 길을, 20년 만에 찾아가는 고향이다. 어린 시절 내 꿈과 사랑이 숨 쉬는 마을 앞 개울가에 들어서자, 가슴이 심하게 요동치며 설레었다. 힘차게 흐르던 개울물은 쓸쓸한 내 마음같이 작은 개울로 변해 있었다.

　그 아이와 함께 걸었던 둑방 길에 있던 늠름하게 서 있던 느티나무와 미루나무는 보이지 않고 무너진 흙더미에 잡초만 우거졌다. 정겹던 마을 길과 초가집들은 사라지고, 텃밭으로 변한 그 자리에는 코스모스가 바람에 흔들거리며 마음을 아프게 한다.

　고향으로 발걸음을 옮긴 건 동생에게 슬픈 지난날을 확인하기 위하여 왔다. 지금 가는 이 길은 내가 생각한 것보다 어쩌면 훨씬 더 아프고 괴로울 수 있다.

　"오빠! 웬일이세요?"

진희는 내 사정을 잘 알고 있다. 사업 실패로 어려움을 겪고 있는 것을 항상 마음 아파하는 동생이었다. 누구보다도 경주를 잘 알고 있는 아이라, 지선과 결혼한다고 할 때 놀라고 당황한 동생이다. 내 기억이 돌아오게 하려고 무던히 노력도 많이 하였으며, 경주와 결혼해야 한다고 하던 동생이었다.

"진희야! 경주 지금 어디에 있니? 그 아이가 어떻게 되었는지 알고 싶다."

"오빠! 기억이 돌아왔어요?"

"그 아이를 슬프게 해서 미안하고 눈물이 난다. 어디에 살고 있는지 소식이라도 알고 싶어. 너는 알고 있지?"

"이제 알아서 뭘 어떻게 하려고 그래요? 잊어버리세요."

"아니야, 견딜 수 없어. 어떻게 살고 있는지 그것만이라도 알고 싶어. 너희들이 그렇게 내게 말했는데도, 나는 내 생각대로 했다. 이제야 기억이 돌아와 사실을 알게 되었어. 정말 견딜 수 없을 정도로 미안하고 마음이 아프다."

"정말 알고 싶으세요? 알면 더 힘들 거예요."

"내가 저지른 일이고 내 업보라고 생각할게. 어떻게 사는지 말해주길 바란다."

"오빠! 놀라지 마세요. 언니 죽었어요."

"뭐! 뭐라고? 죽었다고? 왜? 언제?"

"네, 17년 가까이 되었네요. 오빠가 결혼하고 3년 정도 지난 후 하늘나라로 갔어요. 잘난 우리 오빠 많이 보고 싶어 하고, 그리워하다가 한 많은 생을 끝냈어요."

나는 그 말에 머릿속이 하얗게 변하고 가슴이 찢어지는 아픈 눈물이 쏟아졌다. 젊디젊은 짧은 인생을 살다가 그렇게 세상을 허망하게 떠났다는 말에 아무런 말도 하지 못하고 눈물만 흘리고 있었다. 내가 결혼한 후 그 아이가 겪은 일들을 진희가 말하는 동안 나는 가여운 그 아이를 생각하면서 가슴이 찢어져 피가 터질 거 같은 심한 통증을 느꼈다.

"언니가 가지고 있던 노트, 내가 가지고 있어요."

경주의 노트를 엄마로부터 전달받아 보관하고 있었다는 말을 듣고 나는 견딜 수 없는 미안함과 죄책감에 가슴이 아팠다.

"이거, 언니가 사용하던 노트예요. 나도 이 글을 읽어볼 수 없었어요. 엄마가 나에게 주면서 말씀하셨어요. 글을 보니 마음이 아파서 읽어볼 수 없다고 하시면서 태워버리려다가 나에게 주신다고 하셨어요. 온통 오빠에 대한 글이라 오빠가 기억을 찾으면, 전해주는 것은 내 맘대로 하라고 하셨어요."

나는 떨리는 마음으로 그 아이의 노트를 가슴에 품었다. 가슴은 뜨거운 쇠꼬챙이로 찌르는 통증으로 숨을 쉴 수 없었으며, 그 아이의 영혼이 그 노트 속에서 숨 쉬는 것을 느꼈다. 노트가 따뜻하게 내 손에 감겼다. 마치 살아있는 그 아이 손을 잡는 것 같은 따뜻한 감촉이 들었다. 얼마나 힘들고 고통스러운 생활이었을까?

'미안해… 경주야! 너를 죽인 것은 나였구나.'

숙연한 마음으로 노트를 한 페이지씩 넘기면서 나는 흐느낄 수밖에 없었다. 결혼 날짜를 의논해 알려주겠다면서 떠난 나를 기다리며 쓴 글은 가슴을 아프게 하는 수필집이었다.

그렇게 기다리며 애태우던 그 아이에게 난데없는 기억상실증이라는 소식에 놀라면서 어떻게든 내 기억을 돌리려고 노력하였던 경주의 애태우던 일들이 그대로 내 마음에 들어왔다. 그런 간절한 바람과 노력에도 속절없이 떠난 나를 탓하고 원망하였지만, 마지막에는 내 행복을 빌어주는 글을 읽으면서 가슴이 무너져 내렸다.

'사랑하는 진성 오빠! 당신은 이 세상에 와서도 책임을 다하지 못하는 바보입니다. 몇 년 전 가을이 깊어가는 계절, 붉은 수수 열매가 익어가는 안골 들판에서 나에게 맹세한 일을 나는 기억합니다. 오빠는 소설 같은 이야기를 나에게 하셨지요. 오빠는 전생에서 나를 보호하는 호위무사라고 했지요. 그런데, 우리를 제거하려는 반대파의 계책에 휘말려 오빠는 나를 지키지 못하고 결국은 같이 죽임을 당하여 이곳으로 온 것이라며, 판타지 소설 같은 이야기를 하였습니다. 그러면서 전생에서 책임을 다하지 못한 아픔을, 현세에서는 사랑으로 책임을 다한다고 하였지만, 이 또한 지키지 못하고 아픈 이별을 하였습니다. 밉고 원망스러웠습니다. 그러나 나는 오빠의 마음을 알기에 이번 생에서도 또 용서하겠습니다. 그러나 다음 세상에서 다시 만난다면 지금처럼 아픈 슬픔을 주지 말고 책임을 다하길 바랍니다. 그때도 이렇게 책임을 다하지 못하면, 더는 용서하지 않겠습니다.'

경주, 그 아이 소리가 시골집 공간에서 방황하다가 내가 글을 읽자 깊은 울림이 되어 내 귓가에 들리는 것 같았다. 나는 그 아이를 너무 사랑한 나머지 전생에서부터 이어온 판타지 같은 우리의 운명을 전하였다. 상처받아 지쳐있는 경주를 끝까지 사랑으로 보호하고 책임지겠다는 약속을 그 아이에게 고백하면서 이런 말을 한 적이 있었다.

　경주는 내가 떠날 때 절망적인 상태였을 것이다. 어쩌면 그것은 곧 죽음이라는 절박한 상황에 직면한 것이다. 그 아이의 다친 손은 심각한 상태이며, 살아가는 데 큰 장애였다. 자유롭게 사용하지 못하는 손은 누구의 보살핌 없이 혼자 생활하기에는 어려움이 있었다. 그 아이는 사고 후 세상을 살아가는 희망을 잃어버리고 살았다.

　감수성이 예민한 시기에 바라보는 눈길과 비아냥대는 소리를 들으며 슬픈 세월을 보냈다. 나는 그 모습을 보고 마음이 너무 아파서 그 아이에게 용기를 주었다. 이렇게 된 것은 나로 인하여 다친 것이라 나는 그 아이를 살아있는 동안은 책임지고 함께해야 한다고 말했다. 아무리 어렵고 험난한 일이 우리의 앞을 가로막을지라도 우리는 사랑으로 걸림돌을 극복하자고 맹세하였다. 시간이 지나가면서 사랑이 깊어지자, 자신에게 쫓아다니는 장애라는 아킬레스를 잘 견디며 이겨낸 것은 아마 사랑이라는 강한 버팀목이 있었기 때문일 것이다.

　그런데 그것이 무너지고 사랑이 헛된 물거품같이 되자, 그 아이 마음은 꽃무덤이 되어버린 것이다. 그 아이가 쓴 글을 읽으면서 가슴이 찢어지는 아픔에 그 자리에 더 앉아있을 수 없었다. 방문을 열고 나와 마루에 걸터앉아 보니 경주와 함께 있던 옛집이 떠오른다.

　그때 멍석에 누워 밤하늘에 개망초꽃을 옮겨놓은 것 같은 별들을 보면서 사랑을 쌓았는데, 지금도 변함없이 하늘에는 개망초가 빛나고 있었다. 저 별들을 보면서 행복한 미래를 꿈꾸던 시절이 얼마 전 같은데, 지금은 나 혼자서 저 하늘로 떠난 경주를 생각하며 홀로 있는 것이다.

너무나 아프고 아린 마음을 어떻게 진정해야 할지 슬펐다. 무아지경에 빠져 발걸음을 옮기다 보니 어느새 그 아이에게 처음 고백했던 개울가 언덕 작은 바위 앞에 서 있는 것이다.

'경주야! 이곳이 어딘지 알지? 내가 너에게 처음으로 마음을 고백한 곳이야.'

처음 사랑을 고백하던 개울가 언덕에 있던 작은 나무는 어느새 큰 나무가 되어 나를 반겨주는 것이다. 잠잠하던 나무에 홀연히 바람이 일어나며 나를 반가워하는 것 같았다.

흐르는 개울 물소리가 마음을 심하게 흔들어 놓는다. 언제부터 비추고 있었는지 안타까운 듯 찌그러진 달이 쓸쓸히 내 얼굴을 비치고 있다. 그렇게 우리 사랑을 축복해주던 그 달도 지금은 어둠에 밀리고, 내 아픔에 밀려 빛을 잃은 듯 슬픈 밤이다.

그 아이의 아픔을 이제야 알 것 같다. 또 다른 내가 되어 행복하게 살고 있을 때 그 아이는 엄청난 자괴감으로 울었을 것이다. 시간이 지날수록 희석되고 얼룩지어 사랑이 물거품처럼 끝날 것 같다는 생각에 경주는 안간힘을 다했을 것이다. 내 기억을 찾게 하려고 그렇게 슬퍼하며 애처롭게 감싸주던 그 모습의 의미를 알 것 같았다.

그날 회사 앞 카페에서 애절한 모습으로 바라보던 슬픈 눈동자가 떠올랐다. 마지막으로 본 그 모습이 떠오르자, 나는 아픔을 견디지 못하고 그 자리에 주저앉았다.

'미안해! 경주야! 내가 너를 힘들게 하고 돌이킬 수 없는 상처

를 주었구나.'

 이곳은 경주와 어린 시절을 보내며 자란 곳이다. 그 속에는 꿈과 설렘이 있었고, 아픔이 담긴 곳이다. 밤은 깊어가고 불어오는 바람결에 나뭇잎도 울고 나도 울었다. 마치 나를 그리워하며 떠난 경주 영혼을 위로하듯이 바람은 내 몸을 칭칭 감싸는 회오리바람이 되어 소리치며 울고 있었다. 나는 그 아이와 있었던 추억을 떠올리며 그곳에서 슬픈 밤을 새웠다.

 재잘대는 참새소리가 정겨운 울림이 되어 방문을 두드린다. 이른 시간 타작 냄새가 응고된 영혼을 깨우고 슬프게 우는 뻐꾸기 울음소리가 마음을 흔들었다. 너무 오랜 세월 잊어버리고 살았던 고향이 눈물겹도록 포근하게 감싸준다.
 내 꿈과 희망 그리고 어린 시절의 추억이 살아있는 영혼 같은 설렘이 가슴에 와 달라붙는다. 얼마 만에 느껴보는 고향 냄새인가. 눈을 떠보니 찢어진 문풍지 사이로 따사로운 햇볕이 내 얼굴을 비추고 있었다. 어느새 해가 중천에 있고, 아궁이에서 나는 연기 냄새가 나를 깨우며 내 속으로 상큼하게 다가온다. 잡다한 시골 살림이지만, 하나하나가 그 옛날 내 지체와 같은 정겨움으로 나를 끌어안고 깊은 나래 속으로 끌고 간다.
 방문을 열어보니 개울 건너 앞산이 보이고, 아득히 저수지 둑방이 한눈에 들어온다.
 "오빠! 늦게 들어와서 피곤할 텐데 더 주무시지 일찍 일어나셨네."
 "오늘 서울 가야지. 가기 전에 저수지나 한 번 더 들렀다 가려고."

"그래요. 고향을 잊을 수가 있겠어요. 가서 경주 언니 영혼 위로해주고 가세요."

고뇌에 찬 무거운 발걸음을 옮겨본다. 풀 한 포기 돌부리 하나 정겹지 않은 것이 하나도 없다. 내가 살던 집터가 눈에 들어왔다. 내가 떠난 후 집은 사라지고 집터만 덩그러니 남아있다. 그 아이와 함께한 일들이 새록새록 떠오르니 왈칵 눈물이 나와 꿈을 꾸듯 그 아이와 함께 가고 있었다. 나를 오라며 이끄는 그 아이에 이끌리어 추억이 담겨 있는 곳으로 가고 있었다.

꿈같던 어린 시절부터 애틋한 사랑을 쌓았던 장소로 나는 마치 마법에 걸린 사람처럼 더듬고 있었다. 눈물겹도록 보고 싶은 그 아이 집은 사라져 버리고 잡초만이 우거져 쑥부쟁이가 바람에 흔들거렸다. 그 아이가 사용하던 작은방 터에는 한 그루 들국화가 힘을 잃고 흔들거리고 있었다. 눈을 감고 설레었던 그 순간 기억을 더듬다 보니, 금방이라도 "오빠!" 하고 부르면서 달려올 것 같았다.

어디를 가도 그 아이 손길이 묻지 않은 곳이 없다. 저수지 길을 따라 뛰놀던 곳은 아직도 그대로인데, 그 아이는 하늘나라로 가고 나 혼자 추억의 길을 걷는 마음이 아팠다.

한 무리의 국화꽃이 가을바람에 흔들리고, 때 지난 개망초꽃 몇 송이가 애처로운 모습으로 피어있었다. 불현듯 풀숲에서 다정하게 놀고 있던 한 쌍의 산비둘기가 나를 보고는 놀라서 날아올랐다. 그때 경주와 함께 있을 때도 새가 날아갔었는데, 나 혼자 있는 지금도 날아가고 있다.

그 시절 경주와 함께 걸을 땐 이름 모를 꽃과 잡초들의 질투와 축복을 받으며 걷던 꿈같은 길이었는데, 지금은 나 홀로 추억의 장소들을 걸으며 떠난 그 아이를 그리워한다.

자주 오르던 동산에 올라 보니 우거진 갈대숲은 보이지 않고 소싯적 시절에 놀던 그루터기는 썩어 흔적만 남아있다. 작았던 아기 참나무는 우람하게 자라 하늘을 가리고 있다.

주변 산을 바라보니 무심히 변한 세월이 아프게 다가왔다. 걸터앉아 미래를 약속한 작은 바위는 그대로이고, 주인 없는 무덤은 세월이 흐른 만큼 낮아져 쓸쓸해 보였다. 바람이 심하게 불어오자, 도토리가 우수수 떨어지며 그 옛날을 말하는 것 같았다.

'우리는 이렇게 커서 열매를 맺었는데, 그 아이는 어디 가고 너 혼자 왔어?'

불어오는 바람소리에 참나무가 도토리를 떨구며 속삭이듯 말하는 것 같았다.

'경주야! 미안해. 너를 생각하며 이곳에 와 있다. 너에게 눈물을 주지 않겠다고 약속했는데, 지키지 못해서 미안해. 그곳에서 잘 지내고 있는 거지?'

두둑, 두둑 소리를 내며 잘 익은 도토리가 내 머리에 떨어지며 대답하는 것 같았다.

'혹여 다음 세상에서 만날 수 있다면, 다시는 너를 슬프게 하지 않을게. 영혼이라도 우리 다시 만났으면 좋겠다. 그때는 너를 울리지 않을게.'

흐르는 눈물이 시야를 가려 그 자리에서 움직이지 못했다. 불어오는 바람에 귀를 기울이며 그 아이의 목소리를 찾으려 눈을 감고 생각에 젖어있었다.

　멀리 보이는 바라산은 세월이 흘렀어도 변하지 않았는데 작은 미물에 불과한 나는 그 짧은 시간인데도 철석같이 약속한 일을 지키지 못하고 그 아이에게 아픔을 주었다.

　윤슬로 반짝이던 저수지 물이 심하게 울렁이자 서글픈 내 마음은 일렁거림에 동요되어 물결 속으로 빠져들어 갔다. 심한 강풍으로 풍랑이 이는 것같이 사납게 출렁인다. 마치 경주가 겪은 아픔의 한을 나에게 알려주는 것만 같았다. 이미 우리를 알던 그 물은 흘러갔지만, 우리를 보았던 산천초목은 아직도 우리를 알고 있을 것이다.

　산에서 바위를 깨는 산울림이 들려온다. 우리를 지켜보던 나무들이 그때는 작고 헐벗은 산이었지만, 이제는 울창한 나무로 자라 산을 지키는 주인이 되었다.

　달빛 기적을 만들어준 꿈의 장소는 세월에 밀려 고급스러운 주택이 들어섰고, 농로 길 작은 숲길은 소로 길로 변했다. 흘러간 세월의 무상함을 느끼며 그 자리에 서서 두 손을 꼭 움켜잡았다. 연이어 불어오는 바람은 나무를 스치며 나를 슬프게 하였다. 그 소리는 가엾은 경주가 통곡하며 책망하는 소리 같았다.

　너무 아픈 마음에 나는 돌부처가 되어 움직이지 못하고 그 자리에 서 있었다. 도저히 이 상황을 이겨낼 힘도, 앞으로의 내 삶을 이겨낼 용기도 나지 않았다.

　해가 광교산 능선을 넘어가자 붉은 노을이 슬프게 물들고, 산은 어느새 검푸른 어둠으로 변해 있었다. 그 아이가 떠나고 없는 추억의 공간은 모든 게 멈춘 것 같았다. 아무리 죽을 만큼 고통스러워도 시간이 지나면 산 사람은 그렇게 살아간다고 하지만, 한번만이라도 그 아이를 만나 지난 일을 변명하고 싶었다.

그러나 그 아이는 이미 영혼이 되어 저 하늘로 갔다. 다시는 만날 수 없다는 안타까운 생각에 나는 흐느껴 울고 있었다.

'오빠! 진성 오빠…'

불어오는 바람결에 그 아이의 목소리가 들렸다. 그 목소리는 분명, 그 아이 목소리였다. 내가 힘들고 지쳤을 때 나에게 용기를 주고 희망을 주던 그 천상의 목소리였다.

'경주야! 어디 있었어? 보고 싶어. 어디 있는 거야?'

그렇게 애타게 그리워하던 경주 목소리는 들려왔지만, 그 아이는 보이지 않고 목소리는 더 크고 또렷하게 들리는 것이다. 경주의 영혼이 온 것이다. 간절한 마음으로 애타게 그리워하는 나를 보려고 그 아이 영혼이 온 것이다. 나는 그 아이 목소리가 들리는 곳으로 뛰어가 보았지만, 보이지 않았다.

어느새 주변은 칠흑 같은 어둠으로 변해 그 많던 별들도 숨어버리고 우리를 지켜보던 달님도 보이지 않았다. 언제 왔는지 천지는 온통 먹구름으로 뒤덮여 있었다.

어쩌면 이제야 그 아이를 찾는 것이 못마땅하다며, 산천초목이 나를 탓하고는 야단치는 거 같았다. 경주에게 슬픔을 주고 상처를 주었다는 것을 말 못하는 미물들도 다 알고 있었다.

'주님! 내 부족함으로 사랑을 약속한 사람이 하늘나라로 갔습니다. 나약하고 부족한 나를 용서하여 주시옵소서. 이제 하늘나라로 간 그 아이 영혼을 불쌍히 여기시고 보호해주시옵소서. 그 아이는 주님의 사람입니다. 참 부족하고 온전치 못한 저로 인하여 그 아이에게 상처를 주고, 결국에는 죽음으로 몰았습니다. 주님. 제 의지가 부족하여 기억상실증이라는 어이없는 일이 생겨 결국에는 주께서 맺어준 사랑마저도 허무하게 끝나고 말았습니다.'

참 오랜 시간 기도하며 생각에 잠겨 있었다. 그렇게 행복했던 추억을 하나씩 되살리며 그 아이를 불러내고 있었다. 경주와 행복했던 일들이 머리를 스치고 갔다. 이제 그 아이는 가고 없지만, 그 아이와 쌓았던 추억의 장소에서 경주를 생각하며 슬퍼하고 있었다.

이제는 만날 수 없는 사람이라고 생각하니 더 견딜 수 없는 그리움으로 다가왔다. 이렇게 된 것이 나 때문에 일어난 일인데도 정작 상처받고 힘들어한 사람은 경주 그 아이였다. 슬픔도, 아픔도, 서러운 고통을 혼자 다 안고 다시는 못 올 곳으로 떠난 것이다.

'경주야! 너를 만나 사랑할 수 있어서 고마웠어. 걱정 근심 없는 세상에서 평안하길 바란다. 다음 세상에서 만나자. 그때는 너를 끝까지 사랑하고 책임을 다하는 사람이 될게. 미안해!'

나의 부족함을 알면서도 원망보다는 나를 위하여 기도해주고, 마지막까지 사랑을 지킨 그 아이는 천사였다. 주변을 둘러보니 아무도 없는 저수지에서 나 혼자 추억 속에서 맴돌다 보니 검은 구름이 하늘 가득 겹겹이 쌓이고, 비바람이 세차게 불어와 내 몸을 사정없이 때리고 있었다.

굵은 빗방울이 사정없이 내 머리에 떨어졌지만, 경주가 겪은 고통을 생각하면서 나는 움직일 수 없었다. 청계산 능선 위에서 번개가 번쩍이며 우르릉거린다. 점점 그 소리는 저수지 가까이 다가와 번쩍일 때마다 대낮보다 환한 빛을 비추는 것이다. 마치 깊이 숨어 있는 요괴들의 위치를 확인하는 전능자의 눈빛 같았다.

우지직 하는 소리가 귀청을 찢고 마음을 흔들어 놓는다. 저 천둥소리는 나를 일깨우는 소리이며, 번개 빛은 내 속에 숨어 있는 과를 찾아내려는 빛이며, 벼락을 치는 소리는 마지막으로 나를 때리는 심판 같았다.

비를 맞으면서 경주를 불렀다. 죄 많은 내가 살겠다며 천둥 번개를 피할 용기가 나지 않았다. 경주를 아프게 한 벌이라면, 이 벼락을 달게 받겠다는 생각에 나는 눈을 감고 긴 한숨을 쉬었다. 점점 무서운 기세로 내리치는 벼락은 간담을 서늘하게 하고, 잠시 후 동산 참나무를 때리는 것이다. 나무는 용강로 같은 불길 속에서 순식간에 꺾이고, 강한 불덩이가 내게 떨어져 내 심장을 멈추게 하는 것이다.

내가 겪는 두려움과 공포는 그 아이가 받은 두려움과는 비교할 수 없을 것이다. 경주, 그 아이가 세상을 등지던 그날까지 겪었던 고통을 생각하면 내가 잠시 받는 고통과 두려움은 그 슬픔에 비교할 수 없다는 생각이 들었다.

견디기 어려운 슬픔과 고통을 내가 만들었다. 내가 사랑을 주고, 상처를 주고, 이별도 주었다. 그는 얼마나 힘들고 고통스러웠을까? 멀쩡히 두 눈을 뜨고 그렇게 사랑하던 사람이 다른 사람과 혼인한다는 소식을 듣고 한스러운 고통을 견딘 그에게 나는 무엇이었나?

나는 기억을 잊어서 몰랐다는 핑계를 대지만, 결국 그 아픔을 내가 만들고 저지른 일이다. 기억상실증으로 힘들어하는 나를 어떻게든 깨우며 매달리던 그 아이에게 나는 무책임한 방관자가 되었다.

그것도 마지막 이별이라는 말도 없이 그냥 훌쩍 스쳐 지나가는 바람처럼 무심하게 나는 그 아이를 버리고 내 행복을 찾았다. 이어서 다시 번쩍이는 불빛으로 내 눈은 아무것도 보이지 않아 그곳에서 쓰러졌다.

아름다운 새소리가 들려온다. 마치 천상의 소리같이 마음이 편안하다. 캄캄한 밤이 지나고 밝은 햇빛이 보여 눈을 떠보니, 누군가 내 얼굴을 살며시 만지고 있었다. 그렇게 보고 싶었던 경주가 머리를 뒤로 묶은 청순한 모습으로 내 옆에 서 있는 것이다.

"경주야! 보고 싶었어."

경주가 손은 내밀어 내 손을 잡아당겼다. 장애로 힘들어하던 상처 난 손은 어느새 말끔하게 아물고 사랑스러운 모습으로 나를 바라보고 있었다. 나는 경주 손을 잡고 수로 길을 걸었다. 마치 구름을 타고 하늘을 날아가는 기분이었다.

하늘에는 구름 한 점 없이 청명하고 광교산과 바라산에서 이어 내려온 능선은 가을이 접어들었는데도 봄날 같은 푸르른 생동감이 천국처럼 아름다웠다. 저수지 건너편 조그만 오솔길이 보이고, 우리가 올랐던 작은 동산이 눈에 들어온다. 그 아름답던 추억의 장소가 안개로 숨바꼭질하고 온갖 새가 모여서 노래한다.

고향 산천 사계절 꽃들이 우리 주위에 모여 은은한 향기를 피우는 그 길을 경주와 나는 손잡고 걸어갔다. 저만치 우리 집이 보이고, 작은 시냇물이 힘차게 흐른다. 산과 들에 있던 나무들이 우리에게 행복하라며 흔들거리고 있었다.

뒷동산에 진달래꽃이 수줍게 피어있다. 경주는 두 팔을 벌려 진달래꽃 속으로 나를 이끌어주며 꽃 한 송이를 따서 내게 건네준다.

멀리 바라산 북쪽 하늘에서 창공을 날아오는 희미한 모습이 보였다. 가까이 다가오는 그것은 꿈을 찾아 힘차게 날아가는 한 쌍의 두루미였다. 이윽고 우리가 즐겁게 뛰놀던 저수지 옆 동산을 가로질러 하늘 높이 올라 남쪽으로 힘차게 날아가고 있었다. 우리가 손잡고 도원으로 가고 있듯이…

- 끝까지 읽어주셔서 감사합니다.